엘
제
아
씨

Fräulein Else

Arthur Schnitzler

엘
제

Fräulein Else

아
씨

아르투어 슈니츨러 지음 · 백종유 옮김

문학과지성사
2010

슈니츨러 작품선
엘제 아씨

펴낸날 2010년 11월 5일
지은이 아르투어 슈니츨러
옮긴이 백종유
펴낸이 홍정선 김수영
펴낸곳 ㈜문학과지성사
등록번호 제10-918호(1993. 12. 16)
주소 121-840 서울 마포구 서교동 395-2
전화 02)338-7224
팩스 02)323-4180(편집) 02)338-7221(영업)
전자우편 moonji@moonji.com
홈페이지 www.moonji.com

ISBN 978-89-320-2167-6

차례

산(山)

큰 산
엄청 커다란 산 덩어리
우리는 지금 그 발치에 서 있다!
눈앞에 보이는 산의 천태만상에 대해서
시방 이 자리에서는 아무것도 모른다.

눈앞에 보이는 산꼭대기, 그 뒤편에
아니 산머리처럼 보이는 저곳, 그 너머에
이름 모를 또 다른 산이 하늘 높이 솟아 있을 것인지 — 산모퉁이
를 돌자마자 천길만길 낭떠러지가 아가리를 떠억 벌리고 나타날 것
인지 — 아니면 바윗돌 틈 사이에 아무도 모르는 나만의 안식처가
오롯이 자리 잡고 있을 것인지
산발치에서 상상하는 것은 금물이다!

한 걸음

또 한 걸음 산을 오르며
고개를 들어 시선을 저 멀리 던질 때에
비로소 산의 비밀은 하나씩 하나씩 드러나게 될지니.
혹시나 했더니 역시나 별 볼 일 없는 것으로
아니면 충격적인 것, 아니면 보다 더 본질적인 깨달음으로⋯

그러나
이 모든 것들도
당신이 택한 길과 시선의 방향에 따를 뿐,
산이 자신의 전체 모습을 드러낸 적은
지금까지 단 한 번도 없었다.

— 아르투어 슈니츨러의 『잠언과 관찰』 중에서

세 번의 경고

싱그러운 아침의 향기, 구름 한 점 없이 푸르른 하늘빛에 에워싸인 채 한 젊은이가 먼 곳에서 자신에게 눈짓을 보내는 산을 향하여 걷기 시작하였으니, 기쁨에 넘친 그의 심장은 이 세상의 모든 맥박과 더불어 힘차게 고동치고 있음을 느꼈다. 아무런 망설임 없이 활달하게 내딛는 발걸음은 막힘이 없는 벌판을 건너 몇 시간 동안 계속되다가 한 숲의 입구에 이르렀을 때, 갑자기 그를 둘러싸고, 가까이 그리고 멀리서 동시에, 정체를 알 수 없는 큰 소리가 들렸다. "이 숲을 가로지르지 말지니, 젊은이여, 정녕 살생을 저지를 작정이라도 하였느냐." 깜짝 놀란 젊은이는 일순간 걸음을 멈추고 사방을 둘러보았으나, 그 어디에서도 살아 숨 쉬는 존재는 발견할 수 없었기에 어떤 유령이 말을 건넸다고 생각하였다. 젊은이의 대담성은 그 소리를 따르기를 단호히 거부하고, 단지 걸음을 조금 늦춘 채, 동요치 않고 앞으로 걸어나가며 신경을 바짝 곤두세우지 않을 수 없었으니, 조금 전에 경고를 한 알려지지 않은 적을 제때에 발견해내려 함이다. 그 누구와도 마주치지 않았고, 의심이 가는 어떤 잡소리도 들리지 않았기에 이제 긴장을 늦추고 나무들의 짙은 그림자에서 빠져나오자, 사방이 툭 트인 곳이 눈앞에 나타났다. 마지막 나뭇가지들이 넓게 드리운 곳, 그 아래에서 잠시 쉬기 위해 바닥에 앉아, 드넓은 초원 건너편에 있는 산 덩어리를 향해 시선을 던지니 최종 목표인 드높은 산 꼭대기가 뚜렷한 형체를 드러내놓고 하늘을 향해 우뚝 솟아 있었다. 젊은이가 산꼭대기를 바라보며 다시 몸을 일으켜 세우자마자, 정체를 알 수 없는 그 목소리가, 가까이 그리고 멀리서 동시에 그의 주변을 감싸고 울려 퍼졌다. 첫번째 목소리에 비하면 간절한 애원조이었다. "제발 이 초원을 건너지 말지니, 젊은이여, 너의 조국에 재앙을 불러들이려고 정말 독한 마음을 먹기라도 했단 말인가." 새로운 경고를 따르기에는 젊은이의 자부심은 이미 하늘 높은 줄을 몰랐다. 비밀스러운 의미를 밝혀주려는 도도한 변설을 허무맹랑한 말장난이라고 비웃어넘기고, 더욱더 서둘러서 앞으로 뛰어나갔다. 날개가 달린 듯이 잽싼 발걸음은 조급증 때문인지 아니면 불안에서 비롯된 것인지, 젊은이의 마음속에서도 불분명하였다. 습기 찬 저녁의 연무가 저 아래 발밑 지평선에 낮게 드리워졌고, 그제야 오래전부터 정복을 꿈꾸었던 암벽을 마주 보고 서게 되었다. 젊은이가 민둥산 바윗돌에 첫걸음을 내딛자마자 정체를 알 수 없는 그 목소리가, 가까이 그리고 멀리서 동시에 울려 퍼졌으니, 이제 그 목소리는 협박조로 변해 있었다. "더 이상 앞으로 움직이지 마라, 젊은이여, 그러지 않으면 너에게 죽음이 닥치느니라." 이 소리를 들은 젊은이는 호탕한 웃음을 허공에 터뜨리며 더는 지체하거나 당황하지 않고 자신의 길을 더욱 재촉하였다. 험한 산길을 치달아 올라, 현기증이 나면 날수록 그의 가슴은 보다 자유롭게 한껏 넓어짐을 느꼈으며, 드디어, 대담하게 기어오른 산꼭대기에 두 발을 딛고 서자, 하루의 태양이 마지막 빛을 발하며 그의 머리를 붉게 물들였다. "여기 이 자리에 내가 섰노라!" 이제 구원을 받았다는 듯이 젊은이가 포효하였다. "이것이 정녕 하나의 시험이었더란 말이냐, 천사의 것이었더냐 악마의 것이었더냐, 봐라, 나는 시험을 이겨내지 않았는가. 살생 때문에 내 영혼이 괴로워하지 않고 저 아래에 있는 사랑하는 나의 조국도 병들어 앓지 않고 나 또한 이렇게 멀쩡하게 살아 있지 않은가. 당신이 누구이든 간에 나는 당신보다 힘이 세니 내가 당신의 말을 무시하고 내 생각을 밀어붙인 덕분이 아니겠느냐."

그의 말이 끝나자마자 까마득하게 먼 사방팔방의 벽으로부터 천둥소리가 우르릉거리며 점점 가까이 다가오더니 그의 귓가에서 벼락이 치는 소리가 났다. "젊은이, 착각이다!" 천지가 뒤흔들리는 것 같은 말의 위력 앞에서 젊은이는 일단 바닥에 납작 엎드렸다.

그러나 젊은이는 마침 이곳에서 휴식을 취하려던 참이었다는 듯이 곧바로 좁은 산마루에 몸을 길게 뻗더니 옆으로 살짝 돌아누우며 입을 비죽거리고 혼잣말처럼 중얼거렸다. "내가 정말로 살생을 저질렀는데, 내가 그것을 눈치조차 못 챘단 말이야?"

젊은이의 주변에서 천둥 같은 소리가 다시 들렸다. "너의 부주의한 발걸음이 벌레 한 마리를 깔아뭉갰도다." 그까짓 벌레 한 마리가 무슨 대수냐는 듯이 젊은이가 말대답을 하였다. "천사도 아니고 악마도 아니고, 그러니까 어떤 웃기는 망령이 나에게 말을 걸었구나. 그러한 것들이 우리같이 죽어가는 존재*의 주변을 감싸고 눈앞에 떠

---

* 생명을 지닌 것, 특히 '인간'의 다른 표현. 이후의 주는 모두 옮긴이의 주이다.

돌고 있었는데도 내가 전혀 몰랐단 말이네."

흐릿한 황혼 속에서 우레 소리가 주변에서 다시 울려 퍼졌다. "너는 더 이상 얼마 전의 네가 아니다. 오늘 아침 너의 심장은 이 세상의 모든 맥박과 더불어 똑같이 파동을 친다고 느꼈겠지만 지금은 아니다. 하나의 생명이 지닌 욕망과 공포가 무엇인지, 너에게 영혼이 있다 하여도 귀가 먹었으니 알아들을 턱이 있겠는가, 벌레의 목숨처럼 인간의 생명도 너에겐 하찮은 것으로 보이지 않았겠는가."

"그런 뜻이 있었나?" 젊은이는 이마를 찌푸리며 대답했다. "그렇다면 내가 다른 죽어가는 존재들에 비해서 백 배, 천 배나 더 큰 죄를 지었단 말인가요? 그들도 부주의한 발걸음으로 무수히 많은 미미한 동물들을 아무런 악의 없이 파멸시키고 또 파멸시키지 않았던가요?"

"오로지 어떤 벌레 한 마리, 바로 그 벌레를 위해 내가 너에게 경고하였다. 너는 아는가, 인연과 사건의 영원한 윤회 속에서 그 벌레가 장차 무슨 일을 하도록 예정되어 있었는지?"

고개를 숙인 채 젊은이가 대답했다. "제가 그것을 알지도 못했고 알 수도 없었기에 당신의 말을 겸허히 받아들이자면, 저 숲을 지나친 수많은 사람들과 마찬가지로, 제가 살생을, 당신이 막고자 했던 살생을 저질렀다는 말씀이 아니겠습니까. 그렇다면 초원을 건너며 제가 어찌하여 내 조국에 화를 불러들였단 말씀입니까, 그 이유라도 말씀해주시기를 간청합니다."

"저기 오색찬란한 나비가 한 마리 보이는가?" 그의 귓가에서 나지막이 속삭이는 소리가 났다. "너의 오른편에서 잠깐 동안 날고 있었던 나비이니라."

"나비들이 정말 많네요, 한 떼거리가 보이는데요. 그 가운데에 저기 저 나비가 당신이 말씀하신 나비인 것 같긴 한데…"

"떼거리로 보인다고! 너의 입김 때문에 적지 않은 나비들이 이미 제 갈 길을 벗어나버렸다. 하지만 내가 말한 나비는 이 세상에 단한 마리밖에 없는 나비이니라. 너의 거친 호흡 때문에 쫓겨난 그 나비는 그렇게 몇 마일을 동쪽으로 날아가 왕궁 정원을 둘러싼 황금격자 울타리를 넘어 들어갔다. 이 나비가 낳은 알에서 1년이 지난후에 애벌레가 나왔고, 그 애벌레가 무더운 어느 여름날 오후에 젊은 왕비의 하얀 목덜미를 기어올랐다. 그 바람에 졸고 있던 왕비가기겁을 하고 깨어났고, 그 순간에 왕비의 가슴 속 심장이 뻣뻣하게굳어 자궁 속 태아도 따라 죽을 수밖에 없게 되었느니라. 왕자를 죽이려고 안달이 나 있었던 왕의 아우가 합법적인 왕자를 대신하여 나라를 물려받게 되었으니, 새로운 왕은 그 천성이 음험하고 흉악할뿐만 아니라 행동이 난폭하기 이를 데가 없어서 국민들이 절망에 빠지다 못해 폭동을 일으키고 스스로를 구원하고자 나서니, 온 나라가전쟁의 소용돌이에 빠져서 너의 조국에 엄청난 재앙이 발생하였다.이 모든 일에 네가 아니라면 또 누구에게 죄가 있다 할 것이냐. 젊은이, 네가 거칠게 내뿜은 호흡이 초원에 있던 오색찬란한 나비를왕궁의 황금 울타리 정원 안으로 내쫓았으니, 조국을 파멸시킨 죄는바로 너에게 있도다."

젊은이는 어깨를 으쓱했다. "정체를 알 수 없는 정령이시여, 당신이 예언한 그대로 세상의 모든 일들이 이루어질 수 있음을 내가 어찌딱 잘라 부인할 수 있겠습니까? 하나의 일에서 다른 일들이 꼬리를물고 계속 일어나기 때문에 보잘것없는 일이 엄청난 일이 되고, 엄청난 일이 다시 하찮은 일이 되는 것은 저 자신도 허다하게 보았습니다. 그러나 이 암벽 꼭대기에 올라서면 제가 죽음을 맞이한다고 예언하셨지만, 내가 아직 멀쩡하게 살아 있으니 당신의 앞선 예언들을 어찌 믿을 수 있겠습니까?"

"여기까지 올라온 자는" 젊은이의 주위에서 그 목소리가 섬뜩하게 울려 퍼졌다. "살아 있는 인간들과 다시 어울리고 싶다면 다시 저 아래로 내려가야만 한다. 너는 그것을 심각하게 고민해보았느냐?"

젊은이는 대답을 대신하여 벌떡 몸을 일으켜 세우고, 자신의 목숨을 구해줄 하산 길로 첫걸음을 내디디려고 하였다. 그러나 자신을 둘러싸고 있는, 한 치 앞도 안 보이는 깜깜한 밤이 순식간에 두려움으로 변하여 눈앞으로 달려들자, 아침 햇살이 위풍당당하게 다시 나타날 때까지 기다려야 함을 깨닫지 않을 수 없었다. 젊은이는 좁은 산마루에 일단 몸을 눕히고, 밝아오는 아침을 눈으로 분명하게 확인할 때까지, 깊은 잠에 빠질 수 있기를 진정으로 간구하고 또 간구하였다. 아무런 미동도 없이 자리에 누워 잠이 들기를 간절하게 바라고 또 바랐건만, 사고와 감각은 오히려 더 또렷해지고, 피곤에 지친 무거운 눈꺼풀은 고통 속에서 다시 뜨였으며 불길한 예감으로 가득 찬 전율이 심장과 혈관을 타고 온몸으로 흘러내렸다. 현기증을 불러 일으키는 심연이 나타나 눈앞에서 사라질 줄을 몰랐으니, 이는 인간 삶으로 되돌아가는 유일한 길을 의미하였다. 자신이 내디뎠던 한 걸음 한 걸음이 언제 어디에서든 확고한 바닥을 굳게 딛고 있다고 믿었던 젊은이, 그의 영혼에서 알 수 없는 의혹이 조금씩 꿈틀거리다가 뭉게구름처럼 점점 피어올라 눈앞을 가리자, 이제는 더 이상 이를 견딜 수 없게 되었다. 젊은이는 불확실성의 고통 속에서 아침을 기다리느니, 피할 수 없는 것이라면 차라리 지금 당장 이 길을 떠나리라 결심하였다. 대담한 계획을 실천에 옮기기 위하여 젊은이는 다시 몸을 일으켰다. 그리고 빛의 축복을 포기한 채로 더듬더듬 내딛는 발걸음 하나로 위험천만한 길의 거장(巨匠)이 되고자 하였다. 그러나 젊은이가 칠흑 같은 어둠 속으로 첫발을 내딛자마자 돌이킬 수 없는 심판과 같이 자신에게 예언된 운명이 잠시 후에 눈앞에 닥치게 됨을 의식하였다. 음울한 울분에 휩싸인 채로 젊은이는 허공을 향해 외쳤다. "눈에 보이지 않는 정령이시여! 저에게 세 번이나 경고를 하셨으나, 저는 당신의 존재를 세 번 모두 부정하였습니다. 저보다 강하신 분이오니 이렇게 몸을 낮추옵니다. 저를 파멸로 이끄시기 전에 당신의 정체만이라도 부디 가르쳐주옵소서!"

밤을 가르는 목소리가 쩌렁쩌렁 울려 퍼졌다. 몸을 휘감듯이 가까이서 동시에 측량할 수 없이 멀고 먼 곳으로부터. "내가 누구인지를 깨달은 인간은 아직까지 없었도다. 나의 이름은 수없이 많으니, 무신론자들은 운명이라 부르고, 얼간이들은 우연이라고 부르고, 경건한 자들은 하느님이라 부른다. 그러나 스스로 제법 현명하다고 생각하는 자들에게 나는 힘이다. 이 세상이 처음 열리던 날에 이미 존재하였고, 그 후에도 모든 인연과 윤회* 속에서 끊임없이 작용하는 힘이다."

"당신이 정녕 그러시다면 제 삶의 마지막 순간에 당신을 원망하지 않을 수 없습니다." 죽음의 쓰라림을 가슴에 안고서 젊은이가 외쳤

---

* 원문은 'Geschen,' 직역을 하자면 '사건' 정도의 뜻이다. 그러나 모든 사건의 모티프가 되는 이 '힘'이 슈니츨러 문학 텍스트 전반에서 지속·반복·영속적인 성격으로 묘사된다는 관점에서 '사건'을 '인연과 윤회'라고 번역하였다.

다. "당신은 이 세상이 처음 열리던 날에 이미 존재하셨고, 그 후에도 모든 인연과 윤회 속에서 끊임없이 작용하는 힘이라 하시면서 이모든 일들을 왜 이렇게 만들어놓으셨나요? 오호애재라, 진정 다른 길은 없었던 말인가요? 왜 제가 숲을 가로질러 살생을 저지르고, 어찌하여 초원을 건너가 조국에 재앙을 불러들이고, 무슨 이유로 바위산을 기어올라가 저의 죽음을 맞이하도록 만드셨단 말입니까? 오호통재라, 어찌하여 저는 당신의 목소리가 제 귀에 들리는 천형(天刑)을 받았단 말입니까? 어차피 이리 될 거, 당신의 경고는 또 무슨 소용이 있었던 말입니까? 그것도 세 번씩이나, 저에게 아무런 소용이 없었던 경고를 세 번씩이나? 어찌하여? 오, 이 무슨 엄청난 조롱이란 말입니까! 오, 모멸스럽고도 모멸스럽습니다. 저는 너무 기가 막혀 정신을 잃을 지경입니다. 삶의 마지막 순간까지 제가 당신께 드릴 수 있는 말은 '어찌하여'란 넋두리밖에 없는 것인가요?"

보이지 않는 하늘 끝 가장자리에서 섬뜩한 대답을 해주는 듯, 장엄하면서도 진지한, 그러나 제대로 이해할 수 없는 웃음소리가 들리는 것 같더니 곧바로 도망치듯이 잦아들었다. 젊은이가 그 소리에 귀를 기울이려는 바로 그 순간, 발밑의 땅이 한 번 흔들리는가 싶더니 순식간에 쩍 갈라졌다. 그리고 젊은이는 바닥을 잃고 그 자리에서 아래로 추락하기 시작하였다. 수백만 길 심연들을 모두 합쳐놓은 것보다도, 더 깊 ― 고, 깊 ― 은 곳, 알 수 없는 어둠 속으로. ― 그곳에는 이 세상이 시작하는 날부터 끝나는 날까지 이미 존재하였던 모든 밤과 앞으로 오게 될 모든 밤들이 한꺼번에 도사리고 있어서 호시탐탐 다시 기회를 엿보고 있었으니.

엘제 아씨

"아니 정말 더 이상 게임을 않겠다, 그거야, 엘제?" — "그래, 파울, 난 더 이상 할 수 없어, 아듀. — 안녕히 계세요, 사모님." — "그런데, 엘제, 날 그렇게 부르진 마요. 그저 시시 부인 — 아니면 보다 마음에 드는 건, 그저 시시, 간단하잖아." — "안녕히 계세요. 시시 부인." — "그런데 왜 벌써 간다고 그래요, 엘제? 딘너Dinner까진 아직 두 시간도 더 남았는데." — "파울과 단식 게임을 하세요, 시시 부인. 전 오늘 기분이 별로예요." — "그냥 내버려둬요, 사모님, 오늘은 엘제에게 재수가 없는 날인가 봐요, 뭐. — 그렇잖아, 엘제, 재수가 없다는 것이 네 얼굴에 그대로 씌어져 있잖아 — 뾰로통한 표정에는 역시 빨간색 스웨터가 환상적으로 잘 어울린다니깐." — "파란색이었음 좀더 은총을 베풀어주었겠구나, 파울, 아듀."

아주 멋진 퇴장이야. 설마 저것들이 눈치를 챘을까, 내가 질투하고 있는 것을 — 사촌 파울 그리고 시시 모어, 저 연놈들 뭔가 꿍꿍이속이 있어, 맹세해도 좋아. 그냥 예사롭게 볼 일은 이 세상에 하나도 없으니까. — 이제 몸을 한번 돌려 저것들에게 눈인사를 보낼까.

윙크와 미소를. 자 어때, 이젠 좀 관대해 보이겠지? — 아이고 맙소사, 벌써 게임을 다시 시작했어. 게임이라면 시시 모어 정도는 내 상대가 못 되지, 물론 파울도 진짜 마타도르*는 아니고. 하지만 파울은 참 잘생겼어. — 열어젖힌 목 칼라, 앳된 얼굴에 화난 듯한 표정. 그저 조금만 못생겼더라면. 그렇다고 불안에 떨 필요는 없어요, 에마 이모…**

어머나 정말 황홀한 저녁이야! 로제타 산장까지 등산하는 덴 오늘이 정말 제격이었어. 어머 어머 세상에 저기 좀 봐, 시모네 산이야, 하늘에 솟구친 모습, 정말 장엄해! — 새벽 5시 정각에 출발했어야 했는데. 물론 처음엔 힘이 좀 들었겠지, 언제나 그랬으니깐. 하지만 곧 괜찮아지지. — 동틀 무렵 회색빛 안개 속의 산행이라, 이보다 상쾌한 일이 이 세상에 또 있을까. — 로제타 산장의 애꾸눈 미국 남자, 권투 선수처럼 보이던데. 시합 중에 누구한테 맞아서 눈깔이 확 빠져버렸을 거야. 미국이라면 난 잔말 않고 시집갈 거야. 아니면 미국 남자랑 결혼하고, 유럽에 그냥 눌러사는 건 어떨까. 리비에라*** 해변에 별장을 짓고. 대리석 계단은 바닷속으로 이어지고. 나는 나체로 대리석 위에 누워 있을 거야. — 얼마나 오래됐더라, 우리 가족이 망통에 갔던 때가? 7년 전 아님 8년 전. 내가 열세 살 아니 열네 살 때였으니까. 아 아 그랬어, 그때만 해도 우리 집 형편은 지금보단 훨얼씬 좋았지. — 오늘 산장 파티가 연기되다니 정말 어처구니없는 일이야. 어쨌든 우린 다시 돌아가야만 할 거야. — 오후 4시,

---

* matador: 주연급의 일류 투우사.
** 파울의 어머니.
*** Riviera: 이탈리아 북부에서 프랑스 칸까지 이어지는 지중해 해변.

내가 테니스 코트에 갔을 때만 해도, 전보로 통지된 엄마의 속달 편지는 도착하지 않았었는데. 하지만 누가 알겠어, 지금쯤은 도착해 있을지. 정말 끝내주게 테니스를 한 세트만 더 쳤음 했는데. — 왜 내게 인사를 하지? 여기 젊은 남자 두 사람. 난 전혀 모르는 사람들이야. 어제부터 호텔에 머물렀고, 식사 땐 왼쪽 창가에 앉곤 했는데, 거긴 그전에 네덜란드 사람들이 앉았었지. 내가 무뚝뚝하게 인사를 받았남? 아냐, 아예 콧대 높게? 난 정말 그런 여자가 아닌데. 프레드가 뭐라 했더라? 「코리올란」*을 보고 집에 가던 길에? 명랑. 아냐 발랄. 당신은 발랄하시군요. 그렇지 콧대를 세우면 안 돼, 엘제. — 멋진 말이야. 그 친군 언제나 내 맘에 드는 말을 찾아내. — 왜 이리 천천히 걷지? 엄마의 편지를 두려워하는 건가? 뻔하지, 반가운 말이 쓰어져 있을 리 없어. 속달편지니깐! 난 다시 집으로 돌아가야할 게 분명해. 아휴 속상해. 사는 게 왜 이 모양 이 꼴이야 — 빨간색 비단 스웨터에 비단 스타킹만 있음 뭐 해. 그것도 세 짝씩이나! 돈 많은 이모가 초청해준 덕분에 여기 머물고 있는 불쌍한 친척, 그 신세가 어디로 갈까. 분명 이모는 엄청 후회하고 있겠지. 저는 꿈에서라도 파울을 생각지 않아요, 사랑하는 이모님, 제가 그렇다는 것을 문서로 써드리면 어떻겠어요? 아아, 난 그 누구도 내 맘에 없어. 난 사랑에 빠지지 않아. 그 누구한테도. 그리고 지금까지 사랑에 빠진 적은 한 번도 없어. 알베르트에게도 역시 마찬가지야, 그게 아니었으니깐, 물론 여드레 동안 그런 착각을 하긴 했었지만. 난 사랑에 빠질 수 없는가 봐. 정말 이상한 일이지. 난 섹시하게 생겼는데도 말

---

* 빈의 대표적 극장 부르크테아터에서 상연된 셰익스피어의 비극.

이야. 그렇긴 해도 역시 교만하고 무뚝뚝하게 생겨먹었으니, 그나마 다행이지 뭐. 정말로 사랑에 한 번 빠졌던 땐 열세 살이었어. 반다이크에게* — 아니 아베 데 그뤼외에게 더 홀딱 반했었어. 그리고 레나르드란 여가수에게도. 그리고 내가 열여섯 살 때에는 뵈르터 호수에서. — 아 아냐, 그건 아니야. 지난 일을 생각하면 뭐 해, 회상록을 쓰는 것도 아닌데. 베르타처럼 일기도 쓰지 않는 주제에. 프레드는 동정심을 불러일으키지만, 그 이상은 아니야. 혹시 그 친구가 조금만 더 세련됐더라면. 난 그래, 정말 속물이야. 아빠 내가 속물이란 걸 눈치채고 놀려댔었지. 아, 사랑하는 아빠, 아빠 내게 너무 걱정거리야. 아빠가 엄마를 한번이라도 속였을까? 말할 필요가 없지. 밥 먹듯이 속이니까. 엄만 꽤나 멍청해. 나에 대해서도 아는 게 하나도 없으니. 다른 사람들도 마찬가지고. 프레드는? — 하지만 그저 감 (感)만 잡고 있는 수준이야. — 우와 정말 황홀한 저녁이야. 저기 저 호텔은 정말 축제 분위기야. 소리가 들리잖아. 왁자지껄한 사람들, 안녕들 하시고 근심 걱정 없는 사람들. 나를 예로 들면. 하하! 안타깝군. 근심 걱정 없는 삶을 타고났음 좋았을걸. 정말 신났을 텐데. 안타까워라. — 시모네 산 위에 빨간 광채가 놓여 있네. 파울이 보았음, 알프스 불꽃**이라 했겠지. 오랫동안 알프스 불꽃이 나타나지 않았었는데. 너무 아름다워서 눈물이 앞을. 아 아, 왜 도시로 다시 돌아가야만 하는 걸까! "안녕하세요, 엘제 아씨." — "어머 안녕하

---

* 반 다이크Van Dyck는 고아한 화풍을 지닌 16세기 화가, 그뤼외Abbé Des Grieux 는 푸치니의 오페라 마농 레스코의 주인공, 레나르드Renard는 빈 궁정 오페라단 소속의 가수이다. 뵈르터 호수는 잘츠부르크 근처의 큰 호수이다.

** 저녁노을이 알프스의 바위산에 반사되어 나온 붉은 빛.

세요, 사모님." — "테니스 치고 오는가 봐요?" — 보면 뻔히 아는 걸, 왜 물어? "네에, 사모님. 거의 세 시간 동안 우린 게임을 했어요. — 그런데 사모님께선 아직 산보를 하시나 봐요?" — "그럼요, 늘 하던 대로 저녁 산보예요. 롤레 길을 따라서. 초원 위의 이 길은 정말 아름다워요, 낮 동안엔 햇볕이 너무 따갑잖아요." — "맞아요, 이곳 초원은 기막히게 멋있어요. 특히 달빛이 비칠 때 제 방 창문에서 내다보면 말예요." —

"안녕하세요, 엘제 아가씨. — 안녕하셨는지요, 부인." — "안녕하세요. 헤어 폰 도르스데이 선생님." — "테니스 치고 오는 건가요, 엘제 아가씨?" — "정말 날카로운 통찰력이네요, 헤어 폰 도르스데이." — "놀리지 마세요, 엘제." — 흥, 왜 이젠 '엘제 아가씨'라고 부르지 않니? — "테니스 라켓을 든 모습이 그렇게 잘 어울리니, 아예 액세서리로 들고 다녀도 좋겠어요." — 당나귀 같은 자식, 그딴 말엔 대답하지 않겠어. "오후 내내 우린 테니스를 쳤어요. 우린 안타깝게 세 사람뿐이었어요. 파울, 모어 부인 그리고 저였지요." — "나도 한때 테니스에 미쳤던 사람입니다." — "그런데 이제 더 이상 치지 않나 보죠?" — "그러기엔 이제 나이가 너무 들어서." — "어머, 나이라고요, 마리엔리스트*에선 예순다섯 살이나 된 스웨덴 남자분이 계셨는데요, 매일 밤 6시부터 8시까지 테니스를 쳤어요. 그런데 그는 그 당시로부터 1년 전엔 테니스 시합까지 참가했다지 뭐예요." — "그렇담 난 예순다섯 살은 아직 안 되었으니 다행입니다, 하지만 유감스럽게도 스웨덴 남자가 아니라서." — 뭣 때문에 유감

---

* Marienlyst: 덴마크 동해안의 휴양지.

스럽니? 그런 걸 재치라고 생각하는 모양인데. 최선은, 미소를 띠고 그냥 가버리는 거야. "안녕히 가세요, 사모님. 아듀, 헤어 폰 도르스데이 선생님." 이 남잔 얼마나 깊게 허리를 구부리는 거야, 그리고 무슨 눈깔이 그래. 송아지 눈깔. 내가 예순다섯 살짜리 스웨덴 남자 이야기를 해서 결국 마음이 상했나? 내가 알게 뭐야. 비나버 부인은 불행한 여자임에 틀림없어. 분명 이미 쉰이 다 되었겠지. 이 여잔 눈물 보따리야, — 항상 펑펑 울고 난 사람처럼 하고 다니니. 아휴 얼마나 끔찍할까, 저렇게 나이가 들면. 헤어 폰 도르스데이가 그녀에게 찰싹 달라붙어 있지. 저기 그 작자가 그녀와 나란히 걸어가고 있네. 희끗희끗한 콧수염을 기른 모습, 아직까진 제법 멋있어 보이는데. 그럼 뭣 해, 인정머리가 조금도 없으니. 꾸며대서 점잔 떠는 꼴하며. 당신의 일류 재단사께서 신경깨나 썼겠네요, 그렇죠, 헤어 폰 도르스데이? 도르스데이! 당신은 옛날에는 분명 다른 이름이었을 거야.* — 저기 시시의 귀여운 어린 딸이 오네, 보모와 함께. — "잘 있었니, 프리치. 봉 수아Bon Soir.** 마드무아젤. 부 잘레 비엥 Vous allez bien?***" — "메르시, 마드무아젤, 안녕하셨어요?" — "어머나 이게 뭐니, 프리치, 그래, 등산 지팡이를 들고 다니네. 드디어 시모네를 올라갈 생각이구나?" — "아, 아니에요, 그렇게 높은 데까지 올라가면 아직 안 된대요." — "내년엔 분명 올라가도 된다고 할 게다. 프하하, 프리치, 그럼 또 봐요, 마드무아젤." — "봉 수아, 마드무아젤."

---

  * 돈으로 귀족의 칭호를 얻은 것을 말함.
  ** 프랑스식 저녁 인사.
 *** "잘 지내시죠"란 뜻의 프랑스 말.

정말 귀여운 아가씨야. 왜 저런 여자가 보모가 되었을까? 그것도 시시에게서. 쓰라린 운명이야. 아 아, 나도 피어보지도 못하고 저렇게 시드는 건 아닐까. 아 아냐, 난 말이야, 어쨌거나 보다 나은 걸 알고 있으니깐. 그런데 보다 나은 게 뭐지? — 향기로운 저녁이야. '공기가 마치 샴페인 같아요.' 발트베르크 박사가 어제 말했었지. 엊그제에는 또 누군가가 마찬가지 얘기를 했고. — 이렇게 멋진 날씨에 왜 사람들은 홀에 처박혀 있는 걸까? 정말 알 수 없어. 아니면 모두 속달 편지를 기다리나? 정문 수위가 날 벌써 보았어. — 내게 온 속달 편지가 있다면 저 친구가 그 즉시 내게 갖다주었겠지. 그러니까 아직 오지 않았어. 잘됐어. 디너 전까지는 침대에 누워 좀 쉴 수 있을 테니까. 그런데 시시는 왜 자꾸 '딘너'라고 말하는 거야? 멍청한 취향이야. 시시와 파울, 어쩜 그렇게 똑같이 생겨먹었을까, — 아 아, 차라리 편지가 이미 도착했더라면. 결국 '딘너' 중에 오는 건 아닐까. 편지가 오늘 밤 안으로 아예 도착하지 않는다면 오늘 밤도 뒤숭숭할 거야. 어젯밤에도 뒤척이다 잠을 못 잤는데. 물론 그건 바로 오늘 오전이지. 맞았어, 그래서 다리가 이렇게 무거운 걸 거야. 오늘이 9월 3일. 그러니까 아마도 6일에는. — 오늘 밤에는 베로날*을 먹어야겠어. 이런 것에 습관이 들면 안 되는데. 그래요, 사랑하는 프레드, 당신은 걱정하지 마세요. 그 남자를 생각하면 언제나 내 눈앞에 있는 것 같아서 직접 말을 걸게 돼. — 그래, 해볼 만한 것은 다 해봐야지 않겠어, — 마리화나까지도. 해병대 견습 사관 브란델이란 자식은, 내가 알기로는 아마 중국에서, 마리화나를 한 번 가지

---

* veronal: 수면제의 일종.

고 온 적이 있었지. 마리화나는 마시는 걸까, 아님 피우는 걸까? 황홀한 환상이 생겨날 거야. 브란델은 나도 초대했었는데, 같이 마리화나를 마시자고, 아니 — 피우자고 말이야 — 뻔뻔스러운 자식. 하지만 애교는 있어. —

"저, 여기 뭐가 왔는뎁쇼. 아씨, 편지입니다요." — 어 수위잖아! 그러니깐 이건 틀림없이! — 아주 태연하게 몸을 돌리자. 다른 사람에게서 온 편지일 수도 있으니까, 베르타 아니면 프레드, 아니면 미스 잭슨에게서? "고마워요." 아냐, 정말 엄마한테서. 속달 편지. 그런데 이 녀석은 왜 곧바로 '속달 편지'라고 말하지 않았어? "어머나, 속달 편지네요!" 우선 내 방에 올라가 편지를 뜯고 차분하게 읽어봐야지. — 저기 후작 부인께서 오시네. 어두운 곳에선 어쩜 저렇게 젊어 보일까. 분명 마흔다섯은 되었을 텐데. 마흔다섯 살 땐 난 어디 있을까? 아마 오래전에 죽은 사람일 거야. 차라리 그랬음, 좋겠어. 이 여자가 내게 상냥한 미소를 짓네, 언제나처럼 말이야. 말을 걸지 않고 그냥 지나가도록, 고개만 조금 숙여 인사를, — 후작 부인 정도가 내게 미소를 짓는 것이 뭐 대단한 영광도 아니란 것처럼. — "부오나 세라."* — 어머, 부오나 세라라고 인사를 다 하네. 이젠 나도 적어도 허리를 굽혀 인사해야겠어. 너무 깊게 굽혔남? 치, 그럼 어때, 이 여잔 그만큼 나이가 많으니까. 이 여자 걸음새는 어쩜 이렇게 세련됐을까. 이혼한 여자일까? 내 걸음걸이도 아름답긴 마찬가지야. 하지만 — 난 이걸 의식한단 말씀이야. 맞았어, 그게 바로 차이점이지. — 이탈리아 남자는 내게 위험할 수 있지. 유감천만이야,

---

* Buona sera: 이탈리아식 저녁 인사.

까만 머리의 로마 대갈통*이 벌써 사라져버리다니. '저 친군 바람둥이 같은데'라고 파울이 말했지. 아 아, 난 바람둥이가 싫지 않아, 오히려 그 반대야. — 자아 이제 다 왔어. 방 번호 77번. 사실은 행운의 숫자인데. 예쁜 방이야. 소나무 목재. 저기엔 순결한 내 침대가 달랑 놓여 있고. 어쩜 진짜로 알프스 불꽃이 되었네. 하지만 파울에겐 그러지 않았다고 박박 우길 거야. 파울은 부끄럼을 정말로 잘 타. 의사, 산부인과 의사인데도 말이야! 아니야, 혹시 바로 그렇기 때문에 부끄럼을 타나. 엊그제 숲 속에서만 해도 우리는 다른 사람들보다 훨씬 더 앞질러 갔었으니까 그 친구가 좀더 박력 있게 나올 수도 있었는데. 이 친구는 곧 메스꺼워하는 눈치였어. 정말 나를 상대로 박력 있게 나온 남자는 여태껏 한 놈도 없었어. 기껏해야 3년 전 뵈르터 호숫가에서 일광욕을 할 때에. 박력이 있었다고? 피이, 말도 안 돼, 한마디로 아주 엉큼한 자식이었지. 하지만 내 맘엔 들었어. 아폴로 신상을 빼다 닮은 친구였는데. 난 그때만 해도 그게 뭔지 제대로 이해하지 못했었지만. 그땐 그랬지 뭐, 나이가 — 열여섯이었으니까. 나의 초원, 어머나 세상에 정말 아름다워! 나의 —! 이걸 빈으로 가지고 갈 수만 있다면. 부드러운 안개. 가을인가? 그야 그렇지, 9월 3일, 산중 호텔.

자 이제, 엘제 아씨, 결심을 내리실 기미가 도무지 보이지 않네요, 편지를 읽으실 결심 말예요? 그래 이 편진 아빠와 전혀 상관없겠지. 혹시 오빠한테 무슨 일이 생겼나? 그러니까 오빠가 불장난한 애인들 가운데에 아무개랑 그사이에 약혼을 해버린 건 아닐까? 합창단 아가

---

* 마치 로마 시대의 조각상과 같은, 팔등신의 균형 잡힌 두상.

씨 아니면 장갑공장 계집애와 말이야. 아, 아니야, 그러기엔 오빠는 너무 약아빠졌어. 그러나 사실 난 오빠에 대해 그렇게 많이 알고 있지 못해. 내가 열여섯이고 오빠가 스물한 살이었을 때만 해도 우린 오랫동안 친구나 다름없이 지냈었는데. 로테라는 아가씨에 대해서도 곧잘 이야길 해주었단데, 갑자기 이야길 뚝 끊어버렸어. 로테라는 그년이 오빠에게 뭔가 나쁜 짓을 한 게 분명해. 오빠가 아무런 얘기도 해주지 않는 것을 보면 말이야. — 벌써 열려 있잖아, 이 편지, 내가 편지를 개봉했단 사실조차 몰랐다니. 창문턱에 걸터앉아 편지를 읽어볼까. 조심해, 저 아래로 굴러떨어지면 안 되니까. 산 마르티노*에서 들어온 소식에 의하면 그곳 프라타차 호텔에서 안타까운 사고가 발생했습니다. T.씨 가문의 열아홉 살, 그림처럼 아름다운 처녀이자 유명 변호사의 따님이… 물론 이렇게 호칭하겠지, 난 불행한 사랑을 못 견딘 나머지 자살한 것으로 되었음 좋겠어, 아니면 불행한 사랑을 스스로 선택한 나머지. 불행한 사랑이라고, 아, 아냐, 싫어.

'내 사랑하는 아가야' — 지금 당장 편지 끝머리부터 읽고 싶군. — '그러니까 다시 한 번만 우리에 대해서 화부터 내지 말고 들어보아라, 나의 사랑스럽고도 착한 아가야, 그리고 제발 몇천 번이고' — 하느님 맙소사, 이 사람들 그러니까 자살할 마음은 전혀 없다, 그거지! 그래 — 그랬더라면 루디 오빠로부터 전보가 왔겠지. — '내 사랑하는 아가야, 너는 내가 얼마나 괴로워하고 있는지 잘 알 수 있을 것이다, 멋진 휴가 기간을 즐기고 있을 너에게 이렇게 편지를 보내' — 유감스럽게도 난 항상 휴가인데 뭐 — '유쾌하지 못한 소식을 별

---

* San Martino: 이탈리아 북부 알프스의 휴양지.

안간 끼워넣게 되었으니' — 엄마가 섬뜩한 어투를 다 쓰시네 — '그렇지만 충분히 생각한 끝에 나에겐 정말 다른 도리가 남아 있지 않았단다. 그러니까 짧게 말하는 게 좋겠다, 아빠와 관련된 이번 일이 급하게 됐다. 나는 어떻게 해야 할지 모르겠고 게다가 속수무책이다.' — 무엇 때문에 말을 길게 늘어놓는 걸까? — '문제는 비교적 우스운 금액 — 3만 굴덴Gulden*,' 그 정도가 우스워요? — '이것을 사흘 안에 만들어내야만 한다. 그러지 않으면 모든 게 다 허사다,' 아이고 하느님 맙소사, 도대체 무슨 말이야? — '생각해봐라, 내 사랑하는 아가야, 회니히 남작이,' 뭐라고, 그 사람은 검사잖아요? — '오늘 아침에 아빠를 소환했단다. 넌 잘 알고 있잖니, 그 남작이 아빠를 얼마나 높이 평가하는지, 그래, 아빠를 아예 사랑할 지경이란다. 1년 반 전, 그때에도 사태가 머리카락 하나에 매달려 있었는데 그분이 채권자 대표에게 개인적으로 잘 말해주어서 마지막 순간에 잘 해결되었단다. 그러나 이번만큼은 그 돈을 마련하는 것 이외에는 손을 쓸 길이 전혀 없다. 그리고 우리 모두가 폭삭 망해버리는 것은 아무 일이 아니라고 해도, 만일 그때까지 돈이 마련되지 않으면 스캔들이 일어날 것이다. 생각해봐라, 한 변호사가, 그렇게 유명한 변호사가, — 어떻게 그런 사람이, — 아, 아니다, 난 정말 글로 쓸 수가 없다. 난 지금 눈물을 참느라고 싸우고 있다. 넌 분명 잘 알고 있을 거다, 아가야, 넌 정말 영리하지 않니, 우린 정말 하늘이 원망스럽지만 이미 몇 번이나 비슷한 상황에 처한 적이 있었고, 그때마다 친척들이 우리를 구출해주었단다. 최근에는 한술 더 떠서 12만 굴덴이 문제가

---

* 당시 4인 가족 기준 한 달 최저생계비는 300굴덴 정도로 추정된다.

된 적도 있었다. 그러나 그때 아빠는 다시는 친척들에게 특히 베른 하르트 아저씨에게 손을 벌리지 않겠다는 각서에 서명할 수밖에 없었단다.' — 그래, 그래서 어쩌란 말이야, 도대체 뭐야, 원하는 게 뭐예요? 내가 할 수 있는 일이 도대체 뭐란 말이지? — '혹시라도 아 직까지 생각해볼 수 있는 유일한 사람은 빅토르 아저씨인데 지금은 안타깝게도 북유럽 끝인가, 스코틀랜드로 여행을 가 있단다.' — 그 래요, 그거 참 잘됐네, 구역질나는 자식 — '그래서 전혀 손이 닿지 않는구나, 적어도 지금 이 순간엔 말이다. 아빠의 동료들 중에서 특 히 슈. 뭐라고 하는 박사는 아빠가 도와준 적이 한두 번이 아니지만' — 맙소사, 지금 우린 어떻게 된 거야 — '그 사람이 재혼을 한 이후 로는 더 이상 생각해볼 수 없게 되었다.' — 그래서 뭐란 말이야, 뭐 예요, 도대체 나한테 원하는 게 뭐야 — '그러던 차에 네 편지가 왔 구나. 사랑하는 아가야, 그 편지에 네가 여러 사람을 이야기해주는 도중에 도르스데이도 역시 거기 프라타차 호텔에 머물고 있다고 말 해주었잖니, 그건 우리에게 운명의 손짓처럼 여겨졌다. 너도 잘 알 다시피 도르스데이는 예전에 우리 집에 자주 오곤 했었다.' — 홍 그 런가, 전혀 자주 오지 않았는데. — '그가 2~3년 전부터 어쩌다가 한 번 모습을 나타낸 것은 순전히 우연에 불과하단다. 우리는 상당 히 탄탄한 인연을 그와 맺고 있다 — 우리끼리 하는 말이지만, 그다 지 질이 좋은 인연은 아니지만 말이다.' — 치 도대체 왜 나까지 포 함해서 '우리끼리'라고 하는 거야? — '레지덴트 클럽에서 아빠는 아 직도 매주 목요일에 그와 카드놀이를 하고, 게다가 지난겨울에는 또 다른 예술품 상인을 상대로 한 소송에서 아빠가 도르스데이를 도와 줘서 큰돈을 찾아준 일도 있단다. 그 밖에도, 네가 이걸 알아서 안 될 이유가 없어서 적는다만, 옛날에도 한번 도르스데이가 아빠를 도와주러 선뜻 달려온 적도 있었단다.' — 나도 이미 짐작하고 있었어요. — '당시에도 그저 푼돈에 불과했단다, 단돈 8천 굴덴이었으니까, — 그러니 쉽게 말해서 — 3만 정도야 도르스데이에게는 돈이라고도 볼 수 없다. 그래서 내가 생각해본 것인데, 네가 우리에게 사랑을 베풀어서 도르스데이와 이야기를 나누어주었으면' — 뭐라고? — '도르스데이는 언제나 너를 특히 좋아했단다.' — 난 전혀 몰랐는데. 뺨을 쓰다듬어준 적은 있었지, 내가 열두 살인가 열세 살이었을 때. 그러면서 '벌써 다 큰 처녀가 되었네'라고 말했었지. — '그리고 아빠는 8천 이후에는 다행히도 그에게 더 이상 손을 벌리지 않았기 때문에 아빠에게 베푸는 사랑의 봉사를 거절하지는 않을 거다. 요 며칠 전에 도르스데이는 루벤스 그림 하나를 아메리카에 팔았고, 그것 하나만으로도 8만 굴덴을 벌었단다. 물론 이런 것까지 네가 자세히 언급할 필요는 없다.' — 엄마는, 내가 그렇게 멍청한 여자인 줄 알아요? — '하지만 그 밖의 것은 네가 솔직하게 모두 털어놓을 수 있을 거다. 회니히 남작이 아빠를 소환했다는 것도 일이 어쩔 수 없게 되면 이야기해도 된다. 그리고 3만이면 진짜로 가장 곤혹스러운 일을 모면하게 된다, 이건 일순간이 아니라 정말 하느님께 맹세코 영원히 모면하게 될 거다.' — 정말 그렇게 생각해요, 엄마? — '왜냐하면 에르베스하이머의 소송은 전망이 밝기 때문에 아빠가 분명히 10만은 손에 쥐게 될 거다, 그렇긴 해도 사태가 바로 이런 판국까지 몰리다 보니 에르베스하이머에게 아무것도 요구하지 못하고 있단다. 그러니까, 내가 너에게 부탁한다, 애야, 도르스데이에게 말 좀 해라. 내가 너에게 보장하마, 아무런 불상사도 없을 거다. 아빠가 그에게 간단하게 전보를 칠 수도 있었다. 우리는 이것도 진지하게 생각해보았다. 그러나 애야, 한 사람에게 얼굴을 맞대고 개인적으로 말하는 것은 역시 아주 다른 것이다. 6일 12시 정각까지 이 돈이 F. 박사에게 가 있어야 한다.' — F. 박사가 누구지? 아 맞았어, 피아라. — '이건 완고한 조건이란다. 물론 여기에는 개인적인 복수심도 들어 있단다. 그러나 이번 경우엔 불행하게도 피후견인의 돈을 건드려놓아서' — 하느님 맙소사! 아빠, 무슨 일을 저질러놓았어요? — '어떻게 해볼 수가 없구나. 그리고 만에 하나라도 6일 정각 12시까지 피아라 손에 돈이 들어가지 않으면, 구속영장이 발부된단다, 회니히 남작도 구속 영장을 늦출 수 있는 대로 다 늦추어놓았단다. 그러니 도르스데이가 이 금액을 F. 박사에게 자신의 거래 은행을 통해서 전신환으로 틀림 없이 이체시켜주리라 믿는다. 그러면 우리는 구출되는 것이다. 그러지 않은 경우에는 어떻게 될 것인지 하느님만이 아실 거다. 날 믿어라, 그렇다고 네가 품위를 잃을 일은 조금도 없다, 내 사랑하는 애야. 아빠도 처음에는 정말 망설였기 때문에 두 가지 길에서 방법을 다 모색해보았단다. 그러나 아주 낙담해서 집으로 돌아왔다.' — 아빠가 낙담을 했다고? — '돈 때문에 그렇게까지 낙담한 것 같지는 않다, 오히려 사람들이 아빠를 비열한 사람으로 몰아세웠기 때문이다. 그중 한 사람은 한때 아빠의 가장 친한 친구였다. 넌 내가 누구를 말하는지 알 수 있을 거다.' — 난 전혀 알 수 없는데. 아빠에겐 가장 친한 친구라는 사람들이 그렇게 많았지만 실제로는 아무도 없었으니까. 그러나 혹시 봐른스도르프를 말하나? — '정각 1시에 아빠가 집에 돌아왔고 이제는 새벽 4시다. 이제야 아빠는 잠이 들었다. 다행이다.' — 아빠가 차라리 깨어나지 않는다면 그게 아마 최선이겠지.

— '나는 날이 밝자마자 이 편지를 직접 우체국에 건네주겠다. 속달로, 그러면 네가 3일 오전에 받을 게 틀림없다.' — 엄마가 어떻게 그런 걸 다 계산해냈을까? 이런 일엔 아주 깜깜한 사람이. — '그러니까 도르스데이에게 말해라. 간절히 부탁한다. 그리고 어떻게 됐는지 곧바로 전보를 쳐라. 에마 이모는 제발 눈치를 못 채게 해라. 이건 정말 슬픈 일이다. 이런 상황에서 친언니에게 말을 붙일 수 없으니 말이다. 그러나 돌덩이에다 말을 거는 것과 무슨 차이가 있겠니. 내 사랑하는, 사랑하는 애야, 젊은 나이의 네가 이런 일에 끼어들어야만 하다니 정말로 마음이 아프다. 그러나 날 믿어라. 아빠는 그 일에 조금도 자기 잘못이 없다.' — 그럼 누구 잘못이죠, 엄마? — '이제 우리는 하느님께 기도하고 있다. 에르베스하이머의 소송이 모든 점에서 우리 실존의 한 국면을 의미한단다. 우리는 앞으로 몇 주간을 잘 넘겨야만 한다. 3만 굴덴 때문에 불행이 일어난다면 이건 정말 죽고 싶을 정도로 모멸스러운 일이지 않겠니?' — 그러니까 엄만 아직도 진지하게 생각해보지 않았어, 아빠가 그딴 일 하나로… 아냐 혹시 욱해서 — 그런다 해도 더 나아질 건 또 뭐야? — '자 그럼 얘야, 이만 줄이도록 하겠다. 네가 어떤 상황에서도' — 어떤 상황에서도? — '이번 휴가 기간 동안, 적어도 9일 또는 10일까지는 산 마르티노에 머물 수 있길 바란다. 우리를 위해 너는 되돌아와서는 절대 안 된다. 이모에게 안부 전해라, 내 사랑하는 착한 애야, 그리고 천 번이고' — 그래 그래, 이젠 알아들었어.

그러니까 나더러 도르스데이 씨에게 돈을 빌려달라고 애걸해라, 그것 아니겠어… 미쳤어. 어떻게 엄마가 그런 걸 다 생각해냈을까? 왜 간단하게 아빠가 기차를 타고 직접 오지 못했을까? — 속달 편지 못잖게 정말 빨랐을 텐데. 혹시 그랬더라면 기차역에서 붙잡혔을까, 도망간다는 의심을 받고 — — 으 끔찍해, 정말 끔찍한 일이야! 혹시 3만 굴덴이 있다 해도 우리에겐 정말 아무 도움이 못 될 거야. 언제나 이런 일뿐야! 7년 전부터! 아니 — 훨씬 오래전부터. 누가 내 심정을 알아줄까? 내 맘을 조금이라도 알아줄 사람은 하나도 없어, 아빠 마음을 알아줄 사람도 없고. 그런데도 모두들 그런 것 정도는 이미 다 알고 있다는 투야. 수수께끼 같아, 우리가 망하지 않고 아직 살아 있는 게 말이야. 모든 사건에 어쩜 그렇게 쉽사리 익숙해져버리는지! 그래서 우리가 아무 탈 없이 잘 살고 있긴 하지만, 지금은 해도 너무해. 엄만 정말 속없이 뽐내는 여자야. 올해는 정월 초하루부터 사람들을 열네 명씩이나 초대해서 만찬을 벌이고 — 이해할 수 없어. 그 바람에 내 무도회용 장갑 두 켤레도 못 사줘서 대판 싸움이 벌어졌고. 그리고 루디 오빠가 며칠 전 3백 굴덴이 필요하다고 하자, 엄마는 눈물을 팡팡 쏟기 직전이었는데. 아빠는, 엄마가 그렇게 할라치면 언제나 온통 흥분에 빠지고. 언제나 흥분만 하나? 아 아니야, 오호, 아니었어. 얼마 전 피가로를 보러 갔을 때, 오페라 극장 안에서 아빠 눈빛이, — 갑자기 온통 멍해지더니 — 난 화들짝 놀랐어. 그때 아빠는 전혀 딴사람 같았으니까. 그러나 그런 후에도 우린 호화판 그랜드 호텔에서 풀코스 식사를 하고, 아빠는 언제나처럼 환한 얼굴로 들떠 있었지.

그런데 지금 난 이런 편지를 손에 들고 있으니. 이 편지는 정말 미쳤어. 도르스데이에게 말하라, 그거야? 난 죽고 싶을 만큼 부끄러울 거야. — — 부끄러워, 내가 뭣 땜에 부끄러워? 뭣 땜에? 난 아무 잘못이 없어. — 눈 딱 감고 에마 이모에게 말해버릴까? 쓸데없어.

이모가 설마 그렇게 많은 돈을 관리할 리 없지. 이모부란 작자는 한 푼에도 벌벌 떠는 노랑이니깐. 아이 참 왜 난 돈이 없을까? 왜 아직까지도 나는 아무 돈벌이가 없을까? 오 그래, 내가 배운 게 뭐가 있다고 그래! 하지만 누가 감히 내가 배운 게 없다고 지껄이겠어? 난 말이야, 피아노를 연주하고, 프랑스어에다, 또 영어에다 그리고 이탈리아 말까지도 약간 할 줄 알고, 예술사 강의도 들으신 몸이라, 그거야 — 흐 아하! 그래 내가 좀더 쓸 만한 걸 그전에 배웠다 해도, 그게 무슨 소용이 있겠어? 3만 굴덴을 저축할 재주가 없긴 매한가지이지. — —

으잉, 툭 꺼져버렸어, 알프스 불꽃이. 저녁 시간도 더 이상 멋지지 않구. 주위엔 온통 슬픔이. 아, 아니야 주변이 슬픈 게 아니라, 이렇게 사는 꼬락서니가 슬픈 거지. 난 멍청하게 창문턱에 앉아 있고, 아빠 감옥에 갇혀야만 한다. 안 돼. 절대 안 돼. 그렇게는 안 돼. 내가 아빠를 구출하겠어. 그래요 아빠, 내가 아빠를 구해줄게요. 정말 간단하잖아요. 몇 마디 말만 논샬랑nonchalant하게* 지껄이면 되잖아요, 이건 정말 내 주특기가 아니겠어요, 난 '자존심이 대단하니까.' — 흐 아하, 내가 도르스데이 씨를 요리해서 우리에게 돈을 빌려주는 것이 그의 명예가 되도록 만들어보겠어요. 정말로 일종의 명예가 되도록. — 헤어 폰 도르스데이 선생님, 저를 위해 시간 좀 내주실 수 있겠지요? 제가 조금 전 엄마로부터 편지를 하나 받았는데요, 엄마는 순간적으로 정말 당황하신 것 같았어요, — 아빠보다도 말예요 — — '아, 물론이지요, 아가씨, 정말 기꺼이 그래야 하지요. 도대체

---

* 천연덕스럽게.

금액이 얼마나 됩니까?' — 그 남자가 눈곱만큼이라도 인정머리가 있다면. 그 자식이 날 뚫어지게 보던 그 눈빛은 또 어떻고. 아 아니야, 도르스데이, 난 당신의 우아함을 믿지 않아. 당신의 외눈깔 안경도 믿지 않고, 당신의 고결함도 믿지 않아. 당신은 이 문제도 골동품 의상이나 오래된 그림처럼 취급하실 게 뻔하잖아요. — 그게 무슨 말이오, 엘제! 엘제, 도대체 날 뭐라고 생각하는지. — 오, 난 감히 이런 건방도 떨어볼 수 있다, 그거야. 날 제대로 알아본 사람은 아직 없었어. 난 게다가 금발, 붉은빛이 도는 금발이야, 그런데 루디 오빠 영락없이 귀족처럼 보인단 말이야. 엄마도 마찬가지고, 누구나 첫눈에 알 수 있어, 적어도 말투가 그러니까. 그런데 아빠는 또 전혀 아니야. 말하면 뭘 해, 다들 눈치 채고 있는걸. 난 내가 이렇게 생겨먹은 걸 조금도 부정하지 않겠어, 적어도 루디 오빠는 나와는 정말 달라. 정반대야. 아빠가 감옥에 갇히면 오빠는 무슨 짓을 할까? 권총 자살을 할까? 무슨 헛소리야! 권총 자살 그리고 형무소, 그런 일이 이 세상에 정말 있을까, 그런 것은 그저 신문에나 나오는 일이야. 공기가 샴페인 같구나. 한 시간 후엔 디너가 있겠지, 그래 '디너'가. 시시 그년은 꼴도 보기 싫어. 자기 딸아이는 털끝만큼도 신경 쓰지 않아. 그런데 난 무슨 옷을 입을까? 푸른색 아니면 검은색? 오늘은 아마 검은색이 맞을 거야. 앞이 너무 깊게 파이지 않았나? 상황에 맞춰 입어라, 이런 것이 프랑스 소설들 아니겠어. 도르스데이와 얘기하려면 어쨌거나 난 매혹적으로 보여야만 하니깐. 디너를 마친 후에 논샬랑하게 말하는 거야. 우웩 메스꺼운 놈. 난 그 자식을 증오해. 모든 인간들이 꼴도 보기 싫어. 그런데 하필이면 바로 그 도르스데이일 건 또 뭐야? 이 세상에 3만 굴덴을 가진 남자가 정말 도르스데이 이 자식 하나밖에 없나? 파울과 상의해보는 건 어떨까? 그가 노름빚을 지었다고 이모에게 말하면, — 그러면 이모는 무슨 수를 써서라도 돈을 마련해낼 거야. —

벌써 어두워졌어. 밤. 무덤 속같이 깜깜한 밤. 내가 차라리 죽어 있다면, 더 바랄 게 없겠다. — 하지만 그건 사실이 전혀 아니니. 지금 당장 내려가서 디너가 아직 시작되기 전에 도르스데이와 말한다면? 어휴 끔찍해라! — 파울, 네가 3만을 마련해주면 말이야, 네가 원하는 걸 나한테서 다 가질 수 있어. 이건 또 무슨 소설 같은 이야기야. 사랑하는 아빠를 위해 고귀한 딸이 몸을 팔고 한술 더 떠서 나중엔 재미까지 본다. 피이, 망할 년 같으니! 아냐, 파울, 3만을 준다 해도 넌 내게서 아무것도 가질 수 없어. 그 어떤 놈도 말이야. 하지만 1백만 한 장을 내놓으면? — 궁전을 하나 지어준다면? 진주 목걸이를 하나 주면? 내가 한 번 결혼하게 된다면 아마 좀더 값을 내려도 될 텐데. 그때에는 정말 그렇게까지 나쁜 짓이 아닐까? 화니라는 여자도 결국 몸을 팔았지. 그 여잔 자기 남편 앞에만 서면 무서워서 소름이 끼친다고 내게 직접 말해주었어. 그건 그렇고, 오늘 저녁 내 몸을 경매에 붙인다면 아빠의 심정이 어떨까? 당신이 형무소에 가는 걸 막겠다고 하는 일인데. 센세이션이야 —! 내 몸에 열이 있나, 분명 그럴 거야. 아니면 벌써 생리를 시작하나? 아냐, 몸에 열이 있어. 아마도 공기 때문에. 샴페인 같은 이 공기 때문에. — 프레드가 옆에 있다면 그 친구가 내게 조언을 해줄 수 있을까? 아냐, 조언 따위는 필요 없어. 조언 받을 일도 아니잖아. 난 말이야, 에페리스*에서

---

* Eperies: 당시 헝가리의 북동부 지방의 소도시.

오신 헤어 폰 도르스데이 귀족님께 말하는 거야. 난 그에게 애원해서 돈을 빌리는 거야. 이 몸이 말이야. 자존심이 대단한 귀족 아가씨이고 후작의 딸, 동냥질하는 계집이고 한술 더 떠서 사기꾼의 딸년인 이 몸께서 직접 나서는 거야. 어쩌다 내가 이 지경이 됐을까? 나와 견줄 만큼 암벽 타기를 잘하는 사람은 없어. 그 누구도 나만큼 담력이 세진 못해. ― 스포츠 걸, 난 차라리 영국에서 태어났어야 옳았어. 아니면 돈 많은 공작의 따님이라든지.

여기 이 장롱, 옷들이 걸려 있군! 모직으로 된 초록색 이 옷, 옷값은 제대로 치렀어요, 엄마? 그저 선금이나 조금 주었겠죠. 여기 이 검은 옷을 걸쳐야겠어. 어제 이 옷을 입었더니만 모두 다 내게서 눈을 떼지 못하더라고. 창백한 그 남자, 금도금한 코안경을 걸치고 다니는 그 남자까지도. 난 사실 아름답다고는 할 수 없어, 그래도 눈길은 끌지. 난 차라리 연극무대 위에 섰어야 했어. 베르타도 벌써 애인이 셋씩이나 있는데, 그래도 그중 어떤 한 놈도 귀찮게 달라붙진 않아⋯ 뒤셀도르프에 있다는 놈은 무대감독이라지. 함부르크에서는 유부남과 같이 지내지만 그녀가 사는 곳은 대서양 해변, 욕실이 딸린 아파트. 베르타 이 친구는 이걸 뻐기는 것 같았어. 멍청하긴 모두들 마찬가지야. 난 말이지, 애인을 한 백 명 정도 두겠어, 아니 한 천 명쯤, 안 될 이유가 어디 있어? 앞가슴을 파놓은 깊이가 충분치 못해, 내가 결혼한 몸이면 조금 더 깊게 파도 괜찮을 텐데. ― 어머나 헤어 폰 도르스데이 선생니임, 선생님을 이렇게 만나 뵙다니 정말 잘됐네용, 제가 말예요, 조금 전 여기 이 편지를 빈에서 받았는데요⋯ 이 편지는 모든 경우에 대비해서 옷 속에 끼워 넣고. 초인종을 눌러 하녀를 부를까? 아냐, 나 혼자서 끝내지. 이 검은색 옷은 누구를 부를 필요가 없으니까. 내가 부자라면 몸종 없이는 절대 여행을 다니지 않을 거야.

방 안 불을 켜야겠네. 날씨가 쌀쌀해졌어. 창문을 닫고. 커튼까지 내릴까? ─ 쓸데없는 짓. 저 건너편 산 위에서 망원경으로 들여다보는 놈도 하나 없다니. 아깝군. ─ 헤어 폰 도르스데이 선생니임, 제가 여기 이 편질 방금 받았는데요. ─ 역시 딘너 후에 말을 거는 게 좋을 것 같아. 좀더 가벼운 기분일 테니까. 도르스데이도 마찬가지고 ─ 그전에 난 포도주를 한 잔 마셔놓을 수도 있을 거야. 그러나 이 일을 디너 전에 싸악 해치워버리면 식사가 꿀맛일 텐데. 푸딩 아라 메르베유, 프로마주, 프뤼이 디버.* 그런데 헤어 폰 도르스데이가 노No라고 해버리면? ─ 아니, 그 자식이 혹시 엉큼하게 나오면? 아아니야, 내게 엉큼하게 군 남잔 여태껏 없었어. 해병대 소위 브란들이 그러긴 했지만, 그래도 나쁜 뜻으로 그런 건 아니었어. ─ 내가 다시 약간 날씬해진 모양이야. 옷이 정말 잘 맞네. ─ 어둠이 들여다보고 있어. 유령처럼 내 맘속을 들여다보고 있어. 수백 명의 유령들. 나의 초원으로부터 유령들이 뭉실뭉실 피어오르고. 빈은 얼마나 먼 곳에 있을까? 내가 집을 떠난 지도 벌써 얼마나 되었고? 이렇게 외톨이로 혼자 있다니! 난 여자 친구가 한 사람도 없어. 그렇다고 남자 친구도 없고. 모두 어디에 있을까? 난 어떤 남자와 결혼하게 될까? 누가 사기꾼의 딸과 결혼하자고 나설까? ─ 선생니임, 조금 전에 말예요, 편지를 하나 받았는데 말예요, 그런데 헤어 폰 도르스데이 선생니임. ─ '뭘 그렇게 이러쿵저러쿵 길게 말씀하실 필요가

---

* Pudding à la merveille, fromage, fruits divers: 튀김을 곁들인 푸딩, 치즈, 여러 가지 과일.

있겠습니까, 엘제 아씨, 바로 어제 제가 렘브란트 그림 한 장을 드디어 팔아치웠습니다. 저를 부끄럽게 만들지 마세요, 엘제 아씨.' 이런 말과 함께 곧바로 수표책을 한 장 뜯어서 황금 만년필로 쓱싹쓱싹 서명을 하는 거야. 그러면 난 내일 아침 일찍 수표를 손에 들고 기차를 타고 빈으로 갈 거야. 그래 어떤 경우에도 수표가 없다 해도 난 더 이상 여기 머물지 않겠어. 난 정말 그럴 수도 없고, 그렇게 해서도 안 돼. 난 이곳에서 우아하고 젊은 요조숙녀로 살아 있는데 아빠는 무덤에 한 발을 걸쳐놓고 있다니 — 안 돼, 형무소만큼은 절대 안 돼. 비단 스타킹, 이걸 신고 나면 남은 건 달랑 한 짝. 무릎 바로 밑, 자그맣게 올이 나간 걸 눈치챌 사람은 없겠지. 애야, 그럴 사람이 없다고, 누가 아니? 경솔하게 굴지 마라, 엘제. — 베르타는 한마디로 끼가 있는 여자야. 그렇다고 크리스티네가 눈곱만치라도 더 나을까? 그래 그래, 미래의 남편들께서 아시면 기뻐들 하시겠다. 엄만 정말로 정조를 지키는 아내야. 흥, 난 정조 따윈 지키지 않을 거야. 난 자존심이 강하고 콧대가 높긴 해도 정조 따윈 지키지 않을 거야. 그래서 바람둥이들이 내겐 위험한 거야. 후작 부인, 그 여자도 분명 바람둥이 한 놈 정도는 애인으로 두고 있을 거야. 내가 어떤 여자인지 프레드가 제대로 안다면, 그 친구가 날 연모하는 마음도 그 순간 끝장나겠지. — '당신은 모든 것이 다 가능할 수 있습니다. 피아니스트도 될 수 있고, 경리 사원도 될 수 있고, 연극배우도 될 수 있고, 그토록 많은 가능성들이 당신 안에 숨겨져 있어요. 그런데도 당신은 언제나 아무 문제없이 잘 살고 계십니다.' 아무 문제가 없다고. 오호 그래. 프레드, 너는 날 과대평가했어. 난 진짜 아무 재능이 없어. — 베르타처럼 나도 발랑 까질 수 있었는데, 그저 기회가 없었는지 누가 알아? 하지만 내겐 에너지가 없어. 좋은 가문의 젊은 요조숙녀라. 하하, 좋은 가문. 애비가 피후견인의 돈을 사기 쳐먹은 판국에 좋은 가문은 또 뭐야. 아빠, 아빠 어째자고 그런 일을 저질러 저를 욕먹게 만들어요? 가로챈 돈은 아직도 좀 남아 있나요! 벌써 증권에 다 날려버렸겠죠 뭐! 그게 정말 심혈을 기울일 가치가 있나요? 그리고 3만 굴덴이 있어도 아빠에겐 아무 소용이 없을 거예요. 아마 한 석 달 정도는 버티겠죠. 그러다 결국 아빠 도망가야 할 지경에 빠질 텐데. 틀림없어요. 1년 반 전에도 거의 그럴 지경에 빠졌었잖아요. 바로 그 순간에 역시 구원을 받았지만, 하지만 언젠가 한번은 도움을 못 받을 때가 오는 거예요 — 그럼 우리에겐 무슨 일이 일어나죠? 루디 오빠는 로테르담으로 가서 반더홀스트 은행에 취직이야 하겠지요. 그럼 난 어떻게 되나요? 호화스러운 파티. 오호, 내가 노려야 하는 게 바로 그런 거라면! 난 오늘 정말 아름다워. 제법 흥분까지 되네. 그런데 내가 누구를 위해 아름다운 거야? 혹시 프레드가 여기 있다면 내가 기뻐해야 옳을까? 아 아, 프레드, 그 친구는 근본적으로 없는 거나 마찬가지야. 바람둥이가 아니니까! 하지만 그 친구가 돈을 가졌다면 그를 받아줄 수도 있어. 그리고 난 다음에 바람둥이가 하나 나타나는 거야 — 그러면 이런 답답증도 사라지겠지. — 헤어 폰 도르스데이, 당신은 기꺼이 바람둥이가 되어주시겠지요? — 멀리서 보면 당신은 가끔 기운 빠진 비콩트, 아니면 돈 후앙*처럼 보이던데 — 근시용 외눈 안경에 하얀색 플란넬 양복까지 입고. 하지만 이미 오래전에 바람둥이라곤 할 수 없어. — 준비가

---

* 비콩트Vicomte는 자작을 의미하며, 돈 후앙Don Juan은 여자를 홀리는 기술로 유명했던 스페인의 전설적인 인물.

다 됐나? '딘너'에 갈 채비가? — 도르스데이를 못 마주치면 난 한 시간 동안 뭘 한담? 그 작자가 불행한 비나버 부인과 산보라도 하고 있다면? 아아 그 여잔 전혀 불행하지 않아, 그 여잔 3만 굴덴이 필요 치 않으니까. 그래, 난 홀로 내려가는 거야, 그리고 팔걸이 안락의자에 당당하게 앉아서 영문판『일러스트레이티드 런던 뉴스』*를 넘겨보고, 프랑스어판『비 파리지엔느』**도, 다리를 꼬고 앉은 채, — 그러면 무릎 밑 스타킹 올 나간 자리가 보이지 않겠지. 혹시 그 순간에 백만장자 한 사람이 호텔에 도착해서. — 당신이 아니라면 다른 여잔 모두 줘도 필요 없습니다. 이렇게 말할지도 모를 일이고. — 하얀색 숄을 둘러야겠어, 이건 내게 정말 잘 어울려. 눈부신 어깨 위에 아주 자연스럽게, 이렇게, 숄을 두르고. 내 눈부신 어깨, 그런데 누구를 위해 난 이것을 갖고 있지? 나는 한 남자를 아주 행복하게 만들 수 있는데. 단지 제대로 된 남자만 눈앞에 있다면 말이야. 그렇지만 애는 낳고 싶지 않아. 난 모성이 없거든. 마리아 봐일, 그 여잔 모성이 있어, 엄마도 모성이 있고, 이레네 이모도 모성이 있고. 하지만 난 고상한 이마와 아름다운 몸매를 갖고 있어. — '엘제 아가씨, 제가 당신 몸매를 제가 원하는 대로 그리는 걸 허락해주신다면.' — 네에 그렇게 하세요. 난 그 화가 녀석 이름도 기억나지 않아. 그러나 분명 티치아노Tiziano는 아니야, 그렇다면 그런 제안도 뻔뻔스러운 일이지. — 조금 전 제가 편지를 하나 받았는데요, 헤어 폰 도르스데이 선생님. — 목과 목덜미에 분을 좀더 바르고, 프랑스제 베르벤Verveine 향수를 손수건에다 한 방울, 똑, 옷장을 닫고, 창문을 다

---

* *The Illustrated London News*: 당시 런던에서 발행된, 삽화를 실은 시사 잡지.
** *Vie parisienne*: '파리 여성의 생활'이라는 이름의 잡지.

시… 어머머 너무너무 멋진 풍경이야! 눈물이 날 것 같아. 난 신경이 날카로웠어. 그래 베로날 약상자는 속옷 옆에 놓아두었지. 속옷도 새것이 필요해. 돈도 없는데 이런 말을 하면 집안이 다시 발칵 뒤집어질 거야. 아이고 맙소사.

어쩜 저렇게 섬뜩하지, 시모네 산이 엄청나게 크네, 당장이라도 날 깔아뭉갤 것만 같아! 아직 하늘엔 별이 없네. 공기가 마치 샴페인 같아. 그리고 저 초원의 향기! 아아, 난 전원에서 살 거야. 땅을 많이 가진 남자한테 시집가서 애도 낳고. 그렇다면 프로리이프 박사가 아마 유일한 남자일 텐데, 그 남자와 함께 살면 난 행복했을 텐데. 연이틀 그 남자를 만났던 저녁은 정말 좋았어. 첫날밤은 크니이프 씨 댁, 둘째 날은 예술가를 위한 무도회장. 그런데 왜 그 남자가 갑자기 사라져버렸을까? — 내 입장에서 보면 그랬어, 갑자기. 혹시 아빠 땜에? 그럴지도 몰라. 저 아래에 있는 속물들 속으로 내려가기 전에 허공에라도 인사를 하고 싶군. 그런데 누구에게 인사하지? 난 정말 외로워. 너무 외로워서 무서워, 누구도 상상할 수 없을 만큼 그렇게 외로워. 잘 있었어, 내 애인. 그게 누군데? 안녕하세요, 내 약혼자! 그게 누구야? 잘 있었어, 내 친구들! 누굴 말하는 거니? — 프레드? — 하지만 코빼기도 안 보이잖아. 창문은 그냥 이렇게 열어놓고. 날이 쌀쌀해져도 상관없어. 전등불을 끄고. — 아 참, 내 정신 좀 봐, 이 편지. 모든 경우에 대비해서 몸에 지니고 다녀야 해. 침대 머리맡 탁자 위의 이 책. 오늘 저녁엔 『우리들의 마음 *Notre Coeur*』*을 계속 읽어야지, 무슨 일이 있어도. 안녕하세요, 거울 속의 아름다운

---

* 1890년에 출판된 모파상의 마지막 장편소설.

아가씨, 좋은 추억 속에 저를 간직해줘요. 그럼 잘 있어요…

뭣 땜에 문을 잠가? 여긴 훔쳐갈 게 없어. 시시. 그 여잔 한밤중에 문을 아예 열어놓을까? 아니면 그 남자가 문을 두드리면 그때 열어주나? 그 남자인 걸 어떻게 알고 열어줄까? 하지만 뻔하잖아. 문을 열어주곤 곧바로 침대 속에서 둘이 뒹굴겠지. 치, 밥맛이야. 난 침실까지 같이 쓰진 않겠어, 내 남편과도, 천 명의 애인들과도. ― 텅텅 비었어! 언제나 이 시간이면 복도에 아무도 없어. 내 발걸음 소리만 또각또각. 이곳에 온 지 이제 3주가 됐어. 8월 12일에 그문덴*을 떠나서. 그문덴에선 정말 지루했어. 아빠 어디에서 돈을 만들어 엄마와 나를 휴양지로 보내줬을까? 게다가 루디 오빠 4주 동안이나 여행을 하고. 어디에서 돈이 생겼는지, 그런 건 하느님만 아시겠지. 그사이에 아빠 두 번 다시 편질 쓰지 않았어. 나는 우리의 참모습을 끝내 이해하지 못할 거야. 엄마에겐 보석이라고는 남아 있는 게 물론 하나도 없지. ― 왜 프레드는 그문덴에서 단 이틀밖에 머물지 않았던 거지? 그 녀석도 분명 누군가 애인이 생긴 거야! 하지만 이것은 얼토당토않은 상상이야. 그래, 난 사실 아무것도 머릿속에 그려볼 수 없어. 그 친구가 내게 편지 한 장 안 보낸 지도 벌써 여드레나 되었으니까. 그는 내 맘에 드는 편지를 보내곤 했었는데. ― 저기 작은 탁자에 앉아 있는 작자는 누구지? 아냐, 도르스데이는 아니야. 휴 다행이야 정말. 지금 이 순간, 디너 전에 그 작자에게 뭔가 말한다는 건 불가능한 일이니까. ― 정문 수위가 심상찮은 눈초리로 날 빤히 쳐다보네, 왜 저렇게 보는 걸까? 저 녀석도 결국 엄마의 속달 편지

---

* Gmunden: 오스트리아 북부 트라운 호숫가의 소도시.

를 읽었나? 내가 미쳤나 봐. 이다음엔 저 친구에게 팁을 다시 줘야만 하겠어. — 저기 금발 머리 여자도 벌써 디너를 위한 옷을 입었군. 어머머 어쩜 저렇게 뚱뚱할 수 있을까! — 호텔 문밖으로 나가서 이리저리 좀 거닐어볼까. 아니면 음악 연주실로 가볼까? 누가 저 안에서 피아노를 치고 있는 것 같은데? 맞아, 베토벤 소나타! 이곳에서 어쩌자고 베토벤 소나타 쳐댈까! 난 피아노를 소홀히 했어. 빈으로 돌아가면 다시 규칙적으로 연습하겠어. 그래 완전히 다른 인생을 시작하는 거야. 우리 모두 다시 시작해야만 해. 이런 식으로 계속 살아선 안 돼. 내가 한번 진지하게 아빠와 얘기해보겠어. — 그래 아직도 그럴 시간이 있다면 그래야만 해, 정말로. 난 왜 한 번도 그런 생각을 못했을까. 말도 안 되는 농담이나 주절대다가 우리 집구석은 완전 망조가 들었어, 그 누구도 농담할 기분은 사실 아니었는데. 우리는 모두 다른 사람에 대해 마음속으로 불안해하고, 모두가 외로워. 엄만 외로운 사람이야, 아둔해서 다른 사람에 대해 아는 게 하나 없어, 나에 대해서도, 루디 오빠에 대해서도, 아빠에 대해서도 아는 게 하나 없어. 그런데도 엄만 그런 내색을 하지 않아, 루디 오빠도 마찬가지고. 오빤 정말 친절하고 점잖은 청년이야, 하지만 스물한 살 때만 해도 상당히 떠벌리고 다녔었어. 만일 네덜란드로 가게 된다면 오빠에겐 차라리 잘된 일일 거야. 그런데 난 어디로 가야 하지? 난 집을 떠나 계속 여행이나 하며 내가 원하는 걸 했으면 좋겠어. 만일 아빠가 아메리카로 건너가면 나도 따라나설 거야. 내 마음이 벌써 뒤죽박죽이 됐나… 의자 팔걸이에 걸터앉아 허공을 계속 응시하고 있으니, 정문 수위는 내가 미쳤다고 생각할 거야. 담배나 하나 피워 물어야겠다. 어라, 내 담배통이 어디 있더라? 위층. 위층

어디에? 베로날 상자는 속옷 옆에 놓아두었고. 그런데 그 통을 어디 뒀더라? 저기 시시와 파울이 오네. 그래, 저 여자도 드디어 '딘너'를 위해 옷을 갈아입어야겠지, 그러지 않았음 저 연놈들은 어둠 속에서도 계속 테니스를 쳤을 거야. — 저것들이 날 보지 못했군. 파울은 저년에게 도대체 뭐라 한 거야? 무슨 말을 했기에 화들짝 까르륵 웃어대는 걸까? 멍청한 년. 꼴좋겠다, 빈에 있는 저년 남편에게 익명으로 편지를 한 장 쓴다면 말이야. 내가 그런 일도 할 수 있을까? 전혀 아니야. 하지만 누가 알아? 이제야 저것들이 날 보네. 그저 목례로 답을 해줘야지. 이년은 지금 화가 났나 봐, 내가 이렇게 아름답게 보이니. 어머, 어머, 저 당황하는 꼴 좀 봐.

"어 어마나아, 엘제, 디너에 갈 준비를 벌써 다 차렸잖아요?" — 왜 이제는 디너라 하는 거야, 딘너라 하지 않고. 저 여잔 앞뒤가 맞은 적이 한 번도 없다니깐. — "보시는 대로지요, 시시 부인." — "넌 정말 매혹적으로 보이는구나, 엘제, 내 몸이 달아서 널 치근대며 쫓아다니고 싶은데." — "헛수고하지 말구, 파울, 담배나 하나 줘." — "그럼 기꺼이." — "고마워. 단식 게임은 어떻게 됐어?" — "시시 부인께서 날 세 번씩이나 내리 이겼어." — "파울이 집중을 못하더라고요. 그건 그렇고 엘제, 내일 그리스 황태자께서 이곳에 오신다는데, 그건 알고 있지요?" — 그리스 황태자, 그게 나랑 무슨 상관이야? "어머머, 그게 정말이에요?" 오오 맙소사, — 도르스데이와 비나버 부인! 인사를 하고, 그냥 가버리네. 내가 너무 공손하게 답례했나. 그래, 보통 때와는 전혀 달랐어. 오, 난 도대체 어떻게 생겨먹은 물건이야. — "네 담뱃불이 꺼졌잖아, 엘제?" — "그래, 다시 한 번 불 좀 붙여줄래." — "고마워." — "당신의 하얀 숄, 어쯤 정말 아름다워요 엘제, 그 검은 옷에 하얀 숄, 정말 환상적인 조합이에요. 그건 그렇고 나도 이제 옷을 갈아입어야겠어요." — 이 여자가 차라리 가지 않았으면 좋겠는데, 난 도르스데이가 무서워. — "7시에 미용사를 불렀거든요, 그 여잔 정말 소문이 자자하더라고요. 겨울엔 밀라노에서 일을 한대요. 그럼 아듀, 엘제, 아듀, 파울." — "안녕히 가세요, 부인." "아듀, 시시 부인." — 가버리는군. 파울이라도 남아 있으니 다행이야. "네 옆에 잠시 앉아도 되겠지, 엘제, 아니면 네 꿈속에서 내가 방해가 되는 건 아닌지?" — "왜 내 꿈속에서? 아마도 내 현실 속이겠지." 이 말은 실상 아무 뜻도 없다. 차라리 이 자식도 꺼져버려야 하는데. 난 어쨌든 도르스데이와 얘기해야 하니깐. 저기 저쪽에 그가 아직도 서 있어, 불행한 비나버 부인과 함께, 지루해하고 있는 게 분명해, 얼굴에 그렇다고 씌어져 있으니까. 그가 내게로 오고 싶어 하는 것 같은데. — "네가 방해받고 싶지 않은, 그런 현실도 다 있니?" — 아. 이 친구 뭐라고 지껄이는 거야? 망할 자식. 그런데 나는 왜 이렇게 아양을 떨며 미소를 짓지? 이 자식에게 보내는 미소가 아닌데도 말이야. 도르스데이는 나를 흘끗흘끗 건너다보고 있어. 난 지금 어디 있지? 난 지금 어디에 있느냔 말이야? "오늘 저녁 뭘 할 거야, 엘제, 응?" — "내가 도대체 뭘 해야 하는데?" — "지금 넌 말이야, 정말 비밀스럽고, 마력적이고, 매혹적이고." — "오 제발, 쓸데없는 소리는 그만, 파울." "널 물끄러미 바라만 보고 있으려니, 이대로 미쳐버릴 것 같아." — 이 녀석 지금 무슨 생각을 하는 거야? 무슨 말을 지껄이니? 그래, 이 친구는 정말 잘생겼어. 내 담배 연기, 이 친구의 머리칼을 휘감지만, 그래, 이제 이 녀석은 필요 없어. — "넌 나를 건너뛰어 내 등 뒤를 보고

있는데. 도대체 왜 그래, 엘제?" — 난 대답을 않겠어. 난 이제 이
녀석이 필요 없어. 무뚝뚝한 얼굴을 지어야지. 지금은 그저 대화를
삼가해주었음. — "넌 지금 생각이 전혀 딴 곳에 가 있어." — "아
마도 그럴 거야." 이 친구는 나에게 그저 허공에 불과해. 도르스데
이, 내가 자기를 기다리고 있다는 걸 눈치챘을까? 난 그 남자가 있
는 곳을 보고 있지 않아도, 그가 내 쪽을 보고 있다는 건 알고 있지.
— "그래 그럼, 잘 있어, 엘제." — 잘됐군. 이 친구, 내 손에 입을
다 맞추네. 전에는 그런 일이 한 번도 없었는데. "아듀, 파우울." 이
렇게 사람을 녹이는 목소리, 내 몸 어디에서 나오는 걸까? 이 녀석
이 가버리네, 사기꾼 같으니. 오늘 저녁 이 일 때문에 저 자식은 시
시와 뭔가를 약속할 게 분명해. 재미 많이 봐라. 숄을 어깨에 걸치고
일어서서, 그리고 호텔 밖으로. 분명 벌써 싸늘해졌을 거야. 제기랄,
내 외투를 — 아 참 그렇지, 오늘 아침 수위실에 맡겨놓았었지. 도
르스데이의 시선이 내 목덜미에 꽂힌 것 같은데, 숄을 뚫고 말이야.
비나버 부인은 이제 자기 방으로 올라갈 거고. 어떻게 이런 걸 내가
다 알아맞히지? 텔레파시지 뭐. "부탁해요. 수위 아저씨 — ""아
씨, 외투를 원하시는 거죠?" — "네, 부탁해요." — "저녁땐 벌써
상당히 쌀쌀합니다요, 아씨. 이곳에선 추위가 갑자기 닥치니까요."
— "고마워요." 내가 정말 호텔 밖으로 나갈 작정이었나? 그럼 그래
야지, 그러지 않음 지금 할 일이 뭐 있겠어? 어쨌든 출입문 쪽으로.
이젠 한 사람 한 사람씩 들어오고 있네. 금도금한 코안경을 걸친 신
사. 초록색 조끼에 긴 금발 머리의 남자. 모두 다 날 쳐다보잖아. 제
네바에서 온 여자아이, 오, 어쩜 저렇게 예쁘게 생겼을까. 아냐, 로
잔에서 왔어. 그렇게 쌀쌀하지는 않은데.

"안녕하신지요, 엘제 아씨." — 하느님 맙소사, 도르스데이 목소리야. 난 아빠에 대해 아무 말도 않겠어. 한마디 말도. 저녁 식사를 마친 후에. 아니면 내일 빈으로 그냥 돌아가버리겠어. 내가 피아라 박사에게 개인적으로 찾아가는 거야. 왜 이런 생각이 진즉에 떠오르지 않았을까? 천천히 몸을 돌려볼까, 내 뒤에 누가 서 있는지 전혀 모르겠단 표정으로. "어머나, 헤어 폰 도르스데이 선생니임." — "산보를 하시려는 모양이죠, 엘제 아가씨?" — "아, 아니에요, 산보라고는 할 수 없고요, 디너 전까지 조금 왔다 갔다 거닐려고요, 호호." — "그때까진 아직도 한 시간은 족히 남아 있습니다." — "어머, 정말이에요?" 날씨는 전혀 쌀쌀하지 않다. 푸른색으로 보이는 것은 산이겠지. 그가 갑자기 내 손을 움켜잡는다면, 이건 정말 웃기는 일일 거야. — "세상에서 이곳보다 더 아름다운 장소는 정말 없을 겁니다." — "어머나 정말 그렇게 생각하세요, 헤어 폰 도르스데이? 하지만 이곳 공기가 샴페인 같다는 말씀만은 하지 마세요." — "맞는 말이죠, 엘제 아가씨, 난 적어도 2천 미터는 넘어야 그런 말을 합니다. 그런데 우리가 서 있는 곳은 해발 1,650미터가 채 못 되거든요." — "어머, 그런데도 그렇게 큰 차이가?" — "아함 물론입니다. 엥가딘*에 한번 가보신 적이 있나요?" — "아뇨, 아직 한 번도. 그럼 그곳 공기는 정말 샴페인 같은가 보죠?" — "거의 그렇다고 말할 수 있을 것입니다. 하지만 샴페인은 내가 좋아하는 술은 아니고. 난 지금 있는 이곳을 더 좋아합니다. 기막히게 아름다운 이곳 숲만 해도." — 이 작자, 얼마나 지루한 소릴 지껄이는 거야. 그런

---

* Engadin: 스위스의 알프스 고산지대 휴양지.

것도 눈치 못 채나봐? 나와 무슨 소리를 해야 옳은지, 제대로 모르고 있는 게 분명해. 결혼한 여자라면 보다 간단했겠지. 조금 부적절한 소리를 한 번 내뱉고, 그러면 거기로부터 대화가 금방 연결되겠지. ─ "얼마나 오랫동안 여기 산 마르티노에 머무를 예정입니까, 엘제 아가씨?" ─ 아이고 이런 머저리 같으니. 그런데 난 왜 이리 요염하게 이 남잘 쳐다보지? 이 작자가 뭔가 알 듯 말 듯 야릇한 미소를 짓는데. 흥, 그건 아닐 거야, 남자들이 얼마나 아둔한 것들인데. "그건 어느 정도 이모님 계획에 달려 있어요." 이건 순전히 거짓말이야. 난 말이야, 혼자서도 빈으로 그냥 돌아갈 수 있어. "아마도 10일까지는." ─ "엄마는 아직 그문덴에 계시겠죠?" ─ "아, 아니에요, 헤어 폰 도르스데이. 엄마는 벌써 빈에 가 있어요. 벌써 3주나 되었는걸요. 아빠도 역시 빈에 있고요. 아빤 올해 휴가를 8일도 채 못 갔어요. 제가 알기론 에르베스하이머 소송사건 때문에 일이 너무 많으셔요." ─ "나도 그렇다는 생각이 드는군요. 하지만 당신 아빠는 분명 유일한 사람이에요, 에르베스하이머를 구할 수 있는… 민사사건으로 만들어버린 것 그 자체만 해도 벌써 성공을 의미하지요." ─ 야아 이건 좋은 말이네, 정말 잘됐어. "어머, 선생님께서 좋은 예감을 갖고 그런 말씀을 다 해주시니, 저로서는 정말 듣기 좋네요." ─ "예감이 좋다니? 뭣과 관련해서?" ─ "그렇잖아요, 아빠가 에르베스하이머를 위한 재판에서 이기게 되리라는 거죠, 뭐." ─ "그런 문제라면 난 단 한 번도 확정적으로 주장하지 않았어요." ─ 아니 뭐야, 벌써 꽁무니를 빼? 그렇게 되진 못할걸. "오오, 저는 뭔가 좋은 예감, 아니 예상을 갖고 있어요. 생각해보세요, 헤어 폰 도르스데이, 바로 오늘 저는 빈에서 편지를 한 장 받았는데요." 이런 너무 어설프게 말을 꺼냈어. 이 작자 표정이 벌써 움츠려들었잖아. 계속할 수밖에, 말을 삼키면 안 돼. 이 사람은 아빠의 오랜 친구잖아. 전진. 전진. 지금이 아니면 영원히 끝장이다. "헤어 폰 도르스데이, 선생님께서 조금 전 아빠에 대해 정말 호의적으로 말씀해주셨잖아요, 제가 선생님께 아주 솔직하게 털어놓지 않으면 오히려 제가 못난 사람일 거예요." 왜 송아지 눈깔처럼 눈이 휘둥그레질까? 아, 죽고 싶어, 이 작자가 뭔가를 눈치챘어. 계속, 계속. "사실대로 말씀드리자면 그 편지엔 선생님에 대해서도 씌어져 있었어요, 헤어 폰 도르스데이. 편지는 사실 엄마한테서 온 거예요." — "그렇군요." — "오, 정말이지 매우 슬픈 편지예요. 선생님은 우리 집 사정을 잘 아시잖아요, 헤어 폰 도르스데이." — 이럴 수가, 내 목소리에 울음이 섞였어. 앞으로 전진, 앞으로 전진, 이젠 더 이상 물러설 곳이 없어. 그래, 이제 됐어. "용건만 말씀드릴게요, 헤어 폰 도르스데이, 우리는 또 한 번 그런 처지에 빠진 것 같아요." — 이제 이 작자는 차라리 꺼져버리고 싶을 거야. "문제가 되는 것은 — 푼돈인데. 정말로 그저 푼돈에 불과해요, 헤어 폰 도르스데이. 그리고 정말, 엄마가 편지했듯이, 이 모든 것은 그저 게임에 불과해요." 난 젖소처럼 멍청한 소릴 늘어놓았어. — "어쨌든 마음을 좀 가라앉히세요, 엘제 아가씨." — 친절한 말을 늘어놓네. 그렇다고 내 팔을 건드릴 필요까진 없잖아. — "그러니까, 대관절 무슨 일이 생긴 거라고 했지요, 엘제 아가씨? 엄마가 보낸 슬픈 편지에 뭐라고 씌어져 있지요!" — "헤어 폰 도르스데이, 아빠가" — 무릎이 후들거리는데. "엄마가 제게 보낸 편지에, 아빠가" — "제발, 엘제, 지금 괜찮아요? 차라리 어디에라도 좀 — 여기 벤치가 있군요. 내가 그 외투를 몸에 걸쳐드릴까요? 날씨가 제

법 쌀쌀하답니다.” “고마워요, 헤어 폰 도르스데이, 아, 아무 일도
아니에요, 뭐 특별난 일은 아니거든요.” 이런, 내가 갑자기 벤치에
앉게 되다니. 저 부인은 누구일까? 이쪽으로 오고 있는데. 난 전혀
모르는 사람이야. 그래도 이 순간만큼은 말을 계속하지 않았으면 좋
겠는데. 이 작자, 이 눈빛 좀 봐! 왜 그렇게 날 빤히! 아빠, 당신은
어쩌자고 이런 일을 저에게 시켰어요? 다 아빠 잘못이에요. 하지만
이미 엎질러진 물, 이제 어쩌겠어. 차라리 디너가 끝날 때까지 기다
릴걸 그랬나 봐. ― “자아 이제, 엘제 아가씨?” ― 이 작자의 외눈
안경이 흔들흔들. 정말 멍청하게 보이는군. 내가 대답을 해야 마땅
한가? 아냐, 하지 않음 안 돼. 그래 재빨리, 끝장을 내버리자. 내게
도대체 무슨 일이 생길 수 있겠어? 이 작자는 그래도 아빠 친구 중
에 하나이니까. “아, 헤어 폰 도르스데이, 선생님은 우리 집안의 오
래된 친구분이잖아요.” 이런 말은 참 잘했어. “그래서 제가 이런 말
씀을 드려도 선생님은 아마 놀라지 않으실 거예요. 아빠는 또 한 번
진짜 난처한 상황에 빠졌어요.” 내 목소리가 이상야릇하게 울려 나
오네. 지금 이 말을 하는 사람이 정말 나일까? 혹시 내가 꿈을 꾸고
있는 건 아닐까? 지금 내 얼굴 표정은 평상시와는 전혀 달라 보일
거야, 분명해. ― “뭐 그다지 깜짝 놀라진 않았습니다. 이미 제대로
알고 계시니까, 친애하는 엘제 아가씨, ― 제가 진심으로 유감을 표
한다면 말입니다.” ― 어쩌자고 이 작자를 애원하듯이 올려다보는
거야? 미소를 짓자, 미소를. 그래 됐어. ― “나는 당신의 아버님께
허심탄회한 우정을 느끼고 있습니다, 당신에게도 마찬가지이구요.”
― 날 내려다보는 이 작자의 눈빛, 옳지 않아, 이건 정말 부적절한
눈빛이야. 차라리 다른 방식으로 말해야겠어, 미소도 짓지 말고. 보

다 당당하게 처신해서. "그렇다면, 헤어 폰 도르스데이, 선생님으로서는 지금 이 순간 제 아버님께 우정을 증명하실 기회를 잡으신 셈이에요." 다행이야, 예전의 내 목소릴 다시 찾았어. "사정은 이렇게 된 것 같아요, 헤어 폰 도르스데이, 우리 친척들과 아는 사람들이 모두 ─ 대부분은 아직까지 빈에 돌아오지 않았는데 ─ 그렇지만 않았어도 엄마가 이런 생각까진 하지 않았겠죠. ─ 요 며칠 전 엄마에게 보낸 편지에서 제가 정말 우연하게, 선생님이 여기 마르티노에 있음을 언급했어요. ─ 물론 다른 사람들에 대해서도 이야기했지요." "그건 나도 바로 짐작했어요, 엘제 아가씨, 엄마와의 편지에서 내가 유일한 테마는 아니었겠죠." ─ 왜 이 자식은 자기 무릎을 내 무릎에 눌러대는 거야, 내 앞에 바짝 붙어 서서 말이야, 내버려두자. 뭘 못 하겠어! 이렇게 깊숙이 빠져든 판국에. ─ "사정을 말하면 이렇게 되었어요. 피아라 박사가 장본인이에요. 그 사람이 이번에 아빠를 특별히 곤란하게 만든 것 같아요." ─ "아아, 피아라 박사 그 양반." ─ 이 작자도 피아라가 어떤 놈인지를 분명히 알고 있군. "네 맞아요, 바로 피아라 박사예요. 그리고 문제가 된 금액을 5일, 그건 내일모레 낮 12시인데 ─ 어쨌거나, 이 액수가 그의 손에 들어가야만 해요, 만일 회니히 남작이 손을 써주지 않았다면 ─ 정말 그랬는데요, 그 남작이 아빠를 소환했는데요, 개인적으로요, 그 사람은 그러니까 아빠를 정말 좋아하고 있는데요." 뭘 어쩌자고 회니히를 들먹였지, 그럴 필요가 전혀 없는데. ─ "그걸 말하려고 했죠, 엘제, 그러지 않았다면 구속이 불가피했다, 그것 아니오?" ─ 왜 이렇게 가혹한 말을 쓰는 거야? 난 대답하지 않겠어, 그저 고개만 끄덕이지 뭐. "맞아요." 아 아니 내가 지금 '맞아요'란 대답을 해버렸잖아. ─ "흠

흐음, 이건 그러니깐 — 심각한데, 이건 그러니까 정말로 매우 — 그렇게 재주가 넘치는 천재적인 사람이. — 그런데 그 금액이 대관절 얼마나 됩니까, 엘제 아가씨?" — 이 작자가 왜 미소를 짓지? 심각하다고 해놓고 미소를 짓다니. 뭘 말하려는 거야? 금액이 얼마인가, 그런 것은 상관없다, 그것인가? 만일 이 작자가 거절해버리면! 난 자살하겠어, 거절해버리면 말이야. 어쨌거나 이제 그 금액을 내가 말해야 하는 것 아니겠어. "뭐라고 하셨죠, 헤어 폰 도르스데이, 제가 아직까지도 그걸 말씀드리지 않았나요, 얼마인지? 1백만 딱 한 장이죠." 아니 내가 왜 이런 말을? 지금 이 순간은 농담할 때가 아니잖아? 하지만 일단 이렇게 말하고, 실제로는 얼마나 적은 액수인지를 다시 말해주면 이 작자는 기뻐할 거야. 아니 이 작자, 눈깔이 휘둥그레졌네! 정말로 믿고 있나 봐, 아빠가 이런 자식한테 1백만을 — "미안해요, 헤어 폰 도르스데이, 제가 지금 농담을 했어요. 실제로는 농담할 기분이 아니었는데." — 그래, 그래라, 무릎을 그저 바짝바짝 붙여라, 좋아, 네 멋대로 해도 괜찮아. "문제가 된 액수는 물론 1백만은 아니죠, 문제의 금액은 모두 통틀어서 3만 굴덴이에요, 헤어 폰 도르스데이, 이 금액이 내일모레 낮 12시까지 피아라 박사의 손에 들어가야만 해요. 사정이 그렇게 되었어요. 엄마가 편지에 쓰기를, 아빠는 해볼 수 있는 건 모두 해보았는데, 그런데 아까 말씀드린 것처럼 생각해볼 만한 친척들은 현재 빈에 있지 않아요." — 오오, 맙소사, 이게 무슨 굴욕이람. — "그러지 않았다면 아빠는, 당신에게 부탁을 하거나, 헤어 폰 도르스데이, 또는 저에게 이런 부탁을 시킬 생각일랑은 아예 — " — 왜 이 작자는 아무 말도 없지? 왜 아무런 표정이 없을까? 왜 선뜻 승낙을 않는 거야? 이 자식의 수표

책과 만년필은 어디 있어? 거절한다는 말을 하려나? 제발 그것만은!
내가 이 작자 앞에 무릎을 꿇어야 하나? 오 하느님! 오 하느님 —
"5일이라고 했나요, 엘제 아가씨?" — 다행이야, 입을 열었어.
"네, 맞아요, 내일모레, 헤어 폰 도르스데이, 낮 12시 정각. 그러니
까 해야 할 일은 — 제 생각으론, 편지를 써서는 아마 해결할 수 없
을 거예요." — "물론 안 되지요, 엘제 아가씨, 우리는 분명 전보를
쳐야만 될 거요." — '우리'라고, 이것 잘됐네, 참 잘됐어. — "자 이
제, 그건 최소한도 그렇게 해야만 한다는 것이고. 그런데 얼마라고
했지, 엘제?" — 이 자식 분명 자기 귀로 들어놓고서, 왜 날 자꾸 괴
롭혀? "3만, 헤어 폰 도르스데이. 정말로 우스운 금액이죠, 뭐." 내
가 어쩌자고 이런 소릴 또? 멍청이 같으니. 하지만 이 작자는 미소
를 짓네. 멍청한 계집애라 생각하겠지. 어라, 이제 아주 상냥한 미소
를. 그래, 이제 아빠는 살아났어. 아빠는 차라리 5만을 빌렸어야 하
는 건데, 그랬더라면 우린 온갖 것을 다 살 수 있었는데. 난 속옷을
새로 사고 싶었어. 아, 난 정말 속물덩어리야. 그래 뭐, 나라고 별수
있겠어. — "순전히 우습기만 한 건 아니지, 귀여운 애야." — 왜
'귀여운 애'라 하는 거야? 이 말은 좋은 걸까, 나쁜 걸까? — "당신
도 상상해볼 수 있듯이, 3만 굴덴도 역시 벌어야 생기는 것 아니겠
어요." — "죄송해요, 헤어 폰 도르스데이, 그런 뜻은 아니었어요.
저는 단지 얼마나 슬픈 일인지를 생각했던 거예요, 아빠가 그런 금
액 때문에, 그런 푼돈 때문에" — 아 맙소사, 난 또 말의 갈피를 못
잡았어. "선생님은 전혀 상상도 못하실 거예요, 헤어 폰 도르스데이,
— 선생님이 우리 집 형편을 좀 아신다 해도, 저에게 그리고 특히 엄
마에게 이런 일이 얼마나 끔찍한 것인지는 잘 모르실 거예요." — 이

작자가 발 하나를 벤치에 올려놓네. 점잖은 행동이 아니잖아 — 그렇잖음 또 뭐야? — "오, 나도 그 정도는 생각할 수 있어요, 귀여운 엘제." — 이 작자의 목소리가 딸랑딸랑 울리네, 이전과는 전혀 달라졌어, 기묘한 목소리. — "그리고 나 자신도 이미 몇 번이나 생각해보았지만, 애석해요, 그런 천재적 인간이 애석하게도." — 왜 '애석하다'는 거야? 돈을 줄 생각이 없다, 그런 말인가? 아냐, 그저 원론적으로 말한 거겠지. 왜 마침내 승낙의 말을 안 하는 거야? 아니면 그런 건 당연지사라고 생각하나? 날 응시하는 이 작자의 눈빛! 왜 말을 계속하지 않는 거야? 아아 그래, 헝가리 여자 두 명이 지나가고 있으니까. 적어도 지금만큼은 점잖이 서 있으시겠다, 그거지, 벤치 위의 발도 치우시고 말이야. 이 넥타이는 나이가 지긋한 신사분에겐 너무 화려해. 이 자식의 애인이 골라줬나? 엄마가 편지에 쓴 대로 '우리끼리 하는 말'이란 그다지 질이 좋지 못한 걸 의미하는군. 3만 굴덴! 하지만 나는 이 자식에게 미소를 짓고 있잖아. 왜 내가 미소를 짓지? 오오, 난 겁쟁이야. — "그런데, 친애하는 엘제 아가씨, 이 금액으로 정말 모든 것이 해결될 수 있다고 생각하나요? 적어도 이것을 인정할 수만 있다면야. 그러나 — 엘제, 당신은 정말 똑똑한 여자이지 않소. 3만 굴덴을 가지고 뭘 하겠단 말이요? 계란으로 바위 치기 아니겠소." — 하느님 맙소사, 이 자식은 돈 줄 생각이 없다는 말이잖아? 내가 이렇게 놀란 표정을 지으면 안 돼. 이 모든 것은 게임이야. 이젠 내가 뭔가 딱 부러지는 소리를 해야지, 힘차게 말이야. "오, 아니에요, 헤어 폰 도르스데이, 이번만큼은 계란으로 바위 치기가 아니에요. 에르베스하이머의 소송이 눈앞에 닥쳐 있거든요, 이걸 잊어선 안 돼요, 헤어 폰 도르스데이, 그리고 이것은 오늘 벌써 이긴 거나 다름없어요. 선생님 스스로도 그런 감을 잡고 계셨잖아요, 헤어 폰 도르스데이. 그리고 아빠는 또 다른 소송도 역시 맡고 있고요. 그 밖에 저에게도 계획이 있어요, 웃으시면 안 돼요, 헤어 폰 도르스데이, 제가 아빠와 이야기할게요, 매우 진지하게 말예요. 아빠는 내 말이라면 소중히 여기니까. 제가 감히 말씀드리지만, 아빠에게 영향을 줄 수 있는 사람이 하나 있다면, 그건 처음부터 바로 나뿐이에요." ― "당신은 정말 감동을 주는, 매혹적인 여자예요, 엘제 아가씨." ― 이 작자의 목소리가 다시 딸랑딸랑 울리네. 으, 정말 불쾌해, 사내들한테서 이런 목소리가 울리면. ― 프레드에게서도 이런 건 딱 질색이야. ― "실제로도 매혹적인 여자예요." ― 무엇 때문에 '실제로'라는 말을? 이건 야비하잖아. 그딴 소린 그저 부르크테아터에서나 지껄이는 말이야. ― "하지만 내가 당신의 낙천주의에 멋모르고 끼어들었다가 ― 그 사람이 회복 불능 상태에라도 빠진다면." ― "아빤 그런 사람이 아니에요, 헤어 폰 도르스데이. 제가 아빠를 믿지 못한다면, 제가 완전하게 확신하지 못한다면야, 3만 굴덴을 어떻게" ― 내가 뭘 더 말해야 하나, 나도 모르겠어. 내가 이 자식에게 무턱대고 구걸할 수는 없잖아. 이 작자는 뭔가 신중하게 생각하는 눈빛인데. 분명 그래. 혹시 이 작자가 피아라의 주소를 모르고 있나? 무슨 헛소릴. 상황은 끝났어. 난 죄지은 여자처럼 불쌍하게 앉아 있는데. 이 자식은 내 앞에 떡 버티고 서서, 그리고 저 외눈깔 안경은 내 이마를 꿰뚫듯이 노려보고, 그리고 아무 말도 없으니. 그래 난 이제 일어나겠어, 이게 최선이야. 날 이렇게 취급하도록 내버려둘 수 없어. 아빠는 자살해야 해. 나 역시도 자살하겠어. 이렇게 살아서 치욕을 당하느니. 가장 최선의 길은, 저기 저 절벽에서 몸을 던져버리면, 그러면 끝이야. 당신네들에겐 잘된 일이겠지 뭐, 당신네들 모두에게. 일어서겠어. ― "엘제 아가씨" ― "미안해요, 헤어 폰 도르스데이, 제가 난처한 상황으로 선생님을 번거롭게 만들었네요. 저는 물론 선생님이 거절하시는 뜻을 잘 이해해요." ― 자아, 끝이야, 난 가겠어. ― "기다려요, 엘제 아가씨." ― 기다려요, 이 자식이 말했나? 왜 내가 기다려야 하니? 돈을 내놓겠단 말인가. 맞았어. 틀림없어. 이 작자는 그래야만 하니깐, 그래. 하지만 난 다시는 벤치에 앉진 않겠어. 난 우뚝 서 있을 거야, 그저 2분의 1초 동안만 서 있겠어. 내 키가 이 자식보다 조금 더 크네. ― "당신은 내 대답을 아직 끝까지 듣지 않았어요, 엘제. 나는 이미 한 번 말예요, 미안해요, 엘제, 내가 이것과 연관시켜서 언급하는 것을" ― 그렇게 자주 엘제, 엘제를 부를 필요가 없잖아 ― "난 이미 한 번 아빠를 곤경에서 구해준 적이 있어요. 그것도 말예요 ― 이번 경우보단 훨씬 더 우스운 금액으로, 그렇다고 언젠가 이 돈을 다시 찾을 거라는 희망을 가진 것도 아니에요, ― 그런 점에서 이번에도 부탁을 거절할 이유가 사실 없어요. 특히 엘제, 당신같이 젊은 아가씨가 중재자가 되어 스스로 내 앞에 나섰을 경우엔 ― " ― 이 자식 어디로 빠져나갈 셈이야? 목소리가 더 이상 '딸랑딸랑'거리지는 않는데. 아, 아니야, 다르게 울리고 있어! 날 뚫어보는 이 눈빛 좀 봐! 이 자식은 정말 조심할 줄을 몰라!! ― "그러니까, 엘제, 난 각오가 되어 있어요 ― 피아라 박사는 내일모레 낮 12시 정각까지 3만 굴덴을 받게 될 거요 ― 단 조건이 하나 있는데" ― 이 작자가 더 이상 말하면 안 되는데, 더 이상 말을 하면. "헤어 폰 도르스데이, 제가 개인적으로 보증을 서겠습니다. 아버지가 에르베스하이머의 보수를 받는 그 즉시

이 금액을 갚아드리도록 하겠어요. 에르베스하이머는 지금까지 한 푼도 지불하지 않았어요. 단 한 번도, 착수금조차 준 적이 없어요. — 엄마가 직접 편지해주었어요" — "그만둬요, 엘제, 사람은 다른 사람에 대해 보증을 서는 게 아닙니다, — 자기 자신에 대해서도 마찬가지고." — 이 자식 봐라, 뭘 원하는 거야? 이 자식의 목소리가 다시 딸랑딸랑거리네. 이 눈빛 좀 봐, 여태껏 이런 눈빛으로 날 보는 놈은 하나도 없었어. 아하, 알 것 같아, 이 자식이 어디로 빠져나갈 속셈인지. 망할 놈의 자식! — "한 시간 전까지만 해도 난 불가능하리라 생각했지요. 이런 경우를 만나서 내가 하나의 조건을 내놓을 수 있으리란 상상을, 어떻게 해볼 수 있었겠습니까? 그러나 이제는 하겠습니다. 그렇습니다, 엘제, 사내는 그저 사내이고, 그래서 당신이 그토록 아름다운 것은 내 잘못이 아닙니다, 엘제." — 뭘 원하는 거지? 원하는 게 도대체 뭐야 —? — "아마도 오늘 아니면 내일 나는 동일한 것을 당신에게 소원하였을 것입니다, 내가 지금 간청하려는 걸 말입니다, 당신이 1백만을, 파든pardon — 아니 3만 굴덴을 내게 부탁하지 않았더라도 말입니다. 그러나 이런 상황이 아니었다면 이렇게 오랫동안 두 눈을 맞대고 당신과 이야기할 기회조차도 허용되지 않았을 것이 뻔한 일 아닙니까." — "오오, 제가 선생님을 너무 오랫동안 붙잡고 있었나 봐요, 헤어 폰 도르스데이." 이런 말은 참 잘했어. 프레드가 기뻐할 거야. 이건 또 뭐야? 이 작자가 내 손을 잡네? 도대체 무슨 생각을? — "예전부터 이미 알고 있었겠지요, 엘제." — 야, 이 손 놓지 못해! 이제 됐어, 손을 놓아주는군. 이렇게 가까이 다가오지 마, 제발 가까이 다가오지 말라고. — "당신은 분명 여자도 아니에요, 엘제, 당신이 이런 것을 눈치도 못 챈다면야.

주 브 데지레Je vous désire.*" ── 우리 말로도 표현할 수 있는 것 아니
냐, 비콩트 신사 양반아. ── "내가 더 말해야만 합니까?" ── "선생
님은 이미 너무 많은 말을 했어요, 헤어 폰 도르스데이." 이런 말까
지 해놓고도 내가 아직 그대로 서 있네. 왜 그냥 서 있지? 난 가겠
어, 인사도 하지 않겠어. ── "엘제! 엘제!" ── 이 자식, 다시 내 곁
에 와 있잖아. ── "용, 용서해줘, 엘제. 나도 역시 그저 농담을 해
본 거예요, 당신이 조금 전 1백만이라고 말한 것처럼, 나 역시도 마
찬가지로. 내 요구도 그렇게 많지 않아요 ── 염치없는 말이지만, 당
신이 두려워하는 것만큼 많지 않아요, ── 그리고 좀 낮추어 부르면,
당신이 아마 덜 놀라리라 생각했어요. 제발, 걸음 좀 멈춰, 엘제."
── 내가 정말 서버렸네. 왜 그랬지? 이제 서로 마주 보고 섰어. 내
가 이 자식의 낯짝을 후려갈겨야 옳은 것 아니야? 지금 이 순간이
바로 그런 때가 아닐까? 영국인 두 사람이 지나가네. 그렇다면 지금
이 바로 그 순간이야. 바로 그것 때문에. 그런데 왜 난 가만히 있지?
난 겁쟁이야, 난 부서져버렸어, 난 굴욕을 당했어. 이 자식이 1백만
대신에 원하는 게 뭘까? 혹시 키스 한 번? 뭐라고 하나 들어볼까. 1
백만 대 3만은 그것 대 무엇 ── ── 되게 웃기는 비례식이네. ── "당
신이 어느 땐가 정말로 1백만이 필요하게 된다면, 엘제 ── 내가 부
자는 아니지만, 그때 가서 또 생각해봅시다. 그러나 이번만큼은 나
는 그것만으로 분수를 지키겠어요, 그으러니까 당신이 얼마나. 그으
러니까 이번 경우에 내가 바라는 것은 그 무엇이 아니라, 엘제, 그
으러니까 ── 당신을 보는 거예요." ── 이 자식이 미쳤나? 지금 눈으

---

* 프랑스식 표현. 나는 당신을 욕망합니다.

로 보고 있잖아. — 아, 아하, 그걸 말하는 거군, 그렇게 말이야! 왜 난 이 자식 낯짝을 갈겨주지 않는 거야, 이 불량배를! 내 얼굴이 새 빨갛게 되었을까, 아니면 파랗게 질려 있나? 홀딱 벗은 날 보고 싶다 그거지? 그걸 원하는 놈들이야 많지. 발가벗은 난 아름답거든. 왜 난 이 자식 낯짝을 갈겨버리지 않지? 이 자식 낯짝이 무지무지하게 크게 보이네. 왜 이렇게 바짝 서 있어, 너, 이 징그러운 불량배 자식? 네 숨결이 내 뺨에 닿는 게 싫어. 이렇게 서 있는데도 이 자식을 그냥 내버려두는 이유는 뭐야? 이 자식의 눈빛이 날 옴짝달싹 못하게 하나? 우리는 서로의 눈을 그저 노려보고만 있으니, 불구대천지 원수들처럼. 난 이 자식에게 불량배라고 말해줘야 하는데, 하지만 그 말을 할 수가 없으니. 아니면 그러고 싶지 않다는 거야 뭐야? — "당신은 날 노려보고 있군요, 엘제, 내가 미친 사람이나 되는 것처럼. 내가 혹시 조금 미쳤는지도 모르지, 그러나 당신으로부터 마력이 뿜어져 나오고 있어요, 엘제, 당신 스스로는 아마 그게 뭔지 못 느끼고 있을 거예요. 엘제, 당신은 내 부탁이 모욕을 의미하는 것이 아니란 것을 느끼셔야만 합니다. 그래서 '부탁'이라고 말했어요, 내 말이 당신에겐 절망적인 협박과 비슷하게 여겨진다면 말입니다. 하지만 나는 협박할 사람은 아니에요, 난 세상만사를 경험으로 깨달은 사람들 중에서 그저 하나에 불과해요, — 특히 말이에요, 이 세상에 있는 모든 것은 각각 제값을 가지고 있고, 그리고 자기 돈을 선사하는 사람은, 그래요, 그 돈에 대한 보상을 받을 수 있는데도 자기 돈을 내던져버리는 자가 있다면, 그런 사람은 병신 중에 병신이에요. 그리고 — 내가 이번에 돈을 주고 사고자 하는 것은, 엘제, 그게 얼마가 되었든 간에 당신이 이를 팔았다 해서 더 가난해지는 것도 아니지요. 그리고 이 일을 당신과 나 사이의 비밀로 한다는 것을 당신에게 맹세합니다, 엘제, 그러니까 — 모든 매력 속에서, 그러니까 이 매력을 위한 제막식을 거행함으로써 당신이 나에게 행복을 선사해준다면." — 이 자식은 어디에서 이렇게 술술 말하는 걸 배웠을까? 마치 무슨 책을 읽어내는 것 같아. — "그리고 내가 당신에게 역시 맹세하는 것은, 나 자신이 — 우리의 계약에 규정되어 있지 않은 것을 위해서 이 상황을 악용하지 않겠다, 그것입니다. 내가 당신에게 요구하는 것은 그 무엇이 아니라, 단지 15분 동안, 당신의 아름다움 앞에서 엄숙한 마음으로 서 있도록 허락해달라, 그것입니다. 내 방은 당신 방과 같은 층에 있습니다, 엘제, 방 번호 65, 쉽게 기억할 수 있겠지요. 테니스를 치는 그 스웨덴 사람, 당신이 오늘 얘기해준 그 남자도 바로 65세였지요?" — 이 새끼 미쳤구나! 이딴 소릴 계속 지껄이도록 왜 내버려두고 있지? 내 몸이 마비되었나. — "그러나 만일 방 번호 65로 날 찾아오는 것이, 어떠한 이유에서든지 당신 맘에 들지 않는다면, 엘제, 디너 후에 잠깐 산보할 것을 당신에게 제안하겠습니다. 저 숲 속 한가운데에 하늘이 터진 빈터가 있어요, 요 며칠 전에 내가 우연히 발견했지요, 우리 호텔로부터 5분이 채 안 되는 거리에 있습니다. — 오늘은 정말 환상적으로 아름다운 여름밤이 될 것입니다, 거의 따뜻한 기온에다가 그리고 별빛마저 당신을 찬란하게 감싸줄 겁니다." — 마치 계집종년을 대하듯이 지껄여대네. 이 자식 낯짝에다 침을. — "지금 당장 그렇게 대답할 것까진 없어, 엘제. 한번 심사숙고해봐요. 디너 후에 친절을 베풀어서 당신의 결정을 나에게 공표해주세요." — 왜 이 자식은 '공표'라고 하는 거야. 넋 빠진 단어야, 뭐 공표해달라고. — "정말 조용하게 심사숙고해봐요. 당신도 아마 느낄 거예요, 내가 당신에게 제안한 것이 단순한 매매계약만은 아니란 걸 말입니다." — 그게 아니면 또 뭐냐, 넌 말이야, 딸랑딸랑 말 잘하는 불량배야! — "어떤 한 남자가 당신에게 말을 걸었다는 것을 당신도 느끼게 되겠지요. 그 남자는 말입니다, 많이 외롭고, 그리고 그다지 행복하지도 않고, 그리고 당신에게 연민까지 베풀고 있다는 걸 느낄 것입니다." — 잘도 꾸며대는 불량배. 형편없는 연극배우처럼 말하네. 이 자식의 손가락이 맹수 발톱처럼 보이네. 안 돼, 안 돼, 난 하고 싶지 않아. 왜 이 말을 못 하지. 자살하세요, 아빠! 이 자식, 내 손을 붙잡고 뭘 하겠다는 거야? 내 팔은 기운 없이 늘어져 있는데. 내 손을 자기 입술로 가져가네. 뜨거운 입술. 피이! 내 손은 차가운데. 이 자식 모자를 벗겨 바닥에 내동댕이쳤으면 좋겠네. 호호호, 그럼 얼마나 우스울까. 벌써 입맞춤을 끝냈니, 요 불량배야? — 호텔 앞 램프엔 벌써 불이 켜졌네. 호텔 4층에 창문 두 개가 열려 있는데. 저기 저 커튼이 흔들리는 곳이 내 방이야. 장롱 위쪽에 번쩍거리는 것이 있네. 그 위엔 아무것도 놓아두지 않았는데, 뭘까, 그저 놋쇠 장식이겠지, 뭐. — "그럼 잘 있어요, 엘제." — 대답을 않겠어. 꼼짝하지 않고 그냥 서 있는 거야. 이 자식이 내 눈을 응시하네. 내 얼굴은 무표정하게 닫혀 있으니. 이 자식은 전혀 모르겠지. 내가 올지, 안 올지, 이 자식은 몰라. 나 역시도 모르니까. 내가 아는 건 딱 한 가지, 모든 것이 끝났어. 난 반쯤 죽어 있는 거야. 이제 꺼지는군. 머리를 조금 숙이고. 불량배! 저 자식은 내 시선이 지 뒤꼭지를 쳐다보는 것을 느낄 거야. 저 자식, 누구에게 인사를 건네나? 두 사람의 숙녀. 마치 자기가 무슨 백작이나 되는 것처럼 폼 잡고 인사를 하네. 파울은 저 자식에게 결투를 신청해서 총으로 쏴 죽여야 해. 아니면 루디 오빠가. 저 자식은 도대체 뭘 생각하고 있는 것일까? 뻔뻔스러운 새끼! 어림없는 수작이지. 아빠, 당신에게도 별다른 방법이 남아 있지 않네요, 자살하세요. — 여기 이 두 사람 아마도 여행에서 돌아오는 길인가 본데. 두 사람 모두 아름답군. 남자와 여자. 디너 전까지 옷 갈아입을 시간이 아직도 남아 있을까? 분명 신혼여행 중일 거야, 아니면 결혼한 사이가 아닐지도 모르지. 난 말이야, 신혼여행 따윈 절대 가지 않을 거야. 어휴 3만 굴덴. 어쩌다가 이런 일이, 어쩌다가 이런 일이 다 생겼지! 도대체 이 세상에 3만 굴덴이 있긴 있는 거야? 내가 피아라에게 찾아가겠어. 더 늦기 전에 가보는 거야. 은총을, 제발 은총을 베풀어주십시오, 피아라 박사 선생님 나으리. 기꺼이 그러지요, 아가씨. 내 침실에서 수고를 좀 해줘요. — 제발 나를 위해서 파울, 네 아버지에게 3만 굴덴을 달라고 해봐. 이렇게 말하면 되잖아, 네가 노름빚을 지었다 하고, 주지 않으면 총으로 자살해버리겠다고 말해. 좋지, 귀여운 사촌동생. 내 방 번호는 이러저러한데 자정에 널 기다리고 있겠어. 오오, 헤어 폰 도르스데이, 그러고 보면 당신은 정말 겸손하신 거네요. 지금까지는 말이야. 이 작자는 지금쯤 옷을 갈아입겠지. 검은색 정장으로. 그럼 이제 우리 결정해봅시다. 달빛 속 초원으로 할까요, 아니면 방 번호 65로 할까요? 그런데 이 자식은 검은색 정장 차림으로 나를 숲 속으로 안내할까?

디너까지는 아직 시간이 남았어. 산보를 좀 하면서 이 일을 조용히 심사숙고해보자. 난 외로운 늙은 남자입니다, 아하하. 천상적인 이 공기, 샴페인 같아. 더 이상 쌀쌀하지도 않고 — 3만… 3만… 이 광활한 자연 경관 속에서 나는 이제 아주 아름답게 처신해야겠네.

아이 속상해, 밖에 나와 계신 분은 아무도 없는 것 아냐. 아, 아니다, 저기 숲 가장자리에 신사 한 분이 계시네, 내 마음에 아주 들었어. 오, 신사 선생님, 저는 옷을 홀딱 벗으면 훨씬 더 아름다워요, 그런데도 비용은 그저 껌 값이랍니다. 3만 굴덴이니까요. 혹시 친구분들이 있으면 모시고 같이 오세요. 그럼 더 싸지잖아요. 선생님께는 진짜로 잘생긴 친구분들도 많겠지요? 그랬으면 좋겠네요, 헤어폰 도르스데이보다 더 잘생기고 그리고 더 젊은 친구분들 말예요. 그 자식은 불량배예요 ― 딸랑딸랑거리는 불량배…

그러면 심사숙고를, 심사숙고를 해야… 한 인간의 인생이 게임에 맡겨져 있으니까. 아빠의 인생. 하지만 안 돼, 아빠는 자살하면 안 돼, 차라리 감옥에 갇히는 게 나을 거야. 3년간 가혹한 지하 감방 아니 5년간. 이런 불안에 끊임없이 시달리며 아빠는 살고 있었어, 지난 5년, 아니 10년 동안… 피후견인의 돈… 그리고 엄마도 마찬가지야. 그리고 나 역시도 마찬가지였고. ― 다음번에는 누구 앞에서 옷을 홀딱 벗어야만 할까? 아니면 우리가 손쉽게 접근할 수 있으니까, 도르스데이 나리께 계속 의지하게 될까? 이 자식의 지금 애인은 질이 좋지 못해, '우리끼리 하는 말'이지만. 차라리 내가 그 작자의 맘에 더 들 거야. 그러나 내가 훨씬 더 질이 좋아야만 한다, 그런 것은 계약에 전혀 언급되어 있지 않아. 그렇게 고상한 척하지 마세요, 엘제 아가씨, 난 당신에 관한 이야기를 폭로해버릴 수도 있어요… 바로 그 꿈을 예로 들어볼까요, 당신은 그 꿈을 세 번씩이나 꾸었잖아요 ― 하지만 거기에 대해서는 당신 친구 베르타에게도 말한 적이 없잖아요. 그 꿈에는 뭔가가 숨겨져 있지 않아요. 그리고 올해 그문덴의 호숫가의 발코니에서 새벽 6시에 일어난 일은 또 뭐라고 설명하려고

그래요, 엘제 아가씨? 젊은 두 남자가 보트를 탄 채 당신을 뚫어져
라 쳐다보고 있었는데, 혹시 그것을 전혀 눈치채지 못했었나요, 고
상한 엘제 아가씨? 호수에 있던 그 사람들은 내 얼굴을 제대로 못
알아보았을 것이 분명해. 그러나 내가 속옷만 입고 있었다는 것은
충분히 알아보았을 거야. 난 기뻤어. 아아, 정말 기쁨 그 이상이었
지. 난 황홀경에 빠진 것 같았어. 그래서 양손으로 엉덩이를 스르륵
쓸어내렸지, 보고 있는 사람이 있다는 것을 모르는 것처럼, 나 혼자
스스로 그렇게 했지. 그랬더니 그 보트가 제자리에서 꼼짝도 하지
않더라고. 그래, 난 그렇고 그렇게 생긴 년이야. 맞았어, 난 끼가 있
는 화냥년이야. 누구나 다 알고 있는 일이야, 모두 다. 파울도 역시
알고 있지. 그거야 당연한 일이지 뭐, 그 녀석은 산부인과 의사니깐.
그리고 해병대 소위도 역시 알고 있고, 그리고 그 화가란 녀석도. 단
지 프레드, 그 멍텅구리 자식만 내가 그런 여자인 줄 모르고 있어.
그래서 이 친구가 날 좋아하나 봐. 하지만 바로 그 친구 앞에서만큼
은 난 옷을 벗고 싶은 생각은 추호도 없어. 죽어도 그러지 않을 거
야. 그렇게 해보았자 아무 기쁨도 못 느끼고, 오히려 난 부끄러워할
거야. 하지만 로마 대갈통의 그 바람둥이 앞이라면 — 정말로 기꺼
이. 그 남자 앞이라면 마음이 가장 편할 텐데. 그리고 난 다음, 내가
곧 죽어야만 한다 해도 말이야. 하지만 알고 보면, 그렇다고 곧 죽을
필요도 없는 거잖아. 누구나 죽지 않고 살아남기 마련이니까. 베르
타도 몇 번이나 살아남았고. 시시도 분명 옷을 홀랑 벗고 누워 있을
거야, 파울이 호텔 복도를 거쳐 살금살금 기어들어올 때면 말이야,
내가 오늘 저녁에 헤어 폰 도르스데이에게 몰래 기어들어가는 것처
럼.

아, 아냐, 아니야, 난 싫어. 다른 사람이라면 누구한테라도 가겠지만 — 그 자식만큼은 아니야. 차라리 나를 위해서 파울에게 갈 거야. 아니면 오늘 저녁 디너에서 한 놈을 고르는 거야. 어떤 놈이든, 그게 무슨 상관이야. 그렇지만 내가 3만 굴덴을 그 대가로 갖고 싶다는 말만큼은 아무에게나 할 수 없잖아! 그렇게 되면 내가 케른트너* 거리의 창녀와 다를 게 뭐 있어. 안 돼, 난 몸을 팔지 않겠어. 결코. 난 죽어도 몸을 팔지 않겠어. 차라리 내 몸을 선사해버리겠어. 그래, 제대로 된 남자가 한 번 눈에 띄면, 내 몸을 그냥 선사하겠어. 난 몸을 팔지 않을 거야. 난 끼가 있는 화냥년이 될지언정, 창녀는 안 되겠어. 당신은 오산한 거야, 헤어 폰 도르스데이. 그리고 아빠도 마찬가지고. 그래, 아빠는 오산했어. 아빠는 이렇게 될 것도 틀림없이 예상했어. 도르스데이가 공짜에다 또 공짜를 보태주지 않을 거라는 것도 분명 생각했을 거야. — 그러지 않았다면 전보를 쳤든가, 아니 직접 이곳으로 올 수도 있었겠지. 하지만 이렇게 하는 게 편리한 데다가 또 확실한 길이었겠죠. 내 말이 맞죠, 아빠? 이렇게 아름다운 딸을 둔 사람이 형무소에 들어갈 필요가 어디 있나요? 그리고 엄마는, 얼마나 멍청한 여자야, 퍼질러 앉아서 그런 편지를 다 쓰고. 아빠는 손이 떨려서 감히 쓰지도 못할 편지를 말이야. 이런 것을 처음부터 눈치챘어야 옳았어. 하지만 이제는 천만의 말씀이에요. 그럴 수 없어요, 아빠, 당신은 딸아이의 상냥함까지 계산에 넣고, 확신에 차서 투기를 하신 거예요, 아빠, 당신은 너무나도 확신을 가지고 믿으셨던 거예요. 범죄나 다름없는 당신의 경솔함 때문에 생긴 결과인

* Kärntner: 빈 중심지의 번화가.

데, 이를 아빠 당신에게 감당케 하느니 차라리 제가 온갖 수모를 견디어낼 거다, 그것까지도 계산에 넣으신 것 아닌가요. 당신은 정말 천재예요. 헤어 폰 도르스데이도 그렇게 말했어요. 모든 사람들이 다 그렇게 말하더군요. 그러나 그것이 저에게 무슨 소용이 있나요. 피아라는 무능하기 짝이 없는 사람이지만 피후견인의 돈을 가로채진 않았어요, 빈의 유명 변호사를 모두 갖다 놓아도 아빠하고는 비교가 되지 못할 거야… 이 말을 누가 했더라? 맞아, 후로리이프 박사야. 당신의 아빠는 천재입니다. — 그리고 아빠가 변론하는 것을 내가 처음 들었을 때에! — 작년, 배심재판소의 법정이었지 — — 그게 처음이자 마지막이었어! 굉장했어! 눈물이 내 뺨을 타고 흘러내렸었지. 그리고 그 비열한 자식은 아빠가 변론해주는 바람에 무죄로 풀려났었어. 그래 그 사람은 혹시 전혀 비열한 인간이 아닐지도 몰라. 어쨌거나 그 작자는 훔치기만 했지, 아빠처럼 피후견인의 돈을 착복하지는 않았으니까, 아빠는 그 돈으로 아마 바카라*와 증권투자까지 하려고 했겠지. 이제는 아빠 자신이 배심원들 앞에 서게 되었어. 모든 신문에 다 날 거야. 두번째 공판일, 세번째 공판일, 변호사가 변론을 하려고 자리에서 일어나고. 그런데 도대체 누가 아빠의 변호사로 나설까? 천재는 아니야. 그러면 아무 도움도 되지 못하고. 만장일치로 유죄. 5년간의 형을 선고받고. 형무소, 죄수복, 빡빡 깎은 머리. 한 달에 한 번 면회가 허용되고. 그러면 나는 엄마와 함께 면회를 가는 거야, 삼등칸을 타고서. 우린 돈이 없으니까. 얼마라도 빌려주려는 사람도 없을 테고. 시내에서 멀리 떨어진 레르헨휄더 거리에

---

* Baccara: 트럼프를 이용한 도박.

다 작은 셋집을 얻는 거야, 그 여자처럼 말이야, 10년 전에 한 번 찾아갔던 삯바느질 여자는 거기에 살고 있었어. 우리가 아빠에게 뭐라도 먹을 것을 갖다줘야 하는데. 그런데 먹을 것을 어디에서 챙긴담? 우리가 먹을 것도 없는 판국에. 빅토르 아저씨가 생활비야 보태주겠지. 매달 3백 굴덴씩. 루디 오빠는 네덜란드의 반더홀스트 은행에 가 있을 것이고 ─ 아직도 오빠에 대해서 눈독을 들이고 있다면 말이야. 죄수의 자식들! 테메*가 쓴 세 권짜리 범죄소설. 아빠는 줄무늬가 그려진 죄수복을 입고 우릴 맞이하겠지. 하지만 분노가 치민 눈빛을 보내진 못할 거야, 그저 슬픈 눈빛을. 어떻게 분노의 눈빛을 지을 수 있겠어. 그럴 수 없어. ─ 엘제, 그때 네가 그 돈을 마련해 줬더라면, 이런 생각이야 하겠지, 그러나 말은 못 할 거야. 난 아빠를 비난하고 싶은 마음은 전혀 없어. 그는 정말 심성이 고운 사람이야, 단지 경솔한 것이 문제야. 그가 타고난 숙명은 게임에 몰입하는 것이야. 그는 자신의 숙명에 대해 어떻게 손을 써볼 수 없으니까, 이건 일종의 광기야. 혹시라도 무죄 석방될지도 몰라, 그 사람은 미친 사람이니까. 이 편지에 대해서도 그는 미리 따져보지도 않았을 거야. 아마 그런 생각이 전혀 떠오르지도 않았을 거야, 도르스데이가 이런 기회를 이용해서 그렇게 야비한 짓을 내게 요구하게 되리라는 것을 말이야. 이 남자는 우리 집안과 알고 지내는 좋은 친구였고, 예전에도 한 번 아빠에게 8천 굴덴을 빌려주기까지 하였으니까. 어떻게 그런 사람이 이런 짓을 한다고 생각할 수 있겠어. 말도 안 되는 소리

---

* J. D. H. Temme(1789~1881): 정치가, 법률가, 훗날 취리히의 민·형사법 교수로 수많은 범죄소설들을 저술하였음.

지. 무엇보다도 먼저 아빠는 다른 방도를 모두 시도해보았음에 틀림없어. 엄마에게 이 편지를 쓰라고 부추기기 전에 아빠는 온갖 고통을 다 겪었겠지? 이 사람 저 사람을 만나러 정신없이 뛰어다녔을 거야. 봐르스도르프 은행에서 부린 은행으로, 부린 은행에서 베르트하임슈타인 은행으로, 그런 후에 어디로 더 가봐야 할지, 망연자실했겠지. 카알 아저씨에게도 분명 가보았을 거야. 모두들 위기에 처한 그를 거들떠보지도 않았을 거고. 모두 다 말이야, 소위 친구라는 사람들이. 그런 상황에서 도르스데이가 그에겐 마지막 희망이 되었겠지. 그리고 돈이 오지 않는다면, 그럼 그는 자살할 거야. 더 생각해볼 게 뭐 있어, 자살해야지. 감옥에 갇힐 때까지 기다리지는 않을 거야. 체포되고, 심문을 당하고, 심리를 받고, 배심재판을 하고, 지하 감방에 갇히고, 죄수복을 입는다. 안 돼, 말도 안 되는 소리야! 만일 구속영장이 발부되면 총을 쏘아 죽던가, 아니면 목매달아 죽을 거야. 창문틀에 목을 매달거야. 집 건너편에서 발견하고 사람들을 보내겠지, 그러면 열쇠공이 와서 문을 열어야만 할 거고, 결국에는 죄가 나에게 돌아올 거야. 지금 이 시간에 아빠는 엄마와 같은 방에 앉아 있겠지, 내일모레면 목을 매달게 될 그 방에서 지금은 하바나 시가를 피우고 있겠지. 그런데 어디에서 아직도 하바나 시가를 구했을까? 아빠가 엄마를 진정시키는 말을 하는 것이 내 귀에도 들리는 것 같아. 믿어도 된다니까 그래요, 여보, 도르스데이는 돈을 부쳐줄 거요. 생각해봐요, 올해 초 겨울에 내가 중재를 해서 그 친구에게 엄청난 금액을 찾아주었잖소, 그리고 에르베스하이머의 재판도 곧 다가오고… ─ 똑똑히 들려. ─ 그가 말하는 소리가. 텔레파시! 참 이상한 일도 다 있지. 그리고 프레드도 이 순간에 내 눈에 보이네. 이 친구는 어떤 계집애와 같이 시립공원의 집회소 옆을 지나가고 있군. 밝은 하늘색 블라우스를 입은 여자, 가벼운 구두를 신고, 그리고 제법 쾌활해 보이는데. 이건 아주 똑똑하게 보여. 빈에 도착하면 프레드에게 한번 물어봐야지, 9월 3일 저녁, 7시 반에서 8시 사이에 애인과 함께 시립공원에 있었는지를.

어디로 더 가겠다는 거야? 내가 도대체 왜 이럴까? 아주 깜깜해졌어. 이렇게 아름답고 조용하다니. 주변에는 사람 하나 보이지 않고. 지금은 모두 디너에 참석해 있겠지? 텔레파시인가? 아 아냐 이건 텔레파시가 아니야. 얼마 전 디너를 알리는 징 소리를 들었지. 어디에 있는 거야, 엘제? 파울은 이렇게 생각하겠지. 내가 전채(前菜) 식사가 시작됐는데도 거기 없으면 모두들 내가 없다는 걸 눈치채겠지. 사람들을 내 방으로 올려 보낼 것이고. 엘제에게 무슨 일이 생겼나요? 그렇지 않다면야 언제나 정확하게 시간을 지켰잖아요? 창문가에 앉아 있는 신사 두 사람도 생각할 거야. 이 여자는 오늘 어디에 있지, 젊고 아리따운 그 아가씨, 붉은빛이 도는 금발 머리 여자 말이야? 그리고 헤어 폰 도르스데이도 불안해서 안절부절못할 거야. 그 작자는 분명히 겁이 많으니까. 하지만 안심하세요, 헤어 폰 도르스데이, 당신에게는 아무 일도 일어나지 않아요. 제가 당신을 얼마나 우습게 생각하고 있는데 그래요. 그저 제가 입만 벙긋하면 당신은 내일 저녁쯤엔 이미 죽은 사람이에요. ― 난 확신해, 파울은 그 자식에게 결투를 신청할 거야, 내가 이 일을 파울에게 이야기해주기만 하면 말이야. 헤어 폰 도르스데이, 내가 당신 목숨을 선물해준 줄이나 알고 있으라고.

아아, 섬뜩하게 드넓은 이 초원, 그리고 거대하고 치솟은 새까만 저 산. 별도 아예 보이지 않네. 아니야, 저기 있어, 세 개, 네 개, ─ 곧 더 많아지겠지. 그리고 내 뒤에 있는 이 숲도 숨을 죽이고 있고. 여기 이 숲가의 벤치에 앉아 있으니 마음이 편안해. 저렇게 멀리, 아 득히 멀리 떨어져 있는 호텔로부터, 동화처럼 환상적인 불빛이 이곳 까지 흘러나오고. 저 안에는 도대체 어떻게 생겨먹은 불량배들이 앉 아 있는 거야. 아 아니야, 아니지, 인간들, 불쌍한 인간들이야, 모두 들 내 마음을 왜 이렇게 아프게 해. 후작 부인도 내 마음을 아프게 하고, 왜 그런지는 모르지만, 비나버 부인 그리고 시시의 어린 딸의 보모도 마찬가지야. 보모는 타블 도트*와는 상관이 없어, 프리치와 함께 먼저 식사를 마쳤을 테니까. 엘제에게 대체 무슨 일이 났나요, 시시가 물어보겠지. 뭐라고요, 방에 올라가봐도 없다고요? 모두들 나를 걱정하고 있을 거야, 틀림없어. 아무 걱정이 없는 사람은 나뿐 이군. 그래, 난 여기 마르티노 디 카스트로차Martino di Castrozza에 와 있고, 숲가의 벤치 위에 앉아 있고, 공기는 샴페인 같고, 그리고 난 아무 걱정이 없는 거야, 아니 눈물이 나오잖아. 그래, 내가 왜 울고 있지? 울 이유가 하나도 없잖아. 그래, 신경이 좀 예민해진 거야. 눈물을 참아야만 해. 눈물을 흘리면 안 돼. 하지만 우는 것은 조금도 기분이 나쁘지 않아. 울고 나면 기분이 언제나 좋아지니까. 우리가 알고 지냈던 프랑스 할머니를 병문안 갔을 때 할머니는 곧 죽었고, 그때도 난 울었어. 그리고 그 할머니의 장례식에서도, 그리고 베르 타가 뉘른베르크로 여행 갔을 때도, 그리고 아가테의 어린애가 죽었 을 때도, 그리고 「라 트라비아타」**를 보았을 때도 난 울었어. 내가

---

* Table d'hôtes: 정식 코스 요리의 종류와 순서가 미리 결정된 차림표.
** 「La Traviata」: 뒤마의 소설 『춘희』를 소재로 한 베르디의 오페라.

죽으면 누가 울어줄까? 오, 죽어 있는 것은 얼마나 아름다운 일일까. 어머나 내가 관(棺)에 누워서 살롱에 와 있네, 촛불들이 켜져 있고. 기다란 양초들. 열두 개의 키가 큰 양초들. 저 아래에 벌써 장례식 마차가 와 있네. 대문 앞에는 사람들이 모여 있고. 어쩜 좋아, 그 여자는 도대체 몇 살이래? 이제 열아홉. 아니 정말 열아홉 살밖에 안 되었어? — 생각해봐요, 아 글쎄 아빠가 형무소에 들어가 있다나 뭐라나. 저 여자는 어쩌다가 자살까지 했대? 바람둥이한테 바람을 맞았대요. 아, 아니 무슨 소리예요? 아 글쎄 저 여자는 말예요, 애를 낳게 되었대요, 애를. 아니에요, 시모네 산에서 추락했다는대요. 정말 안됐어요. 어머, 안녕하셨어요, 도르스데이 씨, 당신도 어린 엘제에게 마지막 경의를 표해야 하지 않겠어요? 어린 엘제라, 늙은 할망구가 하는 말이군. — 왜 그래야만 하지? 아 아함 물론 그렇지요, 나는 엘제에게 마지막 경의를 표해야만 해요. 난 엘제에게 치욕을 안겨준 첫번째 사람이기도 하니까요. 오 오호, 이건 정말이지 정말 애쓴 보람이 있네요, 비나버 부인, 여기 와서 이것 좀 봐요, 내 생전 이렇게 아름다운 육체는 처음 보았소. 나는 그저 단돈 3천만 굴덴밖에 지불하지 않았어요. 루벤스 그림 한 장 값도 이보다 세 배밖에는 되지 않아요. 그런데 이 여잔 마리화나를 먹고 중독되었대요. 아름다운 환상을 가지려다가 너무 많이 마셔서 그만 깨어나지 못했대요. 왜 도르스데이는 빨간색 외눈 안경을 쓰고 있을까? 이 자식은 누구에게 손수건을 흔들어댈까? 엄마가 계단 아래로 내려가서 이 자식의 손에 입까지 맞추네. 피이. 치이. 이제는 둘이서 귓속말까지 주고받네. 난 아무 말도 이해할 수 없어, 난 죽어서 널짝에 누워 있으니까. 내 이마에 씌워져 있는 제비꽃 화환, 이건 파울이 보낸 거야.

옷자락이 길게 늘어져 바닥까지 닿아 있고. 아무도 감히 내 방 안으로 들어올 엄두를 못 내는군. 난 차라리 자리에서 일어나 창밖을 내다보겠어. 어머나, 엄청나게 큰 푸른색 호수! 백 척이나 되는 배가 노란 돛을 달고서 — 파도는 번쩍번쩍 빛을 발하고. 어쩜 이렇게 많은 태양들이. 경주용 보트들까지. 남자들은 모두 민소매티를 입고. 여자들은 수영복을 입었네. 이건 점잖은 짓이 아니야. 저것들은 내가 발가벗었다고 상상하겠지. 멍청한 것들 같으니. 난 말이야, 검은색 상복을 입었다고, 난 죽었으니까. 내가 너희들에게 이것을 증명해 보이겠어. 난 곧바로 널짝으로 가서 다시 누워야겠어. 그 여자는 어디 갔지? 그 여자가 사라졌어요. 사람들이 그녀 관을 밖으로 내갔어요. 사람들이 그녀를 가로채서 착복했대요. 아하, 그래서 아빠가 감옥에 들어갔군요. 하지만 아빠는 집행유예 3년을 선고받고 풀려났잖아요. 배심원들 모두 피아라로부터 뇌물을 먹은 게로군요. 나는 이제부터 내 발로 걸어 공동묘지로 갈 거야. 그러면 엄마는 장례 치를 부담이 없어지겠지. 우린 돈을 아껴야만 하니까. 나는 빨리 달리겠어, 아무도 내 뒤를 따라오지 못하게시리. 아아, 난 얼마나 빨리 달릴 수 있는지. 사람들이 모두 길거리에 멈춰 서서 놀라워하잖아. 어쩜 그런 눈빛으로 사람을 쳐다보는 거예요, 죽은 사람을 감히! 넉살도 참 좋네요. 난 차라리 벌판을 가로질러 가겠어, 물망초꽃과 제비꽃이 피어 온통 푸른색이네. 해병대 장교들이 두 줄로 도열해 있군. 안녕들 하신지요, 장교님. 대문을 열어줘요, 마타도르 님. 날 알아보시겠어요? 나는요, 죽은 여자랍니다… 그렇다고 내 손에 입 맞추진 마세요… 제가 들어갈 구덩이는 어디 있죠? 사람들은 그런 것까지 가로채서 착복하나요? 어머나 다행이야, 이건 공동묘지가 아니잖아. 이건 망통에 있는 공원. 내가 무덤에 묻히지 않는다니, 아빠가 정말 기뻐하실 거야. 난 뱀이 무섭지 않아. 내 발을 물지만 않는다면 말이야. 아야, 아 아파라.

무, 무슨 일야? 내가 어디에 있지? 잠이 들었었나? 맞아. 잠이 들었던 거야. 난 꿈까지 꾼 게 분명해. 발이 시려. 오른발이 너무 시려. 왜 그렇지? 발목에 스타킹 올이 조금 나갔군. 왜 아직까지도 숲속에 앉아 있지? 딘너를 알리는 종이 울린 지도 한참 되었을 텐데. 딘너.

오, 맙소사, 내가 어디 있었던 거야? 이렇게 멀리 나와 있었다니. 내가 무슨 꿈을 꿨더라? 난 이미 죽었던 것 같은데. 근심 걱정도 없고, 머리를 쪼개가며 고민할 필요도 없었는데. 그런데 3만, 3만… 이 돈을 아직도 가지고 있지 않으니. 이제부터 벌어야만 하겠지. 그런데도 숲가에 홀로 앉아 있으니. 호텔 불빛이 여기까지 비치네. 난 돌아가야만 해. 끔찍해, 돌아가야만 하다니. 하지만 지체할 시간은 없어. 헤어 폰 도르스데이가 내 결정을 기다리고 있어. 결정. 결정! 아, 아니야. 아니에요, 헤어 폰 도르스데이, 한마디로 말해서, 아닙니다요. 선생님은 농담하신 거죠, 헤어 폰 도르스데이, 물론 그렇겠지요. 맞았어, 이렇게 그 작자에게 말하는 거야. 야호, 이건 정말 멋진 생각이야. 선생님의 농담은 정말 적절하지 못해요, 헤어 폰 도르스데이, 하지만 저는 그 말을 마음에 두지 않겠어요. 제가 내일 아침 일찍 아빠께 전보를 칠게요, 헤어 폰 도르스데이, 그 돈이 정확한 시간에 피아라 박사의 손에 들어갈 거라고 말예요. 정말 멋져. 이렇게 그 작자에게 말하는 거야. 그러면 이 작자도 별수 없이 돈을 부쳐야만 하겠지. 부쳐야만 한다고? 왜 부쳐야만 하는데? 왜 이 작자가 돈을 부쳐야만 하지? 그래, 이 작자가 정말 돈을 부친다고 해도 어떤 방식으로든 앙갚음을 할 거야. 일을 꾸며서 돈이 너무 늦게 도착하도록 해놓을 수도 있을 거고. 아니면 정말로 돈을 부쳐주고 나서 동네방네 떠들고 다니는 거야, 자기가 나를 가졌다고 말이야. 어쨌거나 그 작자는 돈을 부치지 않을 거야. 천만의 말씀입니다, 엘제 아가씨, 그러면 우리가 했던 말이 달라지지 않소. 당신 멋대로 아빠에게 전보를 쳐요, 하지만 난 돈을 부치지 않습니다. 그런 생각일랑은 아예 꿈도 꾸지 마세요, 엘제 아가씨, 내가 이렇게 어린 계집년에게 사기를 당할 사람 같소, 나로 말할 것 같으면, 나는 비콩트 폰 에페리스라는 걸 잊지 마시오.

조심해서 걸어야겠어. 길이 너무 어두워. 이상한 일인데, 아까보다도 기분이 훨씬 좋아졌어. 그사이 변한 것은 아무것도 없는데도 내 기분만큼은 훨씬 더 좋아졌어. 내가 대관절 무슨 꿈을 꾸었더라? 마타도르에 대해서? 마타도르가 대관절 뭘 어떻게 했었더라? 내가 생각했던 것보다는 호텔이 훨씬 멀리 있네. 그것들은 아직도 디너에 모여 있을 게 틀림없어. 난 조용히 식탁으로 가서 앉고, 편두통이 있어서 늦었다고 말하고, 그리고 추가로 식사를 주문하겠어. 결국에는 헤어 폰 도르스데이가 내게로 와서, 이 모든 것은 그저 농담이었다고 말할 거야. 미안합니다, 엘제 아가씨, 좋지 않은 장난을 해서 미안합니다요, 난 벌써 은행에 전보를 쳤어요. 하지만 이 자식이 그런 말을 할 리 없어. 전보는 치지도 않았고. 모든 것이 예전이나 조금도 달라진 게 없어. 그 자식이 기다리고 있어. 헤어 폰 도르스데이가 날 기다리고 있어. 아, 아니야, 난 그 자식을 보고 싶지 않아. 그 자식의 꼴은 더 이상 볼 수 없어. 그 어떤 사람도 더 이상 보고 싶지 않

아. 이젠 호텔 안으로도 들어가고 싶지 않아. 두 번 다시 집에 가고 싶은 생각도 없어. 빈으로도, 그 누구에게도 돌아가고 싶지 않아. 어떤 사람에게도, 아빠나 엄마에게도, 루디나 프레드에게도, 베르타나 이레네 이모에게도, 아니야. 이모가 지금 당장엔 최선이겠지, 모든 것을 이해해줄 거야. 그러나 난 더 이상 이모와는 상관이 없어, 그 누구와도 더 이상. 내가 요술을 부릴 수만 있다면 이 세상에서 아주 다른 곳으로 가버릴 수 있을 텐데. 그래 지중해에 떠 있는 호화스러운 배를 타는 거야. 그러나 혼자서는 싫어. 예를 들면 파울과 함께. 맞았어, 이건 정말 맘에 드는 생각인데. 아니면 바닷가의 빌라에 내가 사는 거야. 그리고 우리가 누워 있는 곳은 대리석 계단이고, 그 계단은 바닷속으로 그대로 연결되고, 그리고 파울이 나를 가슴에 꽉 껴안고 입술을 깨물어주는 거야. 알베르트라는 자식이 2년 전에 피아노 옆에서 했던 것처럼 말이야. 그 자식은 뻔뻔스러웠어. 아, 아냐 아니야. 차라리 나 혼자서 바닷가에 누워 있겠어, 대리석 계단 위에서, 그리고 기다리는 거야. 드디어 어떤 사내자식이 한 놈, 아니야 수많은 사내놈들이 나타나는 거야. 그러면 내가 그중에서 한 놈을 선택하고, 그러면 다른 놈들은, 내가 퇴짜를 놓은 나머지 놈들은 절망에 몸부림치다가 모두 바닷속으로 풍덩풍덩 몸을 던져 빠져 죽는 거야. 그리고 싶지 않으면 그놈들은 꾹 참고서 기다려야만 해, 그다음 날까지. 오호라, 그렇게만 된다면야 얼마나 기막히게 멋진 삶일까. 이렇게 눈부신 어깨와 늘씬하게 뻗은 두 다리를 뒀다가 도대체 어디에 쓰겠어? 그래, 내가 이 세상에 도대체 무엇 하려고 태어났겠어? 그래, 이렇게 되면 당신네들 모두에게 잘된 일이겠죠, 당신네들 모두에게. 당신네들이 날 이렇게 키우지 않았나요, 내 몸을 팔라고

말이야, 이렇게 팔든 저렇게 팔든 간에 팔아먹으라고 말이야. 연극무대에 대해서 당신들은 아무것도 알려고 하지 않았어요. 그러니까 당신들이 내게 조소를 보냈던 거지. 작년의 이야기만 해도 그래요. 내가 빌로미처 무대감독과 결혼했더라면, 그것이 당신들에겐 정말 옳은 일인가요, 그 남자는 곧 50세가 되잖아요. 물론 그랬지요, 당신들은 날 붙들고 설득하지는 않았어요. 그때 아빠는 정말 괴로워하셨죠. 그러나 엄마는 그게 또 뭐였어요, 정말 명백하게 눈짓을 보내곤 했잖아요.

어쩜 저렇게 거대할까, 호텔이 버티고 서 있는 저 모습, 소름 끼치는 불 켜진 마법의 성. 모든 것이 감당할 수 없을 만큼 거대해 보이니. 저 산들도 마찬가지로. 아휴 무서워라. 이것들이 이렇게까지 새까만 적은 아직 없었어. 달은 아직 뜨지 않았고. 달은 공연이 시작되면 비로소 뜨겠지, 초원 위에서 벌어지는 위대한 공연, 헤어 폰 도르스데이가 자신의 계집종을 춤추게 만들 때에. 그런데 대관절 헤어 폰 도르스데이하고 나하고 무슨 상관이 있는 거지? 자 그럼, 마드무아젤 엘제, 당신은 어떤 이야기를 만드실 작정입니까? 당신은 이름 모를 낯선 사내들의 애인이 될 준비가 아직도 끝나지 않았단 말입니까, 한 남자씩 한 남자씩 바꾸어가며. 그리고 헤어 폰 도르스데이가 당신에게 요구한 것은 정말 사소한 것인데, 그까짓 게 뭐 문제될 게 있다고 그래요? 진주 목걸이 하나, 아름다운 의상 한 벌, 바닷가의 빌라를 받고서 당신은 몸을 팔 준비가 아직도 되어 있지 않았단 말인가요? 그리고 당신에게 아버지 목숨은 그만한 가치도 없단 말인가요? 그래요, 이제 제대로 한번 시작하는 거야. 일단 시작만 하면 그 다음의 다른 것들은 모두 곧 당연시되는 거야. 너희들이 이랬어, 나는 이렇게 말할 수 있어, 너희들이 날 이렇게 만들었다고, 내가 이렇게 되어버린 데에는 너희들 모두에게 잘못이 있어, 아빠와 엄마에게 만 잘못이 있는 게 아니라고. 루디 오빠에게도 역시 잘못이 있어, 그리고 프레드도, 그리고 모두에게, 모든 사람에게 말이야. 그 누구도 한 인간을 제대로 신경 쓰지 않고 있잖아. 사람이 아름답게 생겼으면 좀더 예민하게 신경을 써줘야 하는 것 아니겠어, 사람의 몸에 열이 있으면 조금이라도 더 염려해줘야 하는 것 아니냐고. 그래, 누가되었든 간에 무조건 학교에 다니게 하고, 집에서는 피아노와 프랑스어를 배우게 하고, 그리고 여름에는 시골로 휴가를 내려 보내고, 생일이 되면 선물을 받고 그리고 식탁에서는 온갖 잡담을 다 지껄여대면서. 그러나 정작 내 마음속에서 무슨 일이 눈에 안 보이게 일어나고 있는지, 내 마음속이 무슨 번민으로 시끄럽고 불안해하고 있는지, 당신네들이 이런 것을 단 한 번이라도 신경 쓴 적이 있느냔 말이야? 아빠의 눈빛에서 이런 것에 대한 예감이 비친 적이 자주 있었지, 하지만 역시 그때뿐이야. 곧바로 다시 직업상의 일, 그리고 근심걱정과 증권투자 — 그러다가 어떤 여자인지, 아주 비밀에 부쳐진 여자, '우리끼리 하는 말이지만, 그다지 질이 좋지 못한' 그런 여자와 놀아나고, — 그렇게 되면 난 다시 혼자가 되어버리고. 그래, 아빠, 당신은 뭘 어떻게 하실 생각이었어요, 당신은 오늘 무엇을 하셨을까요, 제가 지금 이 자리에 없었다면 말예요?

바로 여기, 호텔 앞에 내가 서 있네. — 아휴 끔찍해라, 이 안으로 들어가서 사람들의 얼굴을 똑바로 봐야만 하다니, 헤어 폰 도르스데이, 이모 그리고 시시를. 아까 숲가의 벤치에 앉아 있었을 때가 그래도 속이 편했어, 그땐 내가 죽어 있었으니까. 마타도르 — 그 생각만 하면, 그게 무엇이었더라 — 경주용 보트인가, 맞았어, 난 그것들을 창문에서 내다보았었는데. 그런데 마타도르는 누구였지? — 아 내가 이렇게 지쳐 있지만 않다면, 정말 너무나 지쳤어. 그런데도 자정이 될 때까지 기다렸다가 헤어 폰 도르스데이의 방 안으로 살금살금 기어들어가야 하나? 그러다가 혹시 시시를 복도에서 마주치는 건 아니야. 그 여자는 잠옷 속에 뭔가를 입고 있을까, 그 남자에게 갈 때면 말이야? 이럴 때는 어떻게 해야 하는 거지, 이런 일에 익숙하지 않으면 역시 어려운 일야. 그 여자와 상의해보면 어떨까, 시시 그 여자와? 물론 도르스데이라고는 말하지 않겠어, 그 여자는 내가 이 호텔의 젊고 잘생긴 남자들 중에서 한 녀석과 한밤중에 랑데부*를 하고 있다고 생각할 게 틀림없어. 예를 들면 긴 금발 머리의 남자와 말이야, 그 자식은 눈빛은 활활 타는 것 같았는데, 하지만 그 자식은 더 이상 여기에 없어. 갑자기 사라져버렸으니까. 저런, 난 그 녀석 생각을 전혀 않고 있었네, 지금 이 순간까지 말이야. 내가 생각하고 있었던 건, 유감스럽게도 긴 금발 머리에 눈이 빛나던 그 자식이 아니었어, 파울도 아니고, 그건 바로 헤어 폰 도르스데이야. 그러니까, 난 어떻게 이 일을 처리한담? 이 작자에게 뭐라고 말해주지? 간단하게, 예스라고 할까? 아니야, 방 안으로 헤어 폰 도르스데이를 만나러 갈 순 없어. 이 작자의 방, 화장대 위에는 흠잡을 수 없이 고상한 향수병이 놓여 있을 게 틀림없고, 방 안은 온통 프랑스 향수 냄새가 진동하겠지. 아냐, 세상이 무너져도 이 자식 방으론 가지 않겠어. 차라리 야외에서. 그곳이라면 이 자식도 나에게 근접하지 못하겠지.

---

* Rendezvous: 밀애.

하늘은 높고 그리고 초원이 광활하게 펼쳐져 있으니. 나는 도르스데이 따위는 염두에 둘 필요가 전혀 없겠지. 그 작자의 눈을 한 번이라도 마주칠 필요가 없을 것이고. 그리고 이 자식이 감히 덤벼들면 벗은 내 발로 그 작자를 걷어차버릴 거야. 아아, 이 작자가 아니고 다른 사람이었더라면, 그 누구라도 다른 사람이었더라면. 모든 것을, 그 사람은 나에게서 모든 것을 가질 수 있을 거야, 오늘 저녁만큼은 누구라도 좋아, 딱 한 사람 도르스데이만 빼놓고. 그런데 바로 그 자식이라니! 바로 그 새끼라니! 그 작자의 눈깔, 얼마나 내 몸을 파고 나를 찔러댈 것인지. 외눈깔 안경을 쓰고 멀거니 서서, 입을 비죽거리며 웃음을 짓겠지. 하지만 안 돼, 이 작자는 비죽거리며 웃진 않을 거야. 점잖은 얼굴빛을 잘도 꾸며내겠지. 엘레강스한 얼굴빛을. 그작자는 이런 일에는 정말 능숙할 거야. 이미 얼마나 많은 여자들을 이런 식으로 보았을까? 백 명 아니면 천 명? 하지만 그중에서 나 같은 여자가 단 한 사람이라도 있었을까? 아냐, 틀림없이 없었어. 나는 이 작자에게 말할 거야, 나를 이런 식으로 본 것은 당신이 첫번째 남자가 아니라고. 이 작자에게 말하겠어, 난 애인이 있다고. 그렇지만 비로소 그때 가서 말해줘야지, 3만 굴덴이 피아라에게 부쳐지고 난 다음. 그때 가서 이 작자에게 말해주는 거야, 당신은 멍청이였다고 말이야, 그 금액만으로도 나를 가질 수 있었다고 말이야. — 난 말이야, 벌써 애인이 열 명이나 있다고, 아니 스무 명, 백 명씩이나 있다고. — 하지만 이런 말을 그 자식이 모두 곧이듣지 않을 거야. — 그래, 이 자식이 내 말을 믿지 않아도, 그게 나랑 무슨 상관이야? — 내가 어떻게 해서든 이 자식의 만족감을 박살낼 수만 있다면. 어떻게든. 만일 또 다른 사람이 그 자리에 더 참석한다면? 안 될 게 뭐 있어? 이 자식은 나하고 단둘이 있어야만 한다고, 그런 말까진 하지 않았으니까. 아아, 헤어 폰 도르스데이, 제가 뭘 두려워하는지 알고 계시겠죠. 제가 잘 아는 남자를 한 사람 더 데리고 가도 막무가내로 막지 않으시겠지요? 어머머, 이건 협정에 어긋나는 일이 아니라고요, 그걸 아셔야 해요, 헤어 폰 도르스데이. 제가 맘만 먹으면요, 저는 호텔 전체를 초대해도 되는 것 아니에요, 그렇게 한다 해도 당신은 3만 굴덴을 부쳐줄 의무가 있다고요. 하지만 저는 사촌 파울만을 데리고 가는 걸로 만족할게요. 아니면 당신 마음에 드는 남자가 따로 있나요? 긴 금발 머리는 유감스럽게도 더 이상 여기에 없고, 그리고 로마 대갈통을 가진 바람둥이도 안타까운 일이지만 어디론가 사라졌으니. 하지만 저는 곧 누군가 한 놈을 또 찾아낼 거예요. 혹시 비밀 누설을 두려워하고 계신가요? 그게 무슨 문제라고 호들갑이에요. 저는 그런 것은 눈곱만치도 관심 없어요. 저처럼 어쩌다가 갈 때까지 다 가본 여자는요, 세상만사가 정말 케 세라 세라예요. 오늘 저녁은 그저 시작에 불과해요. 당신은 설마 그렇게 생각지는 않으셨겠죠? 제가 이런 모험을 치르고 나서도 빈으로 다시 돌아가서 좋은 가문의 요조숙녀로 살 거란 생각이야 않으셨겠죠? 말도 안 돼요, 좋은 가문도 아니고, 젊고 요조숙녀도 아니에요. 끝장이에요. 저는요, 이제 내 두 발로 서겠어요. 저는요, 늘씬한 다리를 가지고 있어요, 헤어 폰 도르스데이, 당신 그리고 이 축제에 참석하는 다른 사람들도 알게 될 기회를 곧 갖게 될 거예요. 자 그럼 이 일은 제대로 해결된 거지요, 헤어 폰 도르스데이. 정각 10시, 모두들 홀에 앉아 있는 동안 우리는 달빛을 받으며 초원을 건너서 숲 속으로 들어가, 당신이 찾아낸 그 유명한 빈터로 찾아가는 거예요. 은행에 보낼 전보는 어떤 경우가 되었든 그 자리에 가지고 나오세요. 당신같이 그렇고 그런 사기꾼한테는 안전대책을 강구해놓아야만 해요. 그리고 자정이 되면 당신은 다시 집으로 돌아갈 수 있어요. 그리고 나는 내 사촌과 함께 머물겠어요, 그가 아니라면 어떤 놈팡이라도 달빛 아래 초원 위에 같이 남아 있겠어요. 당신은 물론 여기에 반대하지 않으시겠죠, 헤어 폰 도르스데이? 당신은 그럴 자격이 전혀 없다는 걸 잘 아시겠지요. 그리고 만일 내가 내일 아침 우연히 죽게 되면, 그렇다고 놀라서 허둥대지는 마세요. 그렇게 되면 파울이 곧 전보를 치게 될 거예요. 이렇게 되도록 벌써 궁리를 해놓았거든요. 하지만 그렇게 된다 해도 제발 착각하지 마세요, 당신처럼 비열한 작자가 날 죽음으로 몰아갔다는 착각은 금물이에요. 저는요, 오래전부터 알고 있었다고요, 이런 식으로 내 인생에 끝이 올 거란 것을 이미 알고 있었다고요. 내 친구 프레드에게 한번 물어봐요, 내가 이미 오래전부터 이런 말을 자주 하지 않았었냐고? 프레드, 이 친구의 진짜 이름은 프리드리히 벤크하임이에요, 정말 점잖은 남자예요, 제가 이 세상에서 사귄 남자들 중에서 유일하게 점잖은 남자지요. 그가 그토록 점잖은 남자만 아니었더라면 내가 사랑에 빠지고 싶었던 유일한 남자예요. 그래요, 난 이렇게 생겨먹었어요, 타락한 년이에요. 난 제대로 된 사회생활을 하도록 타고나지 못했나 봐요, 재능이라곤 아무것도 없고. 우리 가족들의 입장에선 어쨌거나 최선의 길을 타고난 것이지요, 망조가 들어 곧 없어질 집안이니까. 루디 오빠도 뭐가 됐든 간에 곧 재난에 빠질 게 뻔해요. 홀란드의 샹송 가수에게 홀딱 반해서 빚더미에 올라 앉아, 반더홀스트에서 은행 돈을 빼돌리겠죠. 지금 우리 집 구석이 그렇게 생겨먹었잖아요. 그리고 막내 작은아버지는 권총 자살을 했대요, 그때 나이가 열다섯이었다죠. 왜 자살을 했는지, 아무도 몰라요. 난 그분을 직접 보진 못했어요. 그 사진을 한번 보여달라고 하세요, 헤어 폰 도르스데이. 그 사진은 우리 집 앨범에 들어 있는데… 나는 그분과 비슷하게 생겼다나 봐요. 그런데도 아는 사람이 하나도 없어요, 왜 자살을 했는지. 그리고 나에 대해서도 역시 아무도 알지 못할 거예요. 자신들을 위해서 모르는 척하는 것은 절대 아니에요, 헤어 폰 도르스데이, 그걸 아셔야 해요. 나는 당신에게 경의를 표하지 않겠어요. 그런 일을 열아홉에 했건 아니면 스물한 살에 했건, 나이가 무슨 상관이에요. 아니면 제가 보모나 전화 교환수가 되는 게 옳은 일인가요, 그것도 아니면 제가 빌로미처 씨와 결혼하는 것이 마땅한 일인가요, 그것도 아니라면 당신 첩이 되어 목숨이나 부지할까요? 모두 다 한결같이 구역질이 나요, 나는 당신과 함께 초원 위로 나갈 생각은 추호도 없어요. 아니에요, 이 모든 것은 너무 괴로운 일이고, 너무나 멍청한 짓이고, 너무나 불쾌해요. 내가 죽게 되면, 당신은 자비를 베풀어서 몇천 굴덴이라도 아빠에게 부쳐주시리라 믿어요, 생각해보세요, 이건 정말 슬픈 일이잖아요, 아빠가 구속되는 바로 그날, 내 시체가 빈에 도착한다고 생각해보세요. 하지만 나는 편지 한 장을 써서 유언을 남겨두겠어요. 헤어 폰 도르스데이는 내 시체를 접견할 권리가 있음. 발가벗겨진 아름다운 소녀의 시체를 접견할 권리. 이렇게 해놓으면 제가 당신을 속였다고 하소연하시지 않으시겠죠, 헤어 폰 도르스데이. 어쨌든 당신은 돈을 내고 뭔가 갖기는 가진 거니까. 내가 살아 있어야만 한다, 이런 말은 우리의 계약에 없다고요. 오오 천만 만만의 말씀. 이런 규약은 어디에도 씌어져 있지 않다고요. 그래, 그러니까, 내 시체를 찬찬히 뜯어볼 권리는 예술품 상인 도르스데이에게 유언으로 남겨주고, 그리고 프레드 벤크하임에게는 내가 열일곱 살 때 쓴 일기장을 남겨주고 — 그 후로 일기를 더 쓰진 않았지만 — 그리고 시시 밑에서 일하는 보모 아가씨에게는 20프랑 동전 다섯 개를 남겨주겠어. 이건 몇 년 전에 스위스에서 가져온 것인데, 책상 서랍 편지들 옆에 놓여 있어요. 그리고 베르타에게는 내 검정색 나이트가운을 남겨주고. 그리고 아가테에게는 내 책들을. 그리고 사촌 파울에게는, 이 친구에게는 내 창백한 입술에 키스 한 번을 유언으로 남겨주고. 그리고 시시에게는 내 테니스 라켓을 남겨주겠어요, 왜냐하면 나는 너그러운 사람이니까. 그리고 나를 바로 여기, 산 마르티노 디 카스트로차의 아름답고 작은 공동묘지에 묻어달라고 하겠어. 난 더 이상 집으로 돌아가고 싶지 않아. 죽은 시체라 해도 나는 돌아가지 않겠어. 그리고 아빠와 엄마에게 상심할 필요는 없다고 말해줘야지, 난 그들보다도 더 편하게 지낼 텐데 뭐. 그리고 난 이들을 용서하겠어. 날 불쌍하게 생각할 이유는 하나도 없어. — 호 하하, 무슨 유언이 이렇게 웃겨. 난 정말 흥분했나 봐. 내일 이 시간, 다른 사람들은 모두 디너에 참석해 있을 이 시간에 난 이미 죽은 사람이란 걸 생각해보면? — 에마 이모는 물론 디너에 내려오지도 않을 거야, 그리고 파울도 마찬가지고. 이 두 사람은 자기 방으로 식사 주문을 하겠지. 궁금한 건 시시야, 이 여잔 무슨 행동을 할까. 이것을 알 수 없으니, 유감스럽군. 아무것도 더 이상 알지 못할 거야. 아냐, 혹시 모든 걸 다 알고 있는 건 아닐까, 파묻히기 전까지는 말이야? 그래 난 그저 가사 상태에 빠질지도 몰라. 그리고 헤어 폰 도르스데이가 내 시체에 다가오고, 그 순간 내가 깨어나 눈을 반짝 뜨면 이 작자가 화들짝 놀라, 그 자식이 외눈깔

안경을 바닥에 떨어뜨리겠지.

하지만 안타깝게도 이 모든 것은 진짜로 일어난 일이 아니야. 난 가사 상태에 빠지지도 않을 것이고, 죽지도 않을 거야. 난 절대로 자살은 하지 않겠어. 난 너무너무 겁이 많거든. 난 용감무쌍한 암벽 등반가이긴 해도, 그래도 정말 겁쟁이야. 그리고 내가 가진 베로날이 그렇게 충분하지 않을지도 몰라. 도대체 몇 봉지나 필요할까? 아마 여섯 봉지일 거야. 하지만 열 봉지면 보다 확실할 것이고. 내가 알기론 아직 열 봉지는 있을 거야. 그래그래, 그럼 충분한 것 아니겠어.

지금 도대체 몇 바퀴째 호텔을 빙빙 돌고 있는 거야? 그러니까 이젠 뭘 해야 하나? 저기 정문이 있네. 홀에는 아직 한 사람도 없고. 당연하지 — 모두 아직도 디너에 있을 테니까. 사람들이 붐비지 않으니 홀이 이상하게 보이네. 저기 저 의자 위엔 모자가 놓여 있는데, 여행용 모자, 아주 맵시 있는데. 산양털이 멋지게 꽂혀 있고. 저기 안락의자에 나이 지긋한 신사분이 앉아 있네. 아마 식욕이 더 이상 없나 본데. 신문을 읽고 있어. 팔자 한번 좋다. 근심걱정이 없으시니. 저 사람은 조용히 신문이나 읽고 있는데, 난 머리를 쪼개야 하니, 아빠에게 3만 굴덴을 어떻게 구해줘야 옳을까. 아 아니지. 어떻게 하면 되는지는 이미 알고 있어. 이건 정말로 끔찍하도록 간단한 일이지 뭐. 도대체 내가 뭘 하겠다는 거지? 도대체 무엇을? 여기 이 홀에서 내가 할 일이 뭐야? 곧 사람들이 디너를 마치고 이곳으로 몰려올 텐데. 내가 이곳에서 뭘 해야 옳지? 헤어 폰 도르스데이는 분명 가시방석에 앉아 있을 거야. 이 여자가 지금 어디에 있지, 그 작자는 이런 생각을 하고 있겠지. 혹시 이 여자가 결국 자살해버렸나? 아니면 나를 죽이라고 누군가를 고용하지 않았을까? 아니면 사촌 파울을 부추겨서 나를 박살내라고 하진 않았을까? 걱정하지 마세요, 헤어 폰 도르스데이, 난 그렇게 위험한 사람은 아니거든요. 그저 끼가 조금 있는 여자이고, 그 이상은 아니에요. 당신이 견뎌낸 이런 불안도 다 제값을 할 테니까, 너무 걱정하지 마세요. 12시, 방 번호 65. 야외는 날씨가 너무 쌀쌀할 것 같아요. 그리고 당신의 방에서 나오는 길로, 헤어 폰 도르스데이, 난 곧장 사촌 파울에게 가겠어요. 당신은 반대하면 안 돼요, 이런 것쯤은 알고 계시겠죠, 헤어 폰 도르스데이?

"엘제! 엘제!"

뭐야? 무슨 소리지? 이건 파울의 목소리잖아. 디너가 벌써 끝났나? — "엘제!" — "어머, 파울, 무슨 일인데 그래 파울?" — 난 아무 일도 없었다는 듯이 행동하겠어. — "그래, 도대체 어디 숨어 있었어, 엘제?" — "내가 어디에 숨었다고 그래? 난 산보하러 갔었어." — "지금 이 시간에, 디너 시간에 말이야?" — "그럼 언제 산보를 가야 하는 건데? 산보 하기엔 지금이 가장 멋진 시간이야." 난 헛소리를 지껄이고 있군. — "엄마는 모든 가능성을 다 상상해보았어. 난 네 방문 앞에 가서, 노크도 해보았단 말이야." — "아무 소리도 못 들었는데." — "장난하지 말구, 엘제, 어쩜 우리를 그렇게 불안하게 만들 수 있니! 넌 적어도 엄마에게는 알려줄 수 있었잖아, 디너에 못 온다구 말이야." — "오, 네 말이 맞아, 파울, 하지만 말이야, 내가 얼마나 심한 두통에 시달렸는지 아니, 네가 그걸 짐작이라도 한다면." 정말 내 목소리는 녹아드는군, 오오, 난 정말 끼 하나는 만점이야. "이젠 좀 나아졌니?" — "아직 그렇다곤 할 수 없어." — "나는 우선 엄마에게" — "잠깐만 파울, 아직 아니야. 이모에게 미안하다고 좀 전해줘, 나는 그저 몇 분 동안만 내 방에 올라가, 몸

단장을 좀 고치고. 그다음에 곧바로 내려와서 간단하게 먹을 것을 따로 주문하지 뭐." "네 얼굴이 창백해 보인다, 엘제? ─ 엄마를 네 방으로 올려보낼까?" ─ "제발, 쓸데없는 짓은 하지 마, 파울, 그리고 그렇게 빤히 나를 들여다보지 마. 두통 가진 여자 얼굴을 여태껏 한 번도 못 봤냐? 난 틀림없이 다시 내려올 거야. 늦어도 10분 후에. 그럼 잘 가, 파울." ─ "그래, 있다가 보자 엘제." ─ 다행히 이 친구가 자리를 비켜주는군. 멍청한 녀석, 하지만 사랑스러워. 저 정문 수위는 내게 무슨 볼일이 있는 모양인데? 뭐라고, 전보가 왔다고? "고마워요. 언제 이 텔레그램이 도착했나요?" ─ "15분 전입니다요, 아씨." ─ 으잉, 왜 이 작자가 이런 눈빛으로 날 보는 거야, ─ 불쌍하다는 눈빛인데. 맙소사, 이 속에 또 뭐라고 씌어져 있는 거야? 저 위에 올라가서 뜯어봐야지, 그러지 않는다면 난 혹시 실신하여 쓰러질지도 몰라. 결국에는 아빠가 스스로를 ─ 아빠가 죽었다 그것이겠지, 그렇다면 만사 오케이지, 그러면 난 헤어 폰 도르스데이와 함께 초원으로 나가지 않아도 되고… 오 오, 난 야비한 여자야. 천지신명이시여, 이 전보 속에 제발 나쁜 것이 들어 있지 않도록 해주세요. 천지신명이시여, 아빠가 살아 있도록 해주세요. 저를 위해서라면 차라리 구속될지라도, 죽는 것만은 제발. 이 안에 나쁜 것이 씌어져 있지 않다면, 그렇게만 된다면 저는 무엇이든 제물로 바치겠습니다. 저는 보모가 되겠습니다, 저는 사무실에서 일자리를 구하겠습니다. 제발 살아만 있어줘요, 아빠. 난 준비가 됐어요. 당신이 원하는 거라면, 무엇이든 하겠어요…

이젠 됐어, 이젠 방에 올라왔어. 불을 켜야, 불을 켜야지. 추워졌어. 창문이 너무 오랫동안 열려 있었나. 커리지,* 커리지. 하아, 혹시 말이야, 그 일이 해결되었다고 씌어져 있을지도 몰라. 혹시 베른하르트 아저씨가 그 돈을 내주었고, 그래서 내게 전보를 쳤겠지, 도르스데이에게 말하지 말라, 그것 아니겠어. 곧 알게 되겠지. 하지만 이렇게 천장이나 쳐다보고 있으니, 전보에 뭐라 씌어져 있는지 알 수 없는 게 당연하지. 야호 트랄랄랄랄라, 야호 트랄랄랄랄라, 커리지. 분명 그렇게 되었겠지. '재차 간절하게 부탁함. 도르스데이와 이야기할 것. 금액은 3만이 아니라, 5만임. 그러지 않음 모두 허사임. 수신인은 그대로 피아라임.' — 3만이 아니라 5만. 그러지 않음 모두 허사다. 야아호 트랄랄랄라, 야호 트랄랄랄라아, 5만. 수신인은 그대로 피아라임. 5만이거나 3만이거나, 그런 건 분명 문제가 아니야. 헤어 폰 도르스데이에게도 마찬가지이구. 베로날은 옷장 속옷 밑에 놓여 있고, 만일을 대비해서. 어쩌자고 5만이라고 아까 그 자리에서 진작 말하지 않았지. 이렇게 되리란 것을 분명 생각했었는데! 그러지 않음 모두 허사임. 그러니까 저 아래로 내려가는 거야, 지체하지 말고, 여기 이렇게 침대 위에 걸터앉아 있기만 하면 안 되지. 조금 착오가 있었어요, 헤어 폰 도르스데이, 미안하게 되었습니다. 3만이 아니라 5만이래요, 그러지 않으면 모든 게 다 허사예요. 수신인은 그대로 피아라이고요. — '당신은 분명 날 바보라고 생각하시는 모양인데, 엘제 아가씨?' 무슨 말씀을 그렇게 하시나요, 비콩트 선생님, 제가 감히 어떻게. 그렇다면 아가씨, 5만이라면 그에 상응해서 보다 많은 걸 요구할 수밖에 없군요. 그렇지 않음 모두 허사이지 않겠어요, 수신인은 그대로 피아라이고요. 처분에 맡기겠습니다,

---

* Courage: 용기.

헤어 폰 도르스데이. 자 이제 명령만 내려주세요. 하지만 그러시기 전에 먼저 은행에 전보를 쳐주세요, 당연한 일이지 않겠어요, 그러지 않으면 저는 믿지 않으니까요. ―

그래, 그렇게 하는 거야. 난 그 작자의 방으로 찾아가서, 그리고 그 작자가 내 눈앞에서 전보를 쓰는 것을 보고 ― 옷을 벗는 거야. 그러고 나면 그 전보를 손에 쥐게 되는 것 아니겠어. 으웩 밥맛이야. 그건 그렇고 벗어놓은 옷은 어디에 놓아둔담? 아, 아니야, 아예 이곳에서부터 옷을 벗는 거야, 그리고 커다란 검정색 외투로 몸을 온통 감싸는 거지. 그렇게 하는 게 가장 편리하겠지. 양측을 위해서. 수신인은 그대로 피아라이고. 이빨이 덜덜 떨려. 창문이 아직도 열려 있으니. 닫아야지. 야외에서는 어떨까? 그러다가 얼어 죽을 수도 있을 거야. 불량배 같으니! 5만, 이 자식은 거절할 수 없을 거야. 방번호 65. 하지만 그전에 파울에게 말할 거야, 자기 방에서 날 기다리라고 말이야. 도르스데이로부터 빠져나와 곧장 파울에게 가서 모든 것을 다 이야기하는 거야. 그러고 나면 파울은 마땅히 그 자식의 뺨따귀를 날려버려야 해. 그래, 오늘 저녁을 넘기지 말고 말해버리는 거야. 정말 볼만한 프로그램이겠어! 그런 후엔 베로날 차례이지. 아, 아니야, 아니지, 무엇 때문에 베로날이야? 왜 죽어야 해? 감쪽같을 텐데. 힘을 내라고, 힘을, 이제야 비로소 인생이 시작되는데. 당신네들은 이제 기뻐하셔도 좋습니다. 당신들의 어린 딸을 자랑스러워하셔도 좋습니다. 저는 끼 있는 여자가 되겠어요, 이 세상에 여태껏 한 번도 있어본 적이 없는, 그렇게 발랑 까진 여자가 되겠어요. 수신인은 그대로 피아라고요. 아빠, 당신은 이번에 5만 굴덴을 갖는 것이 당연하겠지만요. 하지만 이다음에 제가 버는 돈으로는 나이트가운을 새것으로 사겠어요, 레이스가 달리고 속이 훤히 비치는 걸로, 그리고 비싼 비단스타킹도 새로 사고. 인생은 어차피 단 한 번뿐이 잖아요. 나처럼 이렇게 아름답게 보이는 여자의 갈 길은 따로 있는 것 아니겠어요. 불을 켜야, — 저 거울 위에 있는 전등을 켜는 거야. 붉은빛이 도는 내 금발 머린 얼마나 아름다운지, 그리고 내 양어깨 도, 내 두 눈도 역시 못생기진 않았어. 오, 세상에 이 두 눈 좀 봐, 정말 크네. 이렇게 예쁜 내가 안타깝게도. 하지만 베로날 차례가 오 려면 아직 시간이 창창하게 남았어. — 그건 그렇고 난 저 아래로 내 려가야만 해. 저 아래로 깊숙이. 도르스데이가 기다리고 있어, 그 작 자는 그사이에 5만이 된 것도 전혀 모르고 있으니. 그래요, 저는 그 사이에 값이 올랐답니다, 헤어 폰 도르스데이. 난 그 작자에게 텔레 그램을 보여줘야만 할 거야, 그러지 않으면 이 작자가 결국 나를 믿 지 않고, 내가 이 일을 가지고 장사를 할 마음이 들었다고 생각하겠 지. 그래 이 전보를 이 작자의 방에 보내야 해, 뭔가 몇 자 더 적어 서 말이야. 진정으로 유감스러운 일이지만 금액은 이제 5만이 되었 습니다, 헤어 폰 도르스데이. 이런 것은 선생님에게 아무런 상관이 없는 일이리라 믿고 있습니다. 그리고 선생님께서 반대급부로 요구 하신 것은 진지하게 말씀하신 것이 아니라고, 저는 확신하고 있습니 다. 선생님은 비콩트이시고, 젠틀맨이시기 때문입니다. 내일 아침 아버지의 목숨이 걸려 있는 5만을 즉각 피아라에게 보내주시리라 믿 고 있습니다. — '당연하신 말씀입니다, 친애하는 아가씨, 나는 무슨 일이 있어도 당장 10만을 송금하겠습니다, 그 어떤 대가도 바라지 않겠습니다, 뿐만 아니라 제가 의무를 떠안겠습니다. 오늘 이후 당 신 가족 전체의 생활비를 부담하고, 아버님께서 지신 증권투자 빚을 갚아드리고, 그리고 횡령한 피후견인의 돈 전체를 배상해드리도록 하겠습니다.' 흐 하 으하하! 그래 맞았어, 바로 그렇게 하는 거야, 비콩트 폰 에페리스라면 당연한 말이지. 그러나 이 모든 건 다 헛소리야. 대관절 내게 남아 있는 게 그럼 뭐야? 그렇게 되어야만 하는 것 아냐, 난 이 일을 해야만 해, 헤어 폰 도르스데이가 요구하는 것은 무엇이든 다 해야만 해, 그래야 아빠가 내일 그 돈을 손에 쥐고, — 그래야 아빠가 구속되지 않게 되고, 그래야 아빠가 자살하지 않아. 그러니 나 역시도 이 일을 하게 될 거야. 그래, 모든 일이 나무아미타불로 돌아간다고 해도, 난 이 일을 하겠어. 반년 후에 우리는 오늘과 똑같은 지경에 다시 빠지게 될 거야! 아니 한 달 후면! — 하지만 그땐 난 아무 상관 않겠어. 이번 한 번만 희생을 하는 거야 — 그러고 나면 다시는 아니야. 다시는, 다시는, 다시는 죽어도 절대 안 할 거야. 그래, 이렇게 아빠에게 얘기하겠어, 빈에 도착하자마자 말이야. 그리고 집을 나가버리는 거야, 어디로든지. 프레드와 상의해보겠어. 이 친구는 내가 진짜 좋아하는 유일한 남자니까. 하지만 그렇게 되려면 아직 멀었어. 난 빈에 있는 것도 아니고, 난 아직 마르티노 디 카스트로차에 있으니. 그런데도 아직 아무것도 한 게 없고. 그럼 어떻게, 어떻게, 무엇을? 눈앞에 텔레그램이 있고. 그런데 이 텔레그램을 가지고 뭘 하지? 그래, 그런 거야 이미 알고 있지. 이것을 그 작자의 방에 보내야 해. 하지만 그 밖에 또 뭘? 무슨 말이든 이 작자에게 몇 자 적어줘야 해. 그래 맞았어, 그럼 무슨 말을 적어야 옳지? 12시 정각에 나를 기다리세요. 아냐, 아니야! 그런 승리를 거두도록 그냥 놓아두지 않겠어. 이건 내가 바라는 게 아니야, 난 싫어, 정말 싫다고. 다행이야, 약봉지가 있으니. 이게 유일한 구원이야. 그런데 약이 도대체 어디 있더라? 오 하느님 맙소사, 설마 약봉지까지 훔쳐가진 않았겠지. 그래 맞았어, 바로 여기에 약봉지가 들어 있겠지. 여기 이 상자 속에. 아직도 다 들어 있을까? 그래, 안을 들여다볼까. 하나, 둘, 셋, 넷, 다섯, 여섯. 난 그저 눈으로 보기만 하겠어, 사랑스러운 약봉지들. 무슨 의무가 있는 것도 아니야. 이것들을 물컵 속에 털어 넣는다 해도, 무슨 의무가 생기는 건 아니니까. 하나, 둘, — 하지만 난 정말로 자살하지는 않겠어. 진짜야. 그럴 생각은 추호도 없으니까. 셋, 넷, 다섯 — 이런 정도로는 죽을 리 없겠지. 베로날을 가져오지 않았더라면 정말 끔찍했을 거야. 그러지 않았다면 난 어쩔 수 없이 창문에서 뛰어내려야만 했을 거야, 하지만 정작 그럴 만한 용기는 없으니. 그러나 이 베로날이면, — 그저 천천히 잠이 들고, 다시는 깨어나지 않는 거야, 아무런 고통도 아픔도 없이. 침대에 누워서 그리고 단숨에 들이켜면, 꿈을 꾸다가, 그리고 모든 게 다 끝나겠지. 그저께도 역시 한 봉지를 먹었고, 요 며칠 전엔 두 봉지씩이나 먹었고, 쯧쯧, 아무에게도 말하면 안 돼. 오늘은 약간 더 먹어야겠지. 이건 말이야, 그저 만일을 대비해서 가지고 있는 것이니까. 그래, 너무너무 괴로워 견딜 수 없으면. 그런데 내가 왜 괴로워해야 하지? 그 자식이 내 몸을 만지면 그 작자 얼굴에다 침을 뱉어버리겠어. 아주 간단하지.

그런데 그 작자에게 편지를 어떻게 전달해준담? 헤어 폰 도르스데이 같은 놈에게 편지를 건네주려면 하녀를 시킬 수도 없을 거야. 최선의 길은 내가 직접 내려가 그 작자와 이야기를 하고 텔레그램을 보여주는 것, 그것이 안전하겠지. 저 아래로 어쨌든 내려가야만 해. 여기 위 내 방에 죽치고 있을 순 없는 일이야. 난 그때까지 견딜 수도 없을 거야, 세 시간 동안이나 — 바로 그 순간이 올 때까지 말이야. 그래 이모 때문에라도 난 내려가야만 해. 하아, 대관절 이모하고 나하고 지금 무슨 상관이야. 저 아래 사람들하고 나하고 무슨 상관이냐고? 자아 모두 여기를 보세요, 신사 숙녀 여러분, 여기 베로날이 든 물컵이 있습니다. 자 이렇게, 제가 물컵을 손에 집어 들었습니다. 자 이렇게, 제가 이것을 입에 가져다가. 자아 이렇게 하면 — , 한순간에 저는 저세상에 가 있을 수 있습니다, 이모들도 없고 그리고 도르스데이도 없고 그리고 피후견인 돈을 횡령한 아버지도 없는 곳으로…

하지만 난 자살하진 않을 거야. 그럴 필요가 없어. 난 헤어 폰 도르스데이를 찾아서 방으로 가지도 않겠어. 그럴 생각은 전혀 없으니깐. 난 말이야, 5만 굴덴을 받고 늙어빠진 난봉꾼 앞에서 알몸을 보여주지 않겠어, 그렇게까지 해서 쓰레기 같은 인간을 감옥에서 구해줄 필요가 뭐 있어. 아, 아냐, 아니야, 이것 아니면 저것이야. 어떻게 헤어 폰 도르스데이 그 자식이 그런 생각을 다 하게 되었을까? 하필이면 바로 그 자식이? 어떤 자식이 내 몸을 보고 싶다면야, 다른 사람들도 같이 봐야 마땅한 것 아니겠어. 맞았어! — 기막힌 생각이야! — 모든 사람이 날 봐야 마땅해. 온 세상이 날 보아야 해. 그럼 그다음에 베로날이 나를 기다리고 있고. 아니지, 베로날은 아니야, — 무엇 땜에 베로날이야?! 그다음에 날 기다리고 있는 건 말이야, 대리석 계단이 있는 해변 빌라 그리고 잘빠진 청년들 그리고 자유 그리고 넓은 세상이지 않겠어! 좋은 저녁입니다, 엘제 아씨, 당신은 제 마음에 들어요. 이히히히. 저 아래에 있는 사람들은 내가 미쳤다고 생각하시겠지만 말이야. 그러나 내가 이렇게 제정신을 차린 적은 여태껏 없었다고. 내 생애에서 처음으로 난 정말 제정신을 차렸다고. 모두들, 한 놈도 빼놓지 말고 날 봐야 마땅해! — 그런 후 난 다시는 되돌아가지 않을 거야, 집으로 돌아가서 아빠와 엄마를 만나지도 않을 거고, 삼촌들과 이모들과도 끝장이야. 그러고 나면 난 더 이상 엘제 아씨가 아니야, 그래 무대감독 빌로미처와 묶어놓으려고 애썼던 그런 엘제는 이 세상에서 없어진 거야. 모두들 정말 바보천치들이야 — 불량배 자식 도르스데이가 특히 그래 — 그리고 난 이 세상에 다시 태어나는 거야… 그러지 않음 모든 것이 허사임 — 수신인은 그대로 피아라임. 흐 아 하 하!

더 이상 지체할 시간이 없어, 다시 또 한 번 겁쟁이가 돼선 안 돼. 옷을 벗어 내던지는 거야. 누가 첫번째로 보게 될까? 사촌 파울, 네가 첫번째가 될까? 그래, 넌 행운아야, 로마 대갈통이 사라져버렸으니, 넌 행운을 잡은 거야. 네가 이 아름다운 젖가슴에 과연 키스를 하게 될까, 오늘 저녁에 말이야? 아아, 난 얼마나 아름다운지. 베르타는 검은색 비단 속옷을 가지고 있었어. 발랑 까졌어. 난 말이야, 훨씬 더 발랑 까질 거야. 기막히게 멋있게 사는 거야. 스타킹도 벗어버리고, 이건 점잖지 못한 짓이야. 홀랑 벗어버리는 거야, 아주 홀라당. 시시가 얼마나 질투할까? 그리고 다른 여자들도. 그러나 그것들은 이럴 용기가 없겠지. 그래 그것들도 모두 이렇게 하고 싶어 안달이겠지만. 자, 여기 하나의 샘플을 보세요. 난 말예요, 때 묻지 않은 처녀이지만요, 감히 이럴 용기가 있답니다. 나는 숨이 넘어갈 정도로 그 자식을 비웃어주겠어, 도르스데이 그 녀석을 말이야. 자, 여기 내가 있습니다, 헤어 폰 도르스데이. 어서 서둘러서 우체국으로 가세요. 5만. 내 몸뚱어리가 정말 그만한 가치가 있나요?

오 아름답구나, 정말 난 아름다워! 날 바라보아라, 밤이여! 저 산도 날 바라보아라! 저기 저 하늘도 날 똑똑히 바라보아라, 내가 얼마나 아름다운지. 하지만 너희들은 정말 눈먼 장님들이구나. 도대체 너희들은 나한테는 무엇일까. 저기 저 아래에 눈깔들이 있구나. 그래, 내 머리채를 풀어버릴까? 아 아니야. 그럼 내가 미친년처럼 보일지도 몰라. 하지만 너희들은 날 미쳤다고 생각해선 안 돼. 그저 부끄러움을 모른다고 생각해야 옳지. 천한 계집 정도로 생각해야 해. 텔레그램이 어디에 있지? 아휴 맙소사, 텔레그램을 어디에 둔 거야? 저기 있군, 그래 당연히 베로날 옆에 있어야 하지. **'재차 간절하게 부탁함. 도르스데이와 이야기할 것. 금액은 3만이 아니라, 5만임. 그러지 않음 모두 허사임. 수신인은 그대로 피아라임.'** 이것은 몇 글자가 적혀 있는 한 조각 종이. 접수처 빈 4시 30분. 아니야, 난 꿈을 꾸고 있는 게 아니야, 이건 모두 사실이야. 그래 집에서는 5만 굴덴을 기다리고 있고, 헤어 폰 도르스데이도 역시 기다리고 있어. 이 작자는 그저 기다리고 있어야만 해. 우린 아직 시간이 있으니깐. 아아, 이 얼마나 아름다운 일이야, 알몸으로 방 안을 왔다 갔다 산보하는 일이란. 난 거울 속에 비친 것처럼 정말 저렇게 매력적일까? 오, 그런 말씀 마시고, 이리로 좀더 가까이, 좀더 가까이 와요, 아름다운 아가씨. 난 당신의 새빨간 입술에 키스하고 싶어요. 당신의 젖가슴에 내 가슴을 눌러붙이고 싶습니다. 정말 안타까운 일이군요, 우리들 사이에 유리가 있다니, 얼음처럼 차가운 유리. 이것만 없다면 우린 정말 멋지게 서로 어울려 놀아볼 텐데. 그렇지 않나요? 우린 다른 사람 따위는 더는 필요치 않아. 아마 다른 인간은 이제 이 세상에 더 이상 없는 것일 거야. 이 세상에 있는 건, 텔레그램 그리고 호텔 그리고 산 그리고 기차역 그리고 숲, 그러나 인간은 없어. 인간들은 그저 우리의 꿈속에나 있는 것이겠지. 오로지 피아라 박사만이 수신 인으로 존재할 뿐. 언제나 똑같은 사람들뿐이야. 오, 하느님 난 정말 미치지 않았어요. 난 그저 조금 흥분했을 뿐이에요. 이건 정말 아주 자명한 일 아니겠어요, 이 세상에 다시 한 번 새롭게 태어나기 직전 인데, 흥분하지 않을 사람이 어디 있어요. 옛날의 엘제는 이미 죽었어 요. 그래 정말 확실해, 난 이미 죽었어. 그렇다면 이미 죽은 사람 에겐 베로날도 필요 없겠지. 베로날 물컵을 비워버려야 하지 않을 까? 방 청소하는 하녀가 실수로 마실 수도 있으니까. 그래 물컵에 쪽지를 하나 붙여서 그 위에 써놓는 거야, 독극물, 아니지 차라리 의 약품이라고, — 그러면 하녀에게 무슨 일이 일어나지는 않겠지. 이 렇게 난 고상한 사람이라고. 자아 이렇게. 의약품이라고 쓰고 밑줄 을 두 번 긋고, 느낌표를 세 개 !!! 쳐놓는 거야. 이젠 아무런 일도 일어나지 않겠지. 그리고 내가 다시 올라와 자살할 마음은 없고, 그 저 눈을 좀 붙이고 싶으면, 그땐 전부를 마실 것이 아니라, 그저 반 의 반 컵 아니면 그보다 훨씬 적게 마시는 거야. 아주 간단한 일이 지. 이제 모든 게 내가 마음먹기에 달렸어. 가장 간단하게 처리한다 면 난 저 아래로 그냥 달려 내려가는 거야 — 복도와 계단을 홀쩍홀 쩍 뛰어내려가는 거야. 아니지, 그건 안 될 말이야, 그렇게 하다간 저 아래에 당도하기도 전에 제지를 당할 수도 있어 — 그리고 헤어 폰 도르스데이가 저 아래 사람들 사이에 있다는 보장도 없잖아! 그 랬다가는 그 작자가 돈을 송금하지 않을 게 당연해, 그 자식이 얼마 나 더러운 놈인데. — 그건 그렇고 난 그 작자에게 아직 편지를 쓰지 않았어. 그게 가장 중요한 것 아니겠어. 에쿠, 차가워라, 의자 등받

이, 하지만 기분은 좋은데. 이탈리아 해변에 빌라를 갖게 되면 난 언제나 발가벗고 정원을 싸돌아다닐 거야… 이 만년필은 프레드에게 유산으로 남겨줘야지, 내가 죽게 되면 말이야. 하지만 지금 당장은 죽는 게 문제가 아니고, 뭔가 똑소리 나게 편지를 써야만 하는데. **'매우 경모하는 비콩트 선생님'** — 아니 정신 차려, 엘제, 뭣 때문에 그런 말을 다 쓰니, 경모한다거나 진심으로 경멸한다는 말도 필요 없잖아. **'당신이 제시한 조건은, 헤어 폰 도르스데이, 충족되었습니다'** ㅡ ㅡ ㅡ **'당신이 이 글을 읽고 계신 지금 이 순간, 헤어 폰 도르스데이, 그 조건은 이미 충족되었습니다. 물론 당신이 제시한 방식과 완벽하게 맞아떨어진 것은 아닙니다만, 그런 것은 상관없겠지요.'** — '아 아니 이게 무슨 말이냐, 무슨 계집애가 그렇게 싸가지 없는 말을 다 쓰니', 아빠가 읽으면 이렇게 말했겠지 — **'그렇지만 저는 당신이 약속을 지켜서 5만 굴덴을 이미 알고 계신 수신인 앞으로 즉각 송금하도록 전보를 치시리라 믿고 있습니다. 엘제.'** 아냐 아니지 그럼 안 되는 거야, 엘제. 이럴 땐 서명을 않는 거란다. 그냥 비워두는 거야, 알았지. 응. 예쁜 노란색 편지지! 크리스마스 선물로 받았던 것인데. 그래서 더 안타깝지 뭐야. 자아 — 이젠 텔레그램과 편지를 봉투에 집어넣고. — 겉봉투에 **'헤어 폰 도르스데이'**라 쓰고 그 다음엔 방 번호 65. 아니야, 방 번호를 쓸 필요가 있을까? 내가 그 자식 방문 앞을 지나가면서 그냥 밀어 넣으면 될 텐데. 그러나 꼭 이래야만 하는 건 물론 아니야. 반드시 이렇게 해야만 한다는 법은 어디에도 없으니깐. 원하기만 하면 난 그냥 이대로 침대에 누워 잠을 자고 아무것도 신경 쓰지 않을 수 있어. 헤어 폰 도르스데이 그리고 아빠도 나완 상관없어. 줄무늬 쳐진 죄수복도 역시 아주 우아해 보이니깐. 그리고 총을 쏘아 자살한 사람도 어디 한둘인가 뭐. 그리고 언젠가는 우린 모두 죽어야만 하는 것 아니겠어.

그러나 아빠, 당신은 지금 당장 이런 일까지 하실 필요는 없어요. 당신에겐 정말 눈부시도록 아름답게 성장한 딸이 있잖아요, 그리고 수신인은 그대로 피아라이고요. 차라리 제가 동냥을 해서 모아보겠어요. 제가 직접 동냥 접시를 들고 좌중을 돌아다니겠어요. 왜 헤어폰 도르스데이 혼자 모든 걸 다 지불해야 하나요? 그건 옳지 않아요. 각자 형편에 따라서 내면 되는 건데. 파울은 동냥 접시에 얼마나 올려놓을까요? 금도금한 코안경을 쓴 그 신사분은 얼마나 낼까요? 그러나 당신들은 제발 그런 착각일랑은 하지 마세요, 이러한 즐거움이 오래갈 것이란 생각은 아예 하지 마세요. 나는 곧바로 옷으로 몸을 감싸고 계단을 뛰어올라 내 방으로 들어가서, 문을 꼭꼭 걸어 잠그고, 그리고, 그리고 말예요, 내 마음이 내키면 베로날 물컵을 단숨에 마셔버릴 거예요. 하지만 그런 마음이 들지는 않을 거예요. 그런 것은 겁쟁이나 하는 짓이니깐. 불량배들, 당신네들은 전혀 존경받지 못할 거예요. 뭐라고요, 부끄럽다고요? 그러면 난 누구 앞에서 부끄러워할까요? 그런 마음은 나한테는 정말 쓸데가 없어요. 어디 네 눈을 한번 보자꾸나, 아름다운 엘제. 어쩜 네 눈은 정말 크기도 하구나, 이렇게 가까이 다가서니까 더욱 크구나. 누군가가 내 눈에다가, 내 새빨간 입술에다가 입 맞추려 하는 것 같은데. 내 외투는 발목도 다 덮지를 못하네. 내 발에 아무것도 걸치지 않았단 걸 사람들이 알게 될 텐데. 하지만 그게 무슨 상관이야, 그것보다 더 심한 것도 다 보게 될 텐데! 하지만 꼭 그래야만 한다는 의무가 있는 건 아니야. 난 말이야, 저 아래로 내려서기도 전에 몸을 돌려 다시 되돌아올 수도 있어. 2층에서 되돌아올 수도 있고. 반드시 저 아래로 내려가야만 한다는 법은 어디에도 없으니까. 그러나 이건 내가 원해서 하는 짓이야. 나는 이것이 기쁘거든. 이건 말이야, 내가 여태껏 살면서 두고두고 원해왔던 것 아니겠어?

아직도 뭘 더 기다리지? 난 준비가 다 끝났어. 공연은 시작될 수 있지. 편지를 잊지 말고. 프레드는 귀족적인 편지라고 우겨대겠지. 잘 있어, 엘제. 어쩜 넌 외투를 걸치니까, 더 아름답구나. 그림에 나오는 피렌체 여자들도 이런 차림이었어. 화랑에 그들의 초상화가 걸려 있었는데, 이건 그 여자들에겐 영광이지. — 외투로 몸을 감싸놓았으니 아무도 눈치채지 못하겠지. 문제는 저 발이야, 단지 발이. 검은색 에나멜 구두를 신어야지, 그러면 이것은 피부색과 같은 스타킹이라고 생각하겠지. 이런 차림으로 호텔 홀을 가로질러 갈 거야, 그래도 외투 속에 아무것도 입지 않았단 걸 아무도 모를 거야, 나밖에는, 나를 빼놓고는. 그러니까 난 언제라도 다시 내 방으로 올라와버릴 수 있는 거야… — 누가 저 아래에서 이토록 아름답게 피아노를 치는 걸까? 쇼팽? — 헤어 폰 도르스데이는 약간 초조해졌겠지. 그 작자가 혹시 파울의 눈치를 살피며 두려워하는 건 아닐까. 조금만 참아요, 그저 조금만 참아줘요, 모든 걸 곧 알게 될 테니. 나도 지금은 아무것도 모르겠어요, 헤어 폰 도르스데이, 나 자신도 못 견딜 정도로 긴장하고 있으니까. 불을 끄고! 내 방은 잘 정돈되어 있겠지? 잘 있어요, 베로날, 있다가 또 봐요. 잘 있어요, 열렬하게 사랑하는 거울 속의 내 초상화. 어둠 속에서도 네 모습이 빛나는구나. 알몸에 걸친 외투가 벌써 익숙해졌는걸. 내 맘에 들어. 혹시 이런 차림으로 홀에 앉아 있는 작자들이 숱한데도, 아무도 못 알아보는 것은 아닐까? 혹시 적지 않은 요조숙녀들도 이런 차림으로 극장에 가서, 특별석에 점잔 빼고 앉아 있는 건 아닐까 — 장난삼아서 아니면 또 다른 이유로.

방문을 잠가야 할까? 치, 무엇 때문에? 여기엔 훔쳐갈 게 없어. 혹시 뭔가 있다 해도 — 내겐 더 이상 필요 없어. 끝장이야… 방 번호 65가 대체 어디 있더라? 복도에 아무도 없군. 저 아래 디너에 아직도 모두 모여 있겠지. 61… 62… 이야아! 이 등산화는 정말 항공모함 같네, 저기 저 문 앞에 놓여 있는 저 신발. 등산용 바지까지 못에 걸어놓았잖아. 어휴 창피해라. 64, 65. 그래. 여기가 비콩트, 그 작자가 있는… 이 아래에 편지를 기대어놓으면, 방문에다. 이렇게 해놓으면 그 작자가 곧장 발견할 게 틀림없어. 설마 훔쳐갈 놈은 없겠지? 이렇게, 이곳에… 상관없어… 내가 원하는 건 언제라도 할 수 있어. 내가 그 자식을 정말 천치바보로 여기는 건 아니겠지… 지금 이 순간 그 작자를 계단에서 마주치면 안 되는데. 아니 저기 누가 오잖아… 아냐, 그 작자는 아니야!… 이 남자는 헤어 폰 도르스데이에 비하면 훨씬 더 잘생겼어. 매우 고상하네, 검은 콧수염까지 짧게 기르고. 이 남자는 언제 이곳에 도착했을까? 이 남자를 상대로 시험을 해볼 수도 있겠지 — 외투를 한번 슬쩍 들춰 보여주면 어떨까. 정말로 한번 해보고 싶은 생각이 굴뚝같아. 여기 이 신사 양반, 날 한번 쳐다봐줘요. 당신은 지금 어떤 사람의 곁을 지나쳐 가는지, 전혀 모르고 있네요, 정말 눈치가 없어. 하필 왜 이 시간에 당신은 위로 올라가는 거예요, 안타깝네요. 왜 홀에 더 머물러 계시지 않나요? 당신은 뭔가를 놓치는 거예요. 위대한 공연을 말예요. 왜 저를 만류하지 않나요? 제 운명은 당신 손에 달렸어요. 만일 당신이 내게 인사를 건넨다면, 난 돌아서겠어요. 그러니 제발, 제발 인사를 건네줘요. 이렇게 애교 있게 당신을 쳐다보는데도… 이 남자, 인사 없이 그냥 지나갔어. 아냐 그가 몸을 돌렸어, 난 느낄 수 있어. 나를 불러 세워서 인사를 건네줘요! 살려줘요! 선생님, 내 죽음에 당신도 책임이 있잖아요! 하지만 당신은 이걸 영원히 못 깨닫고 죽을 거예요. 수신인은 그대로 피아라이니…

내가 지금 어디 있지? 벌써 홀에 내려왔나? 어떻게 내가 여기까지 내려왔지? 모인 사람들도 생각보다 많지 않네, 게다가 모르는 사람들뿐이고. 아니면 내가 눈이 나빠 잘 알아보지 못하나? 도르스데이는 어디에 있지? 이 작자는 여기 없잖아. 이것은 혹시 운명의 눈짓이 아닐까? 난 되돌아가겠어. 도르스데이에게 차라리 다른 편지를 쓰고. 난 당신을 제 방에서 기다리겠습니다, 자정에. 은행에 보내실 전보를 지참하세요. 아, 아니야. 이 작자는 이걸 함정이라고 생각할 수도 있어. 그런 함정을 정말로 만들 수도 있겠지. 그래, 맞았어, 파울을 내 방에 숨겨두는 거야, 그리고 권총으로 그 작자를 협박해서 전보를 내놓으라고 할 수도 있지. 협박죄. 한 쌍의 연놈이 작당하여 저지른 범죄. 도르스데이는 어디에 있지? 도르스데이, 너는 어디 있니? 설마 내 죽음에 참회해서 벌써 자살해버린 건 아니겠지? 그 작자는 카드놀이방에 있을 거야. 틀림없어. 카드 탁자를 끼고 앉아 있겠지. 내가 문가에 서서 그 작자에게 눈짓을 보내면. 그러면 그 작자가 곧바로 일어서겠지. '나 여기 있었어요, 아가씨.' 그 자식의 목소리가 딸랑딸랑 울리겠지. 우웩. '잠깐 프로메나드*를 하실까, 도르스

---

* promenade: 산보.

데이 씨?' '좋으실 대로 하시지요, 엘제 아씨.' 우린 마리아 오솔길을
거쳐서 숲 속으로 들어가는 거야. 우리 단둘이서. 그리고 내가 외투
를 훌쩍 집어 던지면, 5만이 그대로 지급되는 거야. 공기는 차갑고,
난 폐렴에 걸리고, 그리고 죽는 거야… 저기 덴마크 남자 둘이 왜
날 빤히 쳐다볼까? 뭔가 눈치챘나? 왜 여기 멍하니 서 있지? 내가
미쳤나? 차라리 난 방으로 되돌아가겠어, 재빨리 옷을 입고, 푸른색
으로, 그 위에 지금 이 외투를 걸치고, 하지만 외투 앞은 열어젖혀놓
겠어, 그래야 얼마 전에 외투 속에 내가 아무것도 입지 않았었단 생
각을 할 사람이 없을 것 아냐… 하지만 난 되돌아갈 수 없어. 되돌
아가고 싶지도 않고. 파울은 어디 있지? 에마 이모는 어디에 있고?
시시는 또 어디에 있을까? 이들 모두 지금 어디 있나? 아무도 눈치
챌 사람은 없겠지… 눈치챌 수 있는 길이 전혀 없으니까. 누가 저렇
게 아름답게 피아노 연주를 하는 거야? 쇼팽? 아니야, 슈만.

홀 안을 박쥐처럼 헤매고 있군. 5만! 시간은 자꾸 흘러가는데. 난
그 망할 자식, 헤어 폰 도르스데이를 찾아야만 해. 아니야, 내 방으
로 되돌아가야만 해… 그리고 베로날을 마시는 거야. 그저 반의 반
모금도 못 되게 마시면 편안하게 잠들겠지… 일을 끝마쳤다면 좀더
편히 쉴 수 있을 텐데… 하지만 아직까지 일을 끝내지 못했으니…
만일 이 종업원이 저기 앉은 늙은 신사에게 커피를 서비스한다면 만
사가 순조롭고 좋게 끝날 것이고. 저기 구석에 앉아 있는 젊은 부부
에게 갖다준다면 모든 게 끝장이야. 내가 이겼다! 만사가 좋게 끝날
거야. 하아, 시시와 파울! 호텔 밖에서 저것들이 왔다 갔다 하네. 아
주 신바람이 나서 이야기를 주고받는데. 내가 두통이 있다고 했는데
도 저 자식은 그러니까 내 말을 털끝만큼도 마음에 두지 않았던 것이

야. 사기꾼 같으니!… 시시의 젖가슴은 나처럼 아름답진 않아. 물론
그렇지, 저 여잔 애를 낳았으니까… 저것들 둘이서 무슨 이야기를
할까? 들어볼 수 있으면 좋으련만! 하지만 무슨 이야기를 하든, 그
게 나랑 무슨 상관이야! 그래, 난 호텔 밖으로 그냥 걸어나갈 수도
있어, 저것들에게 인사를 건네고, 그리고 계속해서, 계속해서 그냥
훨훨 날아가는 거야, 초원을 가로질러 숲 속으로, 그리고 산을 기어
오르는 거야, 암벽 등반, 쉬지 않고 시모네 산꼭대기까지 높이 올라
가서, 몸을 눕히고, 잠이 들고, 얼어 죽는 거야. 불가사의한 자살 사
건, 빈 사교계의 젊은 숙녀의 죽음. 단지 검은색 외투 하나만을 걸친
아름다운 소녀가 시모네 델라 팔라 산꼭대기의 사람이 닿지 않는 장
소에서 죽은 채 발견되었습니다… 하지만 혹시 사람들이 날 발견하
지 못하는 건 아닐까… 아니면 올해를 넘기고 내년에 비로소. 아니
면 훨씬 더 훗날에. 썩어 없어져. 해골로 발견되면. 으휴 차라리 잘
된 일이야, 따뜻하게 난방이 된 홀에 그대로 있어 얼어 죽지 않으니
잘된 일이지 뭐. 자 이제는 헤어 폰 도르스데이, 당신은 도대체 어디
에 처박혀 있는 거예요? 내가 기다려야 할 의무가 있나요? 당신이
날 찾아야만 하거든요, 내가 당신을, 이건 아니잖아요. 연주 홀을 한
번 들여다봐야겠어. 만일 거기에도 없다면 그 작자는 자신의 권리를
상실하는 거야. 그럼 난 다시 편지를 쓸 거야. 선생님을 도무지 찾을
수 없었습니다, 헤어 폰 도르스데이, 선생님은 자신의 권리를 자의
로 포기하신 셈입니다. 그러나 그 돈을 즉각 송금해야 하는 의무까
지 면제된 것은 아닙니다. 그 돈. 도대체 무슨 돈? 내가 지금 뭘 신
경 쓰고 있는 거야? 그 작자가 돈을 송금하든 말든, 그게 나랑 무슨
상관이야. 이제 아빠에 대한 동정심은 털끝만큼도 없어. 난 말이야,

그 어떤 인간도 동정하지 않아. 나 자신에 대해서도 마찬가지고. 내 심장은 죽은 거야. 내 가슴 속의 심장은 이젠 더 이상 뛰지 않아. 내가 혹시 베로날을 벌써 마셔버렸나… 홀란드에서 온 저 가족은 왜 나를 저런 눈빛으로 보고 있지? 뭔가 알아차렸을 리는 만무한데. 정문 수위 자식도 의심스러운 눈빛으로 날 빤히 보고 있네. 혹시 전보가 한 장 더 왔나? 8만? 10만? 수신인은 그대로 피아라이고. 혹시 전보가 와 있다면 저 자식이 내게 말해주었을 텐데. 그래, 그러니까 저 자식은 존경하는 눈빛으로 날 보고 있는 거야. 저 자식은 내가 외투 속에 아무것도 입지 않았단 걸 모르고 있지. 그 누구도 몰라. 내 방으로 되돌아가겠어. 뒤로, 뒤로 돌아, 뒤로 돌아 갓! 내가 계단에서 다리를 접질리어 떼굴떼굴 구르면 재미있는 얘깃거리가 되겠지. 3년 전에 어떤 숙녀 한 사람이 홀딱 벗은 채 뵈르터 호수 한가운데로 헤엄쳐 나갔었지. 하지만 바로 그날 오후, 그 여자는 그곳을 떠나야만 했어. 엄마의 말에 따르면 베를린에서 온 오페라 여가수라고 했지. 슈만의 곡? 그래, 맞았어. 「카니발」이야. 여자인지 아니면 남자인지는 몰라도 아주 멋지게 연주하는데그래. 카드놀이방은 오른쪽에 있군. 이게 마지막 기회야, 헤어 폰 도르스데이. 만일 이 자식이 이곳에 있으면 눈짓을 해서 불러내어 자정에 선생님 방으로 가겠다고 말해주고, 요 불량배 자식이라고 덧붙여주겠어. — 아냐 아니지, 불량배 자식이란 말은 빼야 해. 하지만 그 후에 말해주겠어… 누군가가 내 뒤를 따라오네. 난 고개를 돌리지 않겠어. 안 돼, 안 돼, 고개를 돌리면 안 돼. —

"엘제!" — 오 맙소사 이모잖아. 계속 앞으로, 되돌아보지 말고 앞으로! "에엘제!" — 고개를 돌려야 하겠네, 별 도리가 없어. "어머나, 안녕하셨어요, 이모." — "그건 그렇고, 엘제, 너 대관절 무슨 일이냐? 지금 막 네 방으로 올라가보려던 참이다. 파울이 내게 말해 — — 아 아니, 네 꼬락서니가 지금 그게 뭐니?" — "제가 어때서요, 이모? 전 아무 문제없이 잘 있어요. 그리고 저녁도 간단하게 먹었고요." 이모는 뭔가 눈치챘어, 뭔가를. — "엘제 — 너 이게 뭐, 뭐냐 — 스타킹도 안 신었잖아!" — "뭐라고요, 이모? 어머, 어머 내가 스타킹도 신지 않고. 내 정신 좀 봐 —!" — "너 어디가 아픈 게로구나, 엘제? 네 눈은 — 너 열이 있다." — "열이라고요? 그럴리 없어요. 저는 그저 머리가 깨지는 것처럼 아팠어요, 그렇게 끔찍하게 아프긴 생전 처음이에요." — "너 곧장 침대로 가야겠다, 얘야, 네 얼굴이 창백해서 곧 죽게 생겼어." — "전등 불빛 때문에 그런 거예요, 이모. 이곳 홀에 있는 사람들 모두 다 창백해 보이는데 뭘 그래요." 전에 없이 유별난 눈빛으로 날 내려다보네. 그렇게 본다고 이모가 뭘 알아낼 재주가 있으려고? 이제부터 당황하면 안 돼, 그러면 아빠가 지게 되는 거야. 그래, 무슨 소리라도 지껄여야겠어. "그런데 말예요, 이모, 올해 빈에서 제게 무슨 일이 일어났는지 아세요? 아 글쎄 한 번은 제가 한쪽 발엔 노란 구두를, 다른 쪽 발엔 검은색 구두를 신고 길거리까지 나온 적이 있었어요." 새빨간 거짓말. 난 그저 계속 주절거려야만 하니까. 그런데 이제 무슨 소릴 한담? "그런데요, 이모, 편두통이 생기면 저는 가끔 발작이 일어나 정신이 뒤죽박죽되어요. 엄마도 옛날엔 그랬대요." 거짓말을 빼면 남는 게 없어. — "어쨌거나 난 의사를 불러와야겠다." — "하지만 제발 그러지 마세요, 이모, 이 호텔엔 의사가 없잖아요. 다른 곳에 가서 데려와야만 할 거예요. 내가 스타킹을 신고 있지 않아서 모시러 왔다고 하면, 그

의사는 어처구니가 없어서 큰 소리로 웃어버릴 거예요. 아하하하."
— 이렇게 큰 소리로 웃으면 안 되는데. 이모 얼굴이 겁에 질려 일그
러졌네. 속사정을 알 리 없으니 이모에겐 내가 너무 무시무시하겠지.
어머, 어머, 이모의 눈알, 곧 튀어나와버릴 것 같아. — "관둬라, 엘
제, 혹시 파울 보지 못했니?" — 오호라, 지원병을 요청하시겠다,
그런 말씀. 당황하면 안 돼, 모든 것이 게임 아니겠어. "제가 알고
있기론 호텔 앞에서 왔다 갔다 하고 있을 거예요. 제가 잘못 보지 않
았다면 시시 모어와 함께." — "호텔 앞이라고? 내가 나가서 두 사
람 모두 안으로 들어오라고 해야겠다. 우리 모두 함께 이젠 차를 마
셔야 하지 않겠어, 그렇지?" — "조오치요." 이모는 무슨 맹추 같은
얼굴빛을 하고 있는 거야. 정말 아무 일도 없는 것같이 이모에게 아
주 상냥한 목례를 보내야겠어. 이제 사라지는군. 나도 이제 내 방으
로 가야 해. 아, 아니야 도대체 내 방에서 뭘 하겠다는 거야? 지금
이 순간이 절호의 기회야, 절호의 기회. 5만. 5만. 왜 이렇게 내가
빨리 걷지? 천천히, 천 — 천 — 히… 내가 원하는 게 뭐였더라?
그 사내의 이름이 뭐였더라? 헤어 폰 도르스데이. 치 정말 웃기는
이름이야… 여기 이곳이 카드놀이방이겠지. 문 앞에 초록색 커튼이
쳐 있으니 아무것도 볼 수 없잖아. 발꿈치를 들고 조용히 들어가봐
야겠어. 휘스트 카드놀이가 한판 벌어졌네. 이 작자들은 매일 저녁
모였다 하면 카드놀이 판이야. 저기 두 남자가 장기를 두고 있네. 헤
어 폰 도르스데이는 이곳에 없다, 그거지. 만세, 만세, 만만세. 난
구출됐어! 구출되긴 어떻게 구출됐다는 거야? 난 계속 찾아야만 해.
난 저주를 받았어, 헤어 폰 도르스데이를 내 목숨이 끝날 때까지 찾
아야만 하는 저주를 받은 거야. 이 자식도 분명 날 찾고 있을 거야.

우리는 서로를 계속 찾아 헤매는 거야. 혹시 이 자식은 저 위층에서 날 찾고 있는 건 아닐까. 그러다가 계단에서 마주치는 건 아닐까. 홀란드에서 온 이 가족들이 날 다시 쳐다보네. 정말 예쁜 딸이야. 나이가 든 이 남자는 안경을 끼고 있고, 안경을, 안경을, 그러니까 안정

(安靜)을, 안정을 해야… 5만. 뭐 그리 많지도 않아요. 단돈 5만이에요, 헤어 폰 도르스데이. 슈만? 그래, 「카니발」… 나도 한번 쳐보려고 했던 곡인데. 이 여잔 정말 아름답게 연주하네. 어떻게 여자라고 생각했지? 남자일 수도 있잖아? 혹시라도 어떤 여류 거장일지도 몰라? 음악 살롱을 한번 들여다봐야겠어.

여기 이곳이 음악 살롱 출입문. ─ ─ 도르스데이! 어떻게 저럴 수가. 도르스데이, 저 작자가! 창가에 서서 음악에 빠져 있다니. 세상에 어떻게 저런 일이? 난 기력이 빠졌어 ─ 난 미쳐버린 거야 ─ 난 죽은 거야 ─ 그런데도 저 자식은 낯선 여자의 피아노 연주에 귀를 기울이고 있다니. 저기 안락의자에 앉아 있는 남자 두 사람. 금발머리 남잔 오늘 이곳에 도착했어. 마차에서 내리는 것을 내가 보았거든. 피아노 치는 여자는 젊다고는 할 수 없군. 이곳에 벌써 며칠째 머무르고 있어. 저렇게 감동적으로 피아노를 치다니, 난 정말 몰랐어. 정말 잘 치네. 모든 인간들이 이렇게 피아노를 잘 치는데… 그저 나만 저주를 받아서… 도르스데이! 도르스데이! 저기 서 있는 저

사람이 정말 도르스데이인가? 저 자식은 날 보지 못했어. 지금 이 순간만큼은 아주 점잖은 인간처럼 보이네. 음악에 푹 빠져 있는 저 모습. 5만! 자아 지금 이 순간이 아니면 영원히. 조용히 문을 열고

들어가. 자 내가 여기 있다, 헤어 폰 도르스데이! 이 자식은 날 보지 못했어. 난 눈짓으로 신호를 보내겠어. 그리고 외투를 조금 들추어 보여주는 거야, 그걸로 충분하지 않겠어. 난 젊은 아씨이니깐. 난 좋은 가문의 얌전하고 젊은 요조숙녀 아씨이지 창녀는 아니거든… 아 아냐, 난 이 자리를 피하겠어. 베로날을 마시고 그냥 잠자는 거야. 선생님은 착각했어요, 헤어 폰 도르스데이, 나는 창녀가 아니에요. 아듀, 아듀!… 하아, 저 자식이 고개를 들어 날 쳐다보네. 내가 여기 왔어요, 헤어 폰 도르스데이. 무슨 눈깔을 그렇게 뜨시는지. 저 자식 입술이 떨리고 있어. 저 자식 눈은 내 이마를 뚫어버릴 것같이. 내가 외투 속에 발가벗고 있단 걸 예상도 못하겠지. 날 보내줘요, 날 그냥 가도록 놓아줘요! 저 자식의 눈빛이 빛나고 있어. 협박하는 눈빛. 그래, 당신이 나한테 원하는 게 뭐야? 당신은 불량배야. 나를 본 사람은 아직 저 자식밖에 없어. 당신만이 내 말에 귀를 기울이고 있군요. 자아 그럼 이리 와요, 헤어 폰 도르스데이! 아직도 눈치를 못 챘나요? 아니 저기 안락의자에 — 어머 어머나 저 안락의자에 — 그 바람둥이가! 어머 어쩜 이렇게 고마울 수가. 그 남자가 다시 돌

아왔어. 그가 다시 돌아와 여기 와 있어! 그저 잠깐 여행을 갔다 온 모양이야! 내 남자가 다시 왔어. 로마 대갈통 남자가 다시 이 자리에 있다니. 내 신랑, 내 애인이 다시 왔어. 하지만 이 남자는 날 보고 있지 않잖아. 하지만 이만한 남자라면 꼭 이 자리에서 날 볼 필요는 없지. 그래, 당신이 원하는 게 뭐야, 헤어 폰 도르스데이? 내가 당신 계집종이라도 되나, 뚫어지게 쳐다보고 있게. 난 네 계집종이 아니야. 5만! 우리 계약이 남았잖아, 헤어 폰 도르스데이? 난 준비됐어. 여기 내가 왔다고. 난 말없이 미소까지 짓고 있잖아. 내 눈빛이 뭘 말하는지 이제 알겠어? 저 자식의 눈빛은, 가까이 오라! 그거지. 저 자식의 눈빛은, 그러니까 난 너를 나체로 보고 싶다, 그거지. 자아 그래, 너, 불량배 자식아, 자아, 그래, 이제 벗었다! 그래 이제 뭘 또 원하니? 전보를 쳐… 당장… 피부가 와들와들 떨려. 이 여잔 계속 피아노를 치고. 유쾌하게도 피부가 와들와들거리네. 이 얼마나

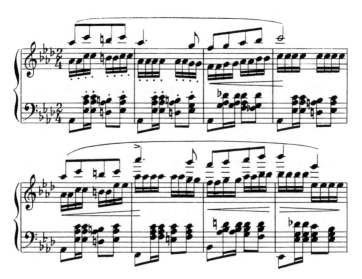

상쾌한 일이야, 벌거벗은 채 서 있는 것은. 이 여잔 계속 피아노를 치고, 지금 어떤 일이 벌어지고 있는지, 이 여자는 모르고 있어. 아직 아무도 모르고 있어. 나를 본 사람도 아직 없고. 바람둥이, 바람둥이! 나체로 난 여기 서 있다고. 잘 봐. 도르스데이 눈깔이 휘둥그레. 이제야 저 자식은 진짜라고 믿나 봐. 바람둥이도 벌떡 일어섰어. 눈에서 불꽃이. 멋진 청년이야, 그래, 넌 날 이해할 거다. "하, 하, 하!" 저 여자도 피아노를 멈췄군. 아빠 구출됐어. 5만! 수신인은 그대로 피아라입니다요. "하, 하, 하!" 도대체 누가 이렇게 시끄럽게 웃는 거야? 내가? "하, 하, 하!" 무슨 낯짝들이 이렇게 날 감싸고 있지? "하, 하, 하!" 너무 멍청한 짓이야, 내가 웃음을 터뜨리다니. 난 웃고 싶지 않아, 웃고 싶지 않다고. "하, 하, 하!" — "엘제!" — 누가 엘제를 부르시나? 파울의 목소리. 이 자식은 내 등 뒤에 있는 게 분명해. 벌거벗은 등 뒤로 바람결이 와 닿네. 귓속은 웅웅거리고. 혹시 난 이미 죽어 있는 건 아닐까? 이젠 뭘 더 원하니, 헤어 폰 도르스데이? 당신은 어쩜 그렇게 거대해, 아니 내 몸을 왜 덮쳐? "하, 하, 하!"

내가 도대체 무슨 짓을 했지? 무슨 짓을 한 거야? 무슨 짓을? 모든 게 끝났어. 왜 음악을 계속하지 않는 거야? 팔 하나가 내 목덜미를 안네. 이건 파울이야. 그 바람둥이는 도대체 어디 갔어? 내가 여기 누워 있는데. "하, 하, 하!" 외투가 날아와 내 몸 위에 떨어지네. 그런데도 난 여기 누워 있고. 사람들은 내가 실신했다고 생각하나 봐. 무슨 개소리야, 난 정신을 잃고 쓰러진 게 아니라고. 난 말이야, 의식이 완전하게 말짱해. 난 보통 때보다 백 배나 더 깨어 있어, 천 배나 더 깨어 있다고. 난 그저 웃음을 못 참을 뿐이야. "하, 하,

하!" 이제 당신은 소원성취하셨네요, 헤어 폰 도르스데이, 당신은 그 돈을 아빠를 위해 송금하셔야만 해요. 지금 당장. "으하하악!" 이렇게 소리까지 치고 싶진 않았어, 그런데도 아직까지 비명을 질러야만 하니. 어쩌자고 이렇게 비명을 지를까. ― 내 눈은 감겨 있어. 그 누구도 날 들여다볼 수 없어. 아빠는 구출되었어. ― "엘제!" ― 이건 이모 목소리. ― "엘제! 엘제!" ― "의사를, 의사를!" ― "빨리 정문 수위에게 부탁해봐요!" ― "도대체 무슨 일이 일어난 거야?" ― "이건 정말, 이럴 수 없어." ― "얘, 얘야, 불쌍한 아가야." ― 지금 뭐라고 떠드는 거야? 뭐라고 구시렁거리는 거냐고? 난 말이야, 불쌍한 애가 아냐. 난 행복해. 그 바람둥이가 발가벗은 내 몸을 보았어. 어머, 어쩜 좋아, 난 정말 부끄러워요. 내가 무슨 짓을 했지? 난 두 번 다시 눈을 뜨지 않겠어. ― "자리를 좀 비켜주세요, 문을 닫겠습니다." ― 뭣 땜에 문을 닫아야 하지? 웅성거리는 소리는 또 뭐야. 수천 명이 몰려와 내 주위를 둘러싸고 있는 모양이지. 이 사람들 모두 내가 실신했다고 여기는 모양인데. 난 정신을 잃은 게 아니야. 난 그저 꿈꾸고 있다고. ― "진정하세요, 부인." ― "의사를 부르러 사람은 벌써 보냈겠지요?" ― "실신했을 뿐이에요." ― 이 사람들, 얼마나 멀리멀리 떨어져 있는 거야. 모두들 시모네 산 위에 올라가서 아래를 향해 지껄이고 있는 것 같아. ― "이 여잘 이렇게 맨바닥에 눕혀놓을 순 없는 것 아니에요." ― "여기 모포가 있어요." ― "아니, 담요 좀 줘요." ― "모포나 담요나, 그게 그거잖아요." ― "제발 조용히 좀 해주세요." ― "저 안락의자 위에." ― "제발 그 문 좀 닫아줘요." ― "그렇게 흥분하실 게 뭐 있소, 이 여잔 지금 의식이 없어요." ― "엘제, 엘제!" ― 이모는 그저 잠자코

만 있어줬음! ― "내 말 들리니, 엘제야!" ― "뻔히 알고 있으면서
왜 그래요, 엄마, 엘제는 정신을 잃었잖아요." ― 그래, 다행이구나,
그래, 너희들에게 난 정신 잃은 사람이구나. 그래, 나도 그냥 이대로
정신 잃은 사람으로 있어주지. ― "우리는 엘제를 자기 방으로 올려
가야만 해요." ― "도대체 무슨 일이 일어난 거예요? 저런 하느님
맙소사!" ― 시시의 목소리. 대관절 시시가 어떻게 이곳 초원에까지
오게 됐지. 아 참, 여긴 초원이 아니지. ― "엘제!" ― "제발 조용
히 좀." ― "조금만 뒤로 물러나주시겠어요." ― 손들, 내 몸 밑에
손들이. 이것들이 뭘 하겠다는 거야? 난 얼마나 무거운지. 파울의
양손이. 앞으로, 앞으로 전진. 그 바람둥인 이 근처 어디에 있는데,
난 느끼고 있어. 그런데 도르스데이, 이 자식은 사라졌어. 그 자식을
찾아야만 해. 그 자식은 자살을 해서는 안 돼, 그러기 전에 우선 5만
을 송금해야 하니깐. 자아, 신사 숙녀 여러분, 그 자식은 저에게 돈
을 빚졌답니다. 그 자식을 체포하세요. "넌 뭣 좀 알고 있냐, 그 전
보는 누구에게서 온 거냐, 파울?" ― "안녕하십니까, 신사 숙녀 여
러분." ― "엘제, 내 목소리 들려요?" ― "그대로 놓아둬요, 시시
부인." ― "아아, 파울." ― "지배인 말이 의사가 오려면 아마 네
시간은 걸릴 거래요." ― "마치 자고 있는 것처럼 보이네요." ― 난
안락의자에 누워 있어, 파울이 내 손목을 쥐고 맥박을 재고 있네. 맞
았어, 이 친구는 의사니까. ― "위험하진 않아요, 엄마. 그러니까
일종의 ― 발작이지요 뭐." ― "나는 하루라도 더 이상 이 호텔에
머물지 않겠다." ― "무슨 그런 말씀을 다 하세요, 엄마는." ― "내
일 아침 일찍 우린 떠나는 거다." ― "간단하게 종업원 전용 계단을
이용합시다. 들것이 곧 이곳으로 올 겁니다." ― 들것이라고? 난 오

늘 벌써 칠성판(七星板) 위에 눕혀졌었는데? 내가 아직도 죽지 않았나? 내가 다시 한 번 더 죽어야만 한단 말이야? — "조치를 좀 취해주세요, 지배인님, 사람들이 문에서 좀 비켜서도록 해주세요." — "그렇게 흥분하지 마세요, 엄마." — "참, 사람들은 앞뒤를 가리지 않는구나." — 왜들 모두 이렇게 속닥거리고 있지? 무슨 시체안치실 같네. 곧 칠성판이 오겠지. 대문 좀 열어줘요, 마타도르 님! — "복도가 비었어요." — "사람들이 적어도 그 정도는 신경 써주겠지요." — "제발요, 엄마, 진정 좀 하세요." — "그래요, 진정하세요, 부인." — "어머닐 좀 돌봐주시지 않겠어요, 시시 부인?" — 이 여잔이 친구의 애인이군, 하지만 이 여잔 나만큼 아름답지 않아. 이건 또뭐야? 도대체 무슨 일이? 아 들것을 가져왔어. 눈을 감았어도 다 보이네. 이건 조난당한 사람을 옮기는 들것이야. 바로 이 들것 위에 지그몬디 박사도 눕혀졌었지, 그 사람도 시모네 산에서 추락했거든. 그런데 이제 내가 이 들것에 눕는다, 그거지. 나도 실족하여 추락했거든. "으하하하!" 아냐, 난 두 번 다시 소리치고 싶지 않아. 뭐라고들 숙덕거리는 거야. 누가 내 머리 위로 고개를 숙이고 있지? 담배냄새가 좋은데. 이 남자 손이 내 머리 밑에. 손들이 내 등 밑에, 손들이 내 다리 밑에. 앞으로, 앞으로, 날 더듬지 마요. 난 발가벗었잖아요. 피이, 피이. 너희들이 원하는 게 뭐야? 날 좀 쉽게 내버려둬. 이건 말이야, 오로지 아빠를 위해 한 일이라고. — "자아 조심해서, 이렇게, 천천히." — "모포는?" — "네에, 고맙습니다, 시시 부인." — 왜 이 여자에게 고마워하지? 이 여자가 뭘 해줬다고? 내게 무슨일이 일어난 거야? 아아 맘에 들어, 아 좋아라. 난 둥둥 떠서 가는거야. 어화, 어화, 둥둥. 어화, 어화, 둥둥. 난 둥둥 떠서 저 건너편으로 가고 있는 거야. 사람들이 날 옮겨가고 있어. 사람들이 날 무덤으로 옮겨가는 거야. ─ "제게 이런 일은 이젠 식은 죽 먹기입니다, 지배인님. 여기에 훨씬 더 무거운 사람도 날라보았죠. 지난가을엔 한꺼번에 두 사람도 날라봤습니다요." ─ "쯧쯧." ─ "정말 미안하지만 미리 좀 가서 보아주실 수 있겠지요, 시시 부인. 엘제 방이 제대로 되어 있는지 모르겠네요." ─ 시시가 내 방에서 해야 할 일이 뭐가 있다고? 아 베로날, 베로날! 이 여자가 물컵을 비워버리면 안되는데, 혹시 그러면 난 창문에서 뛰어내릴 수밖에. ─ "감사합니다, 지배인님, 여기서부턴 제가 알아서 하겠습니다." ─ "시간이 좀 지나면 경과가 어떤지 여쭤보도록 하겠습니다." ─ 계단이 삐걱거리네, 일꾼들이 무거운 등산화를 신고 있나 봐. 참, 내 검은색 에나멜 구두는 어디에 있지? 음악 연주실에 남아 있을 텐데. 사람들이 훔쳐갈 거야. 그 구두는 아가테에게 유산으로 남겨주려고 했었는데. 프레드는 내 만년필을 갖고. 이 친구들이 날 옮겨가게 될 거야. 이 친구들이 내 관을 옮겨서 내가게 될 거야. 장례행렬. 도르스데이는 어디 있지, 그 살인자는? 사라져버렸어. 그 바람둥이도 역시 사라졌고. 그 작자는 여성 편력의 길을 곧바로 다시 떠났겠지. 그 자식은 내 하얀 젖가슴을 보겠다는 욕심 하나로 되돌아왔던 거야. 지금은 다시 사라져버렸어. 그 자식은 지금쯤 바위와 낭떠러지 사이로 아슬아슬한 길을 가고 있겠지, 현기증이 나는 길을. ─ 잘 가라고, 잘 가셔. ─ 난 이렇게 둥둥 떠가고 있어, 어화, 어화, 둥둥. 그래 날 저 위로, 저기 저 위로 올려가야 마땅하지, 끊임없이 계속 천장까지, 저 하늘까지. 이건 정말 편하네. ─ "난 정말로 그것이 오는 걸 보았다, 파울." ─ 이모는 뭐가 오는 걸 보았다는 거야? ─ "요 며칠 동안 내내 말이다, 난 그것이 오는 걸 이미 보고 있었어. 엘제는 도대체가 정상이 아니야. 말할 것도 없다, 정신병원에 보내야 해." — "제발 엄마, 지금은 그런 이야기를 할 때가 아니에요." — 정신병원이라? — 정신병원 —?! — "너도 설마 그런 생각을 하지는 않았겠지, 파울, 난 말이다, 이런 여자하고 한날한시에 같은 기차를 타고 빈으로 돌아가지 않겠다. 그랬다가 말 못 할 일을 겪게 될 거다." — "아무 일도 일어나지 않아요, 엄마. 내가 보증할게요, 엄마에게 불편한 일은 아무것도 생기지 않을 거예요." — "네가 어떻게 보증할 수 있다고 그러니?" — 아녜요 이모, 이모에게 불편한 일은 생길 리가 없어요. 그 누구에게도 불편한 일이 생길 까닭이 어디에 있나요. 헤어 폰 도르스데이에게도 마찬가지고. 우린 지금 어디 있는 거야? 멈추어 섰는데. 3층에 올라와 있군. 난 눈을 살짝 떠봐야겠어. 시시는 문가에 서서 파울을 붙잡고 이야기를 나누고. — "이쪽으로 부탁해요. 이렇게. 이렇게. 여기 이리로. 고맙습니다. 들것을 침대로 바짝 밀어붙여요." — 사람들이 들것을 들어올리는군. 날 운반해가고 있어. 아 좋아라. 이제 난 다시 집에 돌아온 거야. 아아! — "고마워요. 이렇게, 네에 이제 됐어요. 문 좀 닫아줘요. — 날 좀 도와주실 수 있겠죠, 시시." — "오, 기꺼이, 의사 선생니임." — "천천히, 천천히. 이쪽으로 조금만 더, 시시, 좀 붙잡아줘. 여기 이 다리를 붙잡아. 조심해서. 그리고 이제는 — 엘제? — 내 목소리 들려, 엘제?" — 물론이야, 네 목소리를 듣고 있어, 파울. 다 듣고 있다고. 하지만 그게 너희들하고 무슨 상관이니. 이렇게 졸도해 있다는 건 정말 멋진 일이야. 아아, 그래 너희들이 원하는 일이나 계속하라고. — "파울!" — "네에, 싸모니임?" — "넌 정말 엘제가 의식이 없다고 믿고 있

니, 파울?"— 어, 너라고 부르네? 이 여잔 파울에게 너라는 호칭을
다 쓰네. 너희들이 그렇고 그런 사이라는 증거를 포착했어! 너라는
호칭을 파울에게 썼잖아! —"그래, 완전히 의식이 없어. 이런 발작
이 일어난 후엔 통상 나타나는 일이지 뭐."—"아냐, 파울, 네가
그렇게 다 큰 어른이 되어 의사처럼 구니까, 너무나도 웃기는구나."
— 사기꾼 같은 연놈들! 내가 이것들을? —"조용히 해, 시시."—
"왜 조용히 하라는 거야, 이 여잔 아무 소리도 못 듣는다면서 왜 그
래, 흥?!"— 대체 무슨 일이 일어난 거야? 발가벗은 채 내가 침대
속에 누워 담요를 덮고 있으니. 어떻게 날 이 지경으로 만들어놓은
거야? —"지금은 좀 어떠냐? 좀 나아졌냐?"— 이건 이모 목소리
군. 이모는 여기에서 원하는 게 뭐야? —"아직까지도 정신이 들지
않았어?"— 발뒤꿈치를 들고 살금살금 내게로 온 모양이야. 이모는
당장 죽어도 아깝지 않아. 난 정신병원엔 가지 않을 거야. 내 머리는
돌지 않았어. —"엘제를 깨어나게 만들 수 없는 것이냐?"—"조
금 있으면 다시 제정신이 들 거예요, 엄마. 지금 필요한 건 오로지
휴식이에요. 그건 엄마도 마찬가지고요. 주무시러 가지 않겠어요?
전혀 위험하지 않아요. 나는 시시 부인과 함께 엘제 곁에서 밤을 새
우겠어요."—"그럼요, 부인, 제가 근위병 역할을 하겠어요. 그러
지 않았다간 엘제가 어떤 대접을 받을는지."— 추잡스러운 년. 난
여기 실신해 누워 있고 너는 재미를 보겠다, 그거지. "그래라, 파울,
의사가 도착하자마자, 날 깨워라, 그렇게 믿고 있어도 되겠지?"—
"하지만 엄마, 의사는 내일 아침까지 오지 않아요."—"마치 잠자
고 있는 것처럼 보이는구나. 숨소리도 아주 조용하고,"—"이건 일
종의 잠과도 같은 것이에요, 엄마."—"나는 아직까지도 도무지 이

해할 수 없다, 파울, 이런 스캔들을 다 불러일으키다니! — 너도 보게 될 거다, 신문에 나올 일이야, 안 그래!" — "엄마!" — "하지만 엘제는 아무것도 듣지 못해, 실신했잖아. 게다가 우린 지금 아주 낮은 목소리로 말하고 있어." — "이러한 상태에서도 의식이 굉장히 또렷할 때가 적지 않게 있는 거예요." — "부인께서는 이렇게 학식이 높은 아드님을 두셨으니, 참 좋겠네요." — "제발 부탁이에요, 엄마, 주무시러 가세요." — "만사를 다 제쳐두고, 우린 내일 이곳을 떠난다. 그리고 보첸*에서 간호할 여자를 하나 구해 엘제에게 붙여주자꾸나." — 뭐야? 간호할 여자? 뭔가 잘못 생각하고 있으신 것 같은데. — "그런 모든 문제는 내일 얘기해요, 엄마. 안녕히 주무세요, 엄마." — "난 내 방으로 차 한잔 가져오라고 해야겠다, 그리고 15분 후 다시 한 번 들여다보겠다." — "그렇게 하실 필요는 정말 절대로 없대두 그러네요, 엄마." — 네 말이 맞아, 그렇게 할 필요는 없지. 너도 뒈져버려야 해. 베로날이 어디에 있지? 좀더 기다려야만 해. 침대 머리맡 탁자에 놓여 있을 게 틀림없어, 베로날이 든 물컵. 이것을 남김없이 마셔버리면 모든 것이 끝이야. 곧 마셔버리겠어. 이모가 사라졌어. 파울과 시시는 아직도 문가에 서 있고. 얼라라, 이 여자, 파울에게 키스하네. 이 여자가 키스를. 난 담요 밑에 벌거벗고 누워 있는데. 너희들은 털끝만큼도 부끄럽지 않니? 이 여자가 다시 키스를. 정말 부끄럽지도 않아? — "봤어, 파울, 나도 이제 인정하겠어. 저 여잔 정말 실신했어. 그렇지 않았다면 저 여자가 내 목을 비틀어버리겠다고 달려들었을 거야." — "그런 소리는 이제 제발 그

---

* Bozen: 이탈리아 북부 알프스 지방에서 가장 큰 도시 이름.

만, 제발 입 좀 다물어, 시시." — "그래, 하지만 도대체 원하는 게 뭐야, 파울? 만일 정말로 의식이 없다면. 그러면 아무것도 듣도 보도 못할 거고. 그게 아니라 의식이 있다면 우릴 뭐 바보 취급하겠지. 그러나 저런 여자에겐 그래도 잘된 일이지 뭐." — "문 두드리는 소리가 났어, 시시." — "나도 그런 것 같아." — "내가 살짝 문을 열고 누가 와 있나 보고 올게. — 안녕하십니까, 헤어 폰 도르스데이." — "미안합니다만, 저는 그저 환자 상태를 물어보려고, 그냥." — 도르스데이! 도르스데이! 정말 저 자식이 감히 여기까지 나타났어? 짐승 같은 것들이 모두 날뛰고 있으니. 이 자식, 어디 서 있는 거야? 문 앞에서 속닥이는 소리가 들리네. 파울과 도르스데이. 시시는 거울 앞에 서 있고. 거울 앞에서 무슨 짓을 해? 그것은 말이야, 내 거울이라고. 내 모습이 아직도 그 거울 속에 남아 있지 않을까? 이 자식들은 문밖에서 뭐라고 속닥거리는 거야, 파울과 도르스데이? 시시의 시선이 느껴지는데. 이년은 거울을 통해 나를 보고 있어. 원하는 게 대체 뭐야? 왜 내게로 가까이 오는 거야? 사람 살려! 제발 살려줘! 난 비명을 지르지만, 듣는 사람이 아무도 없으니. 내 침대에서 무엇 하려고, 시시? 왜 내게 몸을 숙여? 목 졸라 죽이겠다는 건가? 난 몸을 움직일 수 없어. — "엘제!" — 그래, 원하는 것이 뭐야? — "엘제! 내 목소리 들리나요, 엘제?" — 그래 들려, 하지만 침묵하고 있어. 난 실신했다잖아, 그러니까 어쩔 수 없이 침묵해야만 해. — "엘제, 당신은 우릴 제법 놀라게 했네요." — 나에게 말하고 있네. 이 여자가 나에게 뭐라 하고 있어, 내가 깨어 있는 사람처럼 말이야. 원하는 게 도대체 뭐야? — "알고 있긴 하죠, 당신이 한 일? 엘제, 생각해봐요. 외투 하나만을 달랑 걸친 채 당신이 음악

연주실에 들어섰고 갑자기 나체가 되더니 그 자리에 서 있었어요,
모든 사람들 앞에서 말이에요, 그리고 실신하여 쓰러졌어요. 히스테
리적인 발작 증상이라고 주장하고 있어요. 하지만 난 그런 말은 단
한마디도 믿지 않아요. 난 당신이 의식이 없단 것도 믿지 않아요.
내기를 해도 좋아요, 당신은 내가 하는 말을 단 한마디도 놓치지 않
고 다 듣고 있어요, 그렇죠." ─ 맞아요, 난 듣고 있어요, 그래요,
네, 네. 하지만 이년은 내가 대답하는 말을 알아듣지 못해. 도대체
왜 못 알아들을까? 난 입술을 움직일 수 없어. 그래서 내 말을 못 알
아듣는 거야. 난 몸을 꼼짝할 수 없으니까. 난 도대체 어떻게 된 거
야? 내가 죽었나? 내가 가사상태에 빠졌나? 꿈을 꾸고 있나? 베로
날은 어디에 있지? 베로날을 마시겠어. 하지만 손을 뻗을 수가 없으
니. 꺼져버려, 시시. 왜 내 몸 위로 허리를 숙이고 있어? 꺼져, 꺼지
라니까! 내가 네 말을 들었단 것을 이년은 평생 동안 모르게 될 거
야. 그 누구도 모르게 될 거야. 두 번 다시 나는 인간에게 말을 걸지
않겠어. 두 번 다시 나는 깨어나지 않겠어. 이 여자, 문 쪽으로 가는
군. 다시 한 번 내 쪽으로 고개를 돌리고, 문을 여네. 도르스데이!
저기 그 자식이 서 있네. 눈을 감고 있지만 난 그 자식을 보았어. 아
냐, 난 진짜로 보았어, 눈을 조금 떴으니까. 문이 약간 열려 있고 시
시도 밖에 있고. 뭐라고들 속닥거리는데. 나 혼자 남았어. 내가 지금
몸을 움직일 수만 있다면.

하아, 그래, 난 움직일 수 있어, 정말 움직일 수 있다고. 손을 움
직였고 손가락을 꿈틀거렸고 팔을 뻗고 두 눈을 번쩍 떴어. 그래 보
여, 눈에 보여. 바로 저기 내 물컵이. 어서 서둘러, 저것들이 방에
다시 들어오기 전에 해치워야. 베로날이 부족하진 않겠지?! 두 번

다시 깨어나면 안 돼. 내가 이 세상에서 해야만 했던 일을 나는 실천한 거야. 아빠는 구출되었어. 난 다시는 인간 사회에 나설 수 없게 되었어. 파울이 문틈 사이로 안을 들여다보네. 내가 아직도 실신해 있는 줄 알겠지. 내가 손을 뻗어 내밀고 있단 걸 아직 보지 못했으니. 이제 세 사람 모두 문밖에 나가 있군, 살인자들! — 너희들 모두 살인자야. 도르스데이 그리고 시시 그리고 파울, 프레드도 역시 살인자야. 그리고 엄마는 살인을 저지른 여자야. 이 사람들 모두 나를 살해했어, 그런데도 그런 사실을 까맣게 모르고 있다니. 그 여자 스스로 자살했대요, 그렇게들 얘기하겠지. 천만의 말씀. 너희들이 날 죽인 거야. 너희들 모두, 너희들 모두가 말이야! 이게 그 물컵 맞지? 서둘러야 해, 서둘러! 난 이렇게 해야만 해, 다른 길이 없어. 한 방울도 흘려선 안 돼. 자아. 서둘러. 맛이 좋군. 계속, 계속 마셔. 이것은 독이 아니야. 이렇게 맛이 좋은 건 여태껏 없었어. 너희들이 이런 걸 알기라도 한다면, 죽음이 얼마나 맛이 좋은지! 잘 자요, 내 물컵. 쨍그랑, 쨍그랑! 이게 무슨 소릴까? 바닥 위에 물컵이. 저 아래에 물컵이. 그럼 잘 자요. —"엘제! 엘제!"— 도대체 왜 불러? —"엘제!"— 너희들 다시 들어왔어? 잘 잤니. 난 의식이 없어 눈 감은 채 누워 있는 거라고. 너희들은 결코 내 눈을 다시 보지 못할 거야. —"이 여자가 몸을 움직인 것이 틀림없어, 파울. 그러지 않았음, 이것이 어떻게 바닥에 떨어질 수 있어?"— "스스로도 의식하지 못하는 움직임, 그런 것은 충분히 있을 수 있지."— "그러나 이 여자가 깨어나지 않았다면, 어떻게 이것이."— "무슨 생각을 해, 시시. 꼼짝도 하지 않는 여자인데, 자 한번 들여다봐."— 난 베로날을 마셨어. 난 죽어가고 있어. 그런데 마시기 전이나 지금이나 차이가 없잖아. 혹시 양이 충분치 않았나… 파울이 내 손목을 잡았어. ―"맥박이 아주 천천히 뛰고 있는데. 제발 웃지 마, 시시. 불쌍한 아이." ―"만일 내가 음악 연주실에서 나체로 나섰더라면, 넌 나한 테도 불쌍한 아이라고 불러줬을까? 흥!" ―"제발 입 좀 다물어, 시시." ―"분부대로 따르겠습니다, 주인님. 혹시라도 내가 자리를 비 켜드리는 것이 좋지 않을까요, 발가벗은 아가씨와 단둘이 있도록. 아아, 뭐 그럴 필요 없어, 그렇게 주저하지 말라고. 내가 여기 없다 생각하고, 마음대로 해." ― 난 베로날을 마셨어. 아 기분 좋아. 난 죽을 거야. 다행이야. ―"그런데 말이야, 이건 내 직감인데. 헤어 폰 도르스데이란 그 남자, 여기 있는 나체의 아가씨에게 푹 빠져 있 는 것 같던데. 이 일이 마치 자기와 사적으로 관련된 문제나 되는 것처럼 흥분하더라고." ― 그래, 도르스데이, 도르스데이! 바로 그 사내야 ― 5만! 그 작자가 돈을 송금할까? 하느님 맙소사, 그 자식 이 돈을 송금하지 않으면? 내가 이 이야기를 해주어야만 하는데. 너 희들이 그 자식에게 강요해야 하는데. 하느님 맙소사, 이 모든 일이 다 헛수고에 불과하게 된다면? 하지만 지금은 우선 나를 살려낼 수 도 있어. 파울! 시시! 너희들은 왜 내 목소리를 못 듣지? 난 죽어가 고 있는데 너희들은 그것도 모르고 있니? 난 아무 감촉이 없어. 정 말 기운이 없어. 파울! 난 기운이 없어. 넌 내 목소리가 들리지 않 니? 난 기운이 없어, 파울. 난 입을 벙긋할 기운이 없어. 혀를 움직 일 수도 없고, 하지만 난 아직은 죽지 않았어. 베로날이야. 너희들은 지금 어디 있어? 곧 난 잠이 들 거야. 그땐 너무 늦어! 말하는 소리 도 전혀 들리지 않아. 이 사람들이 뭐라고 하는 모양인데, 무슨 말이 야. 말하는 소리가 웅웅거려. 제발 날 좀 살려줘, 파울! 혀가 너무 무거워. ― "내 생각으론 시시, 곧 깨어날 것 같아. 눈을 떠보려고 아까부터 애쓰고 있는 것 같아. 왜 이래, 시시, 도대체 왜 이래?" ― "자아, 내가 널 껴안아줄게. 도대체 왜 안 된다는 거야? 이 여자도 부끄러워하진 않을 거야." ― 맞아, 난 부끄러워하지 않아. 옷을 홀랑 벗고 사람들 앞에 나선 년이야. 내가 그저 말을 할 수만 있다면, 내가 왜 그랬는지 너희들은 이해할 거야. 파울! 파울! 너희들이 내 말을 알아들었음, 좋겠어. 난 베로날을 마셨어, 파울, 열 봉지, 백 봉지야. 이렇게까지 하고 싶진 않았어. 나는 미쳤던 거야. 난 죽고 싶지 않아. 제발 날 좀 살려줘, 파울. 넌 진짜 의사잖아. 살려줘! ― "지금은 다시 아주 평온해졌는데. 맥박이 ― 맥박도 상당히 규칙적이야." ― 날 살려줘, 파울. 내가 이렇게 애원할게. 날 죽도록 놓아두지 마. 아직 시간이 있잖아. 그러나 내가 일단 잠들어버리면, 너희들은 아무것도 모르게 될 거야. 난 죽고 싶지 않아. 그러니 날 좀 제발 살려줘. 오로지 아빠 때문이야. 도르스데이가 그걸 요구했어. 파울! 파울! ― "한번 들여다봐, 시시, 미소 짓는 것 같지 않아?" ― "미소를 짓지 않고 배겨낼 재간이 있겠어, 파울, 네가 잠시도 쉬지 않고 손목을 부드럽게 잡아주는데." ― 시시, 시시, 내가 무엇을 그렇게 잘못했다고 그렇게도 심통이야. 파울을 간직해 ― 그러나 날 죽게 두진 말아줘, 제발. 난 아직도 젊잖아. 엄마는 상심해서 병이 날 거야. 난 아직도 수많은 산을 등정하고 싶어. 춤도 추러 가고 싶고. 언젠가는 결혼도 하고 싶어. 아직도 여행을 하고 싶고. 내일 우리는 시모네 산에서 파티 하기로 했잖아. 내일, 정말 멋진 하루가 될 거야. 바람둥이 그 남자도 당연히 따라올 거고. 내가 정중하게 초대해놓았거든. 그 남자, 뒤를 쫓아가, 파울, 그 남자는 현기증이 나는 길을 가고 있어. 그 남자는 아빠와 마주치게 될 거야. 수신인은 그대로 피아라야, 잊지 마. 그저 5만이야, 그럼 모든 것이 다 오케이야. 저기 사람들 모두 죄수복을 입고 행진하네, 노래도 부르고. 대문 열어요, 마타도르 님! 모든 게 부질없는 꿈이야. 저기 프레드가 쾌활한 그 아가씨랑 걸어가고, 환하게 터진 하늘 밑에 피아노가 놓여 있고. 피아노 조율하는 아저씨 바르텐슈타인 거리에 살고 있어요, 엄마! 아가야, 왜 넌 그 남자에게 편지를 쓰지 않았니? 잊어버릴 것을 잊어야지. 엘제, 당신은 음계 연습을 더 해야겠어요. 열세 살이나 먹은 계집애가 좀더 부지런해야 하는 것 아니냐. — 루디 오빠는 가면무도회에 갔다가 그다음 날 아침 8시에 집에 돌아왔대요. 제게 무엇을 가져왔나요, 아빠? 3만 개의 인형. 내 인형들을 위해 내 앞으로 집을 하나 장만해줘요. 하지만 인형들은 정원에서 산보하며 나돌아다닐 수도 있어야겠죠. 아니면 루디 오빠랑 같이 가면무도회에 갈 수도. 어머, 잘 있었어, 엘제. 아아, 베르타, 너 나폴리에서 다시 돌아왔구나? 그래, 시칠리아에서 온 거야. 잠깐만, 엘제, 네게 내 남편 소개해줄게. 엉숑테 무슈Enchanté Monsieur* — "엘제, 내 목소리 들려, 엘제? 나야 나, 파울." — 하하, 파울. 넌 왜 기린 위에 걸터앉아 회전목마 놀이를 다 하니? 우습다, 애! — "엘제, 엘제!" — 그걸 타고 내게서 도망칠 생각은 하지 마. 네가 그렇게 빨리 프라터**를 질주하면 내 목소리를 들을 수 없잖아. 넌 말이야, 나를 구해줘야해. 난 베로날리카를 복용했거든. 약효가 다리까지 뻗치고 있어, 오

---

* '만나서 반가워요'라는 뜻의 프랑스어.
** Prater: 빈의 대표적인 유원지.

른쪽에, 왼쪽에, 개미가 기어다니는 것 같아. 그래 맞았어, 그 자식을 잡아줘, 헤어 폰 도르스데이 그 자식을. 바로 저기 그 자식이 뛰어가고 있잖아. 아니 네 눈엔 저 자식이 보이지도 않니? 바로 저기 있잖아, 연못을 훌쩍 넘어가고 있잖아. 저 자식이 아빠를 죽였어. 저 자식의 뒤를 쫓아가. 나도 같이 쫓아갈게. 사람들이 내 등에다 칠성판을 묶어서 매달아놓았네, 하지만 상관없어, 나도 같이 뛰어갈 거야. 내 젖가슴이 파동을 치지만. 그래도 나도 같이 뛰겠어. 그래 넌 도대체 어디에 있니, 파울? 프레드, 넌 어디 있고? 엄마, 어디 있어요? 시시는? 왜 당신네들은 나 혼자서 황야를 달려가도록 만들었나요? 오 정말 무서워요, 혼자잖아요. 아 차라리 나는 날아가겠어. 난 벌써 알고 있었어, 난 말이야, 날 수 있거든.

"엘제!"…

"엘제!"…

너희들은 도대체 어디에 있니? 너희들 목소린 들리는데 내 눈엔 보이지 않으니.

"엘제!"…

"엘제!"…

"엘제!…"

이건 또 무슨 소릴까? 합창단 전체가? 어머나 파이프 오르간까지? 나도 같이 노래를 따라 부르겠어. 도대체 이건 무슨 노래일까? 모두들 한목소리로 부르고 있어. 숲도 그리고 산도 그리고 저 별들도. 어쩜 이토록 아름다운 노랜 지금까지 들어본 적이 없어요. 이렇게 밝은 밤도 여태껏 본 적이 없고. 손을 이리 줘요, 아빠. 우리 같이 날아가봐요. 날아다닐 수 있으니 세상은 너무너무 아름다워요.

제 손에 입맞춤하지 마세요, 아빠. 저는 당신 딸이잖아요, 아빠.

"엘제! 엘제!"

사람들이 저 멀리서 날 부르네! 원하시는 게 도대체 뭐예요? 절 깨우지 마세요. 난 말예요, 정말 기분 좋게 잠이 들고. 내일 아침. 나는 꿈속에서 날아다녀요. 날고… 날아서… 잠이 들고 꿈을 꾸고… 그리고 날아서… 깨우지 마… 내일 아침…

"엘…"

날아서… 꿈속으로… 잠이 들고… 꿈을 꾸고… 꿈 ― 난 날아서……

구스틀 소위

도대체 얼마나 더 질질 끌겠다는 거야? 시계를 봐야지… 이런 짓은 엄숙한 음악회에선 안 어울리는데. 하지만 어떤 자식이 눈치를 채겠어? 그래, 어떤 놈이 알아차렸다고 치자, 그 자식도 음악을 듣지 않는 건 매한가지야, 나 같은 놈인데, 그런 놈까지 내가 신경 쓸 필요는 없지… 아니 겨우 9시 45분이야?… 한 세 시간은 훨씬 넘게 음악회에 앉아 있었던 것 같은데. 이런 일은 역시 내 주특기가 아니야… 도대체 무슨 음악이 이따위야? 프로그램을 들여다볼까… 그래, 맞어, 오라토오오리오? 난 미사를 보는 줄 알았네. 이런 건 역시 성당에서나 해야지 않겠어. 하지만 성당은 나름대로 장점이라도 있지. 언제라도 쏙 빠져나갈 수 있으니깐. ─ 그저 저기 저 바깥자리에 앉아 있기만 했어도, 그냥 확! ─ 할 수 없지, 참아라, 참아! 제아무리 긴 오라토리오라 해도 끝날 때가 있는 법! 아니야, 지금 이 오라토리오는 굉장히 멋진데 그저 들을 기분이 아닌지도 모르겠군. 하지만 무슨 기분이 날 리 있겠어? 그래 그랬어, 올 때부터 그저 멍청하게 앉아 시간이나 죽이려고 했었으니까, 당연한 일이지… 차라리 입장권을 베네데크에게 선물해버릴 것을 그랬어, 그 자식은 이딴 걸 좋아하거든, 바이올린도 연주하는 새끼니까. 그랬다면 코페츠키의 기분이 상했겠지. 그 친구가 내게 입장권을 선물한 것은 정말 진심에서 우러나온 거야, 적어도 좋은 의도를 가지고 그랬던 거지. 정말 괜찮은 놈이야, 코페츠키! 믿을 수 있는 유일한 친구야… 그 친구 여동생이 저기 합창단 속에서 노래를 부르겠군. 아가씨들이 적어도 백 명은 되겠는데, 모두 까만 옷을 입었으니, 저 속에서 그 친구 여동생을 찾아낼 도리는 없겠군. 여동생이 합창을 하니까, 코페츠키, 그 친구가 입장권을 얻었겠지… 그런데 왜 그 자식이 직접 음악회에 오지 않고? ─ 아가씨들 합창 솜씨가 정말 대단해. 정말 감동적이야, 그래 ─ 과연 좋구나! 브라보! 브라보!… 그래 좋다, 우리 같이 박수를 치자. 옆에 있는 새긴 미친 듯이 쳐대는군. 정말 그렇게 마음에 들어서 박수를 치나? ─ 저 건너편 특별석 위에 있는 계집, 정말 잘빠졌네. 날 쳐다보고 있나, 아니면 저편의 금빛 수염을 기른 신사 놈을?… 에이 이젠 독창이야! 누가 부르는 거야? 알토에 발커 양, 소프라노에 미카레크 양… 아마 지금은 소프라노겠지… 정말 오랫동안 오페라에 가보지 못했군. 그래도 오페라는 언제나 재미라도 좀 있지, 내용이야 지루해도 말이야. 내일모레면 다시 갈 수 있을 거야, 「트라비아타」에. 아 아냐 내일모레면 난 벌써 죽은 시체일지도 몰라! 아아 무슨 쓸데없는 소릴, 어림 반 푼어치도 없지! 조금만 기다려라, 의사 선생 나리, 이 새끼가 죽으려고 환장을 했지, 감히 그딴 소릴 지껄이다니! 네놈의 매부리코를 싹둑 잘라버리겠어…

특별석 위의 저 계집, 좀더 자세히 볼 수 있으면 좋으련만! 옆 좌석 신사 양반께 오페라 망원경 좀 빌려달라고 해볼까, 아냐, 그랬다간 이 자식이 날 잡아먹으려고 할 거야, 저토록 열심히 빠져 있는데 방해를 한다면… 합창단 어디쯤에 코페츠키의 여동생이 있을까? 얼굴을 보면 알아볼 수 있을까? 여태껏 그녀를 본 것이 두 번인가 세 번에 불과하고, 마지막으로 본 곳이 장교 카지노였던… 그런데 저것들 모두가 진짜 얌전한 아가씨일까, 백 명 모두 다? 오우 무슨 개소릴!… "성악가협회의 찬조출연"이라! — 성악가협회라고… 웃기고 있네! 성악가협회란 것이 알고 보면 빈 여성 가무단과 엇비슷한 것 아니겠어, 성악가협회란 게 말만 그렇고 속은 딴판이란 걸 이 몸이 오래전부터 잘 알고 있지!… 멋진 추억이었어! 그 당시 "녹색의 문" 이란 술집에서… 그 여자 이름이 뭐였더라? 그 후로 그 여잔 벨그라드에서 그림엽서를 딱 한 번 보내왔었는데… 경치 하나는 끝내주는 곳인데! — 코페츠키는 좋겠다, 그 녀석은 벌써 술집에 퍼질러 앉아, 버지니아 담배를 꼬나물고 있겠지, 부럽다 부러워!…

　저기 있는 저 새끼, 왜 날 빤히 쳐다보는 거야? 내가 지루해서 음악은 듣지 않는 걸 눈치챘나… 이 양반아, 내가 충고 하나 하리다, 뻔뻔스러운 낯짝 좀 펴시지, 그러지 않음 조금 있다가 휴게실에서 손 좀 봐주겠어! — 아니, 벌써 고개를 돌리네!… 모두들 내 눈빛에서 지레 겁을 먹는단 말씀이야… "당신의 눈빛은 정말 멋져요, 이런 눈빛은 지금까지 본 적이 없어요." 슈테피가 요 며칠 전만 해도 이렇게 말하지 않았던가… 오 맞았어, 슈테피, 슈테피, 슈테피! — 내가 여기 죽치고 앉아 몇 시간이고 혼자 구시렁거리는 것도 따져보면 원래 슈테피 그년 책임이야. — 아 슈테피, 영원히 절교하자는 그년의 편지, 정말 신경을 박박 긁어! 그렇지 않았음 오늘 저녁 정말 멋지게 놀 수 있었을 텐데. 슈테피가 보낸 편지를 한번 읽어보았음, 좋으

런만. 바로 여기에 편지가 있는데. 그런데 내가 손지갑에서 편지를 끄집어내겠다고 부스럭거리면, 옆에 있는 이 자식이 날 잡아먹으려고 할 거야! — 편지에 뭐라 씌어져 있는지는 안 보아도 삼천리이지… 그녀는 올 수 없다, 그것 아니겠어, "그 남자"와 함께 저녁 식사를 하러 가야 하기 때문에… 아아 일주일 전엔 정말 웃겼어, 정원 설치협회*에서 그년은 그 남자와 함께 앉았고, 난 코페츠키와 함께 그 건너편에 있었지. 그년은 몇 번이나 눈짓을 보내왔어, 알은체하지 말라고. 남편이란 그 자식, 눈치도 못 채더구먼. — 믿을 수 없는 일야! 그 자식, 유대인 새끼가 틀림없어! 말해서 뭐 하겠어, 은행에서 일하고 까만 콧수염을 기른 놈이라면… 그 자식도 뭐, 예비역 소위라지! 그러면 뭣 해, 우리 연대 군사 훈련엔 얼씬도 못하게 만들겠어! 도대체가 그토록 많은 유대인 새끼들을 아직까지도 장교로 만들고 있으니 — 반유대주의라는 것, 그게 요즘 도무지 개판이야! 요 며칠 전만 해도 만하이머 집안의 파티에선 의사 선생이란 자식과 일이 벌어졌지… 만하이머 집구석도 속속들이 유대 족속이 아니겠어, 물론 세례야 받았겠지만… 근데 아무도 그런 걸 눈치조차 못 채니 — 특히 그 마누라에게 눈이 멀어서… 그렇게 멋진 금발에다, 자태는 그림처럼 아름다우니… 한마디로 분위기 하나는 끝내주었어. 더할 나위 없는 성찬에다 엄청나게 비싼 시가… 그래 그렇지, 돈 가진 놈들이 누구겠어?…

브라보, 브라보! 이젠 정말 곧 끝나려나? — 무대 위의 패거리들이 모두 기립했네… 오우 멋진 장면이야! — 파이프 오르간까지?…

---

* 빈 중심가의 고급 음식점.

파이프 오르간이라면 내가 좋아하지… 그래, 이런 거라면 마음에 들지 — 아주 맘에 들어! 정말이지 음악회에 자주 갈 필요가 있어… 정말로 내 맘에 들었다고, 코페츠키에게 말해줘야지… 오늘 밤 카페에서 그 친구를 만날 수 있을까? — 아, 아니야 카페에 갈 기분은 전혀 아니야, 어제는 정말 화가 치밀더군! 160굴덴*을 한 판에 날려버렸으니 — 너무 멍청한 짓을 했어! 어떤 자식이 송두리째 긁어갔더라? 발러트, 바로 그 자식이, 돈도 필요 없는 새끼가 다 쓸어갔으니… 내가 이런 넋 빠진 음악회에 온 것도 발러트 그 자식한테 책임이 있어… 그러지 않았음 오늘 저녁 또 한판 당길 수 있었을 거고, 모르긴 해도 얼마간은 되찾을 수도 있었을 텐데… 허지만 한 달 동안은 카드에 손대지 않겠다고 내 명예를 걸고 마음속으로 맹세했었지, 그건 아주 잘한 일이야… 내 편지를 받으면 엄마는 또 인상을 쓰실 거야! — 아, 엄마는 또 이모부에게 가야만 할 거고. 그 자식은 돈이라면 썩어나가고 있으니까, 몇백 굴덴 정도야 돈이라고도 할수 없지. 그 작자가 나에게 정기적으로 보조를 좀 해주면 좋을 텐데… 말도 안 되는 소리, 한푼 한푼을 그때그때 구걸할 수밖에 없을 거야… 뻔한 소리라도 다시 주절대야 할 거고. 지난해엔 수확이 좋지 않아서! 어쩌고저쩌고… 이번 여름에는 한 2주 동안 이모부 집에 가 있어야 하나? 그곳은 죽고 싶을 만큼 지루하긴 하지만… 내가 그 아가씰… 그런데 그 여자 이름이 뭐였더라?… 이상한데 아무 이름도 생각나지 않으니!… 아, 그렇지, 에텔카!… 우리 말은 한마디도 이해하지 못했지만, 그것이 무슨 상관이야… 대화를 나눌 필요가 전

---

* 당시 하급 관리의 반달치 월급.

혀 없었으니까!… 그래, 정말 괜찮은 생각이야, 2주일 동안 낮에는 시골 공기를 마시고, 밤에는 에텔카 아니면 그 누구랑… 그렇지만 8일 정도는 아빠와 엄마 곁에 있어야 할 거야… 엄마는 몸이 안 좋아 보였어, 지난 성탄절 때였으니까… 그사이에 병은 다 나았겠지. 내가 엄마의 입장이라면 아빠가 연금을 타게 된 것을 기뻐할 텐데. — 그리고 클라라 누나도 결혼 상대가 누가 됐든 곧 나타나겠지… 그럼 이모부가 얼마라도 보태줄 수 있을 거고… 스물여덟이니, 아직 그렇게 늙었다곤 할 수 없지… 슈테피도 분명 이보다 더 젊지는 않을 거야… 참 묘한 것은 여자 쪽은 나이를 참 더디게 먹는단 말씀이야, 훨씬 더 젊어 보이거든. 그러고 보니 얼마 전에 「마담 샹-잔느」*라는 희극에 나온 여배우 마레티도 — 서른일곱 살이 틀림없는데, 하지만 겉보기에는… 그렇지, 내가 먼저 싫다고 하지 않았을 거야! — 하지만 유감스럽게도 그 여배우가 내 마음을 먼저 떠보지 않았으니…

더워졌는데! 아니, 아직도 안 끝났어? 아아 신선한 바깥 공기를 마셨음 좋으련만! 산보를 좀 해야겠어, 순환도로**를 건너… 오늘의 계획. 일찍 취침할 것, 내일 오후엔 가뿐한 상태로! 이상도 하지, 이걸 잊고 있었다니, 될 대로 되라는 식 아니야! 처음엔 내가 좀 흥분했었어. 두려웠던 건 분명 아니고 신경이 날카로웠던 거지, 어젯밤에 말이야… 말할 것도 없이 중위 비잔츠는 무서운 적수였어. — 그런 놈한테도 난 상처 하나 입지 않고 살아난 몸이야!… 벌써 1년 반 전의 일이 되었네. 아, 세월이 얼마나 빠른지! 그런 비잔츠도 나를

---

* Madame Sans-Gêne: '까탈을 부리지 않는 마누라'라는 뜻의 프랑스 희곡(1893년).
** 19세기 중반 빈 중심부를 둘러싸고 개설된 번화한 거리.

어찌하지 못했는데, 하물며 그까짓 의사 새끼라면 게임은 이미 끝난 거나 다름없어! 정식 훈련을 못 받은 그런 검객이 진짜로 위험한 경우가 종종 있긴 하지만 말이야. 도신스키의 말에 의하면 처음으로 칼을 잡은 놈한테 하마터면 당할 뻔했다던데. 바로 그 도신스키가 지금은 국경 수비대 검술 교관이야. 물론 — 당시엔 그 친구가 요즘 같은 솜씨 아니었겠지만… 어쨌든 가장 중요한 것, 그것은 싸늘하게 식은 피〔血〕야. 대놓고 화를 내려고 하지는 않았었는데, 그 자식이 정말 싸가지 없이 굴었어 — 그 자식은 정말 도가 지나쳤어! 샴페인을 처먹지 않았다면 그런 자식이 감히 그딴 말을 할 엄두도 못 냈겠지… 그렇게 싸가지가 없다니깐! 보나마나 분명 사회주의자야! 요즘 법질서를 어지럽히는 놈들은 하나같이 모두 사회주의자야! 범죄 집단들… 당장이라도 군대 전체를 해산시켜버리면 속이 시원하겠지. 그래, 그렇게 됐다 치자. 중국놈들이 넘어와 이 자식들을 덮치면 누가 도와주려고 나서겠어. 그런 건 생각을 못해. 넋 빠진 새끼들!* — 가끔 한번씩은 혼꾸멍나야 정신을 차릴 거야. 난 정정당당했던 거야. 그따위 소릴 지껄이는 자식의 말문을 콱 막아버린 건 잘한 일이었어. 그 자식의 개소리는 생각만 해도 피가 거꾸로 솟는다니깐! 내가 한 행동은 훌륭한 거야. 대령님께서도 완벽해, 잘했어라고 말씀하실 정도였으니까. 한마디로 말해서 이번 사건은 내 앞길에 도움이 될 거야. 그렇게 깝죽대는 놈들을 못 본 척하는 자식들도 적지 않거든. 뭘러가 바로 그런 새끼야. 그 새긴 자기가 객관적이라나 뭐라나 하면

---

* 구스틀은 독일 황제 빌헬름 2세가 주창한 황화론(黃禍論)을 자기 입장에서 되뇌고 있음. 황화론이란 황색인종이 유럽 문명에 대하여 위협을 준다고 규정하고 황색인종을 세계의 활동무대에서 몰아내지 않으면 안 된다고 하던 정치론이었음.

서 가만히 있었거든. 객관적이라는 태도야말로 개망신당하기 십상이지… "쏘위니임"… 그 새끼가 "쏘위니임"이라고 말을 거는 투, 벌써 그것부터가 싸가지가 없었어!… "쏘위니임도 결국 인정해야만 하지 않겠어요"… — 어쩌다가 우리가 그런 일에 휘말리게 되었지? 아니, 어쩌다가 내가 그따위 사회주의자 새끼하고 말을 나누게 되었지? 어떻게 그 일이 시작되었더라?… 내가 검은 옷을 입은 여자를 안내하여 뷔페 테이블로 데려갔었고, 그 여자도 거기에 같이 있었는데… 그래, 새파랗게 젊은 그 자식, 사냥하는 광경을 그린다는 그 자식이 — 그런데 그 자식 이름이 뭐더라?… 맞았어, 그 새끼 때문에 이런 사단이 벌어진 거야! 그 새끼가 군사훈련에 대해 먼저 얘기를 꺼냈지, 그러니까 그 의사 놈이 기다렸다는 듯이 여기에 끼어들어 뭐라고 주둥아리를 놀렸는데, 내 성질을 건드렸어, 전쟁놀이가 어쩌고저쩌고하면서 말이야 — 그리고 내가 뭐라 대꾸할 틈도 주지 않고… 그래 맞았어, 사관학교에 대해 떠들어댔지… 맞아, 바로 그랬어… 그리고 난 애국적인 축제에 대해 얘기를 했지… 그러자 그 의사 새끼가 꼴같잖은 소릴 지껄였어 — 바로 그 이야긴 아니었어도 어쨌든 그 축제를 비꼬아 그 자식이 지껄인 것은 분명해 — "쏘위니임도 결국 인정해야 하지 않겠어요. 동료 장교분들께서 군에 몸담고 있다 해서 조국을 지키려는 뜻을 모두 가졌다고 볼 수는 없는 것 아닙니까!" 그렇게 뻔뻔스럽다니! 별 볼일 없는 새끼가 장교의 면전에다 감히 그딴 소릴 지껄여! 그래, 난 또 뭐라 대꾸해주었더라, 생각이 잘 안 나네… 아 그랬어, 뭐가 뭔지도 모르는 주제에 아무 데나 끼어드는 작자들이 있다고 해주었지… 그래 맞았어… 그러자 누군가가 중간에 나서서 수습하려고 했었어, 코맹맹이 소리를 하는 나이깨나 든 자식이었는데… 그래도 난 너무 분해서 길길이 뛰었지! 그 의사 자식은 분명 나를 직접 빗대어놓고 이야기하는 투였으니까. 그 자식은 내가 고등학교에서 쫓겨난 나머지 할 수 없이 사관학교에 뛰어든 것이 분명하다는 말투였거든… 그런 자식들은 우리의 사정을 이해할 수 없지, 그러기엔 너무나 멍청하거든… 처음으로 장교 제복을 착용하던 그때를 돌이켜보면, 그런 건 아무나 체험할 수 없는 일이야… 작년의 군사훈련 땐 ― 난 이게 진짜 전쟁이었으면 하고 속으로 얼마나 바랐었는지… 미로비체도 마찬가지였다고 내게 말해주더군. 그런 후에 황제 폐하께서 말을 타시고 전선을 순시하셨고, 대령님께서도 훈시를 해주셨지 ― 그런 순간에 흥분하지 않는 자식이 있다면 그런 새끼는 정말 별 볼 일 없는 놈이야… 그런 판국에 쥐뿔도 모르는 새끼가 끼어들었어, 평생 책하고 씨름하는 것 외엔 놀고먹는 병신 새끼가 나서서 그렇게 싸가지 없는 소리를 지껄여!… 아, 어디 두고 보자, 의사 선생 나리 ― 요절을 내주겠어… 맞았어, 병신을 만들어버리겠어…

어, 무슨 일이야? 이제 정말 끝나려나 본데?… "보라, 천사들이여, 하느님을 찬미할지니" ― …물론 이것이 마지막 합창이겠지… 정말 훌륭해, 뭐라 말할 수 없이 멋져! ― 특별석에 앉아 있던 그 여자, 그사이에 까맣게 잊고 있었네. 조금 전까지만 해도 아양을 부릴 태세였는데. 그 여잔 어디쯤 앉아 있더라?… 벌써 가버렸나… 저기 있는 저 여자도 제법 쓸 만해 보이는데… 멍청하게도 오페라 망원경을 가져오지 않았어! 브룬탈러라는 친구는 정말 약았어, 그 녀석은 망원경을 언제나 카페 카운터에다 맡겨놓으니까, 실수하는 법이 없지… 내 눈앞에 있는 앙증맞은 아가씨야, 고개를 딱 한 번만 돌려서 날 좀 보시지그래! 끝까지 그렇게 단정하게 앉아 있으니. 옆에 앉아 있는 건 분명 자기 엄마겠지 — 나도 한번 결혼을 진지하게 생각해 봐야 하지 않을까? 빌리라는 녀석이 결혼에 뛰어들었을 때도 나보다 젊지는 않았어. 언제나 거기서 거기인 여자라 해도 아리따운 아가씨를 하나쯤 집에 보관해두는 것도 나쁘지 않을 거야… 재수 없게도 슈테피가 오늘따라 시간이 없다니! 어디 있는지 알기라도 한다면 그녀 건너편에 다시 앉는 건데. 일이 재미있게 꼬여서 남편이란 작자가 다시 나타나준다면, 본관이 그녀의 목에다 그냥… 그렇지만 빈터펠트란 년과 놀아나다가 플리스란 친구가 당한 걸 생각하면! 그 자식은 언제나 그 여자에게 안팎으로 속고만 있었으니. 나도 언젠가는 기절초풍을 하고 끝나겠지… 브라보, 브라보! 야아 이제 끝났어!… 자 이렇게 일어서서 꿈지럭거리기만 해도 얼마나 좋은지… 자아, 이제 나가보실까! 저기 저 자식, 야 인마, 망원경 하나 집어넣는 데 뭘 그렇게 꾸물거려? 동작 봐라!

"실례합니다, 실례합니다, 길 좀 비켜주시겠습니까?"

우와아 되게 붐비네! 차라리 이 패거리들을 먼저 지나가게 해야겠네… 기품 있는 여잔데… 이건 진짜 다이아몬드일까?… 저기 저 여잔 귀엽게 생겼군… 나를 빤히 쳐다보네!… 오 예, 아가씨, 전 벌써 마음이 흔들!… 에이 빌어먹을, 저 코! — 유대인 년이야… 또 이년도… 믿을 수 없군, 이것들 중 절반이 유대인 놈들이라니… 이젠 오라토리오도 마음 편하게 즐길 수 없게 되었으니… 자아 이제야 행렬에 끼어들었군… 뒤에 있는 멍청이는 어쩌자고 자꾸 밀쳐대는 거야? 버르장머리를 고쳐놓겠어… 어, 나이 지긋한 신사분이네, 참자!… 저쪽 건너편에서 내게 인사를 건네는 놈이 있네, 누구일까?…

안녕하세요, 안녕하세요! 눈인사는 했지만 도대체 누구인지 전혀 모르겠네… 가장 속 편한 건, 곧장 라이딩 거리의 식당으로 건너가 저녁 식사를 하는 것, 아니면 정원설치협회의 식당으로 가볼까? 결국 슈테피도 거기에 와 있겠지? 왜 그 남자와 같이 가는 행선지를 편지에 알려놓지 않았을까? 그때만 해도 아마 어디로 가게 될지 자기 자신도 모르고 있었겠지. 정말 소름끼치는 인생이야, 그렇게 한 남자에게만 매달려 살다니… 불쌍한 것! — 자, 저기 출구가 보이는군… 야아 저 여자, 정말 그림처럼 아름답네! 진짜로 혼자일까? 나를 보고 웃고 있군. 저 여잘 뒤쫓아가는 것도 괜찮을 것 같은데!… 자 이제 계단을 내려서서… 어이쿠, 95연대 소령님… 매우 정중하게 답례를 해주시네… 그러니까 이곳에서 장교는 나 혼자가 아니었구먼… 아까 그 아리따운 아가씬 어디에 있지? 아 저기 있네… 난간 쪽에… 자아, 아직도 코트 보관소에 들러야 하니… 저 앙증맞은 계집이 눈앞에서 사라지지 않도록 해야 하… 아니 벌써 어떤 놈팡이가 착 달라붙었네! 빌어먹을 화냥년! 번듯한 남자의 마중을 받으면서도 나를 보며 눈웃음을 쳐! 저 여잔 어떻게 해볼 수 없겠고… 맙소사, 코트 보관소가 이렇게 혼잡하다니!… 차라리 여기에서 조금 더 기다려볼까… 아냐 저 바보 새끼가 내 번호를 바로 받아줄지도 모르지?…

"이봐 224번! 거기, 거기 걸렸잖아! 저런, 눈도 없어? 바로 거기 걸렸잖아! 그래, 겨우 알아들었군!… 자 부탁해!"… 이 뚱뚱보 자식이 코트 보관소를 막아버리네… "실례합시다!"…

"서둘지 맙시다, 서둘지 마요!"

이 새끼, 뭐라고?

"좀 천천히 합시다!"

이 짜식 봐라, 뭐라고 좀 해줘야겠네…"비켜서!"

"어허, 당신 차례도 올 거 아닙니까!"

뭐라고? 날 두고 하는 말이야? 이건 정말 심하네! 듣고만 있음 안 되겠어! "조용히 해!"

"방금 뭐라고 하셨나?"

어럽쇼, 무슨 말투가 이래? 어처구니없는 놈이네!

"밀치지 마세요!"

"이봐, 아가리 닥쳐!" 아, 이렇게 말하는 게 아니었어, 아 내가 너무 거칠었어… 하지만 이미 엎질러진 물!

"뭐라고?"

이제야 몸을 돌리는군… 아니 이런, 이 자식은 내가 아는 놈이야! — 맙소사 이 친군 바로 제빵업자, 커피하우스에 들르곤 했던 그 자식이… 이 음악회엔 무엇 때문에 온 거야? 그래, 딸이나 뭐 그따위가 성악 아카데미에 있겠지… 아니 이건 또 뭐야? 아 아니 이 자식 지금 무엇 하는 거야? 도무지 믿기지 않는… 아니, 아 아이고, 내 군도(軍刀) 손잡이를 움켜잡았잖아… 이런 이 자식이 정말 미쳤나?…

"이봐요 신사 양반…"

"이것 봐 쏘위 양반, 이젠 얌전히 좀 구시지그래, 응."

뭐라고? 하느님 맙소사, 들은 사람은 아무도 없겠지? 그래, 아주 낮은 목소리로 지껄였으니까… 그런데 어쩌자고 내 군도를 놓아주지 않는 거야?… 맙소사 다시 한 번… 아 정말 화가 치민 모양이네… 이 자식 손을 손잡이에서 떼어놓진 못하겠고… 제발 이 자리에서 소동만 벌어지지 않았으면, 제발!… 혹시 소령님이 뒤에 계신

건 아닐까?… 이 자식이 군도 손잡이를 움켜쥐고 있다는 걸 눈치챈 사람은 정말 없을까? 이 자식 봐라 뭐라고 하네! 뭐라는 거야?

"쏘위 양반, 조금이라도 소란을 피우면 말이야, 이 칼을 뽑아 분질러서 자네 연대본부로 보내겠어. 알겠어, 이 머엉청한 애송이야?"

이 자식 뭐라는 거야? 내가 꿈을 꾸고 있나! 정말 나를 두고 한 말일까? 뭐라고 대꾸해야 하는데… 그런데 이 자식 장난하는 게 아니네 — 이 자식 정말 내 칼을 뽑으려고 — 뽀, 뽑네!… 하느님 맙소사, 제발 소동만 일어나지 않았음 — — 이 친구 또 뭐라 하는 거야?

"허지만 당신 출셋길을 막을 생각은 없어… 그러니까 아주 점잖게 구는 거야!… 그럼 걱정할 필요는 없어, 알게 될 사람은 아무도 없을 테니… 모든 게 좋게 끝난 게야… 이렇게! 우리가 다투었단 걸 아무도 눈치채지 못하도록 지금부터 당신과 사이좋게 어울리는 거야, 알아들었어! — 안녕하십니까, 소위님, 만나 뵙게 되어서 정말 반갑습니다. — 그럼 안녕히 가십시오."

뭐가 어떻다고, 내가 꿈을 꾸었나?… 이 자식이 정말 그렇게 말했나?… 지금 이 자식 어디 있어?… 저기 가네… 칼을 뽑아 저 새끼를 요절내야 하는데 — — 하느님 맙소사, 저 자식 말을 들은 사람이 정말 없었을까?… 아냐 그 자식이 정말 낮은 목소리로 내 귀에 대고 말했으니까… 왜 저 새끼를 쫓아가서 해골을 쪼개놓지 못하는 거야?… 아냐 그건 안 돼, 그건 말도 안 돼… 이젠 글렀어, 그때 바로 그 자리에서 그렇게 했어야만 했어… 어쩌자고 그 자리에서 해치우지 않았지?… 할 수 없었던 거야… 그 자식이 군도 손잡이를 쥐고 놓지 않았고, 그 자식 힘은 나보다 열 배는 세니까… 내가 한마디만 더 했더라면, 그 녀석은 정말 내 군도를 분질러버렸을 거야…
저 자식이 큰 소리로 떠들지 않은 걸, 그래도 다행이라고 생각해야
해! 한 사람이라도 이를 들었더라면 난 즉석에서 권총 자살을 해야
되겠지… 혹시 이 모든 것이 꿈은 아니었을까… 왜 날 빤히 쳐다보
는 거야, 저기 기둥에 서 있는 저 친구? ― 무슨 소릴 들었나?… 한
번 물어봐야지… 물어본다고? ― 내가 정말 미쳤구나! ― 내 꼬락
서니가 도대체 어떻기에? ― 내 얼굴빛에서 뭘 눈치챘나? ― 파랗
게 질려 있음에 틀림없어 ― 그 개새긴 어디 있어?… 죽여버리겠
어!… 벌써 가버렸잖아… 벌써 모두들 다 가버리고 텅텅 비었네…
내 코트는 어디 있지?… 아니 벌써 몸에 걸치고 있잖아… 언제 입
었지… 누가 옷 입는 걸 도와줬지?… 아 그래, 저기 있는 저 친구…
저 녀석에게 팁을 줘야겠군… 자아 여기!… 그런데 어떻게 된 거
야… 그 일이 정말 일어났었나? 정말 어떤 자식이 내게 그딴 소리를
지껄여댔나? 정말 어떤 개자식이 나에게 "머엉청한 애송이"라고 했
나? 그런데도 난 그 새끼를 그 자리에서 요절내지 못했다, 그것 아
냐?… 하지만 난 할 수 없었잖아… 그 자식의 주먹은 쇳덩어리나 마
찬가지야… 난 못 박힌 것처럼 그 자리에 서 있기만 했으니… 아 아
니야, 난 정말로 넋이 빠져버렸던 게 분명해, 그렇지 않았다면야 다
른 한쪽 손으로… 만일 그랬더라면 그 자식이 내 군도를 빼서 정말
분질렀을 것이고, 그러면 끝장이 났을 거야 ― 모든 것이 끝장이지!
그리고 그 자식이 먼저 가버렸으니 이미 너무 늦어버렸어… 그렇다
고 칼을 들고 달려가 그 새끼를 뒤에서 찔러버릴 순 없는 노릇.

　이게 뭐야, 벌써 거리로 나왔나? 도대체 어떻게 빠져나왔지? ―
아 서늘한 날씨… 아아 바람이 부는군, 기분 좋은 바람… 저 건너편

에 있는 사람은 누구지? 왜 날 건너다볼까? 아무래도 뭔가 들었던 거야… 아냐 뭔가 들었던 사람은 아무도 없어… 분명해, 난 그때 즉시 주변을 둘러보았거든! 날 신경 쓰는 사람은 하나도 없었고, 아무도 듣지 못했어… 하지만 그 자식이 그렇게 말한 건 틀림없어, 그 누구도 듣지 못했다 하더라도, 그렇게 말한 건 틀림없잖아. 나는 머리를 한 대 얻어맞은 것처럼 그 자리에서 멀뚱멀뚱 듣고만 있었으니!… 그렇지만 난 아무 말도 할 수 없었고 손도 쓸 수 없었으니. 내가 할 수 있는 유일한 것은 점잖게 굴 것, 젊잖게 굴어! 그것 말고는 별도리가 없었잖아. 끔찍한 일이야, 참을 수 없어. 그 새낄 만나면 그 자리에서 콱 죽여버리고 말 테다!… 그딴 소릴 어떤 놈이 감히 나에게! 그런 개자식이 내게 그딴 소릴 하다니! 게다가 그 새낀 나를 알고 있어… 빌어먹을, 그 자식은 날 알고 있어, 내가 누군지 알고 있단 말이야!… 이놈 저놈 가리지 않고 죄다 떠들고 다닐 수 있어, 자기가 내게 무슨 소릴 해댔는지 말이야!… 아 아니야, 그렇게 하진 않을 거야, 그럴 거면 그렇게 낮은 목소리로 이야기하진 않았겠지… 단지 나 혼자만 들으라고 한 소리였거든! 그러나 떠들지 않는다고 누가 장담하겠어, 오늘 아니면 내일, 제 마누라에게든, 제 딸년에게든, 카페의 아는 놈들에게. ── 제기랄 내일이면 당장 그 자식을 다시 보게 되잖아! 내일 카페에 가면 어느 날처럼 건너편 자리에 앉아서 3인조 카드놀이를 하고 있겠지, 쉴레징어 씨와 조화(造花) 상점 주인과 함께 말이야… 아 아니야, 그것은 안 돼, 그것만은 정말 안 돼… 내가 그 새끼를 보면, 요절을 내야… 아 아니야 정말로 그렇게 해서는 안 돼지… 아까 그 자리에서 했어야만 했어, 그 즉시!… 이렇게 하면 어떨까! 내가 대령님께 찾아가서 신고하면 어떨까… 맞아, 대령님께 말이야… 대령님은 언제나 매우 친절하셨거든 — 대령님께 말씀드리는 거야, 대령님, 삼가 보고드립니다. 그 녀석이 칼 손잡이를 움켜잡고 놓지 않았습니다, 저는 무기가 없는 거나 마찬가지였습니다… — 대령님께서 뭐라고 말씀하실까? — 뭐라고 말씀하실까? — 그러면 남은 길은 오로지 하나뿐이야, 욕지거리와 모욕을 톡톡히 당한 후에 옷을 벗는 것이야 — 군복을 벗는다!… 아니, 저기 있는 패거리들은 신출내기 지원병들 아니야?… 구역질 나는 군, 저것들도 밤에는 꼭 장교처럼 보인단 말이야… 그렇지, 경례를 붙이는군! — 요 자식들이 알게 된다면 — 이 녀석들이 알게 된다면!… — 저 앞에 있는 것은 카페 호흐라이트너… 지금쯤은 동료들이 몇몇 들어앉아 있을 게 분명해… 아마 한둘은 내가 아는 얼굴이겠지… 그중에서 내가 가장 잘 아는 놈에게 다 말해버리면 어떨까, 내가 아닌 남의 일처럼?… — 정말로 내가 완전히 돌아버렸군… 도대체 지금 어디를 싸돌아다니는 거야? 길거리 위에서 뭘 하겠다는 거지? — 대관절 지금 어디로 가고 있지? 라이딩어 식당으로 가려던 참이었나? 하 하, 사람들 사이에 끼어 앉을 생각을 다 하다니… 그 누구라도 내 얼굴빛에서 뭔가를 눈치챌 거야… 그렇지, 그러나 무슨 일이든 해야 하지 않겠어… 무슨 일을 하지?… 아무것도 필요치 않아 — 그 누구도 듣지 못했잖아… 그 누구도 이를 모를 것이고… 이 순간에 아는 사람은 아무도… 지금 그 자식의 집으로 가서 맹세를 하도록 부탁하면 어떨까, 아무에게도 말하지 않겠다고 말이야?… — 아 차라리 당장 내 대가리에 총알을 한 방, 그 따위 부탁을 다 하다니!… 하지만 그게 가장 현명한 짓이야!… 가장 현명한 짓이라고? 과연 가장 현명한 짓일까? — 도대체 다른 방도는 없는 것일까… 다른 방도가… 대령님께 상의를 드리면 어떨까, 아니면 코페츠키 — 아니면 블라니 — 아니면 프리트마이어한테 — 누구나 한결같이 말하겠지, 너에게 남아 있는 길은 오로지 하나야!… 코페츠키와 상의하면 어떨까?… 그래 그게 가장 나을 것 같군… 그래 당장 내일의 일*도 있고 하니까… 그렇지, 당연히 내일의 일 때문에라도… 정각 4시 기병대 막사에서… 그렇다, 내일 오후 4시에 결투를 한다… 하지만 결투를 해선 안 되잖아, 난 결투할 자격을 잃었으니까!…** 무슨 쓸데없는 소릴! 쓸데없는 소리야! 그 누구도 알고 있지 못해, 알고 있는 놈은 하나도 없어! — 나보다 더 심한 일을 당한 자식들도 잘만 싸돌아다니더라… 레데로브와 결투를 벌였던 데케너란 놈도 있었어, 그 자식에 대해서 사람들이 모든 것을 다 까발리지 않았어… 그러니까 명예 고문관도 결투를 해도 좋다는 판결을 내렸던 것 아니겠어… 그러나 명예 고문관은 내 경우엔 뭐라 판결하실까? — 머엉청한 애송이, 머엉청한 애송이… 이 소리를 듣고도 멀뚱멀뚱 서 있기만 했으니 —! 제기랄, 어떤 자식이 들었건 안 들었건 그게 무슨 상관이야!… 바로 당사자인 내가 알고 있잖아, 이게 가장 중요한 문제잖아! 바로 나 자신이 느끼고 있으니 나는 더 이상 한 시간 전의 내가 아니야 — 결투할 자격을 상실한 것을 나 자신이 알고 있으니, 나는 스스로 권총자살을 해야 마땅해… 이제 단 1분간도 마음 편히 지낼 수 없게 되었어… 끊임없이 불안에 떨게 될 거야, 혹시 어떤 놈이 이렇게든 저렇게든 알게 되나 않을까 하고

* 사회주의자 유대인 지식인과의 결투.
** 제빵업자에게 이미 명예를 손상당했기 때문에 결투할 자격을 상실했다는 의미.

말이야… 그러다가 어느 날 어떤 자식이 나서서 내 면전에서 오늘 저녁 일어난 일을 떠들어댈 거야! — 한 시간 전만 해도 난 행복에 넘치는 사람이었는데… 코페츠키란 자식이 나에게 하필 음악회 티켓을 선물하다니 — 그리고 슈테피, 그년이 약속을 취소한 것은 또 뭐고, 빌어먹을 년! — 이따위 사소한 일에 운명이 좌지우지되다니… 오후만 해도 매사가 순조롭고 멋들어졌는데, 이제 난 틀려먹은 인간이 되어 권총 자살을 해야 하니… 어쩌자고 이렇게 바삐 걷는 거야? 내가 잃어버릴 것이 또 뭐가 있다고… 지금 몇 시를 치고 있지?… 1, 2, 3, 4, 5, 6, 7, 8, 9, 10, 11… 열한 시, 열한 시… 어쨌건 저녁 식사는 해야 하지 않겠어! 결국 어디로든 가야 하는 것 아니겠어… 어디가 되었든 이름 없는 조그만 음식점이라면 들어가 앉을 수 있을 거야, 나를 아는 사람도 없을 것이고 — 곧바로 권총 자살을 한다손 치더라도, 그러기 전에 역시 먹어야 사는 게 인간 아니겠어… 하 하, 죽음은 애들 장난이 아니야… 요 며칠 전에 이 말을 했던 사람이 누구더라?… 누가 했건, 그게 지금 무슨 상관이지…

궁금한데, 누가 내 죽음을 제일 슬퍼하게 될까?… 엄마, 아니면 슈테피?… 슈테피… 저런, 슈테피… 이 여자는 조금이라도 속을 드러내면 안 되지, 잘못했다간 "그 남자"가 헤어지자고 나설 거니까… 불쌍한 여자! — 연대에선 뭐라고 할까 — 내가 왜 자살을 했는지, 그 이유는 짐작도 못할걸… 모두들 머리를 쪼개가며 생각하겠지… 무슨 이유로 구스틀이 자살을 했지? — 아마 이 사건 때문이란 것은 전혀 상상치도 못할 거야, 권총 자살을 한 것은 비열한 제빵업자, 그토록 비천하기 짝이 없는 자식, 어쩌다가 주먹 힘이 좀 나은 새끼 때문에… 그것은 너무 어처구니없는 짓이야, 너무 어처구니없어! —

그까짓 일로 나 같은, 이렇게 젊고 멋진 친구가… 그래, 훗날 모두들 입을 모아 이야기할 게 틀림없어, 그 친구, 정말 그럴 필요는 없었는데, 그렇게 어처구니없는 일 하나로, 정말 안됐어!… 하지만 지금 이 순간에 내가 누구에게 물어본다 해도 대답은 매한가지겠지… 그리고 나 스스로도, 나 스스로에게 물어봐도… 제기랄… 우리 군인들은 민간인들한테는 꼼짝도 못하고 당하기만 한다니까… 그런데도 사람들은 걸핏하면 우리들은 칼을 차고 다니니까 자기들보다 낫다고 떠들어대니… 우리들 중에 한 사람이라도 어쩌다가 무기를 쓰게 되면, 우리 모두를 온통 싸잡아서 타고난 살인마처럼 다룬단 말이야… 신문에도 나겠지…"젊은 장교 자살하다"… 그리고 보통 뭐라고 써대지?…"자살 동기는 어둠에 싸여 있다"… 하하!…"그의 죽음을 애도하는 이들은"… ― 그러나 이건 장난이 아니야… 나 혼자 이야기를 지어내 주절대는 것 같지만… 그러나 이건 정말 말장난이 아니라고… 난 자살을 해야만 해, 다른 방도가 전혀 없어 ― 코페츠키와 블라니 같은 자식들이 위임장을 돌려주며 내 결투에 입회할 수 없다는 헛소리가 나오도록 만들 수는 없잖아!… 그들이 그렇게 나오는 걸 기다린다면, 난 영락없이 비겁한 놈이 될 거야… 멀거니 서서 머엉청한 애송이 소리나 듣고 다니는 주제에… 내일이면 모든 사람들이 다 알아버릴 거야… 그렇고 그런 자식이 소문내지 않을 거라고 믿고 있다면, 멍청하기 짝이 없는 짓이지… 이 자식은 동네방네 떠들고 다닐 거야… 그 자식 마누라는 벌써 알고 있을 거고… 내일이면 카페 전체가 모두 알아버릴 거고… 종업원들도 모두 알 거고… 쉴레징어 씨 ― 카운터에 앉아 있는 아가씨 ― ― 그래, 그 자식이 말하지 않겠다고 마음먹었다 해도, 내일모레 정도면 결국 지껄이게 될 거야… 아니 내일모레 말하지 않는다면 일주일 안에… 오늘 밤 그 자식이 뇌내출혈로 죽지 않는다면, 뻔한 일이야… 뻔한 일… 그렇게 되면 난 제복을 입고 군도를 찬 인간이 아니야, 그런 모욕을 뒤집어썼으니!… 그러니까 난 꼭 해야 돼, 그럼 끝나는 거야! — 해야 할 일이 뭐가 더 남아 있겠어? — 내일 오후에 그 의사 자식 칼에 찔려 죽을 수도 있고… 그렇고 그렇게 허망하게 죽는 일이야 예전에도 있었지… 그래, 바우어라는 친구, 그 불쌍한 녀석은 뇌에 염증이 생기더니 사흘 만에 저세상으로 가버렸고… 브렌티쉬란 자식은 말에서 떨어져 모가지가 부러졌고… 마지막에 가서는 결국 다른 방도가 없는 거야 — 내게 남아 있는 건 없어, 다른 길이 없단 말이야! — 가볍게 생각하는 사람들도 있겠지… 하여간, 별의별 잡놈들이 다 있으니까!… 링아이머란 자식은 백정 놈한테 따귀를 얻어맞았다지, 그 마누라하고 놀아난 게 발각됐거든, 그래서 군복을 벗고 그 어딘가 시골에 처박히더니 결혼까지 했어… 그런 자식들과 결혼하는 여자들도 세상에 다 있으니, 망조야!… — 그 자식이 빈에 다시 나타나도 악수를 청하지 않겠어… 자아, 알아들었어, 구스틀, — 끝난 거야, 끝났어, 인생을 마감할 것! 깨끗하게 마침표를 콱 찍어버릴 것!… 그렇지, 이제 알았어, 일은 아주 간단해… 그렇지! 난 아주 침착한 거야… 이미 이전부터 알고 있었던 일이야, 그런 상황이 온다 해도 침착하자, 아주 침착하게… 그러나 이따위 일로 그런 상황이 오다니, 이런 것은 생각조차 못해봤어… 내가 자살해야만 하다니, 그런 후레자식 때문에… 혹시 내가 그 새끼의 말을 잘못 들은 건 아닐까… 어쩌면 그 자식이 전혀 다른 말을 했을지도 몰라… 지랄 같은 노래와 더위 때문에 난 아주 얼이 빠져 있었거든… 혹시 내가 미쳐 있었고, 이 모든 것이 사실이 아닐지도 몰라?··· 사실이 아니라고, 하하, 사실이 아니라니! — 아직도 그 소리가 들려··· 아직도 그 소리가 내 귀에 울리고 있어··· 내가 그 자식의 손을 군도 손잡이에서 떼어내려고 했을 때, 그때 그 감촉이 아직도 내 손가락에 그대로 남아 있어··· 그 자식은 정말 힘으로 뭉쳐진 놈이야, 역도산 같은 놈이니··· 그렇다고 내가 약골은 아니야··· 우리 연대에서 나보다 힘센 친구를 꼽으라면 유일하게 프란치스키란 녀석 정도니깐···

아스페른 다리이군··· 도대체 어디까지 뛰어갈 셈이야? — 이런 속도로 계속 걸으면 자정엔 카그란*에 도착하겠군··· 하하! — 작년 9월에 우리가 그곳에 진입했을 땐 정말 신바람이 났었지. 두 시간만 더 가면 빈 시내이고··· 우리가 도착했을 때 난 죽을 정도로 지쳐 있었지··· 통나무처럼 뻗어서 오후 내내 잠을 처질러 자고··· 저녁땐 로나허 유흥장에 우르르 몰려갔지··· 코페츠키, 라딘저 그리고··· 누구였더라? 우리와 같이 있던 놈들이 또 있었는데 — 그래 맞았어, 행군 중에 유대인 놈들의 일화를 이야기해주었던 지원 장교였지··· 1년짜리 지원 장교들 가운데에 제법 쓸 만한 녀석들도 있긴 하지··· 그래 보았자, 그런 자식들은 단지 우리를 대리해주는 역할에 불과해 — 그런 일이 아니라면 그런 자식들을 어디에 쓰겠어? 우리로 말씀드릴 것 같으면 몇 년 동안 좆 빠지게 고생해야 하는데, 그 자식들은 단 1년 동안 근무하면서도 우리들과 계급 하나는 똑같단 말이야··· 불공평해! — 그러나 그런 것들이 지금 나하고 무슨 상관이야? — 그런 일까지 신경 쓸 필요가 어디 있어? — 주방에서 일하는 신병

---

* Kagran: 빈 근교의 지명.

졸개도 지금 내 처지보단 나을 거야… 나란 인간은 도대체 이 세상에 더 이상 없는 거나 마찬가지니까… 난 정말 끝장이야… 명예를 잃음은 모든 것을 잃은 것이다!… 내게 남아 있는 일은 권총에 총알을 장전하고, 그리고… 구스틀, 구스틀, 넌 아직도 똑바로 생각하지 못하는 것 아니야? 야 인마, 정신 차려… 달리 방법이 없다… 네 대가리를 짜내봤자, 무슨 수가 나오겠어! ― 이제 마지막 순간에 더욱더 의연하게 처신하자, 싸나이로서, 한 장교로서 말이야, 그 결과 연대장님께서 엄숙한 목소리로 말씀하시겠지. 그는 용기 있는 친구였습니다, 우리는 그의 죽음을 진심으로 추념하여 영원히 기억할 것입니다!… 몇 개 중대나 출동하게 될까, 소위의 장례식이라면?… 이런 걸 원래 알아두었어야 하는데… 하하! 대대 전체, 중대 전체가 출동, 아니 전부대가 출동해서, 그리고 스무 발의 예포를 쾅쾅 쏘아대도, 그 소리를 듣고 내가 다시 깨어나는 건 아니지! ― 바로 그 카페 앞이군, 이곳은 작년 여름에 헤어 폰 엥엘과 함께 앉아 있던 곳인데, 군단 전체 장애물 경마대회가 끝난 직후였지… 이상한 일이야, 그 친군 그 후로 다시 보지 못했어… 왜 그 친구는 왼쪽 눈에 안대를 둘렀었을까? 그 이유를 한번 물어보고 싶었는데, 그랬다면 아마 실례가 되었겠지… 저기 가는 두 녀석은 포병대 소속이군… 분명이 친구들은 내가 앞서 가는 여자 꽁무니를 쫓아간다고 생각하겠지… 이 여자 얼굴이라도 한번 보자… 오오 너무해! ― 이렇게 생긴 여자는 어떤 식으로 밥을 빌어먹고 사나, 그것이 알고 싶다… 아니 이 순간에 차라리… 물에 빠진 사람은 지푸라기라도 잡는다고 하잖아… 프셰미실*에서 ― 나중에 너무나 혼꾸멍나서 두 번 다시 여자를 건드리지 않겠다고 생각했었지만… 저 위쪽 갈리치아에 처박

혀 있었을 때는 정말 암담했어… 우리가 빈으로 온 건 정말 천만다
행이야. 보코르니 같은 자식은 아직까지도 삼비르**에 처박혀 있고,
그곳에서 아마 10년은 더 썩어야 할 거야, 그사이에 나이를 먹고 머
리도 하얗게 세겠지… 그렇지만 나도 그곳에 머물러버렸더라면 이
런 일은 생기지 않았을 텐데, 오늘 저녁 같은 일이 생기지는 않았을
거야… 그래 차라리 갈리치아에서 나이를 먹고 머리가 하얗게 되는
게 나았을 거야, 이렇게 되는 것보단… 이렇게 되는 것보다라니? 뭐
가 어떻게 되었는데? — 그래 도대체 어떻게 되었어, 응? 어떻게 되
었다고 그러는 거야? — 이런 걸 다 잊어버리다니, 내 정신이 돈 것
아니야? — 그래, 정말 순간순간 까먹고 있었어… 이런 일이 다 있
을 수 있나, 몇 시간 후엔 총알을 대가리에 박아넣어야만 하는 주제
에, 저하곤 아무 상관도 없는 일들을 머릿속에서 굴려보고 있다니?
맙소사 내가 정말 도취경에 빠졌어! 하하! 멋들어진 도취! 죽음의
도취! 자살의 도취! — 하! 정말 멋진 말이야, 이 말은 정말 내 맘
에 들어! — 그래, 정말 기분이 최고야 — 이런 건 아무래도 내 천
성임에 틀림없어… 누구한테 이런 걸 얘기해봤자, 믿으려 하지 않을
거야. — 지금 권총을 가지고 있었더라면… 지금 당장 방아쇠를 당
겨버렸을 텐데 — 몇 초 후면 만사가 끝장이지 뭐… 아무나 손쉽게
하는 일은 아니야 — 다른 녀석들이라면 몇 달을 두고 괴로워하겠
지… 내 불쌍한 여조카, 2년 동안이나 병석에 누워서 손가락 하나

---

* Przemysl: 갈리치아 지방에 위치한 군사도시, 빈에서 가장 멀리 떨어진 최전방
  오지.
** Sambor: 갈리치아 지방의 소도시.

꼼짝달싹할 수 없어서 몹시도 괴로워했지 — 그런 고통도 다 있는데!… 그래도 난 스스로 알아서 해결할 수 있으니, 내 처지가 그보단 낫지 않겠어? 주의사항은, 겨냥을 잘해서 곤란한 일이 생기지 않도록. 지난해 사관후보생 자식처럼 되면 안 되지… 불쌍한 녀석, 죽지도 못하고 그저 봉사가 되었으니… 그 친군 어떻게 됐을까? 지금은 어디서 살고 있을까? — 끔찍한 일이야, 그 자식처럼 헤매고 다닐 생각을 — 아니지, 헤매고 다니긴 어떻게 헤매고 다녀, 손에 이끌려 다닐 수밖에 없겠지 — 그렇게 젊은 친구가, 아직 스무 살도 안되었을 텐데… 그 친구 애인은 정통으로 맞았지… 즉사했으니깐… 믿을 수 없어, 무슨 이유로 사람들은 서로를 쏘고 죽는 거지! 도대체 어떻게 된 사람들이 그렇게 질투에 사로잡히나?… 난 아직까지 그런 게 뭔지 알지도 못하는데… 지금쯤 슈테피 년은 정원설치협회에서 실컷 즐기고 있겠지, 그다음엔 "그 남자"와 함께 집으로 갈 거고… 나하곤 상관없는 일이야, 아무 상관도! 슈테피는 집을 멋있게 꾸며놓았어. — 아담한 목욕탕엔 빨간 등을 달아놓고. — 요 며칠 전 그녀가 초록색 비단 잠옷을 입고 방에 들어섰을 때… 그 초록색 잠옷을 다시 볼 일은 없겠군. — 벌거벗은 슈테피도 다시 못 보고… 구스하우스 거리*에 있는 그녀 집에서 아름답고 넓은 그 계단을 다시 오를 일도 없을 것이고… 바람둥이 슈테피는 계속 즐기시겠지, 마치 아무 일도 없었던 것처럼… 그녀의 마음에 들었던 구스틀이 자살했다고, 그 누구에게 입도 뻥긋 못 할 거야… 하지만 울긴 하겠지… 곳곳에서 눈물을 흘릴 사람들이 적지 않을 거야, 정말… 하느

---

* Gußhausstraße: 빈 순환도로 인근의 고급 주택가.

님 맙소사, 엄마는! — 아 아니야, 그런 걸 생각하면 안 돼, — 아, 안 돼, 그딴 걸 생각하면 절대 안 돼… 집 생각이나 해선 안 된다. 구스틀, 알았나? — 꿈속에서라도 말이야…

이건 나쁘지 않은데, 프라터 공원까지 왔잖아… 한밤중에… 아침까지만 해도 이런 일은 생각조차 못했었는데 오늘 저녁에 프라터를 산책하게 되다니… 저기 저 야간 경비는 뭐라 생각할까?… 어쨌거나 그냥 산책이나 계속하자… 정말 좋은 날씨야… 저녁 식사는 이미 글렀고, 카페에 가는 것도 틀렸고, 공기는 쾌적하고 조용하기만 하고… 매우… 그렇다면 이제 나도 곧 차분해지겠지, 더 바랄 수 없을 정도로 차분해지겠지. 하아 하! — 하지만 난 지금 숨이 차서 헐떡거리잖아… 미친 사람처럼 뛰어댔으니… 좀 천천히, 조금 더 천천히 걸어, 구스틀, 서두를 것 없어, 해야 할 일도 없잖아 — 아무것도, 절대 더 이상은 없다! — 떨고 있는 것 같은데? — 역시 흥분이 가라앉지 않을 모양이야… 그래, 먹은 것도 없는 데다… 이렇게 이상한 냄새는 뭘까?… 아직 꽃필 때가 아닌데?… 오늘이 며칠이더라? — 4월 4일… 맞았어, 요 며칠 동안 많은 비가 내렸어… 하지만 나무들은 아직 거의 발가벗고 있고… 그리고 어둠속에 싸여 있으니, 휴우! 어찌 무시무시해지는데… 내가 무섭다고 생각한 적은 딱 한 번 있었지, 아주 어린애였을 때 숲 속에서… 그렇지만 그때에 난 그렇게 어리지 않았었는데… 열네 살 아니 열다섯이었으니까… 그 후로 얼마나 세월이 흘렀지? — 9년… 그렇지 — 열여덟 살에 사관 후보생이 되었고, 스무 살엔 소위가 되었고… 내년이면 난… 내년엔 뭐가 되지? 도대체 내년이 뭘 의미하는 거야? 다음 주는 뭘 의미하고? 내일모레는 또 뭐야?… 이건 또 뭐야? 이빨이 떨리잖아? 오오! — 까짓것 조금 떨라고 그냥 두지 뭘… 구스틀 소위님, 소위님은 이제 혼자이십니다. 그러니 거드름을 부리려고 애쓰실 건 없잖아요… 아, 괴롭고도 괴로운 일이야…

이 벤치 위에 좀 앉아야겠어… 아아! — 지금까지 내가 얼마나 걸어왔을까? — 이런 어둠 속에 빠져 있다니! 저 뒤에 있는 건, 프라터 공원의 두번째 카페가 틀림없어… 작년 여름에 한 번 들른 적이 있었지, 우리 연대의 군악대가 연주할 때였는데… 코페츠키 그리고 뤼트너도 같이 있었지 — 또 몇몇이 같이 있었는데… — 하지만 이젠 피곤… 정말, 피곤해, 마치 열 시간짜리 행군을 한 것 같아… 그래 그렇지, 여기서 눈을 좀 붙일까. — 하아! 잠잘 곳도 없는 소위님이라… 원래 막사로 곧장 갔어야 했어… 하지만 막사에서 할 일이 뭐가 있어? 그렇다고 프라터 공원에서 뭘 하겠다는 거야? — 아아 제일 좋은 건, 아예 기상하지 않는 것 — 이렇게 잠이 들어 영원히 깨지 않는 것… 그래, 그게 정말 편한 거지! — 무슨 소릴, 그렇게 편하지는 못할걸, 구스틀 소위… 그렇담 언제 어떻게? — 이젠 이 사건을 한번 곰곰이 따져봐야겠어… 만사를 곰곰이 따져보는 거야… 살다 보면 이런 때도 한번씩 있어야지… 그러면 곰곰이 따져보자… 그런데 뭘 따져봐?… — 아냐, 공기가 정말 좋군… 밤에는 좀더 자주 프라터에 나와야겠어… 맞아, 좀더 일찍 이런 생각을 했어야 했는데, 이젠 프라터하고도 끝장이니, 이 공기도 그리고 이런 산보도… 그래, 그래서 뭐가 어쨌단 거야? — 에이 모자도 벗어버리자, 내 골통을 짓누르는 것 같아서… 제대로 생각할 수 없잖아… 아아… 뭐야!… 자 이제 정신을 똑바로 차려라, 구스틀… 마지막 명령을 따르도록! 자아 내일 아침 끝장을 낸다… 내일 아침 정각 7

시… 7시, 멋들어진 시각이군. 하하! — 그렇게 되면 정각 8시 훈련이 시작될 땐 이미 만사가 끝나 있겠군… 코페츠키는 훈련도 제대로 받을 수 없을 거야, 그 친군 정말 충격을 받을 테니까… 하지만 그 친구가 그때까지도 전혀 모를 수 있지… 소문을 퍼뜨릴 필요가 없을 테니까 말이야… 막스 리파이 같은 친구는 오후가 되어서야 발견됐지, 아침 일찍 권총 자살을 했는데도, 그 후 그 사건에 관한 이야기를 들은 사람은 하나도 없었어… 하지만 그것이 도대체 나와 무슨 상관이야, 코페츠키가 훈련을 받든 못 받든 나랑 무슨 상관이냐고?… 하! — 그럼 정각 7시다! — 그래… 그럼 아직 또 뭐야?… 더 이상 곰곰이 생각해볼 것도 없잖아. 방 안에서 총을 쏘아 죽고, 그럼 되었지! 월요일엔 장례식이… 기뻐할 놈이 딱 하나 있겠군, 물어보나마나 의사 자식이지… 결투 상대 가운데 한쪽이 자살하였으므로 결투는 거행되지 않음… 만하이머 집안에선 사람들이 뭐라고들 떠들까? — 뭐 주인 남잔 별로 신경쓰지 않겠지만… 하지만 그 부인, 아름다운 금발의 그 여잔… 그 여자와 뭔가 일을 벌일 만했었는데… 오 그래, 내가 조금만 더 약삭빠르게 굴었더라면 기회를 잡았을 텐데… 그래, 그렇게 되었더라면 슈테피와는 분명 달랐을 거야, 그따위 계집과는 비교가 안 되지… 어쨌거나 게으름을 피워선 안 돼… 맞아, 알랑알랑 비위를 맞추고, 꽃을 보내고, 점잖게 이야기하고… 내일 오후 숙소로 날 찾아와! 그따위로 말해선 될 일도 안 되지… 맞아, 그렇게 정숙한 귀부인들은 뭔가 좀 다른 구석이 있으니까… 프셰미실에서 중대장의 마누라쟁이는 정말 정숙과는 거리가 멀었어… 맹세해도 좋아, 리비츠키란 놈 그리고 베어무텍이란 놈 그리고 그 비천한 후보생 자식까지도, 이런 놈들이 다 한번씩 제 것으로 만들었지… 그러나 만하이머 부인은… 그래, 이 경우엔 좀 다를 거야, 그렇지만 역시 관계를 맺게 될 거고, 그다음엔 전혀 다른 여자가 되는 거야 — 그렇게 만들 수만 있다면, 이건 정말 세련된 일이지 — 그렇게만 만든다면야 자기 스스로에게 자부심을 느껴도 될 거야. — — 그러나 온통 이따위 화냥년들뿐이니… 그래 나도 어렸을 적엔 그렇게 시작했었지 — 그땐 나도 애들 수준이었어, 처음으로 휴가를 얻어 그라츠*의 부모집에 가 있었을 때… 리들이란 녀석도 함께 있었고 — 상대는 보헤미아 여자였는데… 이 여잔 분명 내 나이보다 두 배는 많았을 거야 — 새벽녘이 되어서야 난 집에 돌아왔었지… 그런데 날 보던 아버지의 눈초리란… 그리고 클라라 누나의 눈빛… 클라라 누나 앞에서 제일 부끄러웠어… 당시 클라라 누난 약혼 중이었는데… 왜 아무 말도 없이 약혼이 깨졌을까? 내가 신경 쓸 일도 아니었지만… 누나는 불쌍한 애가 되어버렸어, 그사이에 아무런 행운도 잡지 못했고 — 그리고 이제는 유일하게 있는 남동생마저 잃게 되었으니… 그래, 날 영원히 보지 못할거야, 클라라 누나 — 끝장이야! 뭐라고, 누난 내가 이렇게 될 줄 몰랐다고? 올해 정월 초하룻날, 나를 기차역까지 전송해줄 때만 해도, 누난 날 다시 못 보리란 생각은 하지도 않았다고? — 그리고 엄마… 맙소사, 엄마… 안 돼, 엄마 생각을 하면 안 돼… 엄마 생각을 하면 난 비겁한 일을 저지를지도 모르니까… 아아… 모든 걸 제쳐두고 고향집에 한번 가보았으면… 가서 말하는 거야, 하루 동안 휴가를 얻었다고… 한 번만이라도 아빠, 엄마, 클라라 누나를 다시 보았음, 내가 끝장을 내기

---

* Graz: 빈의 남쪽에 위치한 대도시.

전에… 그래 7시 정각 첫 기차를 타고 그라츠로 갈 수 있지, 오후 1시면 그곳에 도착할 거고… 안녕하세요, 엄마… 잘 있었어, 클라라 누나! 그래, 그동안 어떻게들 지냈어요?… 아니에요, 놀래주려고 연락 없이 왔어요!… 그러나 엄마와 누난 뭔가 낌새를 챌 거야… 다른 사람은 몰라도… 클라라 누나는… 클라라 누나는 틀림없이… 클라라 누난 정말 영리한 여자거든… 요 며칠 전만 해도 얼마나 사랑이 듬뿍 담긴 편질 내게 보내주었는지 몰라, 그런데도 난 아직까지 답장을 못 했어 — 더군다나 클라라 누나는 언제나 좋은 충고를 해주곤 했지… 정말 마음씨 고운 아가씨야… 내가 그냥 집에 머물러 있었다면 모든 게 전혀 다르게 되었을까? 내가 경제학을 공부해서, 이모부에게 가 있었더라면… 내가 아직 어렸을 땐 모두 다 그렇게 되길 바랐었는데… 그랬더라면 지금쯤 이미 결혼을 했겠지, 사랑스럽고 마음씨 고운 아가씨랑 말야… 아마도 안나와 했을 거야, 날 그만큼 좋아했거든… 아직까지도 그런 눈치를 보이니까, 얼마 전 집에 갔을 때 안나는 남편도 있고 아이가 둘씩이나 딸렸는데도… 날 보는 눈초리가 어떠했는지 똑똑히 보았어… 옛날이랑 똑같아, 여전히 날 "구스틀"이라 불러주고… 내가 끝장을 내버렸다는 소식을 들으면, 안나는 놀라 자빠질 거야 — 그러나 그 남편이란 작자는 내 그럴 줄 알았어, 라고 말할 거야 — 깡패 같은 자식! — 모두들 내가 빚을 졌기 때문에 그랬다고 생각할 거야… 하지만 그건 터무니없는 모함이야, 빚은 깡그리 다 갚았어… 단지 남아 있는 건 얼마 전에 빌린 160굴덴뿐인데 — 그래 이것도 내일이면 해결되지… 그렇군, 발러트 자식이 160굴덴을 받을 수 있도록 조치를 취해놓아야겠어… 권총 자살을 하기 전에 이를 기록해두어야만 해… 아, 끔찍한 일이야!

끔찍한 일!… 차라리 이 자리를 박차고 일어나 여길 떠나버리는 건 어떨까 — 아메리카로, 날 알아보는 사람이 없는 곳으로… 아메리카에는 오늘 저녁 일어난 사건을 아는 사람도 없을 테고… 그곳이라면 이딴 일에 신경 쓸 사람도 없지… 며칠 전에 룽에 백작에 관한 기사가 신문에 났었는데, 이 작자는 더러운 스캔들을 일으켜서 줄행랑을 쳐야만 했고, 지금은 저 건너편에서 호텔을 경영하며 아무 일도 없단 듯이 잘 지낸다는 것 아니겠어… 그리고 몇 년 후에 난 다시 돌아오는 거야… 물론 빈은 아니지… 그라츠로도 아니고… 어디가 됐든 내 재산이 있는 곳으로 돌아오면 되지… 엄마 그리고 아빠 그리고 클라라 누나는 내가 죽지 않고 살아 있기만 하면 천 배는 더 좋아할 거야… 그리고 다른 사람들이야 내가 알 게 뭐야? 지금까지 날 좋게 생각해준 사람이 도대체 누구야? — 코페츠키를 빼면 내가 어찌 되든 아무 상관도 않을 거야… 코페츠키, 그야말로 유일한 친구야… 그런데 오늘 내게 음악회 입장권을 선물한 사람이 하필이면 그 친구라니… 그 입장권 때문에 이런 일이 벌어진 거야… 입장권만 없었더라도 난 음악회 같은 데는 가지도 않았을 것이고, 그럼 이런 일이 벌어지지도 않았을 텐데… 대관절 무슨 일이 벌어진 거지?… 그 일이 있은 후 마치 1백 년은 흐른 것 같은데, 그러나 기실 두 시간도 채 지나지 않았을 거야… 두 시간 전에 어떤 자식이 나보고 "머엉청한 애송이"라 하며 내 칼을 분질러버리려고 했었나, 정말 그랬었나… 맙소사, 한밤중에 내가 또 울부짖기 시작하네! 이 모든 일이 도대체 왜 일어났지? 코트 보관소가 완전히 한산해질 때까지 좀더 기다릴 순 없었나? 도대체 어쩌자고 "아가리 닥쳐"라는 말을 그 친구에게 했을까? 그런 몰상식한 말이 어떻게 내 입에서 나왔을

까? 평상시 난 정말 예의 바른 사람이었는데… 시중 드는 사환에게
도 거친 말 한번 해본 적이 없는 내가… 물론 그렇긴 했어, 내 신경
이 곤두서 있었던 거야 — 이런저런 일들이 한꺼번에 들이닥쳤으니
까… 카드놀음에선 재수가 옴 붙었고, 슈테피 년은 영원히 절교하자
는 편지질이나 해대고 — 그리고 내일 오후엔 결투 — 요즘엔 잠도
제대로 못 잤어 — 병영 내에선 골치 아픈 일들뿐이고 — 이런 일들
은 오랫동안 견딜 수 없는 거야!… 그래, 조만간 난 병이 났을 거야
— 그럼 휴가를 얻지 않음 안 되었을 거고 — 이제 와선 이런 것도
다 필요 없게 됐지만 — 이제 장기간의 휴가를 얻는다 — 무급 휴가
야 — 하하!…

　도대체 언제까지 여기 앉아 있을 셈이야? 분명 자정은 넘었을 텐
데… 조금 전 시계 종 치는 소리가 나지 않았나? — 이건 또 무슨
소리지… 마차 지나가는 소리 아냐? 이렇게 늦은 시간에? 이건 고
무 바퀴 마차 — 그래 맞았어, 고무 바퀴를 단 마차야… 저것들도
나처럼 이걸 애용하시는군 — 혹시 베르타와 함께 탄 발러트 아니
야… 어째서 발러트라고 단정하는 거지? — 계속 달려라 달려! —
황제 폐하께서 프셰미실에 계실 땐 멋들어진 마차를 타셨지… 언제
나 그 마차를 타고 시내로 내려오셔서 로젠베르크 음식점으로 가곤
하셨어… 폐하께선 사람들과 어울리는 걸 즐기셨으니까 — 진정한
동료애를 가지고 계셨던 분이야, 누구에게나 자네, 자네 하셨으니…
정말 멋진 한때였어… 그렇긴 하지만… 그 지방은 정말 암담한 곳
이야, 여름엔 죽을 지경이니까… 어느 날 오후엔 한꺼번에 세 명씩
이나 일사병으로 쓰러져버렸어… 우리 소대 분대장 녀석도 쓰러졌
고 — 그렇게 능수능란한 녀석이었는데… 우리는 오후에 벌거벗은

채 침대에 발랑 누워 있곤 했는데. ― 한번은 비이스너란 녀석이 갑자기 들이닥쳤어, 그때 난 분명 꿈을 꾸고 있었을 거야, 내가 벌떡 일어나더니 옆에 있던 칼을 뽑아 들었단 거야… 대단한 구경거리를 만든 셈이지… 비이스너란 자식이 배꼽 잡고 웃어댔으니깐 ― 그 친구는 벌써 기병대 대위가 되었어… ― 아깝게도, 난 기병대로 가지를 못했어… 하지만 아버지가 반대하셨어. ― 너무나 돈이 많이 드는 장난이란 이유로… 이젠 만사가 모두 다 매한가지야… 왜 그렇게 되었지? ― 그래, 난 이미 알고 있었어, 난 죽지 않으면 안 돼, 그렇기 때문에 모든 게 다 매한가지야 ― 난 죽어야만 해… 그럼 어떻게 죽는담? ― 이봐 구스틀, 너는 일부러 프라터까지 왔잖아, 이런 한밤중에 이곳에서 널 방해하는 사람은 아무도 없어 ― 이제 모든 것을 차분하게 생각해볼 수도 있지 않겠어… 아메리카로 간다, 군복을 벗는다, 이런 건 정말 모두 실없는 소리야, 다른 것을 시작하기엔 넌 너무나 세상 물정을 모르잖아 ― 네가 백 살을 먹게 되어도 기억하게 될 거야, 어떤 자식이 네 군도를 분질러버리려고 하면서 머엉청한 애송이라 불렀지만, 넌 그 자리에 멀거니 서서 꼼짝할 수 없었단 걸 분명 기억할 거다 ― 그렇잖아, 차분히 생각해볼 필요가 뭐 있어 ― 이미 엎질러진 물이야 ― 엄마나 클라라 누나, 이런 것도 모두 다 정신 나간 헛소리야 ― 그들도 얼마 지나지 않아서 체념해버릴 거야 ― 체념하지 못할 게 뭐 있어… 엄마도 친정 오빠가 죽었을 땐 그렇게 통곡을 하더니만 ― 한 달 후엔 거의 생각조차 않던데… 무덤을 찾아가긴 했지… 처음엔 매주, 그 후엔 매달 ― 그리고 이젠 죽은 날만. ― ― 내일은 내가 죽는 날이고 ― 4월 5일. ― ― 날 그라츠로 옮겨갈까? 하하! 그러면 그라츠의 송장 구더기들이 신바람을 내겠지! — 하지만 그것도 내가 알 바 아니야 — 그런 문제라면 다른 사람들이 머리를 쪼개겠지… 그럼 나와 상관있는 게 도대체 뭘까?… 맞았어, 160굴덴을 발러트에게 — 그게 전부야 — 그밖에는 유언을 남길 필요가 없어. — 편지를 써? 뭐 하겠다고? 도대체 누구에게?… 작별을 고한다고? — 무슨 헛소릴, 한 방 쏴서 죽으면 그걸로 충분해! — 그러면 내가 작별을 고했단 걸 누구나 다 알아보지 않겠어… 그러나 이 사건 전체에 내가 사실은 무관심했다는 걸 사람들이 알게라도 되는 날이면 그들은 날 동정하지도 않을 거야 — 그 누구도 내 죽음을 안타깝게 여기지 않을 거야… 도대체 내가 지금까지 살아오면서 해놓은 일이 뭐야? — 뭔가 정말 해보고 싶었던 게 있었다면 그건 전쟁이야 — 그러나 이건 죽치고 기다려야만 하니… 그 밖의 것들은 이미 다 알고 있어서 뻔한 일이고… 슈테피란 이름을 가졌건 쿠니쿤데란 이름을 가졌건 그렇고 그런 화냥년들은 여전히 살아 있을 테고. — — 그래, 난 말이야, 정말 멋들어진 오페라도 알고 있지 — 로엔그린만 해도 열두 번은 가보았으니까 — 그리고 오늘 저녁엔 오라토리오라는 것도 가보았잖아 — 그런데 어떤 제빵업자 자식은 나를 머엉청한 애송이라고 불렀으니 — 제기랄 이젠 정말 이걸로 충분해! — 이젠 호기심 따윈 남아 있지 않아… — 그럼 이젠 집으로 되돌아가볼까, 천천히, 아주 천천히… 서두를 일은 조금도 없으니까. — 아냐, 아직 몇 분만이라도 이곳 프라터의 벤치 위에서 쉬었다가 — 잠잘 곳이 없는. — 이제는 새삼스레 침대에 누울 필요도 없겠지 — 늘어지게 잘 시간은 충분히 있으니까. — — 아아, 이 공기! — 이것도 얼마 후면 사라지겠…

야, 도대체 뭐야? — 헤이, 요한,* 차가운 물 한 컵 가져와… 무슨 일이야?… 여긴 또 어디야… 그래, 꿈을 꾸는 건가?… 내 해골이… 오, 큰일 났군… 이런, 제기랄, 큰일 났어… 눈이 뜨이질 않아! — 제기랄 옷까지 입고 있잖아! — 도대체 어디 앉아 있어? — 하느님 맙소사, 잠이 들었던 거야! 어떻게 잠이 다 들 수 있었지, 벌써 동이 트는군! — 대관절 얼마 동안 잠을 잔 거야? — 시계를 봐야지… 아무것도 보이지 않잖아?… 성냥을 어디에 뒀더라?… 성냥불을 붙여볼까?… 3시… 그런데 오후 4시엔 결투를 해야 하는데 — 아니지, 결투는 무슨 결투를 — 권총 자살을 하는 거지! — 결투는 무슨 얼어 죽을 결투야, 나는 총을 쏴 죽어야만 해, 어떤 제빵업자 자식이 나보고 머엉청한 애송이라고 불렀기 때문에… 그래, 그런데 그런 일이 정말 일어났었나? — 머릿속이 아무래도 이상해… 모가지도 짓눌리는 것 같고 — 몸도 꼼짝달싹 할 수 없고 — 오른쪽 다리가 마비됐어. — 기상! 기사앙!… 어휴, 이제 몸이 좀 풀리네! — 벌써 날이 밝아오나… 그래, 이 공기… 그 새벽녘과 똑같군, 전방 경계 보초를 서고 숲 속에서 야영을 했을 때… 그땐 지금과는 달랐어, 그날 하루를 위해 긴장 속에서 눈을 뜨고 — 그땐 지금과는 다른 하루가 눈앞에 있었어… 난 아무래도 아직 정신을 못 차렸어 — 저기 길이 있군, 을씨년스럽게 텅 빈 거리 — 지금 이 시간 프라터에 와 있는 사람은 나 혼자일 거야. — 새벽 4시 정각에 이곳까지 와본 적이 딱 한 번 있었지, 파우징어란 녀석과 같이 왔었지 — 우린 말을 타고 있었는데 — 난 미로비크 대위의 말을 빌려 타고 파우징어는 자기

---

* Johann: 구스틀의 시중을 드는 사환.

소유의 말을 타고 — 작년 5월에 — 그 무렵엔 꽃들이 만발했었지 — 모든 것이 초록색이었고. 그러나 아직은 나무들이 벌거숭이군 — 하지만 곧 봄이 들이닥칠 거야 — 며칠만 있음 봄이 와 있을 텐데. — 은방울꽃, 제비꽃 — 이런 것들이 더 이상 내 것이 아니라니, 섭섭한데 — 비열한 악당 새끼들도 가지게 될 텐데 난 죽어 없어지다니! 비참한 일이야! 나를 빼놓고 친구 녀석들은 저녁 식사 때 음식점 정원에 나가 앉겠지, 마치 아무 일도 없었다는 듯이 말이야 — 그래, 우리가 리파이란 친구를 운구해주고, 바로 그다음 날 저녁에도 모두 정원 음식점에 나가서 어울려 놀았었지… 리파이란 그 친구도 그렇게 인기가 좋았는데… 우리 연대 사람들은 나보다야 그 친구를 훨씬 좋아했었지 — 내가 죽었다 해서 그 사람들이 음식점 정원에 나가 앉지 말란 법이 어디 있나? — 꽤 포근한 날씨인데 — 어제보단 훨씬 따뜻해 — 게다가 이런 향기까지 — 어딘가에 벌써 꽃이 핀 게 틀림없어… 슈테피가 나에게 꽃을 갖다 줄까? — 하지만 그 여자가 그런 걸 생각이나 할까! 곧장 마차를 타고 놀러 나가겠지… 그래, 혹시 아델레가 아직 있었다면… 저런, 아델레! 벌써 2년 동안이나 그 여자 생각을 해본 적이 없네… 내 생전에 그렇게 울어대던 여잔 처음이야… 그러나 내가 경험한 것들 중에선 가장 마음에 들어… 그렇게 겸손하고 욕심 부릴 줄도 모르고 — 이 여잔 나를 정말 좋아했어, 이건 맹세할 수 있어. — 슈테피에 비한다면 질이 다른 여자야… 내가 어쩌다가 그런 여자를 버렸는지, 알 수 없는 일이야… 그런 바보짓을 했어! 아 아니야 너무 김이 빠졌던 거지, 그래, 그게 전부야… 매일 저녁 변함없이 똑같은 여자랑 나다닌다는 것이… 게다가 이 여자로부터 벗어나지 못할까 봐, 겁이 더럭 났던 거야 — 눈물

보따리를 풀어서 성가시게 굴 여자에게서 못 벗어나면 — — 이봐 구스틀, 넌 좀더 기다릴 수도 있었잖아 — 널 좋아했던 유일한 여자였는데… 그 여잔 지금쯤 뭘 할까? 그래, 할 게 뭐 있겠어? — 또 다른 남자를 잡았겠지… 슈테피를 상대하는 것이 물론 속 편한 일이지 뭐 — 그저 기회가 올 때만 끼어들면 되고 골치 아픈 것은 모두 다른 남자가 맡아서 해주고, 난 그저 즐기기만 하면 되니까… 그래 그런 판국이니, 이 여자보고 장지(葬地)까지 나와주십사 하는 건 지나친 요구야… 강요하지 않아도 날 따라나서줄 사람은 누굴까? — 아마도 코페츠키일 거야, 그리고 그 나머진 모두 허섭스레기이고! — 정말 슬픈 일이야, 아무도 오지 않는다면…

이런, 무슨 헛소리야! 아빠 그리고 엄마 그리고 클라라 누나… 물론이야 나는 아들이고 또 남동생이지 않은가… 그런데 도대체 우리들 사이에 그 이상 무엇이 더 있단 말이야? 날 좋아한다, 그야 틀림없지 — 그러나 나에 대해 도대체 뭘 알고 있어? — 내가 군복무를 한다는 것, 내가 카드놀이를 한다는 것, 그리고 덜 떨어진 여자들과 어울려 다닌다는 것… 그 밖에 또 무엇을? — 나도 가끔은 내 자신이 못 견딜 정도로 싫어진다는 것, 그러나 이런 것을 편지에 써보낸 적은 없었지 — 야 인마, 너 지금 뭐라고 했어, 아직도 너 자신을 제대로 깨닫지 못했구나 — 아니 뭐 뭐라고, 또 그딴 일에 빠져들었어, 구스틀? 당장 울음을 터뜨릴 것만 같구나… 피이, 염병할 새끼! — 똑바로 걸어… 이렇게! 애인을 만나러 가는지, 보초 서러 가는지, 전쟁터에 나가는지… 누가 이런 말을 했더라?… 아 그래, 레더러 소령님, 연대 매점에서 빙레더라는 녀석을 두고 하신 말씀이야, 그 병신 자식은 결투가 처음이라서 얼굴이 하얗게 질리더니 — 울면서

166

구토까지 했었어⋯ 네, 맞습니다. 애인 만나러 가는지, 보초 서러 가는지, 전쟁터에 나가는지, 걸음걸이와 얼굴빛에 표시 나면 안 된다. 그게 제대로 된 장교의 태도이다, 알겠나 앙! — 그러니까 구스틀 — 레더러 소령이 이렇게 말씀했다 그거야! 하하하! —

점점 날이 밝아오는군⋯ 이젠 글씨라도 읽을 수 있겠어⋯ 무슨 기적 소리가 울리지?⋯ 아 저 건너편에 북부역이⋯ 테케트호프* 기념탑이 저기 있군⋯ 탑이 이렇게 우뚝 솟아 있었나, 처음 보는 일이야⋯ 저 건너편엔 마차들이⋯ 하지만 길에 나와 있는 건 청소부밖에 없고⋯ 내가 본 마지막 청소부 — 히히히! 이런 걸 생각하면 웃음밖에 안 나온다니까⋯ 나 자신도 도무지 이해가 안 돼⋯ 사람들은 자신의 죽음을 확실히 알게 되면 모두 다 이런 식으로 변해버릴까? 북부역 시계론 3시 반⋯ 이제 남은 질문은, 빈 현지 시간으로 정각 7시에 자살할 것인가, 아니면 열차 시간으로 정각 7시에 자살할 것인가, 그것 아니겠어?⋯** 정각 7시⋯ 그래, 왜 하필이면 7시야?⋯ 이밖에 적당한 시간이 없는 것도 아닐 텐데⋯ 배가 고픈데 — 이런, 배가 다 고프다니 — 하기야 당연한 일이지⋯ 대관절 언제부터 아무것도 안 먹었더라?⋯ 그러니까 — 어제저녁 6시 카페 이후로⋯ 맞았어! 코페츠키가 입장권을 준 때였지 — 밀크 커피 한 잔에 반달빵 두 개. — 제빵업자 그 자식이 알게 되면 뭐라고 할까?⋯ 그 빌어먹을 개새끼! — 아 그 새긴 내가 왜 죽었는지 알고 있지 — 그 새긴 깨닫게 될 거야 — 장교의 길! 이게 뭘 말하는지 알게 될 거야

---

* Tegetthoff: 19세기 중엽에 오스트리아에 수많은 승리를 안겨준 장군.
** 당시 오스트리아–헝가리 이중 군주국에서 빈과 빈에서 멀리 떨어진 지방의 현지 시각은 차이가 있었지만, 열차 시각은 빈 시각을 기준으로 했기에 서로 일치한다. 이런 점에서 구스틀은 말장난을 하고 있다.

— 그런 새끼들은 길 한복판에서 먼지가 나도록 두들겨 맞고도 시치
미를 뚝 떼고 다닐 놈들이야, 그러나 우리 같은 장교는 말이야, 단
두 사람이 있는 곳에서 모욕을 당해도 말이야, 이미 죽은 사람이나
마찬가지란 말이야. 그런 사기꾼 자식은 뇌졸중으로 뒈져도 아깝지
않아 — 그러나 그렇게 될 리 없어, 그런 자식들은 평소에 조심조심
하니까, 그런 일을 당하지 않을 거야… 그런 자식은 오래 살지, 아
무 일도 없이 오래 산단 말이야, 그런데도 난 — 당장 뒈져야 하니!
— 그 자식이 결국 날 죽인 거야… 그래 구스틀, 이제 뭘 좀 알았
어? — 바로 그 자식이 널 죽인 거라고! 그러나 그렇게 엿장수 맘대
로 되진 않을걸! — 그래 맞았어, 맞아, 어림 반 푼어치도 없다! 코
페츠키에게 편지를 써놓겠어, 모든 걸 써놓는 거야, 사건의 전말을
기록해놓는 거야… 아니면 대령님께 편지를 쓰는 게 훨씬 낫겠지,
연대본부에 보고서를 올리는 거야… 근무 보고서와 똑같이… 아니
이건 뭐야, 야 인마, 넌 이런 일이 비밀로 남을 수 있으리라 생각했
어? — 너는 뭘 착각하고 있어 — 기록을 남겼으니 영원히 기억하게
되었잖아, 어디 두고 보자, 너 같은 자식도 카페에 나갈 수 있는지
— 하 하 — "어디 두고 보자"고요, 그것도 좋지요!… 내가 보고 싶
은 게 어디 이것뿐이겠어요, 하지만 유감스럽게도 내 눈으로 볼 수
없게 되었으니 — 이젠 끝장이야! —

지금쯤이면 요한 녀석이 내 방에 들어왔겠지, 소위님께서 집에서
주무시지 않았단 걸 눈치챘을 거야. — 그렇게 되면, 온갖 상상을
다 해보겠지, 그러나 소위님께선 말이다. 프라터 공원에서 밤을 새
우셨단다, 그런 짓을, 정말로 그렇고 그런 짓을 하고 다닌 건 아니란
다, 알았니… 야아, 제44보병연대! 사격장으로 행군 중이구나 —

그냥 스쳐 지나가도록 놓아두자… 이렇게 한쪽으로 자리를 비켜서… — 저 위층에서 창문이 하나 열리는데 — 아니 아름다운 아가씨가 — 이것 봐라, 저 창문 쪽으로 가려면 적어도 손수건 쪼가리라도 하나 있어야겠어… 지난 일요일이 마지막이었어… 그때 슈테피가 마지막 여자가 될 줄은 꿈에도 몰랐어. — 아 맙소사, 그러고 보니 그게 제대로 된 즐거움 중에선 유일한 것이었네… 그건 그렇고, 연대장님께서 두 시간 후에 품위 있게 말을 타고 지나가시겠지… 제군들 잘 지냈나 — 네에 그렇습니다! 네 그렇습니다. 우로, 봐! — 좋았어… 내가 제군들을 얼마나 신경 쓰고 있는지, 제군들은 잘 알고 있겠지! — 아니 요건 또 뭐야, 카츠너 녀석… 언제부터 이 친구가 44연대로 자리를 옮겼지? — 잘 있었나! 잘 있었어! — 얼굴 표정이 왜 저래?… 왜 제 대가리를 손가락으로 가리키지? — 이 사람아! 나는 자네 대갈통 따윈 관심이 없다네… 아 아 그걸 말하는 거야! 말도 안 되는 소리, 이 친구야, 넌 착각한 거야. 난 프라터 공원에서 밤을 새웠어… 넌 오늘 저녁 석간신문을 보면 알게 될 거다. — "이럴 수가!" 이 자식이 놀라서 말하겠지, "오늘 아침 우리가 사격장으로 행군할 때만 해도, 내가 그 친구를 프라터에서 마주쳤는데!" — 어떤 자식이 내 소대를 지휘하게 될까? — 혹시 발터러 자식한테 맡기는 건 아닐까? — 그렇게 되면 꽤나 웃기는 일이 벌어지겠지 — 결단력이 없는 그런 자식은 차라리 구둣방이나 차리는 게 맞아… 이런, 벌써 해가 뜨네? — 오늘은 화창한 날씨가 되겠군 — 제대로 된 봄날이야… 정말 울화통이 터지네! — 전세마차*는 아침

---

* 말 한 필이 끄는 안락한 마차.

8시면 세상에 나오는데 나는… 난 이게 뭐야, 이게 도대체 뭐냐고! 이것 봐 그건 그렇고 — 마지막 순간에 자세가 흐트러지다니, 그까짓 전세마차 하나 때문에… 도대체 왜 이럴까, 갑자기 심장이 제멋대로 두근거리다니? — 설마 그 일 때문에… 말도 안 돼, 오, 그럴 리 없어… 그건 오랫동안 먹은 게 없기 때문이야. — — 하지만 구스틀, 너 정신 좀 차려야겠다 — 넌 공포에 사로잡혔다 — 공포에 말이다, 아직 그게 뭔지 시험해본 적이 전혀 없기 때문이야… 그러나 공포심은 너에게 쓸모가 없어, 두려움이 쓸모가 있던 적이 한번이라도 있었나, 죽음은 누구에게나 다 닥치기 마련이야. 어떤 놈에겐 빠르게 어떤 놈에겐 좀 뒤늦게, 너에겐 그저 빨리 찾아온 것뿐이다… 네가 이렇게 가치가 있었던 적은 여태껏 없었다. 멋진 마지막을 적어도 의연하게 장식하라! 난 너에게 이를 명령한다! — 그렇다면 이제 좀 곰곰이 생각해보자 — 그런데 뭘 생각해야지?… 밑도 끝도 없이 뭘 생각하겠단 거야… 그야 간단한 일이잖아. — 침대 밑 서랍장 속에 그것이 들었잖아, 총알은 장전되어 있고 남은 일은 그저 방아쇠를 당기는 것 — 이건 일도 아니야! — —

저 아가씨는 벌써 상점에 출근하였군… 가엾은 아가씨! 아델레라는 아가씨도 상점에서 일했었지 — 몇 번인가 저녁에 상점에서 그녀를 데리고 나왔었지… 여자들이 상점에서 계속 일한다면 그렇고 그런 화냥년은 안 되었을 텐데… 슈테피가 전적으로 내게 매달려 살고 싶다고 하면 모자 만드는 일을 시키겠어… 슈테피가 어떻게 이 일을 알게 될까? — 신문을 보고 알겠지!… 이 여자는 화를 낼 거야, 내가 아무런 편지도 쓰지 않았다고… 아냐 아직까지도 내 정신이 좀 돈 것 같아… 그녀가 화를 내든 말든 그게 나랑 무슨 상관이야… 어

170

쨌거나 그녀와의 사건이 얼마나 오래되었지?… 정월부터인가?… 아아냐, 분명 크리스마스 이전부터였는데… 그라츠로부터 내가 그녀에게 알사탕을 가져다줬고, 그녀는 새해를 맞이하여 내게 편지를 보냈어… 맞았어, 그 편지들, 집에 두고 왔는데 ─ 지금 눈앞엔 하나도 없지만, 태워버려야 하지 않을까?… 흐음, 팔슈타이너로부터 온 편지들도 ─ 사람들이 그 편질 발견하게 되면… 그 친구는 재미없게 될 거야… 뭐 하자고 그따위 걱정을! ─ 그래, 그까짓 것 크게 신경쓸 것 없어… 그렇게 구질구질한 종이 쪼가리를 따로 찾아낼 수도 없을 테니… 제일 좋은 건 한꺼번에 모두 다 태워버리는 거야… 내 편지가 필요한 사람이 있으려고? 모두 다 휴지 쪼가린데. ─ ─ 몇 권 안 되는 내 책은 블라니 녀석에게 남겨줄 수 있겠지. ─『밤과 얼음을 뚫고서』*… 이 책을 끝까지 다 읽을 수 없다니, 안타깝긴 하지만… 요즘엔 책을 읽은 적도 거의 없었어… 파이프 오르간 ─ 아아 그래 성당에서 울려 퍼지는구나… 새벽 미사 ─ 정말 오랫동안 가지 못했어… 2월에 간 것이 마지막이었지, 우리 소대가 미사에 가라는 명령을 받았으니까… 그렇지만 갔다고도 할 수 없어, 난 내 부하들을 신경 써야만 했으니까, 이 자식들이 점잖게 구는지, 몸가짐은 단정한지… ─ 성당 안으로 들어가볼까… 아무튼 뭔가 있겠지… ─ 그래, 아침 식사 후에는 나도 또렷이 알게 되겠지… 아 그래, "아침 식사 후에," 이거 아주 좋은 생각이다!… 자 그럼 그래야 하나, 안으로 들어갈까? ─ 그렇지 엄마가 알게 되면 위안이 될 거야… 클라라 누나는 별로 신경 쓰지 않겠지만… 자아 들어가보자 ─ 손해날

---

* 노르웨이의 북극 탐험가 난센의 저서.

일이 뭐 있겠어!

오르간 — 성가 — 흐음! — 대관절 어떻게 된 거야? — 정말 어지럽군… 오 하느님, 오 하느님, 오 하느님! 저에게 누구라도 좋으니 단 한 사람만이라도 있었으면 합니다, 죽기 전에 한마디 말이라도 나눌 수 있는 사람이! — 그래, 그래야 마땅해 — 고백성사를 하는 거야! 신부 나부랭이의 눈깔이 휘둥그레지겠지, 난 마지막으로 이렇게 말하는 거야. 안녕히 계세요, 지체 높으신 분이시여, 이제 저는 자살하러 갑니다, 헤 헤!… — 가장 좋은 건 저기 저 돌바닥에 엎드려 울부짖는 것이겠지… 아아 안 돼, 그런 짓만은 안 돼! 하지만 눈물을 흘리면 그렇게 기분이 좋을 수 없는데… 잠깐 앉았다 갈까 — 하지만 프라터에서처럼 잠이 들면 안 돼!… — 종교라도 하나 가진 사람은 이런 때에 분명 나을 거야… 아이쿠, 이젠 손까지 떨리네!… 이런 상태가 계속되면 나 자신에게 구역질이 나서 수치심 때문에 자살하겠어! — 저기 있는 늙은 할마시 — 뭘 그리 아직까지도 기도하고 계시나?… 저 할망구에게 말해보는 것도 그럴싸할 거야. 여보세요, 저도 그 기도에 한몫 끼워주세요… 전 기도를 어떻게 하는지 제대로 배우지 못해서… 흐헤헤! 죽는다고 생각하니 내가 실성을 했군! — 일어서! — 이 멜로디는 어쩐지 귀에 익었는데? — 하느님 맙소사! 어제저녁 그 음악이야! — 앞으로 전진, 앞으로 전진! 이건 견딜 수 없어!… 쯧 쯧 소리 내지 마! 군도를 바닥에 질질 끌고 다닐 셈이냐 — 기도드리는 분들을 방해하잖아 — 똑바로 이렇게! — 역시 바깥이 낫군… 빛이 밝았잖아… 아아 자꾸만 시간이 가까워오는군… 이 일이 빨리 지나가버렸음! — 벌써 해치웠다면 얼마나 좋을까 — 아까 프라터에서 말이야… 권총 없이 외출하는 게 아니었어… 어제저녁에 권총 한 자루가 손에 있었더라면… 맙소사 아직 뭔가가 남았어! ― 카페로 가서 아침 식사를 해야 해… 배가 고파… 사형선고를 받은 작자들이 아침에 커피를 마시고 시가를 빨 아대는 걸 보면 예전엔 이상하다고 생각했는데… 아니 이럴 수가, 내가 담배를 피우지 않았다니! 담배 피울 생각이 전혀 나지 않았다 니! ― 정말 웃기네, 단골 카페에 가볼 마음도 다 생기다니… 그래 이미 문을 열었을 거야, 동료 장교들은 이 시간엔 한 놈도 없을 거야 ― 혹시라도 누가 있으면… 내가 냉정했다, 라는 표시밖에 더 되겠 어. "6시 정각까지만 해도 그 친구는 말이야, 카페에서 태연하게 아 침 식사를 했는데 말이야, 7시 정각에 권총 자살을 했어, 어쩜 그럴 수가"… ― 이젠 아주 침착해졌군… 걷는 건 참 기분 좋은 일이야 ― 그리고 가장 마음에 드는 건 아무한테도 강요당하지 않는 것이야. ― 마음만 먹으면 이까짓 잡동사니를 언제라도 몽땅 집어치워버릴 수도 있다, 그거야… 아메리카로… 금방 뭐라고 지껄였어. "뭐 이 런 잡동사니"라고 했어? 무엇이 "잡동사니"야? 혹시 내가 일사병에 걸린 건 아닐까!… 오 오 혹시 내가 이렇게 침착한 이유가, 내가 죽 을 필요까지 있어? 라고 생각했기 때문에, 바로 그런 이유로 침착한 건 아닐까?… 난 죽어야만 해! 난 죽어야만 한다고! 아니야, 난 자 진해서 죽으려는 거야! ― 그래 네가 감히 그런 생각을 해볼 수나 있어, 구스틀, 네가 군복을 벗어던지고 길거리를 헤매고 다녀? 그러 면 그 망할 놈의 개새끼가 배꼽을 움켜잡고 실컷 웃어대겠지 ― 그 리고 코페츠키는 너에게 더 이상 악수도 청하지 않을 거야… 내 얼 굴이 빨개진 건 아닐까. ― ― 경관이 인사를 건네는군… 답례를 해 야지… "안녕하십니까!" ― 방금 내가 "안녕하십니까!"란 말을 다

했나!… 저런 불쌍한 친구들은 답례를 받으면 언제나 기뻐하지…
어쨌든 난 누구한테도 트집 잡힐 일은 하지 않았어 — 근무시간을
제외하면 언제나 나는 인상이 좋은 사람이었어. — 훈련을 나가면
중대 하사관 녀석들에게도 브리타니카*를 선물했으니까 — 한 번은
총검술 연습 시간에 내 뒤에 있던 자식이 "씨팔 귀찮게 하네"란 말을
뇌까리는 걸 들었어도, 난 그 녀석을 군기 보고서에 올리지도 않고
— 딱 한마디 말만 해줬지. "야 인마, 주둥아리 조심해, 나 아닌 다
른 사람이 들었더라면 — 넌 혼꾸멍이 났어!"…황제 궁성의 정원
앞이네… 오늘 보초가 누구야? — 보스니아 중대 녀석들이군 — 멋
있군 — 얼마 전에 중위님께서 말씀하셨지. 우리가 말이야, 78년도
에 저 아래 보스니아에 있을 땐 말이야, 그때만 해도 이 짜식들이 말
이야, 우리 명령에 복종하게 되리라고 믿었던 사람은 말이야, 하나
도 없었단 말이야!… 제기랄 그런 일엔 나도 낄 수 있어야 했는데
— 저 녀석들 모두 벤치에서 일어서는데. — 충성, 충성! — 이건
정말 어색한데, 우리 중대 새끼들도 경례를 붙이지 않는데. — 훨씬
더 마음에 드는 일은 영광스러운 전쟁터에서 조국을 위해 싸우다 죽
는 것이야, 이렇게 사는 것보단… 그래 맞았어, 의사 선생 나리, 당
신 정말 억세게 운이 좋은 거야, 그래서 살아남은 줄이나 알고 있으
라고!… 혹시 어떤 친구가 내 대신 이 일을 떠맡아주지는 않을까?
— 그렇지, 맞았어, 유언으로 남겨놓자, 코페츠키 아니면 비머탈이
날 대신해서 그 자식과 결투를 벌이도록… 그래 어림 반 푼어치도
없다, 그렇게 손쉽게 그 새끼가 결투에서 벗어나도록 하면 안 돼!

---

* Britannika: 당시 중급 정도의 담배.

— 아 아니 내가 지금 무슨 소릴 하는 거야! 내가 죽고 난 후에 무슨 일이 일어나든, 그게 무슨 상관이야? 어차피 내가 알 턱이 없잖아!
— 저기 저 나무에는 벌써 새싹이 텄구나… 이곳 시민공원에서 내가 어떤 여자에게 말을 붙인 적이 있었는데 — 빨간 옷을 입은 여자였지 — 슈트로치 거리에 산다고 했어 — 그 후에 그 여자를 로흐리츠란 자식이 인수했는데… 아마도 그 친구는 그 여자를 아직도 가지고 있는 것 같은데, 그 자식, 거기에 대해서는 더 이상 입을 벙긋도 하지 않고 있어 — 그 자식 혹시 부끄럼을 타는 것 아니야… 지금까지도 슈테피는 잠을 자고 있겠지… 그녀가 자고 있을 때는 얼굴이 정말 순진해 보여… 마치 다섯까지도 숫자를 셀 수 없는 것처럼 보인단 말이야! — 그렇지, 여자들이 자고 있을 때는 모두 다 그렇게 보여! — 어쨌거나 그녀에게 내가 한마디라도 편지를 써야 하지 않을까?… 당연한 일이지. 누구든지 죽기 전에 편지를 쓰는 것이니까. — 그리고 클라라 누나에게도 편지를 써야 해, 아빠와 엄마를 위로해달라고 — 그런 편지는 이렇게 쓰는 것이 맞지! — 그리고 코페츠키에게도 역시… 이 몇몇 사람들에게 미리 작별 인사를 해두었더라면 훨씬 손쉬웠을 텐데… 연대본부에 통지도 해야 되고 — 게다가 발러트 자식에게 줄 160굴덴도 말해둬야 하고… 생각보다도 훨씬 할 일이 많이 남았네… 그래 어떤 자식이 이런 법을 만들어놓았어, 내가 정각 7시에 행동개시를 하라고… 8시 이후에 죽어 있어도 늦을 건 없잖아!… 어쨌든 죽어 있음 되잖아, 그래 — 그 말은 — 아무것도 할 수 없…

순환도로 — 이제 곧 단골 카페에 도착하겠군… 아침 식사를 한다 생각하니 기쁘기까지 하니… 믿을 수 없는 일이야. — — 그렇지,

아침 식사를 하고, 시가를 한 대 꼬나물고, 그리고 집으로 돌아가 편지를… 그래 무엇보다도 먼저 본부에 통지서를 쓰고, 그런 후에 클라라 누나에게 편지를 — 그다음에 코페츠키에게 — 그다음엔 슈테피에게… 이 화냥년에겐 뭐라고 쓴담… "내 사랑하는 귀여운 이여, 당신은 분명 상상치도 못했을 것이오" — 아 뭐라고, 무슨 헛소리를! "내 사랑하는 귀여운 이여, 난 당신께 깊은 감사를"… "내 사랑하는 귀여운 이여, 내가 당신을 떠나기 전에 내가 그대에게 남기고 싶은"… — 잘 안 되는데, 편지 쓰는 건 역시 내 주특기가 아니야… "내 사랑하는 이여, 당신의 구스틀이 마지막 작별인사를"… — 이년 눈깔이 휘둥그레지겠지! 내가 그년에게 푹 빠지지 않았다는 건 정말 다행이야… 정말 슬픈 일이지 않겠어, 한 여자를 정말 좋아하는데도 이렇게… 그래 됐다 됐어, 구스틀, 어떠한 경우가 되었든 슬프기는 역시 마찬가지야… 슈테피 다음에도 적지 않은 여자들이 줄줄이 따라붙었을 텐데, 그리고 결국에는 한 여자, 정말 쓸 만한 한 여자 — 돈 걱정 없는 양갓집의 요조숙녀 — 홀딱 반해버렸을 텐데… 클라라 누나에겐 좀더 자세히 편지를 써야겠어, 나에겐 다른 도리가 전혀 없었다고 말이야… "사랑하는 누나, 누나는 나를 용서해주리라 믿어, 사랑하는 부모님을 위로해주기를 부탁해. 난 잘 알고 있어, 내가 가족들에게 사고뭉치였고, 적지 않은 고통을 주었다는 걸 말이야. 그러나 나를 믿어줘. 난 언제나 가족들 모두를 매우 사랑하고 있었어. 그리고 누나가 언젠가는 행복하게 되길 빌겠어. 사랑하는 클라라 누나. 불쌍한 동생을 아주 잊지는 말아줘"… 아 아 차라리 누나에게는 편지를 쓰지 말아야겠어!… 그래 눈물이 나올 것 같아… 그 생각만 해도 눈물이 찔끔거리는데… 코페츠키에게나 써야겠어 — 동료로서의 작별 인사를, 그 친구가 다른 사람들에게도 전달해주도록… — 벌써 6시가 되었나? — 아냐 30분 전 — 아니 15분 전. — 이건 대단한 얘깃거리야!… 검은 눈동자의 말괄량이 아가씨, 플로리아니 골목길에서 자주 만났었는데! — 이 아가씬 뭐라고 할까? — 하지만 내 이름도 모르잖아 — 그저 내가 전혀 보이지 않으면 조금 이상하게 생각하겠지… 엊그제 밤만 해도 다음번에 만나면 말을 붙여보려고 마음먹었었는데. — 이 여자의 상냥함은 만점이야… 앳되게 보였는데 — 한마디로 남자를 전혀 모르는 처녀일 거야!… 자아 구스틀, 네가 오늘 할 수 있는 일을 내일로 미루지 마라!… 저기 있는 저 자식도 역시 밤샘을 한 게 분명해. — 이젠 집으로 얌전히 돌아가 잠을 자겠지 — 나도 마찬가지야! — 하하! 무슨 소리를, 이제부터 진짜야, 구스틀 알았니!… 조금도 두렵지 않다면 거짓말이겠지만 — 좌우지간 나 스스로에게 기특하게 굴어야 해, 알아들었지… 아 어디로 더 가겠다는 거야? 내 단골 카페에 벌써 다 왔잖아… 아직도 청소를 하고 있군… 아무튼 안으로 들어가서…

저 뒤 식탁에서는 언제나 삼인조 카드놀이를 했었지… 묘하군, 저 뒤편 벽 쪽에 앉아 있던 녀석은 왜 언제나 똑같은 사람이지, 이해가 되지 않아, 그 자식이 나를… — 여긴 아직 아무도 안 나와 있네… 종업원 자식 도대체 어디 있어?… 헤이! 주방에서 나오는군… 다급하게 근무복을 걸쳐 입네… 꼭 저렇게까지 할 필요가 있나!… 아 아 그래, 저 녀석 입장에서는… 다른 손님들도 서비스해야 하니까! —

"어서 옵쇼. 소위님!"

"잘 있었나."

"오늘은 이렇게 이른 시간에 어떻게, 소위님?"

"그건 그렇고 — 난 시간이 별로 없어, 망토를 입은 채 앉아야겠다."

"네, 명령만 내려주시지요, 소위님!"

"밀크커피."

"넵, 곧 갖다 바치겠습니다. 소위님!"

아아 저기 신문이 있군… 오늘 신문이 벌써 나왔나?… 혹시 그것이 신문에 나지 않았을까?… 도대체 뭐가 나왔단 말이야? — 그래 신문을 한번 보았음 했는데, 그게 나왔는지, 내가 자살했다는 기사! 하하! — 어쩌자고 아직도 우두커니 서 있는 거야?… 저기 창가에 앉자… 벌써 커피를 내놓고 갔군… 자아 커튼을 내리고, 사람들이 들여다보는 건 역겹거든… 지나가는 사람은 아무도 없지만 어쨌든… 아아 커피 맛이 좋다 — 그래 헛것이 보이면 안 되지, 아침 식사를 제대로 하는 거야!… 그래 아주 다른 사람이 되는 거야 — 정말 어처구니없는 건, 지금까지 저녁 식사도 하지 않았단 거야… 왜 이 녀석이 다시 옆에 와 서 있는 거야? — 아 그래 빵을 가져왔구먼…

"소위님께서는 벌써 들어서 알고 계시겠죠?"…

"뭘?" 맙소사 이 자식은 벌써 알고 있나?… 그렇지만 말도 안 돼, 불가능한 일이잖아!

"하베트발너 씨가…"

뭐 뭐라고? 그건 제빵업자 이름인데… 이 자식 지금 무슨 말을 할 작정이야?… 결국 그 새끼가 여기를 다녀갔나? 그 새끼가 이곳에 나타나서 벌써 주둥일 놀렸나?… 이 자식은 왜 그다음 말을 못하는 거야?… 뭐야, 뭘 말하려고 그래…

"…오늘 새벽 12시 심장마비로 쓰려졌습니다요."

"뭐라고!"… 이렇게 큰 소리를 치는 게 아닌데… 그래, 뭔가 눈치 채게 해서는 안 되지… 하지만 내가 꿈을 꾸고 있는 것은 아닐까… 다시 한 번 물어봐야… "심장마비로 쓰러진 사람이 누구라고?" — 잘했어, 참 잘했어! — 아무렇지도 않은 목소리로 참 잘했어! —

"제방업잡니다. 소위님!… 소위님께서도 알고 계시는 바로 그 남자… 왜 있잖습니까요, 매일 오후 장교님들 근처에서 삼인조 카드놀이를 했던 뚱뚱한 남자… 쉴레징어 씨 그리고 조화 상점의 봐스너 씨 건너편에 앉아 있던 남자입니다!"

누군지 확실히 알겠어 — 앞뒤가 딱 들어맞아 — 그렇지만 아직도 확실히 믿을 수 없어 — 다시 한 번만 더 물어봐야겠어… 그렇지만 아무렇지도 않은 목소리로 물어봐야…

"심장마비로 쓰러졌단 말이야?… 그래 대관절 어떻게 된 건데? 넌 또 어떻게 알았어?"

"그렇지 않습니까요, 소위님, 우리 같은 사람들보다 더 빨리 알 사람이 이 세상에 어디 있습니까요. — 그 빵 말입니다, 소위님께서 드시고 계신 그 빵도 하베트발너 씨 것이에요. 새벽 4시 반 빵 배달 나온 꼬마 녀석이 말해주었습니다요."

아, 아니 이럴 수가, 난 들키면 안 돼… 비명이라도 질렀으면 좋겠다… 웃음보를 터뜨리고 싶어 미칠 지경이야… 루돌프, 이 녀석 뺨에 뽀뽀라도 해줬음 좋겠다… 하지만 그러기 전에 아직도 물어볼 게 남아 있지!… 그 자식이 죽었는지 물어봐야지 않겠어… 하지만 아주 침착하게 제빵업자가 나완 아무 상관도 없다는 듯이 — 종업원 녀석에게 물어보는 동안에 신문이라도 들여다봐야겠어…

"그랬어, 그래서 그 친구는 죽었나?"

"예, 물론입죠, 소위님, 그 자리에서 쓰러져 죽었습니다요."

오 오 오 예, 멋져, 정말 멋졌어! ― 모든 게 잘되었어, 내가 성당에 들렀던 덕을 이제야 보는구나…

"어제저녁 극장에 갔었다는데요, 집 계단에서 고꾸라졌대요. ― 집 관리인이 쿵 소리를 듣고 달려갔더니… 그랬다지 뭐예요, 그리고 사람들이 방으로 옮겨 갔는데요, 의사가 왔을 땐 이미 죽은 지 한참 되어서 손도 못 썼대요."

"그것 참 안됐군. 아직 한창 일할 나이에 ― "이렇게 말한 건 참 잘했어 ― 이만하면 그 누구도 눈치채지 못하겠지… 이젠 정말 조심해야겠어, 그러지 않으면 환호성을 지르거나, 아님 저 당구대 위로 뛰어올라갈지도…

"정말 그래요, 소위님, 참 안됐어요. 참 좋은 분이셨는데. 20년 동안이나 우리 집과 거래를 했는데 ― 우리 가게 주인과도 친하게 지내셨는데요. 그리고 그 부인은 참 딱하게도…"

정말 내 생전에 이렇게 기쁜 적이 또 있었나… 그 자식이 죽다니 ― 그 자식은 죽었어! 이젠 아는 사람이 없으니 아무 일도 안 일어난 거야! ― 난 목숨을 건지는 행운을 잡은 거야, 내가 이 카페에 들어오다니… 그렇지 않았음 쓸데없이 자살할 뻔했잖아 ― 이런 걸 두고 운명의 장난이라는 것 아니겠어… 루돌프 이 친구 지금 어디 있어? ― 아 소방서 청년과 이야기를 하고 있군… ― 그러니까 그가 죽었어. ― 캑 죽어버렸어 ― 도무지 믿기질 않는군! 가장 좋은 건 직접 가서 두 눈으로 확인하는 것이겠지만. ― ― 분노를 꾹 억누르다가 드디어 심장마비가 일어났겠지… 아, 뭐 하려고 그딴 생각을,

어떻게 죽었건 내가 알게 뭐야! 중요한 건, 그 자식은 죽었고 난 살아도 된다는 것, 이 세상천지가 다시금 내 것이 되었다, 그것 아니겠어!… 기분 한번 묘한데, 하베트발너가 구워놓은 이 빵을 정신없이 뜯어먹고 있으니! 하베트발너 씨, 맛이 기막히게 좋네요, 좋아! ― 자아 이제 담배를 한 대 피워볼까…

"루돌프! 이것 봐, 루돌프! 거기 있는 소방서 청년, 조용히 좀 하라고 그래!"

"예 알았습니다요. 소위님!"

"그리고 트라부코* 하나 가져와"… ― 이렇게 기쁠 수가 이렇게 신날 수가!… 이젠 무얼 하느냐?… 그래 무슨 일이든 일어나야 해, 아니면 기쁨에 넘쳐 나한테도 심장마비가 일어나겠어!… 그래 15분 후에 병영으로 건너가서 요한에게 냉수마찰을 해달라 하고… 8시 반엔 총검술, 9시 반엔 교련. ― 그다음 슈테피, 그년에게 편지를 써야지, 오늘 저녁은 꼭 시간을 내도록, 그래, 무슨 일이 있어도! 그다음은 오후 4시 정각… 자아 기다리게 이 양반, 조금만 기다려라 이 양반아! 이제 제대로 끓어올랐어… 널 회(膾)를 떠버리겠어!

---

* Trabucco: 중상급 담배.

라이겐—열 개의 대화

첫번째 대화
창녀와 군인

늦은 저녁. 빈 시내의 도나우 강변공원으로 건너가는
다리.

군인 〔휘파람을 불며 나타나. 부대로 돌아가려고 한다.〕

창녀 이봐요, 멋쟁이 천사 양반.

군인 〔뒤를 돌아보고 다시 가던 길을 계속 걸어간다.〕

창녀 나랑 함께 가지 않을래요?

군인 아니, 나보고 멋진 천사라 했어?

창녀 물론이지, 그럼 누구겠어? 나한테 와, 응. 난 바로
저기 요 근처 사는데.

군인 난 시간 없어. 부대로 들어가야 하거든!

창녀 부대로야 아직도 뭐 늦지 않았잖아. 내 곁이 좋잖아.
응!

군인 〔그녀에게 가까이 다가서며〕 그야 그럴 수도 있겠지.

창녀 쉬잇, 조용조용, 순경이 언제 나타날지 모르잖아.

군인 웃기네! 순경! 나도 옆구리에 칼을 찼어, 이게 안 보여!

창녀 그만하구, 같이 가기나 해.

군인 날 그냥 놓아둬. 돈은 정말 땡전 한 푼도 없으니깐.

창녀 난 돈 필요 없어.

군인 〔발걸음을 멈춘다. 두 사람은 가로등 옆에 서 있다.〕 돈이 필요 없어? 끝나고 나면 어떻게 나오려고 그래?

창녀 계산은 민간인들이나 하는 거지. 당신 같은 사람이라면 언제라도 공짜야, 정말이라니깐.

군인 네가 그러니까 분명 그 여자구나, 후버라는 친구가 말했던 바로 그 여자.

창녀 난 후버를 몰라.

군인 네가 바로 그 여자야, 분명해. 거 뭐라더라 — 쉬프 거리에 있는 다방 — 거기에서 그 친구가 너랑 같이 밖으로 나갔었잖아.

창녀 그 다방에서 같이 나간 남자가 지금까지 어디 한둘인감… 오 오! 오오! —

군인 어쨌든 같이 가자, 가자고.

창녀 왜 이래, 뭐가 그리 급해?

군인 그찮아, 기다릴 게 뭐가 더 있어? 정각 10시까진 부대에 기어들어가야 하고.

창녀 군대생활은 도대체 얼마나 했어?

군인 그게 너랑 무슨 상관이냐? 집은 멀어?

창녀 걸어가면 10분.

군인 내겐 너무 멀다. 뽀뽀나 한번 하자.

창녀 〔그에게 키스를 한다.〕 내가 좋아하는 남자랑 하면, 그게 정말 최곤데!

군인 난 그렇지 않아. 안 되겠다, 너랑 같이 가진 못하겠다, 너무 멀어.

창녀 그럼 말이야, 내일 오후에 와, 응.

군인 좋―지. 집 주소 좀 가르쳐줘.

창녀 결국엔 오지도 않을 거면서, 흥.

군인 난 말을 꺼내면 그대로 지켜!

창녀 그런데 있잖아 응 ― 오늘 저녁 내게 오는 게 너무 멀면 ― 저―기… 저―기에서… 〔도나우 강 쪽을 가리킨다.〕

군인 뭘 말하는 거야?

창녀 저어기도 정말 조용해… 지금 시간엔 오는 사람도 없구, 응.

군인 아 아니, 저긴 제대로 된 곳이 아니잖아.

창녀 난 그래도 괜찮은데. 가, 응, 내 곁에 있어줘, 응. 우리가 내일도 살아 있다는 걸, 누가 장담한다고 그래, 아잉.

군인 그래 가자, 가 ― 빨리빨리 동작 봐라!

창녀 조심해, 여긴 너무 깜깜해. 아차 미끄러지면 도나우 강에 빠져 죽어.

군인 그럼 더 바랄 게 없겠다.

창녀 피이, 조금만 더 가봐. 곧 벤치가 하나 나올 텐데.

군인 이곳 지리를 훤히 꿰뚫고 계시는구먼.

창녀 당신 같은 남자가 애인이었음 좋겠어, 정말이야.

군인 내가 너무 질투를 부릴 텐데.

창녀 그런 버르장머리는 내가 싹 고쳐놓을 거야.

군인 우하하 —

창녀 큰 소리로 웃지 마. 순경이 이곳까지 내려와 헤집고 다닐 때도 있으니까. 빈 시내 한복판에 우리 같은 사람이 있다는 걸 믿기는 하는 모양이지?

군인 여기로 와, 여기로.

창녀 아니 도대체 뭘 어쩌자고 그래 응. 거기서 미끄러지면 물속으로 직통이야.

군인 〔그녀를 꽉 껴안는다.〕 아아, 이봐 —

창녀 떨어지지 않게 꽉 붙잡아.

군인 뭐가 무섭다고…

———————————————————

창녀 벤치 위가 차라리 나았을 거야.

군인 저 벤치 아니면 저어기 저 벤치 … 자아, 뚝방 위로 올라가자.

창녀 왜 그렇게 빨리 걸어 —

군인 부대로 들어가야 해. 벌써 너무 늦었다고.

창녀 그런데, 있잖아 자기, 자기 이름은 뭐예요?

군인 내 이름이 뭐든, 그게 너랑 무슨 상관이냐?

창녀 내 이름은 레오카디아예요.

군인 아아하! — 그렇게 요상하게 생겨먹은 이름은 난생처음이다.

창녀 야, 이봐!

군인 그래, 원하는 게 뭔데?

창녀 관리 아저씨에게 주라고 나한테 얼마라도 줘야 하는 것 아냐, 적어도 말이야, 그래 안 그래, 앙! —

군인 하하하!⋯ 야, 내가 네 밥이냐. 잘 가시게! 레오카디아⋯

창녀 이 개새끼야! 야, 이 사기꾼아! —

〔그가 사라진다.〕

두번째 대화

군인과 하녀

프라터. 일요일 저녁 어두운 골목길로 들어서는 길목.
혼잡한 프라터 놀이공원에서 벗어나 있다. 놀이공원의
시끄러운 음악 소리가 여기까지 자그마하게 들린다. 동
전을 넣으면 나오는 음악에 맞추어 춤추는 소리 그리고
관악기로 연주되는 저속한 폴카가 뒤섞여 있다.
군인과 하녀가 등장한다.

하녀 이제 말 좀 해봐요 진짜, 왜 그래, 무엇 때문에 벌써
가야만 한다고 막무가내예요?

군인 〔당황한 듯 큰 소리로 웃더니, 멍청한 표정을 짓는다.〕

하녀 정말 너무너무 맘에 들었는데. 남은 정말 신나게 춤
추는데.

군인 〔그녀의 허리를 껴안는다.〕

하녀 〔껴안도록 그냥 놓아둔 채〕 어머머, 지금 춤추고 있는
줄 아시나 봐. 왜 이렇게 꽉 껴안아요?

군인 이름이 뭐지요? 카티?

하녀 당신 머릿속에 여잔 누구나 다 카티겠지요.

군인 아 알았어, 이젠 틀림없어… 마리.

하녀 이봐요, 여긴 너무 깜깜해요. 무서워 죽겠어.

군인 내가 당신 곁에 있다면야, 무서워할 필요가 없어요. 다행인 줄이나 알고 있어요, 내 곁에, 바로 내 곁에 있으니까!

하녀 근데 지금 도대체 어디로 가죠? 여긴 정말 아무도 없잖아요. 가요, 되돌아가요! — 너무너무 깜깜해!

군인 〔담배를 한 모금 빨아들이자, 그 끝에서 빨간 빛이 나온다.〕 어때 훨씬 밝아졌지! 하하하! 오오우, 내 귀여운 애인!

하녀 어머머, 지금 뭣 해요? 이렇게 될 줄 알았다면!

군인 오늘 프라터 클럽에서, 마리 아가씨, 당신보다 복스러운 여자가 딱 한 명이라도 더 있었다면, 난 당장 뒈져도 할 말이 없어.

하녀 다른 여자들도 모두 이런 식으로 꾀었어요?

군인 춤출 때 알아봤다고. 춤춰보면 정말 속속들이 알게 되지! 하하하!

하녀 하지만 나보다도, 얼굴이 삐뚤어진 금발 머리하구 더 많이 췄잖아요.

군인 그 금발 머린 내 친구가 옛날부터 알고 지내는 여자야.

하녀 콧수염을 치켜세운 그 하사관?

군인 아, 아니야, 그놈은 민간인 새끼야, 기억나? 처음에 나랑 같은 식탁에 앉아 쉰 목소리로 떠들던 친구.

하녀 아, 누군지 알겠어요. 뻔뻔스러운 그 사내.

군인 아니, 그 자식이 당신에게 무슨 몹쓸 짓을 했습니까?
그 새끼, 손 한번 봐주어야겠네! 그래 무슨 짓을 했죠?

하녀 오오, 내겐 아무 짓도 안 했어요 — 다른 여자를 건드
리는 걸 보기만 했는데요, 뭘.

군인 말해봐요, 마리 아가씨…

하녀 아이 뜨거, 조, 조심해욧, 당신 담뱃불로 날 지지겠
어.

군인 미─안합니다! — 마리 아가씨. 우리 서로 말을 낮추
도록 합시다.

하녀 우린 아직 서로 잘 아는 사이도 아니잖아요.

군인 너무나 견딜 수가 없어요, 서로 말 낮춥시다.

하녀 이다음 번에 우리 사이가 그렇게… 하지만, 프란츠
씨 —

군인 헉, 내 이름을 알아냈군요?

하녀 하지만, 프란츠 씨…

군인 그냥 프란츠라고 불러요, 마리 아가씨.

하녀 엉큼한 짓 하면 안 되는 것 알죠 — 잠깐 쉿, 누가
오나 봐요!

군인 하지만 누가 정말로 온다 해도, 두 걸음 앞도 안 보여
요.

하녀 하느님 맙소사, 지금 진짜 어디로 가는 거죠, 네?

군인 보여요, 저기 나 같은 사람이 두 사람 더 있는데.

하녀 어디에요? 내 눈엔 아무것도 안 보이는데.

군인 저기… 우리 앞에.

하녀 그런데 왜 '당신 같은 사람이 두 사람' 더 있다고 그 래요? —

군인 그러니까, 내가 말한 건, 그러니까 저 사람들도 서로 좋아한다, 그 말이죠.

하녀 어머나, 조심해요! 여기 이건 도대체 뭐죠, 조금 전 하마터면 넘어질 뻔했어요.

군인 아, 그건 잔디밭에 쳐놓은 울타리.

하녀 어머나, 그렇게 밀치지 마세요, 넘어지겠어.

군인 쉿, 큰 소리 치지 마요.

하녀 이봐요, 이젠 정말 소리를 지를 거예요. — 아니, 지 금 뭐 하는… 어머 왜 그래요, 어머 —

군인 자아, 이젠 사방팔방에 사람 그림자도 없으니.

하녀 그럼 되돌아가요, 사람들이 있는 데로.

군인 우린 사람들이 필요 없잖소, 그렇죠, 마리, 우리가 필 요한 건… 바로 여기에… 하하.

하녀 하지만, 프란츠 씨, 제발, 제발, 하느님 맙소사, 이봐 요, 내가 이럴 줄… 알았… 음… 으음… 아 아!…

— — — — — — — — — — — — — — — — — — — —

군인 〔황홀한 목소리로〕 빌어먹을 다시 한 번… 아…

하녀 …자기 얼굴이 하나도 안 보여.

군인 아 뭐라고 — 얼굴…

————————————————————————

군인 이봐요, 마리 아가씨, 그렇게 풀밭에 누워 있기만 할
   순 없잖아.

하녀 알았어, 프란츠, 날 좀 도와줘.

군인 내 참, 자아, 벌떡.

하녀 오, 맙소사, 프란츠.

군인 왜 그래, 프란츠가 뭘 어쨌는데?

하녀 당신 나쁜 사람이야, 프란츠.

군인 그래, 그래. 그만하고, 조금만 기다려봐.

하녀 왜 안아주지 않아?

군인 잠깐, 담배 한 대 피워 물어도 괜찮지 않겠어.

하녀 여긴 정말 컴컴하네.

군인 내일 아침이 되면 다시 훤해지지.

하녀 말 좀 해봐, 날 좋아해?

군인 그런 거라면 분명 느꼈을 텐데, 왜 그러시나, 마리 아
   가씨, 하하!

하녀 지금 어디로 가는 거야?

군인 어딘 어디야, 되돌아가야지.

하녀 그럼, 제발 부탁이야, 그렇게 빨리 걷지 마!

군인 내 참, 왜 그래? 난 어둠 속을 걷는 게 싫다고.

하녀 말해봐, 프란츠, 날 좋아해?

군인 조금 전에 말했잖아, 널 좋아한다고, 몇 번이나 말해야 해!

하녀 그럼, 키스 한 번 해주지 않을래?

군인 〔점잖은 목소리로〕이런… 들리지요 ─ 이제 음악 소리를 다시 들을 수 있군요.

하녀 자긴 결국 다시 춤추러 가고 싶다, 그거야?

군인 그럼 물론이지, 할 게 또 뭐 있남?

하녀 그런데, 프란츠, 그러니까, 난 집에 가야 해. 야단맞을 게 분명해. 우리 마님이란 여잔 정말… 그러니까 아예 방에 틀어박혀 문밖에 얼씬도 않는 게 최고야.

군인 그래, 그렇구먼, 그럼 어서 집으로 들어가시지그래.

하녀 프란츠 씨, 당신이 날 집까지 데려다 주리라 생각했는데.

군인 집까지 데려다 줘? 하아!

하녀 데려다 줘요, 응, 혼자 집에 가면 너무 슬퍼요.

군인 사시는 곳은 어디신가?

하녀 전혀 멀지 않아요 ─ 포르첼란 거리예요.

군인 그으래? 그럼, 정말 부대에서 길 하나만 건너면 되네… 하지만 지금 시간은 너무 일러… 아직도 춤판은 빙빙 돌아가고, 오늘 난 시간을 끌어야 해… 12시 전까지 부대에 들어갈 필요가 없으니깐.
난 춤추러 가겠어.

하녀 물론 그렇겠죠, 벌써 알고 있었다고요, 이젠 삐뚤이 얼굴의 금발 머리 차례다, 그거죠!

군인 하하하! — 그 여자 얼굴은 조금도 삐뚤어지지 않았
다네.

하녀 오, 맙소사, 남자들은 다 늑대라니까. 뭐라고, 여자
들을 하나씩 하나씩 이런 식으로 다루는 모양인데.

군인 무슨 지나친 말씀을 그렇게! —

하녀 프란츠, 제발, 오늘만은 — 오늘은 나랑 같이 있어요,
응, 알았죠 —

군인 그래, 그래, 벌써 알아들었어. 하지만 춤추는 것까지
말리진 않겠지.

하녀 난 오늘 더 이상 춤추지 않을 거야.

군인 저기야, 벌써 왔네…

하녀 누가요?

군인 프라터 클럽 말이야! 우린 정말 빨리 돌아왔어. 아싸,
아직까지 춤추고 있네… 따다라다, 빠라빠라…〔노
래를 따라 부른다.〕…그래, 날 기다려주시겠다, 그
럼, 집까지 데려다 줄게… 기다리지 못하시겠다…
그럼 잘 가시게 —

하녀 그럼, 기다리겠어요.
〔두 사람은 댄스홀로 들어선다.〕

군인 이봐요, 마리 아가씨, 당신 앞으로 맥주 한 잔 시켜드
리지. 〔젊은 청년과 춤을 추며 지나가고 있는 어떤 금발
머리 여자에게 몸을 돌리며, 정중하게 표준말을 사용한
다.〕 실례합니다, 아가씨, 춤 한 번 청해도 되겠습니
까? —

세번째 대화
하녀와 젊은 신사

무더운 여름날 오후. — 부모는 벌써 시골에 내려가 있
다. — 요리사도 퇴근했다. — 하녀는 부엌에서 군인에
게 편지를 쓰고 있다. 군인은 그녀의 애인이다. 젊은 신
사의 방에서 초인종이 울린다. 그녀는 자리에서 일어나
젊은 신사의 방으로 들어간다.

젊은 신사는 안락의자에 누워 담배를 피우며 프랑스 소
설을 읽고 있다.

하녀   부르셨어요, 도련님?

젊은 신사 아 그래, 마리, 아 그랬었지 참, 내가 초인종을 눌렀
어, 그래… 내가 뭘 하려고 했었는데, 가만… 그래
맞아, 블라인드 좀 내려줘요, 마리… 블라인드를 내
려놓아야 좀더 시원할 것 같아서… 그래… 〔하녀가
창가로 가서 블라인드를 내린다.〕

젊은 신사 〔계속 책을 읽다가〕 아니, 대체 뭘 하는 거죠, 마리?

아 참 그랬었지. 이젠 아무것도 보이지 않아, 책도 읽지 못하겠으니.

하녀 도련님은 언제나 어쩜 그렇게 부지런하세용.

젊은 신사 〔하녀의 말을 젊잖게 들어넘기며〕 그런가, 좋은 거지. 〔하녀가 방에서 나간다.〕

젊은 신사 〔책을 계속 읽으려고 애를 쓰지만 곧바로 책을 내려놓고 다시 초인종을 울린다. 하녀가 방에 들어온다.〕

젊은 신사 이봐요, 마리이… 그래, 내가 무슨 말을 하려고 했었는데… 그렇지… 혹시 코냑이 집에 있어요?

하녀 네, 그런데 열쇠를 채워놓아서.

젊은 신사 저런, 그럼 열쇠는 누가 갖고 있지?

하녀 열쇠는 리니가 갖고 있죠.

젊은 신사 리니가 뭐 하는 여자지?

하녀 요리사예요, 알프레드 도련님.

젊은 신사 그래요, 그럼 당장 리니에게 말해요.

하녀 근데, 리니는 오늘 퇴근했어요.

젊은 신사 그렇다면…

하녀 혹시 제가 카페에 가서 도련님께 갖다 드려야 할는지…

젊은 신사 아, 아니야… 그렇잖아도 날씨가 너무 후덥지근해서. 코냑은 필요 없어. 그건 그렇고, 마리, 물 한 컵 갖다 줘요. 잠깐만, 마리 — 하지만 물을 좀 흐르게 놓아두었다가 받아요, 그래야 제대로 차갑게 될 테니깐. — 〔하녀가 퇴장한다. 젊은 신사의 시선이 그녀의 뒷모습을 따라가다가 문가에서 하녀가 그를 향해 몸을 돌리는 순간, 허공을 바라본다. ─ 하녀는 수도꼭지를 열어 물이 흐르도록 한다. 그사이에 그녀는 자신이 쓰는 작은 골방으로 가서, 손을 씻고, 거울 앞에 서서 땋아 올린 머리를 매만진다. 그런 후에 젊은 신사에게 물 한 컵을 가져다주기 위해 안락의자로 다가간다.〕

젊은 신사 〔몸을 반쯤 일으키고, 하녀는 그의 손에 컵을 건넨다. 두 사람의 손이 스친다.〕

젊은 신사 그래, 고마워. ─ 아니, 이게 뭐야? ─ 조, 조심해. 컵은 다시 받침 위에 올려놓도록… 〔그는 다시 의자에 누워서 몸을 길게 뻗으며 기지개를 켠다.〕 대체 몇 시나 됐지? ─

하녀 5시예요, 도련님.

젊은 신사 그래, 5시라 ─ 알았어요. ─

〔하녀, 자리를 떠난다. 문가에서 살짝 고개를 돌려본다. 젊은 신사는 그녀의 뒷모습을 바라보고 있다. 그녀는 이를 알아채고 미소를 짓는다.〕

젊은 신사 〔잠시 동안 누운 채로 있다가 갑자기 벌떡 일어선다. 그는 문까지 갔다가, 다시 제자리로 돌아와 안락의자에 털썩 앉는다. 그는 다시 책을 읽으려고 애를 쓴다. 몇 분 후에 그는 초인종을 다시 누른다.〕

하녀 〔얼굴에 띤 미소를 굳이 숨기려 하지 않고 등장한다.〕

젊은 신사 이봐요, 마리, 내가 물어보려고 했던 것은, 그러니까. 오늘 오전에 슐러 박사가 찾아오지 않았나?

하녀 아뇨, 오늘 오전에 찾아온 사람은 아무도 없었는데요.

젊은 신사 그래, 이상한 일인데. 그러니깐 슐러 박사가 오지 않았다, 그거지? 그런데 슐러 박사가 누군지 알고 있긴 해요?

하녀 물론이죠. 검은 턱수염에 키가 큰 신사분이잖아요.

젊은 신사 맞아. 그 친구가 아마 왔다 갔을 게 틀림없을 텐데?

하녀 아뇨, 아무도 오지 않았어요, 도련님.

젊은 신사 〔단호한 어조로〕이리 와봐, 마리.

하녀 〔가깝게 다가선다.〕네에.

젊은 신사 좀더 가까이… 좀더… 아아… 내 생각으론 그냥…

하녀 왜 그러세요, 도련님?

젊은 신사 내 생각으론… 그냥 난 생각했는데 말이야 ─ 그냥 당신 블라우스 때문에… 무슨 블라우스가 이렇게… 제발, 그냥 좀더 가까이 와요. 내가 당신을 물어뜯진 않으니깐.

하녀 〔그의 곁으로 다가선다.〕제 블라우스가 어쨌다고 그러셔요? 도련님 맘에 들지 않으세요?

젊은 신사 〔누운 채로 블라우스를 붙잡아 하녀를 끌어당기며〕푸른색인가? 그렇지 푸른색, 정말 아름답구먼. 〔천진난만한 어조로〕어쩌면 이렇게 귀엽게 차려입었을까, 마리.

하녀 하, 하지만, 도오려언니임…

젊은 신사 아아니, 이건 또 뭘까?… 〔그는 블라우스를 풀어젖힌다. 사무적인 어조로〕눈부시게 하얀 살결입니다. 마리.

하녀 도련님께서 아첨을 다 하시네요.

젊은 신사 〔젖가슴에 입을 맞춘다.〕 이렇게 한다고 아프진 않겠지.

하녀 오, 아 아니에요.

젊은 신사 무슨 한숨을 그렇게! 왜 한숨을 쉬지?

하녀 아, 알프레드 도련니임…

젊은 신사 그런데 무슨 슬리퍼가 이렇게 멋있나…

하녀 …하 하지만… 도련님… 이러다 초인종이라도 울리면 —

젊은 신사 지금 시간에 누가 초인종을 누른다고 그래?

하녀 하지만 도련님… 어머나… 이렇게 밝은 데서…

젊은 신사 내 앞에서 부끄러울 필요가 뭐 있겠어. 당신은 누구 앞에서도 부끄러울 필요가 없잖아… 이렇게 아름답다면야. 아, 이런, 마리, 당신은 말이야… 그래, 당신 머리에선 향내까지 나는데, 이렇게 좋은.

하녀 알프레드 도련니임…

젊은 신사 허허, 쓸데없는 짓 마요, 마리… 난 당신을 이미 훔쳐봤다고. 얼마 전 밤 집에 돌아와, 물을 가지러 가는데. 당신 방문이 열려 있더라고… 그랬는데 뭘…

하녀 〔얼굴을 숨기면서〕 아이 난 몰라, 난 정말 꿈에도 몰랐어요, 알프레드 도련님이 그렇게 나쁜 사람이라니.

젊은 신사 그때 벌써 실컷 훔쳐봤다고… 여기… 그리고 여기도… 그리고 요오기도… 그리고 —

하녀 하 하지만 알프레드 도련니임!

젊은 신사 자 가까이, 가까이 와… 여기로… 그렇지, 그래 그렇게…

하녀　하지만 지금 누가 벨을 누르면 ―

젊은 신사　자아 이제 제발 그만 좀 해… 문을 열어주지 않음, 그만이지…

　　　　　 ― ― ― ― ― ― ― ― ― ― ― ― ― ― ―

　　　　　〔초인종이 울린다.〕

젊은 신사　이런 빌어먹을… 어떤 자식이 시끄럽게 굴지. ― 아니지, 혹시 아까부터 눌러댔는데, 우리가 못 들은 건 아닐까.

하녀　오, 아니에요, 제가 계속 신경 쓰고 있었거든요.

젊은 신사　그래, 그렇담 가만있지만 말구, 가서 내다봐요 ― 문구멍으로.

하녀　알프레드 도련님… 그렇긴 해도… 아 아니에요… 어쩜 그렇게 나쁜.

젊은 신사　제발, 이젠 그만하고 나가서 밖을 내다봐요…

하녀　〔퇴장한다.〕

젊은 신사　〔재빨리 블라인드를 올려버린다.〕

하녀　〔다시 등장하면서〕 어쨌거나 그냥 가버린 게 분명해요. 이젠 아무도 없어요. 아마도 슐러 박사님이었나 봐요.

젊은 신사　〔언짢다는 표정으로〕 그럼 됐지.

하녀　〔그에게 다가선다.〕

젊은 신사　〔그녀에게서 몸을 빼내며〕 이것 봐요, 마리, ― 난 이젠 카페로 나가봐야겠어.

하녀　〔상냥한 목소리로〕 어머머 벌써요, 아잉… 알프레드
　　　 도오려언니임.

젊은 신사　〔엄격한 목소리로〕 난 이제 카페로 갑니다. 혹시 슐러
　　　 박사가 오시게 되면 —

하녀　그분은 오늘 올 사람이 아닌데.

젊은 신사　〔더욱 엄격한 목소리로〕 어허, 슐러 박사가 오시면,
　　　 난, 나는… 나는 — 카페에 있다고 — 〔다른 방으로
　　　 건너간다.〕

　　　 〔하녀는 탁자 위에 놓인 담뱃갑에서 담배 한 개비를 꺼
　　　 내 가슴 속에 숨기고 퇴장한다.〕

네번째 대화

젊은 신사와 젊은 부인

저녁 — 슈빈트 거리에 있는 집의 응접실. 가구들은 우아하지만 진부하다.

젊은 신사가 등장하더니, 모자를 쓰고 외투도 벗지 않은 채, 곧바로 양초에 불을 붙인다. 그리고 옆방 문을 열고서 그 안을 찬찬히 들여다본다. 응접실의 촛불에서 나온 한 줄기 빛이 마룻바닥을 건너서 시선이 끝나는 맞은편 벽에 놓여 있는 더블베드까지 연결되어 있다. 침대에는 천장 덮개가 달려 있다. 침실 구석에 있는 벽난로에서 은은한 붉은빛이 흘러나와 침대 커튼 위에 넓게 퍼져 있다. — 젊은 신사는 안으로 들어가 침실을 꼼꼼히 살펴본다. 그리고 화장대 거울 앞에 있는 향수 스프레이를 집어 들고 베갯머리에 뿌리자 제비꽃 향수가 안개처럼 뿜어 나온다. 계속해서 양쪽 방을 오가며 그는 끊임없이 스프레이를 뿌려댄다. 그러자 잠시 후에 제비꽃 향기가 방 안에 가득 찬다. 그런 후에야 그는 비로소 외투와 모자를 벗어놓고, 푸른색 벨벳 안락의자에 앉더니 담뱃불을 붙여 문다. 잠시 후에 그는 자리에서 일어나 초록색 창문 블라인드가 제대로 닫혀 있는지를 확인해본다. 갑자기 그는 다시 침실로 들어가, 침대 머리맡에 있는 서랍을 열고, 손을 집어넣어 더듬거리더니, 거북 장식이 붙어 있는 머리핀을 찾아낸다. 그는 이를 숨겨놓을 만한 장소를 찾다가 결국 자신의 외투 호주머니에 집어넣는다. 그런 후에 살롱에 있는 장식장을 열더니 코냑 한 병, 앙증맞은 잔 두 개와 함께 은쟁반을 꺼내서 탁자 위에 모두 진열해놓는다. 그는 다시 외투 있는 곳으로 가서, 외투에서 하얀색 작은 꾸러미를 꺼낸다. 그리고 그것을 풀어서 코냑 옆에 놓고 다시 장식장으로 가서 작은 접시 두 개와 식사 도구를 꺼내 온다. 그는 작은 꾸러미에서 설탕에 버무린 알밤 하나를 꺼내 먹는다. 그런 후에 코냑 한 잔을 따라 재빨리 비워버린다. 그리고 그는 시계를 들여다보고, 방 안을 왔다 갔다 하기 시작한다. ― 벽에 걸린 커다란 거울을 마주 보고 잠시 동안 멈춰 서 있다가, 호주머니 빗을 꺼내 머리와 콧수염을 매만진다. ― 그는 이제 현관문으로 가서 귀를 기울인다. 인기척이 없다. 그 순간 벨이 울린다. 젊은 신사는 가볍게 놀라 움찔한다. 그는 다시 안락의자로 얼른 가서 앉는다, 그리고 현관문이 열리며 젊은 부인이 들어오자, 비로소 자리에서 일어난다.

젊은 부인 〔촘촘한 베일로 얼굴이 가려져 있다. 그녀는 뒤를 돌아보지 않고 문을 닫는다, 그리고 그 자리에 잠시 동안선 채 손으로 가슴을 지그시 누르고 있다. 걷잡을 수없는 흥분을 가라앉히고 있는 듯이 보인다.〕

젊은 신사 〔그녀에게 걸어가 왼손을 붙잡고 입을 맞춘다. 그녀는검은색과 흰색으로 자수를 놓은 장갑을 끼고 있다. 그는낮은 목소리로 말한다.〕 감사합니다.

젊은 부인 알프레드 ── 알프레드!

젊은 신사 들어와요, 부인… 들어오세요, 에마 부인…

젊은 부인 아직 잠깐 그냥 놓아둬요 ── 잠깐만… 오 제발 좀, 알프레드! 〔그녀는 아직까지도 문가에 그대로 서 있다.〕

젊은 신사 〔그녀 앞에 서서 손을 잡는다.〕

젊은 부인 내가 도대체 어디 있는 거죠?

젊은 신사 내 곁에.

젊은 부인 이 집은 무서워요, 알프레드.

젊은 신사 뭣이 어떻다고 그래요? 아주 점잖은 사람들만 사는곳인데.

젊은 부인 남자 둘을 계단에서 마주쳤는데.

젊은 신사 아는 사람들?

젊은 부인 나는 모르겠어요. 그럴 수도 있잖아요.

젊은 신사 미안해요, 부인 ── 그래도 아는 사람들이라면 누구인지는 알아봤겠죠.

젊은 부인 난 정말 아무것도 못 봤어요.

젊은 신사 하지만 그들이 당신의 가장 친한 친구라 해도, ── 당신을 정말로 알아볼 수는 없었을 거요. 나 자신도…
당신이 온단 걸 모르고 있었다면… 이 베일 하나는
정말로 —

젊은 부인 두 장을 겹쳐 썼어요.

젊은 신사 조금만 더 가까이 오지 않겠소?… 그리고 모자라도
일단 벗어놓아요!

젊은 부인 무슨 생각을 하는 거죠, 알프레드? 내가 말했잖아요.
5분이라고… 안 돼요, 그 이상은 안 돼요… 당신께
맹세하는 거예요 —

젊은 신사 그러니깐 그 베일 한 장이라도 좀 —

젊은 부인 아이 참, 두 장을 겹쳐 썼다니까요.

젊은 신사 내 참, 그렇담 베일 두 장을 — 내게 적어도 당신 얼
굴이라도 보게 해줘야 하잖소.

젊은 부인 날 사랑하긴 하는 거예요, 알프레드?

젊은 신사 〔매우 불쾌한 목소리로〕 에마 — 그런 걸 말이라고 물
어…

젊은 부인 여긴 너무너무 더워요.

젊은 신사 그러나 모피 코트까지 걸치고 있으면 — 아마 진짜로
감기라도 걸릴까 봐 그러시는 모양인데.

젊은 부인 〔드디어 방 안으로 들어서서 안락의자에 털썩 주저앉는
다.〕 너무 피곤해서 죽을 것 같아요.

젊은 신사 잠깐만 실례를. 〔그는 그녀 얼굴에서 베일을 벗겨내고
모자를 고정시킨 머리핀을 뽑아, 모자를 벗겨서 한쪽으
로 모두 치워놓는다.〕

젊은 부인 〔그렇게 해도 가만히 있는다.〕

젊은 신사 〔그녀 앞에 서서 머리를 세차게 흔든다.〕

젊은 부인 왜 그래요?

젊은 신사 당신이 이렇게 아름다웠던 적은 정말 없었어.

젊은 부인 왜 그런 말을?

젊은 신사 단둘이… 당신과 단둘이 — 에마 — 〔그녀가 앉은 안락의자 옆 바닥에 무릎 하나를 꿇고 앉아, 그녀의 양손을 붙잡고 키스를 퍼붓는다.〕

젊은 부인 그럼 이제… 날 다시 보내줘요. 당신이 저한테 요구했던 일은 다 했어요.

젊은 신사 〔그녀 무릎 위에 머리를 떨어뜨린다.〕

젊은 부인 약속했잖아요, 얌전히 굴겠다고.

젊은 신사 그래.

젊은 부인 이 방은 숨이 막혀요.

젊은 신사 〔일어서며〕 아직도 외투를 입고 있으니.

젊은 부인 이것 좀 내 모자 옆에 놓아줘요.

젊은 신사 〔그녀의 외투를 벗겨서 마찬가지로 안락의자 위에 내려 놓는다.〕

젊은 부인 그럼 이젠 — 아듀 —

젊은 신사 아니 에마! — 에마! —

젊은 부인 약속한 5분은 벌써 지났어요.

젊은 신사 아 아냐 아직 1분이! —

젊은 부인 알프레드, 정말 정확하게 한번 말해봐요, 지금 몇 시죠.

젊은 신사 정각 15분 7초.

젊은 부인 언니 집에 벌써 가 있을 시간인데.

젊은 신사 당신 언니는 자주 볼 수 있을…

젊은 부인 오오 맙소사, 알프레드, 어쩌자고 날 여기로 유혹했는지.

젊은 신사 왜냐면 난 당신을… 흐 흠모하기 때문에, 에마.

젊은 부인 벌써 얼마나 많은 여자에게 그런 말을 했어요?

젊은 신사 내 당신을 만난 후론, 아무에게도.

젊은 부인 난 얼마나 분별없는 여자야! 누가 이런 것을 내게 미리 말해주었다면… 일주일 전에라도… 아니 어제라도…

젊은 신사 아니 그저께에 당신이 이미 약속해놓고서…

젊은 부인 당신이 날 정말 귀찮게 했잖아요. 난 이러려고 하지 않았어요. 하느님이 알아요. — 난 이럴 생각은 정말 없었어요… 어제만 해도 난 굳게 맘먹었… 난 어젯밤까지만 해도 당신께 긴 편지까지 써놓았는데, 알기나 해요?

젊은 신사 편지는 한 장도 못 받았는데.

젊은 부인 다시 찢어버렸죠. 오오, 차라리 그 편지를 당신께 부치는 게 옳았어요.

젊은 신사 더 잘된 일이잖소.

젊은 부인 오, 아녜요, 아이 창피해… 내가. 내가 왜 이러는지 나도 모르겠어요. 아듀, 알프레드, 제발 날 보내줘요. 〔젊은 신사 그녀를 붙잡고 그녀 얼굴 곳곳에 뜨거운 키

스를 퍼붓는다.〕

젊은 부인 그 그만… 약속을 지켜요…

젊은 신사 아직 키스 한 번만 — 한 번만 더.

젊은 부인 마지막이에요. 〔그가 키스를 하고, 그녀는 이에 응해준다. 두 사람의 입술은 오랫동안 떨어지지 않는다.〕

젊은 신사 내 뭔가 당신께 말해줄까, 에마? 난 이제 비로소 알겠어, 뭐가 행복인지를.

젊은 부인 〔안락의자에 털썩 주저앉는다.〕

젊은 신사 〔의자 팔걸이에 걸터앉아, 팔 하나로 그녀 목을 가볍게 싸안는다〕 …아니 그보다는 난 이제 제대로 알았어, 뭐가 행복일 수 있는지.

젊은 부인 〔한숨을 길게 내쉰다〕.

젊은 신사 〔다시 그녀에게 키스한다.〕

젊은 부인 알프레드, 알프레드, 그래서 나보고 어쩌라고!

젊은 신사 그, 그렇잖아요 — 이곳은 그렇게 썰렁한 곳이 전혀 아니고… 게다가 우린 이곳이라면 정말 안심해도 돼요! 바깥에서 랑데부하는 것보다 정말 천배는 더 맘에 들고…

젊은 부인 어머, 날 그렇게만 생각하면 안 되는데.

젊은 신사 나 역시 그 생각만 하면 언제나 온갖 즐거움이. 나한테는 당신 곁에 있도록 허락된 1분 1분이 모두 달콤한 추억거리야.

젊은 부인 공업협회 무도회는 아직 기억하고 있죠?

젊은 신사 어디 보자, 내가 기억하고 있나…? 아 그래, 그때 난 만찬 식탁에서 당신 곁에 앉았어, 당신 바로 옆에. 당신 남편이 샴페인을…

젊은 부인 〔원망스러운 눈빛으로 그를 흘겨본다.〕

젊은 신사 난 그냥 샴페인 얘기를 하려고 했었는데. 그런데 말이요, 에마, 코냑 한잔 들지 않겠어요?

젊은 부인 딱 한 방울만, 하지만 그전에 물 한 컵만 줘요.

젊은 신사 네… 그게 어디 있더라 — 아 그렇지… 〔문 가림 커튼을 젖히고 침실로 들어간다.〕

젊은 부인 〔그의 뒷모습을 쳐다본다.〕

젊은 신사 〔유리 물병과 컵 두 개를 들고 다시 돌아온다.〕

젊은 부인 그게 도대체 어디 있었기에?

젊은 신사 그, 그러니까… 옆방에. 〔물을 한 컵 따라준다.〕

젊은 부인 이제 내가 뭔가 물어볼게요, 알프레드 — 그럼 맹세해요, 진실만을 말하겠다고.

젊은 신사 맹세합니다.

젊은 부인 여기 이 방에 지금까지 다른 여자가 왔던 적이 한 번도 없었나요?

젊은 신사 무슨 말이요, 에마 — 이 집이 세워진 지 벌써 20년이나 되었는데!

젊은 부인 아니, 내가 뭘 말하는지 잘 알면서, 알프레드… 당신과 함께! 당신 곁에 말예요!

젊은 신사 나와 함께 — 이곳에 — 에마! — 이건 좋지 않은데, 당신이 그런 생각까지 다 하다니.

젊은 부인 그러니까 당신은… 내가 어떻게 물어봐야… 아, 아녜요, 그런 건 차라리 안 물어볼래요. 묻지 않는 게 좋겠어. 내가 잘못한 것인데 뭘. 복수를 당하는 것인데 뭘.

젊은 신사 으잉, 당신 도대체 무슨 말을? 왜 그런 말을, 응? 뭐 복수를 당하다니?

젊은 부인 아, 아니에요, 아냐, 아니라고요, 난 맨정신으로 있으면 안 되겠어요… 그러지 않으면 난 부끄러워서 땅 밑으로 꺼지겠어요.

젊은 신사 〔배불뚝이 유리 물병을 손에 든 채, 슬프다는 듯 머리를 흔든다.〕 에마, 당신이 내 맘을 얼마나 아프게 하는지, 짐작이라도 한다면.

젊은 부인 〔자신의 잔에 코냑을 채운다.〕

젊은 신사 내가 한마디 해주겠소, 에마. 당신이 여기 있는 게 부끄럽다면 — 내가 그러니까 당신에게 상관없는 사람이라면 — 내게는 당신이 이 세상의 모든 축복을 의미한다는 걸, 느끼지도 못한다면 — 그럼 차라리 가세요.

젊은 부인 그렇잖아도, 나 역시 가려고 그랬어.

젊은 신사 〔그녀의 손을 붙잡으며〕 하지만 당신은 짐작이나 하고 있는지, 당신 없이는 난 살 수 없어, 당신 손에 한 번 하는 입맞춤이 그 어떤 애무보다도, 이 세상의 모든 여자들의 애무보다도 나한테 더 의미 있어요… 에마, 난 여자 비위나 맞추는 젊은 사내들과는 달라요 — 혹시 내가 너무 촌스러운지는 몰라도… 나는…

젊은 부인 하지만 당신도 다른 사내들과 다른 게 없다면, 그땐 정말 어쩌시려고?

젊은 신사 그렇다면 당신이 오늘 여기 와 있지도 않았겠죠 — 당신은 다른 여자들과는 질이 다르니까.

젊은 부인 그런 줄 어떻게 알았어요?

젊은 신사 〔그녀를 잡아당겨 안락의자에 앉히고, 자신도 그녀 곁에 앉는다.〕 난 당신에 대해 많은 걸 곰곰이 생각해봤죠. 난 알아요, 당신은 불행하잖소.

젊은 부인 〔기뻐한다.〕

젊은 신사 인생이란 이렇게 공허하고, 이렇게도 허무하고 — 그렇게 살다가 — 그렇게 짧게 — 끔찍하게도 짧으니! 그저 유일한 행복이란… 사랑받고픈 사람을 하나 찾는 것인데 —

젊은 부인 〔설탕에 절인 배 하나를 식탁에서 집어 들어 입에 넣는다.〕

젊은 신사 내게 나머지 반쪽을! 〔그녀는 나머지 반쪽을 입으로 건네준다.〕

젊은 부인 〔젊은 신사의 두 손이 예기치 못한 곳을 향해 가려고 하자, 그녀는 그의 손을 붙잡는다.〕 아니 왜 이래 도대체, 알프레드… 이게 당신 약속이에요?

젊은 신사 〔배를 꿀꺽 삼키고, 느글느글한 표정으로〕 인생은 너무 짧아.

젊은 부인 〔약한 목소리로〕 그래도 그런 건 이유가 못 되잖아요 —

젊은 신사 〔기계적 목소리로〕 오우 예에.

젊은 부인 〔더욱더 약한 목소리로〕 보세요, 알프레드, 그래도 당
신이 정말 약속했잖아요, 얌전히 있겠다고… 그리고
여긴 너무 밝아서…

젊은 신사 여기로, 여기로 와요. 하나밖에, 하나밖에 없는 당
신… 〔그가 그녀를 안락의자에서 일으켜 세운다.〕

젊은 부인 뭐 하는 거예요, 네?

젊은 신사 저기 저 안은 전혀 밝지 않아요.

젊은 부인 아니 저 안에도 방이 있어요?

젊은 신사 〔그녀를 동행하면서〕 멋진… 그리고 아주 어두운.

젊은 부인 차라리 그냥 여기 있어요.

젊은 신사 〔이미 그녀와 함께 문 가림 커튼 뒤, 침실 안에 들어서
서, 그녀의 코르셋을 더듬어 열려고 한다.〕

젊은 부인 당신은 그러… 오 맙소사, 날 어떻게 하려고! — 알
프레드!

젊은 신사 난 당신을 흠모해, 에마!

젊은 부인 제발 좀 기다려, 기다려 어쨌든… 〔약한 목소리로〕
저리 가… 내가 부르면 그때.

젊은 신사 당신이 날 — 당신이 나한테 — 〔그의 말이 헛나온
다.〕 …제발… 내가 — 당신을 — 도와.

젊은 부인 이러다 전부 찢겠어.

젊은 신사 코르셋을 안 입었잖아?

젊은 부인 난 코르셋은 절대 안 입어. 여배우 오딜론*도 역시 안
입었던걸. 하지만 내 신발 단추는 풀어줄 수 있겠죠.

젊은 신사 〔신발 단추를 풀고, 그녀 발에 키스를 한다.〕

젊은 부인 〔침대 속으로 미끄러지듯 들어가며〕 오홋, 차가워.

젊은 신사 곧 뜨거워질 거야.

젊은 부인 〔가볍게 웃으며〕 그럴 자신이 있나 봐?

젊은 신사 〔불쾌한 듯 혼잣말을 중얼거린다.〕 그런 말은 함부로
하는 게 아니야. 〔어둠 속에서 옷을 벗는다.〕

젊은 부인 〔애정 어린 목소리로〕 자기, 어서 와, 어서!

젊은 신사 〔그 목소리에 기분이 한결 좋아져서〕 다 됐어 — —

젊은 부인 여긴 제비꽃 향기가 나네.

젊은 신사 그 향긴 바로 당신이야… 암 당연하지 — 〔그녀를 향
해 다가감〕 — 바로 당신이.

젊은 부인 알프레드… 알 프 렛!!!!

젊은 신사 에마…

— — — — — — — — — — — — — — — — — —

젊은 신사 나 당신을 분명 너무 좋아하나 봐… 그치… 난 제정
신이 아냐.

젊은 부인 …

젊은 신사 하루 온종일 난 벌써 미쳐 있었… 이렇게 될 줄 알았
어.

젊은 부인 쓸데없는 소린 그만.

---

* Helene Odilon: 빈 폴크스테아터 전속 여배우.

젊은 신사 오 아냐, 그게 아니야. 이건 진짜 당연한 일이야, 그
러니깐 사람이…

젊은 부인 그만… 그만… 당신 흥분했어. 좀 잠자코 있어, 그
냥…

젊은 신사 스탕달 알아?

젊은 부인 스탕달?

젊은 신사 『사랑의 심리학』을 아냐고?

젊은 부인 몰라, 왜 물어봐?

젊은 신사 거기에 이야기가 하나 나오는데, 아주 유별나.

젊은 부인 무슨 얘기?

젊은 신사 기병대 장교들이 떼거리로 모두 모인 적이 있었는데
—

젊은 부인 그래.

젊은 신사 그래서 자신의 연애 이야기를 늘어놓았는데. 그리고
모두들 말했는데, 여자한테서, 자신이 가장 사랑했
던, 그러니깐, 가장 정열적으로 사랑했던 여자한테
서… 여자가 남자를, 남자가 여자를 — 그러니깐 한
마디로 말하면, 이런 여자한테서는 모든 남자가 다
똑같았다는 거야, 지금 나처럼 말이야.

젊은 부인 그렇구나.

젊은 신사 이건 정말 특징적인 거야.

젊은 부인 그렇기도 하겠다.

젊은 신사 이야기 아직 안 끝났어. 딱 한 사람이 주장하기를 말
이야… 자기 평생에 그런 일은 아직 없었다는 거야,

하지만 말이야, 스탕달이 거기에 뭐라 토를 달았는데
말이야 — 그런 놈은 정말 더 볼 것도 없는 사기꾼이
래.

젊은 부인 오오, 그렇군요. —

젊은 신사 그러니깐 그깐 일로 속상해하면, 그건 진짜 멍청이란
거야, 사실은 아무 일도 아닌데 말이야.

젊은 부인 말함 뭐 해. 도대체가 당신은… 나한테 정말 약속했
잖아, 얌전하게 굴겠다고 해놓고서.

젊은 신사 그만둬, 웃지 마, 그런다고 좋아지는 게 아니잖아.

젊은 부인 물론이죠, 나도 웃지 않아요. 스탕달 이야긴 진짜루
재밌네요. 난 그런 일은 언제나, 나이가 지긋한 사람
한테만… 아니면 아주 많이… 그러니깐, 아주 많은
걸 겪은 사람한테서나…

젊은 신사 뭘 생각하는 거야. 그런 것은 전혀 상관이 없어. 그
밖에도 스탕달의 진짜 매력적인 이야기를 깜빡 잊고
말해주지 않았는데. 기병대 장교들 중 한 놈은 한술
더 떠서 말이야, 사흘 밤 동안, 아냐 엿새 밤인가…
그건 더 이상 모르겠고, 어쨌든 한 여자랑 같이 있었
는데, 그 친군 일주일 내내 원했단 거야 — 데지레*
말이야 — 알겠어 — 그리고 매일 밤 행복에 겨워 우
는 일 이외엔 아무것도 못 했대… 둘이서…

젊은 부인 두 사람 모두?

---

* désirée: 프랑스어로 '욕망하다'라는 뜻이다.

젊은 신사 그래. 놀랍지 않아? 내가 생각해도 충분히 그럴 수 있어 — 그것도 사랑에 빠져 있으면.

젊은 부인 하지만 울지 않는 사람도 분명 많이 있을 거야.

젊은 신사 [신경질적으로] 말하면 잔소리지… 그건 역시 정말 예외적인 경우라고.

젊은 부인 아 아 — 난 또 뭐라고, 스탕달이 이런 경우에 기병대 장교는 모두 운다고 말한 줄 알았지.

젊은 신사 근데 말이야, 이제 당신 기분이 정말 좋아졌나 봐, 그렇지.

젊은 부인 아 아니 왜 이래! 어린애처럼 굴지 마, 알프레드!

젊은 신사 아간 정말 짜증이 나더라고… 당신이 끊임없이 그 생각만 한다는 느낌이 들어서. 정말 어쩔 줄 모르겠더라고.

젊은 부인 그 생각은 절대로 안 했는데.

젊은 신사 오 그랬남. 당신이 날 사랑한단 걸 확신할 수만 있으면.

젊은 부인 아직도 증거가 더 필요해?

젊은 신사 근데 말이야… 아직도 기분이 별로인가 봐.

젊은 부인 왜 그런 말을? 이리 와, 당신의 귀여운 머리, 이리 줘.

젊은 신사 오우, 정말 포근해.

젊은 부인 당신 날 사랑해?

젊은 신사 오, 난 정말 행복해.

젊은 부인 하지만 당신은 아직도 또 울 필요는 없어.

젊은 신사 [그녀로부터 떨어져 나와 극도로 당혹스러운 목소리로] 다시, 다시 한 번만. 내가 정말 그렇게 애걸했는데…

젊은 부인 내가 당신은 울면 안 된단 말까지 해주었잖아…

젊은 신사 아냐 당신은 '아직도 또 울'면이라 했어.

젊은 부인 당신이 너무 예민했어, 자기, 내 사랑.

젊은 신사 알고 있어.

젊은 부인 하지만 당신은 거기까지는 아냐. 난 지금이 좋아, 그러니깐… 우리는 말하자면 좋은 친구로서…

젊은 신사 벌써 또다시 시작했군.

젊은 부인 벌써 잊어버린 것은 아니겠지, 응! 우리가 처음 만났을 때 했던 말. 우린 좋은 친구로만 지내고 그 이상은 아닌 거야. 오, 그때가 맘에 들어… 우리 언니네 집에서, 1월 달에 대무도회가 열리고, 카드릴*을 추며… 어머 맙소사, 난 정말 벌써 가야 했는데… 언니가 기다리겠어, 정말이야 — 언니에겐 뭐라고 말한담… 아듀, 알프레드 —

젊은 신사 에마 —! 이렇게 날 떠날 생각야!

젊은 부인 그렇잖음 — 그렇잖아! —

젊은 신사 아직 5분만 더…

젊은 부인 좋아. 5분만 더. 하지만 나한테 약속해야 해… 꼼짝도 않겠다고?… 응?… 내가 작별인사로 키스 한 번 해줄게… 프훗… 가만있어… 꼼짝 말라고 했잖아, 자꾸 그러면 그냥 일어설 거야, 당신, 내 달콤한… 달콤한…

---

* Quadrille: 남녀 두 쌍이 한 조를 이루어 추는 춤.

젊은 신사 에마… 내 사…

— —

젊은 부인 내 사랑 알프레드 —

젊은 신사 아아, 당신과 함께라면 천국이야.

젊은 부인 그런데 난 진짜로 가야 해.

젊은 신사 에이, 언니는 기다리라고 해.

젊은 부인 집으로 가야만 해. 언니한테는 벌써 너무 늦었어. 지금 도대체 몇 시지, 진짜로?

젊은 신사 내 참, 그걸 무슨 재주로 아나?

젊은 부인 그냥 시계를 보면 되잖아.

젊은 신사 내 시계는 조끼 속에 있는데.

젊은 부인 그럼 가져와.

젊은 신사 〔힘을 주어서 단번에 벌떡 일어선다.〕 8시.

젊은 부인 〔날쌔게 몸을 일으키며〕 하느님 맙소사… 빨리 빨리, 알프레드, 스타킹 좀 집어 줘. 아, 무슨 소리를 해야 좋을까? 집에선 분명 벌써 날 목 빠지게 기다릴 텐데… 8시라…

젊은 신사 언제 당신을 또 볼 수 있을까, 응?

젊은 부인 결코.

젊은 신사 에마! 날 더 이상 사랑하지 않는 거야, 뭐야?

젊은 부인 바로 그렇기 때문에. 신발 좀 줘.

젊은 신사 결코 다시 못 본단 거야? 여기 신발 있어.

젊은 부인   내 돈지갑에 신발 단추가 하나 있어. 제발 부탁이야,
빨리 어서…

젊은 신사   여기 신발 단추.

젊은 부인   알프레드, 이러다 우리 두 사람 다 파멸할 수 있어.

젊은 신사   〔극도로 불쾌한 목소리로〕뭣 때문에?

젊은 부인   그래, 내 뭐라 해야 옳겠어, 그이가 나한테 '어디 갔
다 이제 와요?'라고 물어보면 말이야.

젊은 신사   언니한테서.

젊은 부인   그렇지, 내가 거짓말을 할 수만 있으면.

젊은 신사   아니 그럼, 별다른 재주가 없잖아.

젊은 부인   이런 인간 하나 때문에 모든 일이. 으휴, 이리 와봐…
키스 한 번 더 해줄게. 〔그를 포옹한다.〕— 그럼 이젠
— 혼자 있게 해줘, 다른 방에 가 있어. 자기가 옆에
있으면 옷을 입을 수 없잖아.

젊은 신사   〔살롱으로 들어가 옷을 입는다. 과자를 조금 집어 먹고,
코냑을 한 잔 마신다.〕

젊은 부인   〔잠시 후 그를 부른다.〕알프레에드!

젊은 신사   으응, 내 보물.

젊은 부인   우리가 울지 않았던 건 진짜 잘한 일이야.

젊은 신사   〔자랑스러운 얼굴빛을 숨기지 못하고 미소를 지으며〕
아니 사람이 어떻게 그런 외설스러운 말을 입에 —

젊은 부인   사교 모임에서 우리가 우연히 다시 한 번 만난다면 —
그땐 정말 어떻게 될까?

젊은 신사   '우연히' — '한 번'이라… 당신도 내일 분명 롭하이

머 씨 댁에 올 거 아냐?

젊은 부인 응. 자기도 마찬가지지?

젊은 신사 물론이지. 당신에게 코티용*을 청해도 될까?

젊은 부인 오우, 난 거기 안 가. 자기는 도대체 무슨 생각을 하
는 거야? — 난 말이야, 정말… 〔그녀가 옷을 차려입
고 살롱으로 걸어 나오며, 초콜릿 과자를 하나 집어 든
다〕 …부끄러워 땅 밑으로 가라앉을 거야.

젊은 신사 그럼 내일 롭하이머 씨 집에서, 그게 좋겠어.

젊은 부인 아니 싫어… 취소할 거야, 진짜로 —

젊은 신사 그렇다면 내일모레… 여기에서.

젊은 부인 무슨 생각을 하는 거야?

젊은 신사 정각 6시…

젊은 부인 이곳 저 길모퉁이에 마차들이 있겠죠, 그렇지? —

젊은 신사 그래, 당신이 원하는 숫자만큼. 그럼 내일모레 이곳
에서 정각 6시. 제발 그렇게 하겠다고 해줘, 내 사랑
하는 보물.

젊은 부인 …그건 내일 코티용을 출 때에 의논하는 것으로.

젊은 신사 〔그녀를 얼싸안는다.〕 내 귀여운 천사.

젊은 부인 내 머리 또 헝클어놓지 마.

젊은 신사 그럼 내일은 롭하이머 집 그리고 내일모레는 내 품 안
에서.

젊은 부인 잘 있어…

---

* Kotillon: 무도회를 끝맺음하는 군무.

젊은 신사 〔갑자기 걱정스러운 목소리로〕 그런데 집에 가면 —
그이에겐 뭐라 할 거야? —

젊은 부인 물어보지 마… 묻지 마… 너무너무 끔찍해. — 어쩌
자고 자기에게 홀딱 빠졌는지! — 아듀. — 또다시
계단에서 사람을 마주치면, 난, 나는 심장마비에 걸
릴 거야. — 프하하! —

젊은 신사 〔다시 한 번 그녀 손에 입을 맞춘다.〕

젊은 부인 〔퇴장한다.〕

젊은 신사 〔혼자 남게 되자 안락의자에 앉는다. 앞을 멍하니 바라
보다가 미소를 짓고, 혼잣말을 중얼거린다.〕 그럼 이제
나도 말이야, 제대로 된 정숙한 부인네와 관계를 갖
게 되었다, 그런 말씀이야.

다섯번째 대화
젊은 부인과 그 남편

아늑한 침실. 밤 10시 반.

부인은 침대에 기대어 누워 책을 읽고 있다. 그 남편이 잠옷차림으로 방 안에 들어온다.

젊은 부인 〔고개를 들어 쳐다보지도 않고〕일은 그만하시려고요?

남편 으응. 너무 피곤해서. 게다가 말이야…

젊은 부인 게다가? ─

남편 책상에 앉아 있으려니까, 갑자기 너무 외롭단 느낌이 들어. 당신이 그리워지더라고.

젊은 부인 〔고개를 들어 쳐다보며〕 저엉말?

남편 〔그녀 옆 침대에 앉으며〕 오늘은 그만 읽지그래. 그러다 당신 눈 버린다고.

젊은 부인 〔책을 덮고서〕 뭐 하려고 그래요?

남편 아무것도 아냐, 마이 베이비. 난 당신에게 홀딱 빠졌나 봐! 당신도 자알 알면서!

젊은 부인　까맣게 잊고 지낼 때도 많아요.

남편　아예 잊고 살아야만 할 때가 더 많았겠지.

젊은 부인　왜죠?

남편　그렇지 않으면 결혼은 뭔가 불완전한 것이 되기 때문이지. 결혼은 그러니까, 아… 어떻게 말해야 좋지… 결혼은 존엄성을 잃을 거야.

젊은 부인　오오…

남편　내 말 좀 들어봐요 — 사실이 그렇잖아… 지난 5년 동안, 우리가 지금 서로 결혼생활을 하는 동안, 우리가 서로 사랑에 빠져 있단 걸 잊고서 그냥 살지 않았더라면 — 우린 정말 더 이상 지속하지 못했을 거야.

젊은 부인　무슨 말인지, 나한텐 수준이 너무 높아서.

남편　핵심은 아주 간단해, 그러니까. 우린 벌써 열 번 또는 열두 번 정도나 정사를 나누었잖소… 당신 생각에도 그 정도 되지 않나?

젊은 부인　난 안 세어봤어! —

남편　만일 우리가 첫번째 것부터 마지막 것까지 마구잡이로 다 맛보았더라면, 만일 내가 처음부터 당신을 향한 정열에 줏대 없이 몸을 바쳐 헌신했더라면, 우리도 수백만의 다른 부부들처럼 그렇게 되어버렸을 거야. 우린 서로 끝장이 났을 거라고.

젊은 부인　아하… 그렇게 생각하셨군요.

남편　내 말 좀 들어봐요 — 에마 — 우리가 결혼한 처음 며칠 동안 난 겁이 났었어, 그렇게 끝나지 않을까 하고 말이야.

젊은 부인 나 역시도.

남편 거봐, 그렇잖소? 내 말이 맞지 않아? 바로 그렇기 때문에 반복적으로 어느 기간 동안만큼은 그저 좋은 친구 사이로 도란도란 지내는 것, 그것이 역시 좋은 거라오.

젊은 부인 오호 그으렇군요.

남편 암, 그렇지, 그래서 말이야, 우리가 언제나 새롭게 신혼 첫날밤을 연장시킬 수 있었던 거야, 내가 말이야, 될 대로 되라고 놓아두지 않았으니까, 신혼 첫날밤이…

젊은 부인 몇 달씩 연장되었다, 그런 말씀.

남편 맞았어.

젊은 부인 그리고 이제… 그러니깐 친구 기간이 만료되었다, 그거죠 —?

남편 〔그녀를 부드럽게 끌어당기며〕 아마 그런 것 같아.

젊은 부인 하지만 말이에요… 내 사정이 혹시 다르다면.

남편 당신 사정이 그렇지 않다, 그렇다면 음, 하지만 당신은 정말 현명하고 그리고 매력덩어리야, 정말이야. 당신 같은 여자를 찾아내서, 난 너무 행복해.

젊은 부인 당신이 아첨까지 할 줄 아시다니, 기분 한번 좋네용 — 어쩌다가 한 번씩 해서 그게 문제이긴 하지만.

남편 〔그 자신도 역시 침대에 눕고 나서〕 세상을 두루 둘러본 남자에겐 말이야 — 자아, 내 어깨에 머리를 기대

라고 ─ 세상을 두루 둘러본 남자에겐 말이야, 결혼
이란 원래 훨씬 더 비밀스러운 그 무엇이기에 좋은 가
문의 젊은 요조숙녀가 알 수 없는 것이지. 당신네들
은 우리에겐 순결하고 그리고… 적어도 어느 정도까
지는 뭘 모르는 사람들이라서, 바로 그렇기 때문에
사랑의 본질에 대해 우리들보단 훨씬 더 깨끗한 시선
을 가지고 있지.

젊은 부인 〔소리를 내어 웃으며〕 오호호!

남편 틀림없어. 우리들은 말이야, 어쩔 수 없이 온갖 체험
을 결혼 전에 다 마스터해놓은 터라서 말이야, 온통
뒤죽박죽이고 아슬아슬해. 그런데 당신네들은 말이
야, 많은 걸 듣고 그리고 지나칠 만큼 많이 알고 그리
고 분명 책도 지나칠 만큼 진짜 많이 읽은 것 같은데
말이야, 우리 남자들이 실제로 체험한 일이 뭔지, 거
기에 대해선 도통 제대로 이해를 못하고 있어, 정말.
우리에겐 말이야, 사람들이 보통 사랑이라고 부르는
것, 그건 진짜 속속들이 번거로운 일이라고. 그런데
도 우리 남자들이 상대하도록 되어 있는 여성들은 도
대체가 어떤 인간들인지!

젊은 부인 아니, 어떤 인간들이기에 그래요, 응?

남편 〔그녀 이마에 키스를 하며〕 기쁘겠어, 마이 베이비,
당신은 결코 이런 속사정을 깨닫지 못할 테니깐 말이
야. 정말 불쌍하게 생각해야 할 인간들이 어디 한둘
인가 ─ 그런 인간한테 돌까지 던질 순 없지.

젊은 부인 관둬요 ― 그딴 동정심. ― 나한텐 지금 전혀 맞지 않는 말인 것 같은데 그러시네.

남편 그런 말을 들어도 싸지. 당신네들, 좋은 가문의 젊은 규수님이란 인간들은 말이야, 결혼하자고 남자가 나서줄 때까지 부모 감독 아래 얌전히 있을 수밖에 없었으니 ― 당신네들은 정말 그런 궁핍을 알 리 없어, 대부분의 가련한 인간들을 죄악의 품 속으로 몰아가는 궁핍 말이야.

젊은 부인 그렇게 해서 모두들 몸을 파나 보죠?

남편 그렇다고 말하고 싶진 않아. 물질적인 궁핍만이 있는 게 아니야. 그러니까 ― 내가 말하고 싶은 건 ― 윤리적 궁핍이야. 뭐가 허용되는지, 그리고 특히 말이야, 뭐가 고결한 건지, 그걸 제대로 이해를 못해서 생기는 궁핍이야.

젊은 부인 그런 여자를 왜 불쌍하게 생각해요? ― 그런 여자들도 아주 잘 살고 있던데?

남편 그것 참 기발한 의견이네, 마이 베이비. 잊어서는 안 될 일은, 그런 여자들은 천성적으로 그렇게 타고나서, 끊임없이 밑으로, 밑으로 떨어진다고. 그리고 결코 멈출 줄을 모르지.

젊은 부인 〔그에게 바짝 몸을 붙이며〕 그렇게 떨어지면 기분 하나는 아마 끝내주겠죠.

남편 〔불쾌한 목소리로〕 아니 어떻게 그런 말을 함부로, 에마. 난 말이야, 당신과 같은 정숙한 부인들은 그따위

메스꺼운 말은 입 밖에 낼 줄 모른다고 생각했었는데, 그렇지 못한 여편네들은 더 말할 것도 없으니까 내가 알 바 아니고.

젊은 부인 물론 그래요, 카알, 물론이죠. 나 역시 그냥 한번 말해본 건데 뭘. 진정하세요, 계속 말해줘요. 당신이 그런 이야기를 다 하다니 참 재밌네요. 더 애기해줘요, 응.

남편 뭘 더?

젊은 부인 그러니까 ─ 그런 여자들이.

남편 도대체 지금 무슨 말이야?

젊은 부인 아이 잉, 내가 벌써 옛날에, 알잖아요, 아주 처음부터 내가 당신께 마구마구 졸랐잖아요, 당신 총각 때 이야기 좀 해달라고.

남편 뭣 땜에 그런 걸 다 신경 써?

젊은 부인 당신은 진짜 내 남편이 아닌가요? 그러니 이건 정말 몹쓸 짓이죠, 제가 당신 과거를 진짜로 하나도 모른다면야, 그게 말이 돼요? ─

남편 당신은 말이야, 날 정말 그렇게 밥맛없이 만드는데 말이야, 내가 그러니깐 ─ 됐어 그만해, 에마… 이건 정말 무슨 신성모독 같은 말을 다 해대고.

젊은 부인 하지만 당신이 진짜… 얼마나 많은 가시나들을 품에 끼고 있었는지 누가 알겠어요, 지금 날 안고 있는 것처럼 말이에요.

남편 내 참, "가시나들"이란 말은 쓰지 마, 가시나는 당신 하나니까.

젊은 부인 하지만 내 딱 한 가지만 물어볼게요, 똑바로 대답해
야 해요… 그러지 않으면… 그러지 않았다가는… 신
혼 초야는 죽도 밥도 아니니까.

남편 내 참, 형편없네, 그 무슨 말버릇이… 당신은 애 엄마
란 걸 알아야지… 딸아이가 안에 누워 있잖아…

젊은 부인 〔그에게 더 바짝 몸을 붙이며〕 아이 참, 있잖아요, 난
아들도 하나 있으면 좋겠다.

남편 에마!

젊은 부인 왜요, 그러지 마요… 물론 난 당신 부인이긴 하지만…
하지만 난 그래도 좀… 당신 애인이었음 좋겠다.

남편 그러고 싶어?…

젊은 부인 그러니까 — 먼저 내 대답을.

남편 〔온순한 목소리로〕 뭘?

젊은 부인 있잖아요… 결혼한 여자 — 그들 가운데?

남편 뭘? — 그래 뭘 말하는 건데?

젊은 부인 당신이 잘 알면서.

남편 〔약간 불안한 목소리로〕 왜 그런 걸 다 물어봐?

젊은 부인 알고 싶어서 그래요, 그렇잖아요… 그러니깐 — 그런
여자들도 있잖아요… 나도 알고 있는데. 하지만 당신
도 혹시…

남편 〔진지한 목소리로〕 당신 그런 여자를 알고 있어?

젊은 부인 네에, 내가 직접 알진 못하고.

남편 당신 친구들 중에 혹시 그런 여자가 있나?

젊은 부인 네, 그렇지만 내가 어떻게 딱 부러지게 확언할 수가

— 아니 부정할 수가 있나요?

남편 혹시 당신 친구들 중 한 사람이 그런 이야기를… 정말 많은 이야기를 하지 않소, 사람들이 — 그러니까 여자들끼리만 모이면 — 누가 그런 고백하지 않았어 —?

젊은 부인 〔애매모호한 목소리로〕 아 아뇨.

남편 당신 친구들 중에서 누구라도 그런 의심을 받는, 그러니까…

젊은 부인 의심… 오호… 의심이라.

남편 그럴 것 같은.

젊은 부인 정말 그러네요. 카알, 진짜로 없네요. 내가 곰곰이 생각해보니 — 정말 믿을 만한 사람이 하나도 없네요.

남편 한 사람도?

젊은 부인 내 여자 친구들 중에서는 한 사람도.

남편 나한테 뭔가 약속해줘, 에마.

젊은 부인 뭘요?

남편 당신은 그런 여자와는 결코 어울리지 않겠다고, 털끝만큼이라도 의심이 가는 여자와는, 그러니까… 완전히 나무랄 데 없는 생활을 하지 않는 여자 말이야.

젊은 부인 내가 먼저 당신께 약속해줘야만 하나요?

남편 난 잘 알아, 당신이 그런 여편네들과 교제하려고 나서지는 않겠지. 하지만 말이야, 우연히 그럴 수도 있어, 당신이… 아니, 이건 정말 매우 흔한 일인데 말이야, 바로 그런 여편네들, 평판이 최상이 아닌 여편네들은 말이야, 점잖은 부인들 사이에 끼어들려고 애를 쓰지. 한편으론 자신을 돋보이게 만들기 위해, 또 한편으론 바로 그러니까… 뭐라고 말해야 좋을까… 바로 정절에 대한 동경심 때문이지 뭐.

젊은 부인 그렇군요.

남편 그럼. 내 생각으론, 내가 금방 말한 것은 말이야, 정말 틀림없는 일이야. 정절에 대한 동경심. 왜냐면 이런 여자들은 모두 진짜로 너무 불행하거든, 당신은 내 말을 믿어도 된다고.

젊은 부인 왜요?

남편 그걸 질문이라고 해, 에마? — 어떻게 그런 걸 말이라고 물어볼 수 있어? — 진짜 한번 생각해보구려, 이런 여편네들이 어떤 생활을 하고 있는지 말이야! 온통 거짓말에다가, 음험하고, 추잡하고 전부 위험천만이라고.

젊은 부인 물론 그렇겠죠. 당신 말이 정말 맞네요.

남편 아마도 — 그 여자들은 조금은 행복을 그 대가로 받겠지… 조금은…

젊은 부인 재미를 보겠죠.

남편 재미를 봐? 아니 어떻게 그런 생각을 다, 그걸 재미라고 해?

젊은 부인 그렇잖아요 — 뭔가가 있는 게 분명하잖아요! — 그렇지 않음 그런 짓은 진짜 안 하겠죠.

남편 아무것도 없어… 흥분밖에.

젊은 부인 〔생각하는 목소리로〕 흥분이라.

남편 그래 맞아, 흥분을 빼면 아무것도 없어. 언제나 말이야 — 비싼 대가를 치르고, 분명히 그렇다고!

젊은 부인 그러니까… 당신은 그런 일에 한 번 끼어든 적이 있군요 — 그렇죠?

남편 그랬소, 에마. — 이건 정말 암울한 추억이야.

젊은 부인 어떤 년이야? 말해! 내가 아는 여자?

남편 도대체 무슨 소리를 하는 거야?

젊은 부인 오래된 일이야? 당신이 나랑 결혼하기 전, 아주 오래된 일이야, 뭐야?

남편 묻지 마. 응, 부탁이야, 제발 묻지 마.

젊은 부인 하지만 카아알!

남편 그 여잔 죽었어.

젊은 부인 진짜로?

남편 그으래… 정말 웃기는 소리 같지만, 하지만 내 느낌으론 말이야, 이런 여자들은 모두 젊을 때 죽는 것 같아.

젊은 부인 당신 그 여자 진짜로 사랑했었죠?

남편 거짓말하는 여잘 누가 좋아해.

젊은 부인 그럼 왜 그런 짓을…

남편 흥분이지 뭐…

젊은 부인 그렇다면 진짜잖아?

남편 그 얘긴 그만둬, 제발 부탁이야. 옛날에 벌써 모두 지나간 일이야. 사랑했던 사람은 그저 딱 한 여자 — 그게 당신이야. 사랑은 오로지 순결과 진실이 있는 곳에만 있는 거야.

젊은 부인 카알!

남편 오오, 얼마나 확실하고, 얼마나 아늑해, 이렇게 당신 품 안에 있으면. 어째서 난 당신을 어렸을 적부터 알지 못했을까? 그랬더라면 다른 여자들은 거들떠보지도 않았을 텐데, 그렇잖아.

젊은 부인 카알!

남편 그래 아름다워 당신은!… 아름다워!… 오 이리 와… 〔그는 불을 끈다.〕

————————————————————

젊은 부인 있잖아요, 내가 오늘 뭐가 자꾸 생각나는지 알아요?

남편 뭔데, 여보 내 보물?

젊은 부인 그것은… 그러니까… 그 베네치아.

남편 첫날밤…

젊은 부인 으응… 그렇죠 뭐…

남편 뭐가 그런데 —? 제발 말 좀 해줘!

젊은 부인 그렇게 당신이 날 사랑해주었지요, 오늘처럼.

남편 그래, 그렇게 사랑했지.

젊은 부인 아아… 당신이 언제나 이렇다면…

남편 〔그녀의 품 안에서〕 어떻게?

젊은 부인 내 사랑하는 카알!

남편 뭘 말하는 거야? 내가 언제나 이렇다니…

234

젊은 부인 아이 참, 그렇잖아요.

남편 그렇다니, 뭐가 어떻게 되는데, 내가 언제나 이러면…?

젊은 부인 그러면 내가 진짜로 언제나 알게 된다, 그거죠, 당신이 날 사랑한단 걸.

남편 그래. 하지만 당신도 알아둬야만 할 게 있소. 남자는 말이야, 언제나 사랑스러운 남편만은 아니야, 남자는 때때로 적들이 우글거리는 생활에 뛰어들어야만 하고, 나가서 싸우다 죽어야만 한다고! 그런 걸 결코 잊어선 안 되지, 마이 베이비! 결혼생활에는 모든 게 다 때가 있어 — 그게 바로 아름다운 거야. 5년의 세월이 지났는데도 그런 것을 — 그러니까 자신의 베네치아*를 기억하는 여자도 그렇게 많지 않아.

젊은 부인 물론이죠!

남편 그래 이제… 잘 자요, 마이 베이비.

젊은 부인 잘 자요!

---

* 베네치아는 당시 빈의 상류사회에서 유명한 신혼여행지였다.

여섯번째 대화
남편과 감미로운 아가씨

리이트호프 레스토랑의 별실(別室). 안락하고 적당하게
우아한 분위기. 가스 난로가 불타오르고 있다.
남편과 감미로운 아가씨.
식탁 위에는 먹다 남긴 음식을 볼 수 있다. 생크림 케이
크, 과일, 치즈가 남아 있다. 술잔에는 헝가리산 백포도
주가 담겨 있다.

남편 〔하바나 시가를 피우며 안락의자의 구석에 몸을 기대고
앉아 있다.〕

감미로운 아가씨 〔그의 곁에 있는 의자에 앉아 숟가락으로 케이크에서 생
크림만을 떠내어, 만족스러운 소리를 내며 먹는다.〕

남편 맛있지?

감미로운 아가씨 〔그 말에 신경 쓰지 않고 계속 먹으며〕 으응!

남편 하나 더 시켜 먹을래?

감미로운 아가씨 아 아뇨, 난 벌써 너무 많이 먹었어요.

236

남편 포도주는 더 마시지 않고 있네. 〔그가 포도주를 따른 다.〕

감미로운 아가씨 아 아녜요… 하지만 있잖아요, 난 그냥 정말 그냥 놓 아둘 거예요.

남편 또 벌써 '―요, ―요'라고 말하네.

감미로운 아가씨 그렇잖아요 ― 그찮아용, 바로 쉽게 익숙해지는 게 아니잖아요.

남편 근데 말이야.

감미로운 아가씨 뭐가요?

남편 근데 말이다, 그런 말은 쓰지 말라고. 그찮아용, 이란 말. ― 이리 와, 내 옆에 와 앉아.

감미로운 아가씨 쪼금만 있다가… 아직 난 안 끝났는데.

남편 〔일어나 의자 뒤에 서서 감미로운 아가씨를 두 팔로 얼 싸안으며 그녀 머리를 자신의 쪽으로 돌리게 만든다.〕

감미로운 아가씨 아잉, 뭣 땜에 그래요?

남편 뽀뽀 한번 하고 싶어서 그런다.

감미로운 아가씨 〔그에게 키스를 해준다.〕 선생니임두… 아 참, 자기 는, 자기는 뻔뻔스러운 사람이야.

남편 이제야 그런 생각이 들었어, 응?

감미로운 아가씨 아 아뇨, 그런 생각이야 벌써 훨씬 전부터… 그 골목 길에서. ― 선생니임은 분명 ―

남편 자기는 분명.

감미로운 아가씨 자기는 분명 나한테서 진짜로 뭔가 아름다운 걸 생각 했나 봐.

남편 왜 그런 말을?

감미로운 아가씨 제가 곧바로 선생님과 함께 샹브르 세파레*까지 갈 정도라면.

남편 그런가, 하지만 곧바로, 라고는 말할 수 없지.

감미로운 아가씨 하지만 선생님이 정말로 그렇게 애원까지 하실 수 있다면야.

남편 그랬었다고 생각해?

감미로운 아가씨 그야 뻔하죠, 그럼 그게 대체 뭐였나요?

남편 물론.

감미로운 아가씨 산보를 가거나 아니면 —

남편 산보하기엔 날씨가 역시 너무 추워서.

감미로운 아가씨 물론 너무 추웠었죵.

남편 하지만 여기는 기분 좋게 따뜻해, 그치? 〔그는 다시 자리에 앉아서, 감미로운 아가씨를 얼싸안아 품 안으로 끌어당긴다.〕

감미로운 아가씨 〔약한 목소리로〕 아이 잉.

남편 이제 한번 말해봐… 날 벌써 오래전부터 알아보았었지, 그치?

감미로운 아가씨 물론이죠. 벌써 징어 거리부텀.

남편 오늘을 말하는 게 아니고. 어저께 그리고 엊그제부터, 내가 네 뒤를 따라갔을 때부터 말이야.

감미로운 아가씨 내 뒤를 따라오는 사람이 하도 많아서.

---

* chambre séparée: 별실.

남편 그런 건 나도 알 수 있고. 네가 날 알아봤는지 묻는 거야.

감미로운 아가씨 그런데요 선생니… 아 참… 그런데 자기, 요 전날 내게 뭔 일이 있었는지 알아요? 아 글쎄 내 사촌 언니의 남편이 내 뒤를 따라 내렸는데, 어둠 속이라 날 몰라보고서는 그만.

남편 그 친구가 네게 말을 걸었구나?

감미로운 아가씨 아 아니 뭘 생각하는 거예요? 다 그런 줄 아나 봐, 누구나 다 자기처럼 뻔뻔한 줄 알아요?

남편 그래도 뭐 뻔한 것 아냐.

감미로운 아가씨 그야 뻔한 일이죠 뭐.

남편 아니, 지금 뭐라고 하는 거야?

감미로운 아가씨 뭘요, 아무 말도. — 아무 대답도 하지 않았잖아요, 진짜로.

남편 흐음… 하지만 내게 무슨 대답인가를 해놓고도 안 했다네.

감미로운 아가씨 아 아뇨, 선생니임 혹시 화났어용?

남편 〔격렬하게 키스를 한다.〕 네 입술에서 생크림 맛이 난다.

감미로운 아가씨 오오, 원래부터 감미로운 거예요.

남편 그런 말을 해준 사내들이 벌써 수도 없겠지?

감미로운 아가씨 수도 없다니!! 아니 또 뭔 생각을 하는 거야!

남편 그렇잖아, 한번 솔직해봐. 얼마나 많은 사내들이 벌써 이 입술에 입 맞추었을까?

감미로운 아가씨 뭘 물어보는 거야 도대체? 자기는 내 말을 정말로 믿
으려고 하지 않는데, 말함 뭣 해!

남편 뭣 때문에 안 믿는다고 그래?

감미로운 아가씨 한번 맞춰봐!

남편 자아, 어디 한번 말해볼까 — 하지만 말이다, 화내면
안 된다. 응?

감미로운 아가씨 왜 내가 어째서 화를 낸단 거야?

남편 그럼 맞혀볼까… 스무 명.

감미로운 아가씨 〔그에게서 몸을 빼내며〕 뭐야 — 왜 당장 백 명이라고
하지 않고, 응?

남편 그렇잖아, 내가 한번 맞혀보라 했잖아.

감미로운 아가씨 그건 그래도 자기가 잘못 맞힌 거라고.

남편 그럼 열 명.

감미로운 아가씨 〔모욕을 당한 목소리로〕 말하면 뭐 해. 그런 년이, 골
목길에서 말을 걸어도 그냥 놓아두고, 그러다가 곧장
샹브르 세파레로 직행한 년이!

남편 제발 어린애처럼 그러지 말고. 길거리를 헤매든 아니
면 방 안에 들어와 앉아 있든 그게 뭔 상관이야… 우
린 말이야, 어쨌든 여기 음식점에 와 있고, 언제라도
종업원이 들어올 수 있고 — 그러니까 말이야 여긴
진짜 뭐가 조금도 낄 수 없는…

감미로운 아가씨 그런 것은 나 역시 마찬가지로 생각해봤죠.

남편 샹브르 세파레에 이미 한번 와본 적이 있겠지?

감미로운 아가씨 내 참, 진실을 말해줘야 한다면, 와봤죠.

남편 것 보라고, 내 맘에 드네, 네가 진짜 적어도 솔직히 말하니까.

감미로운 아가씨 하지만 그건 아녜요 — 자기가 또다시 생각한 것처럼은 아냐. 내 여자 친구와 그 친구 약혼자랑 같이 샹브르 세파레에 가봤었죠, 올해 사육제 때 딱 한 번.

남편 진짜로 그렇다 해도 뭐 큰일 나는 것도 아니잖아, 네가 한 번 — 애인과 함께 —

감미로운 아가씨 물론 큰일 나진 않죠. 하지만 난 애인이 없어.

남편 에에이 말도 안 돼.

감미로운 아가씨 어머머, 진짜 하나도 없다니까.

남편 하지만 네가, 정말 날 믿게 만들 생각은 설마 아니겠지, 그러니까 말이야, 내가 진짜로 믿…

감미로운 아가씨 뭘 말하는 거죠?… 난 진짜로 없다니까 — 벌써 반년 이상 전부터.

남편 아하 그렇군… 하지만 그전엔? 도대체 누구였지?

감미로운 아가씨 어째서 그런 걸 다 캐물으세요?

남편 난 말이야, 그냥 궁금해서, 너를 사랑하니까.

감미로운 아가씨 정말이에요?

남편 물론이지. 그런 것 정도는 벌써 알아봤을 텐데. 이야기해줘, 그러니까. 〔그녀를 꼭 껴안는다.〕

감미로운 아가씨 내가 뭘 이야기해줘야 하나요?

남편 에이 뭘 그리 오랫동안 뜸을 들이나. 누구인지, 그게 알고 싶다고 했잖아.

감미로운 아가씨 〔소리를 내어 웃으며〕 누구긴 누구겠어요, 남자지.

남편	그래 — 그러니깐 — 그게 누구야?
감미로운 아가씨	뭐 조금은 자기하고 비슷하게 생겼는데.
남편	그으래.
감미로운 아가씨	자기가 그이와 비슷하게 생기지만 않았더라면.
남편	그럼 그래서 어떻게 됐는데?
감미로운 아가씨	그럼 뭘, 묻지 마, 벌써 다 알고 있으면서도 그래, 그러니까…
남편	〔이해하는 듯한 목소리로〕 그랬구나, 그래서 내가 말을 걸어도 그냥 가만있었구나.
감미로운 아가씨	아니 그렇잖아요, 뭘.
남편	지금 내 정말 어떻게 해야 할지 모르겠네, 기뻐해야 할지 아님 화를 내야 할지.
감미로운 아가씨	뭘 그래요, 내가 자기 입장이라면 기뻐했을 텐데 뭐.
남편	그렇겠지.
감미로운 아가씨	게다가 또 말을 할 때면 자기는 어쩜 그이 생각이 나게 만드는지… 그리고 자기가 사람을 보는 그 눈빛도…
남편	그 남잔 도대체 뭐 하는 사람인데?
감미로운 아가씨	왜 그래요, 눈빛이 그렇다는데 —
남편	그 남자 이름은 대체 뭐야?
감미로운 아가씨	왜 그래요, 그렇게 날 노려보지 마요, 제발 부탁이에요.
남편	〔그녀를 껴안는다. 오랫동안 뜨겁게 키스한다.〕
감미로운 아가씨	〔몸을 흔들며 그에게서 빠져나와 일어서려고 한다.〕
남편	왜 나를 두고 그냥 가겠다는 거야?

감미로운 아가씨 집에 갈 시간 다 됐어요.

남편 조금만 더 있다가.

감미로운 아가씨 아녜요, 난 진짜 집에 가야만 해요. 도대체 어쩌라고 그래요, 어머니가 알면 뭐라 하겠어요.

남편 어머니와 함께 사는 거야?

감미로운 아가씨 물론이죠, 난 어머니와 함께 살아요. 도대체 뭘 어떻게 생각했죠?

남편 그렇군 ― 어머니와 함께 산다. 엄마와 함께 혼자 사나?

감미로운 아가씨 네에 물론 혼자 살죠! 우린 다섯이예요! 아들 둘에 딸 셋.

남편 아니 정말 그렇게 멀찌감치 내게서 떨어져 앉지 말고. 그럼 네가 그럼 첫째 딸인가?

감미로운 아가씨 아 아뇨, 난 둘째 딸예요. 맨 먼저 카티가 집에 와요, 가게에 나가요, 꽃가게, 그 후에 내가 오죠.

남편 너는 어디서 일하는데?

감미로운 아가씨 뭘요, 난 집에 있죠.

남편 언제나?

감미로운 아가씨 딸아이 하나는 집에 남아 있어야만 하잖아요.

남편 물론. 그렇지 ― 그런데 말이야, 집에 가면 어머니에게 도대체 뭐라 하는 거야 진짜로, 이런 경우에 ― 이렇게 늦게 집에 가면 말이야?

감미로운 아가씨 이런 일은 정말정말 드문 일예요.

남편 그렇다면 오늘을 예로 들면. 어머니가 분명 물어볼

거 아니야?

감미로운 아가씨 물론 물어보죠. 하지만 난 조심할 수 있어요. 내가 필
요한 만큼 — 내가 집에 가서, 정신 바짝 차리면 되
죠, 뭐.

남편 그래서 뭐라고 하는데 그래 응?

감미로운 아가씨 뭘요, 그냥 뭐 극장에 갔다 왔다 그러죠.

남편 그럼 그 말을 믿나?

감미로운 아가씨 아니, 내 말을 못 믿을 이유가 도대체 뭐라고 그래요?
난 말예요, 진짜로 극장에 자주 가는데요. 요전 일요
일에도 난 오페라에 갔었는데, 내 여자 친구 그리고
그 친구 약혼자 그리고 친오빠랑.

남편 어디에서 그렇게 입장권이 생기는 거야?

감미로운 아가씨 뭐예요, 내 오빤 정말 헤어디자이너인데!

남편 그래, 헤어디자이너라… 아하 그래, 아마 극장 전속
헤어디자이너.

감미로운 아가씨 뭘 그렇게 꼬치꼬치 캐물어요?

남편 관심이 있어서그래 정말. 그럼 남동생 하는 일은 뭐
야?

감미로운 아가씨 걔는 아직 학교에 다녀요. 선생질이 하고 싶다나 봐
요. 내 참… 그딴 걸!

남편 그래, 그럼 여동생이 하나 더 남았지, 걔는?

감미로운 아가씨 그 계집앤 아직 어린 것이, 정말 지금부터 진짜 조심
하지 않음 안 된다니까요. 도대체가 정말 기가 막혀
서, 여자애들을 학교에서 얼마나 버려놓는지 모르겠

어요! 믿지 못하겠죠! 요 전날엔 그 계집애가 랑데부 하는 걸 내가 다 잡아냈어요.

남편 뭐라고?

감미로운 아가씨 그렇다니깐요! 학교 다니는 머슴애와 딱 붙어서 저녁 7시 반에 으슥한 골목길을 같이 걸어가더라고요. 머리에 피도 안 마른 것들이!

남편 그래, 그래서 어떻게 했어?

감미로운 아가씨 뭘요, 두들겨 패줬죠!

남편 네가 그렇게 엄격한 사람이야?

감미로운 아가씨 그러지 않으면 그럴 만한 사람이 누가 있단 말예요? 언니는 가게에 나가고, 어머니는 우는소리밖에 하지 않고 ─ 언제나 나한테 다 돌아와요.

남편 하느님, 넌 정말 예쁘구나! 〔그녀에게 키스를 하고, 보다 상냥한 목소리로〕 너를 보면 말이다, 누군가가 또 생각나.

감미로운 아가씨 그래요 ─ 그게 누군데요?

남편 특별히 누구랄 건 없고… 그 시절이… 뭐, 그렇지, 내 어린 시절이. 그만 됐어, 마시자, 마이 베이비!

감미로운 아가씨 그런데, 자기는 몇 살이나 됐어요, 응? 자기… 참 … 난 정말 자기 이름이 뭔지도 모르고 있네.

남편 카알.

감미로운 아가씨 어쩜 그럴 수가! 카알이라 했어요?

남편 그 남자 이름도 역시 카알이었나?

감미로운 아가씨 아뇨, 하지만 이건 정말 순전히 기적이에요… 이건

정말 그러니까 — 그렇잖아요, 눈매가… 얼굴 생김새도… [머리를 흔든다.]

남편 그런데 그 남잔 누구였지 — 아직까지도 내게 말해주지 않았잖아.

감미로운 아가씨 나쁜 사람이었죠 뭐 — 정말 틀림없어, 그렇지 않았음 날 그냥 앉혀만 놓지는 않았을 거야.

남편 그 남잘 아주 좋아했나 봐?

감미로운 아가씨 물론 그 남잘 좋아했죠.

남편 아 알겠어, 그 남자 뭐 하는 사람인지 — 쏘위님이겠지.

감미로운 아가씨 아 아뇨, 군대에 있진 않았어요. 군대에 가지 않아도 됐거든요. 그 남자 아버지가 사는 곳이… 하지만 그 딴 걸 알아서 뭐 하려고 그래요?

남편 [그녀에게 키스를 한다.] 네 두 눈동자는 원래가 회색이었구나, 난 말이야, 검은색이라고 생각했었는데.

감미로운 아가씨 그렇지 뭐, 혹시 자기 눈엔 썩 아름답게 보이지 않나 봐, 그치?

남편 [그녀의 두 눈에 키스를 한다.]

감미로운 아가씨 그만, 그만 — 난 정말 진짜 못 견디겠어요… 오우, 제발 좀 — 오 하느님… 안 돼요, 날 좀 일어서게… 그저 잠깐만 — 제발 좀.

남편 [훨씬 더 부드러운 목소리로] 오 안 될 말씀.

감미로운 아가씨 하지만 제발 조금만, 카알…

남편 넌 몇 살이나 되었니? — 열여덟, 그치?

감미로운 아가씨 열아홉은 넘었어.

남편 열아홉… 그러면 나는 —

감미로운 아가씨 자기는 서른…

남편 거기에다 몇 살 더 보태면. — 그딴 이야긴 그만하자.

감미로운 아가씨 그 남자도 역시 서른두 살이었죠 뭐, 내가 처음 사귀었을 때.

남편 얼마나 오래전 일인데?

감미로운 아가씨 난 전혀 모르겠어… 자기, 포도주에 분명 뭔가가 들어 있는 모양이야.

남편 그래, 뭣 때문에 그래?

감미로운 아가씨 난 정말 확실히… 있잖아 — 빙빙 돌아, 모든 게.

남편 그럼 내 품에 꽉 안기라고. 이렇게… 〔그녀를 품 안에 꽉 안고서 좀더 부드러운 태도를 취한다. 그녀는 거의 저항하지 않는다.〕 너에게 뭔가 말해줄 게 있어, 내 보물, 우린 말이야, 이제 진짜로 갈 수 있어.

감미로운 아가씨 그으래요… 집으로.

남편 곧장 집으로는 아니지.

감미로운 아가씨 그럼 무슨 말인데?… 오 안 돼, 오 아녜요… 난 아무데도 안 갈 테야, 도대체 지금 무슨 생각을 —

남편 그러니깐 내 말을 듣기만 해보라고, 마이 베이비, 이다음번, 우리가 다시 만날 때, 그렇잖아, 그땐 우리가 준비를 제대로 잘해서, 그러니깐… 〔그는 바닥에 무릎을 꿇고 앉아 그녀의 허벅지 사이에 머리를 파묻는다.〕 여긴 정말 포근해, 오우, 여긴 정말 포근해.

감미로운 아가씨 도대체 뭐 하는 거예요? 〔그녀는 그의 머리칼에 입을 맞춘다.〕 …자기, 포도주에 분명 뭔가가 들어 있는 모양이야 ─ 너무너무 졸려… 자기, 내가 영원히 못 일어나면, 그럼 어떻게 될까? 하지만, 하지만, 봐요, 하지만 카알… 그렇지만 누가 들어오면 어쩌려… 제발제발… 종업원이.

남편 그랬다가는… 그 자식 제삿날이지 뭐… 종업원은 … 들어오지 않아…

──────────────────────────────

감미로운 아가씨 〔눈을 감은 채 안락의자 구석에 기대어 앉아 있다.〕

남편 〔담배에 불을 붙여 물고 작은 방 안을 왔다 갔다 한다. 오랫동안 말이 없다.〕

남편 〔감미로운 아가씨를 오랫동안 관찰해보고 난 후, 혼잣말로〕 내 참 이럴수가, 이런 여잔 도대체 어떻게 생겨먹었기에 ─ 빌어먹을 것… 그렇게 신속하게 걸려들고… 아냐, 내가 너무 신중하지 못해서 옭혀들었나… 으음…

감미로운 아가씨 〔눈을 뜨지 않은 채〕 포도주에 분명 뭔가가 들어 있는 모양이야.

남편 그래, 뭣 때문에 그래?

감미로운 아가씨 그렇지 않았다면…

남편 왜 모든 핑계를 포도주에 다 미루는 거야?

감미로운 아가씨 자기 지금 어디 있어? 왜 그렇게 멀리 떨어져 있어? 이리 내 옆으로 와.

남편 〔그녀를 향해 걸어가 곁에 앉는다.〕

감미로운 아가씨 한번 말 좀 해봐, 자기 날 진짜로 좋아해.

남편 네가 잘 알면… 〔하던 말을 재빨리 멈추고〕 물론이지.

감미로운 아가씨 있잖아… 이건 정말로 진짜… 그럼, 진실을 말해봐, 포도주에 들어 있는 게 뭐예요?

남편 아니, 너는 그러니까, 내가 그런 짓을… 내가 독을 타놓았다 그거야?

감미로운 아가씨 그러지 않았다면, 생각해봐요, 난 정말 이해를 못 하겠어. 난 정말 그런 여자가 아닌데… 우리가 알게 된 지 이제 겨우… 자기, 난 그런 여자가 아니야… 이럴 수가, 하느님 맙소사 — 자기가 만일 내가 그런 여자라고 믿고 있다면 —

남편 아 아니 — 지금 무슨 쓸데없는 걱정을 하고 난리야. 난 말이야, 너를 눈곱만큼도 나쁘게 생각하지 않았다고. 난 말이야 네가 날 사랑한다고 생각했는데 뭘 그래.

감미로운 아가씨 그래요…

남편 생각해봐, 젊은 사람 둘이 방 안에 들어와서, 그리고 저녁 식사를 하고 그리고 포도주를 마시면… 포도주에 뭔가 들어 있을 필요가 하나도 없단 말이야…

감미로운 아가씨 나 역시도 그냥 한번 말해본 거야.

남편 그래, 그럼 뭣 때문에 그런 말을?

감미로운 아가씨 〔반항적인 목소리로〕 그냥 부끄러워서 그랬지.

남편 그것 참 웃기는군. 그럴 이유가 전혀 없잖아. 내가 너의 첫번째 애인을 생각나게 만든다면야, 더더욱 그렇잖아.

감미로운 아가씨 그렇죠.

남편 첫번째 애인을 생각했겠지.

감미로운 아가씨 그렇지 뭐…

남편 자 이제 다른 애인들은 누구였어, 그게 알고 싶은데.

감미로운 아가씨 아무도 없어.

남편 그건 참말이 아니겠지, 정말 믿을 수 있는 얘기를 해야, 믿지.

감미로운 아가씨 관둬, 제발 좀, 귀찮게 하지 마. ─

남편 담배 하나 피울래?

감미로운 아가씨 아 아니, 고맙지만 안 피울래.

남편 근데 말이야, 지금 몇 시나 됐을까?

감미로운 아가씨 뭐라고?

남편 30분전 12시네.

감미로운 아가씨 그래서!

남편 그럼… 집에서 어머니가? 항상 있는 일인가 봐, 그렇지?

감미로운 아가씨 날 정말 집에 보낼 생각인가 봐?

남편 그렇잖아, 너는 정말 오래전에 네 스스로 알아서 ─

감미로운 아가씨 관둬, 자기는 하지만 딴사람이 되었네. 내가 자기에게 뭐라고 했는데 그래?

남편 하지만 베이비, 도대체 왜 그래, 도대체 지금 어쩌라고 그래?

감미로운 아가씨 그래요, 순전히 자기 생김새 때문에 그랬는걸, 뭐, 맙소사, 그렇지 않았음 자기가 아무리 사정해도… 나한테 사정사정하는 남자가 어디 한둘인 줄 알아, 같이 샹브르 세파레에 같이 가자고 말이야.

남편 그러니깐, 그럴 맘이 있나 보지… 나와 함께 곧 다시 이곳에 올 맘이… 아니면 다른 곳에 있는 —

감미로운 아가씨 난 몰라.

남편 그건 또 무슨 말이야, 네가 모른다니.

감미로운 아가씨 그렇잖아, 자기가 먼저 물어봤잖아?

남편 그렇다면 언제? 내가 너에게 무엇보다도 먼저 밝혀줄 게 있는데, 난 말이야, 빈에 살지 않아. 난 말이야, 어쩌다가 한 번씩 며칠 동안 이곳에 와 있어.

감미로운 아가씨 아니 무슨 말이야, 자기는 빈 사람이 아냐?

남편 물론 빈 사람이지. 하지만 지금은 이 근처에 산다고 …

감미로운 아가씨 그게 어딘데?

남편 아 아 맙소사, 그런 건 상관없잖아.

감미로운 아가씨 뭘 그래, 두려워하지 마요, 거기까지 쫓아가진 않을 테니깐.

남편 오 하느님, 그게 재미있다면야 쫓아올 수도 있지. 난 그라츠*에 살아.

감미로운 아가씨 진짜로?

남편 뭘 그래, 그게 뭐 놀라운 일이라구?

감미로운 아가씨 자기 결혼했지, 맞지?

남편 〔몹시 놀라운 목소리로〕맞았어, 어떻게 그런 걸 다 알아냈지?

감미로운 아가씨 어쩐지 그렇다는 느낌이 바로 들지 뭐야.

남편 그렇다고 뭐 당황스러운 일은 전혀 아니지만.

감미로운 아가씨 그치 뭐, 내 맘에 드는 것은 물론, 자기가 미혼인 거지만. — 하지만 자기는 정말로 결혼한 것이 사실이잖아!

남편 그래, 말 좀 해줘, 어떻게 그렇다는 걸 다 알아냈어?

감미로운 아가씨 어떤 남자가 말이야, 자신은 빈에 살지 않고 아무 때나 시간이 없다고 말한다면, 뻐언하지 —

남편 그건 정말 전혀 터무니없는 소리만은 아니네.

감미로운 아가씨 난 그런 말을 믿지 않아.

남편 그러면 말이야, 양심에 좀 거리끼지 않을까, 너는 유부남을 부정한 일에 꼬드겨놓았잖아?

감미로운 아가씨 어머머 별꼴이야, 집 부인께서도 자기를 정말 빼다 닮은 모양이야.

남편 〔흥분한 목소리로〕야, 너, 정말 못 들어주겠다. 어디에다 대고 그런 발언을 —

감미로운 아가씨 난 말이야, 자기는 정말 부인이 없다고 믿었잖아.

남편 내게 부인이 있건 없건 — 그런 말까지 발설할 필요

---

* Graz: 빈 인근의 대도시.

가 어디 있어. 〔그가 일어선다.〕

감미로운 아가씨 카알, 으응 카아알, 왜 그래? 화났어? 봐요, 난 말예요, 자기가 결혼했단 걸 진짜로 몰랐다고. 난 진짜 그냥 한번 말해본 건데. 자, 이리 와서 화를 풀어요, 응.

남편 〔몇 초 후에 그녀를 향해 오면서〕 너희들은 말이야, 진짜 이해할 수 없는 인간들이야, 너희들… 여자들이란 말이야. 〔정답게 그녀 곁에 다시 앉는다.〕

감미로운 아가씨 관둬… 됐어… 이젠 벌써 너무 늦었어 —

남편 그럼 말이야, 내 말을 한번 들어봐. 한번 진지하게 서로 이야기를 해보자. 난 너를 다시 보고 싶어, 자주 보고 싶다고.

감미로운 아가씨 정말?

남편 하지만 거기엔 필수적으로… 그으러니까 말이야, 내가 너를 확실히 믿을 수 있어야만 해. 내가 너를 돌봐줄 수는 없으니깐.

감미로운 아가씨 어머머, 난 벌써 나 스스로를 돌보고 있어.

남편 넌 말야… 아 그러니깐, 경험해보지 않고서는 정말 말할 수 없는 것이긴 해도 — 하지만 너는 젊고 — 그리고 — 남자들이란 일반적으로 양심이 없는 족속이라서 말야.

감미로운 아가씨 오오우웩!

남편 내가 말한 건 그저 윤리적 관점뿐만이 아니라고. — 그렇잖아, 너도 분명 날 이해할 거야.

감미로운 아가씨 그럼, 말해봐, 자기는 도대체 날 뭐라 생각하고 있는 거야, 진짜로?

남편 그러니까 — 네가 날 사랑하고 싶다면 — 그저 나만을 — 그렇담 우린 이미 제대로 대처할 수 있을 거야 — 내가 역시 지금처럼 그라츠에 살고 있다 해도 말이야. 이런 곳, 누가 어느 때라도 들어올 수 있는 곳은 말이야, 이건 정말 제대로 된 곳이 아니야.

감미로운 아가씨 〔그의 몸에 찰싹 달라붙는다.〕

남편 이다음 번엔⋯ 우리 어디 다른 곳에서 함께하자, 좋지?

감미로운 아가씨 네, 좋아요.

남편 우릴 방해할 게 하나도 없는 곳에서.

감미로운 아가씨 네엥.

남편 〔그녀를 뜨겁게 포옹한다.〕 그 밖의 것들은 마차 타고 집으로 가면서 자세히 얘기하자. 〔일어서서 문을 열고〕 종업원⋯ 계산서!

일곱번째 대화

감미로운 아가씨와 시인

작은 방, 안락한 취향으로 꾸며져 있다. 커튼이 쳐 있는 방 안은 어스름 속에 잠겨 있다. 레이스로 된 빨간색 커튼이다. 커다란 책상, 그 위에는 종이와 책들이 여기저기 널려 있다. 벽 쪽에는 소형 피아노가 있다.

감미로운 아가씨. 시인.

두 사람이 같이 방 안에 들어온다. 시인이 문을 닫는다.

시인 자아, 내 보물. 〔그녀에게 키스를 한다.〕

감미로운 아가씨 〔모자를 쓰고 레이스 숄을 머리와 어깨 위에 걸쳤다.〕
어머나! 여긴 어쩜 정말 멋있어! 그런데 눈에 아무것도 보이지 않아!

시인 당신 눈이 어스름에 익숙해져야만 해. ― 당신의 달콤한 두 눈이 ― 〔그녀의 두 눈에 키스를 한다.〕

감미로운 아가씨 그러기에는 내 달콤한 두 눈이 충분한 시간이 없을 텐데.

시인 왜 그런 말을?

감미로운 아가씨 난 딱 1분만 여기 머물 거기 때문에.

시인 그 모자 좀 내려놓아, 응?

감미로운 아가씨 1분 때문에 모자를?

시인 〔그녀의 모자에서 핀을 뽑고 모자를 벗긴다.〕 그리고 그 레이스 숄도 —

감미로운 아가씨 뭐 하려고 그래요? — 난 정말 곧바로 다시 가야만 하는데.

시인 하지만 당신은 좀 쉬어야만 해! 우린 세 시간 동안이나 걸었잖아.

감미로운 아가씨 우린 마차를 타고 다녔잖아요.

시인 참 그렇지, 집으로 올 때에 — 하지만 시냇가의 봐이트링*에서 우린 정말 세 시간 동안 꼬박 날뛰고 다녔잖아. 그러니까 말인데, 그저 얌전히 좀 앉기나 하라고, 마이 베이비… 당신 편한 곳에 — 여기 책상 옆에 — 아 아니야, 여긴 편안하지 않아. 저 안락의자에 앉으라고. — 옳지. 〔그녀를 눌러 앉힌다.〕 당신이 너무 피곤하다면, 쭉 뻗고 누울 수도 있어. 옳지. 〔그녀를 안락의자에 눕힌다.〕 자아, 머리를 베개 위에.

감미로운 아가씨 〔큰 소리로 웃으며〕 하지만 난 정말 하나도 피곤하지 않은데!

시인 그저 그렇게 생각하고 있는 거지. 오 옳지 — 그리고

---

* Weidling: 빈 숲 속의 유원지.

잠이 오면, 잠을 잘 수도 있어. 난 아무 소리도 내지 않을 거니까. 그뿐인 줄 알아, 당신에게 자장가도 연주해줄 수 있어… 내 작품을… 〔피아노 쪽으로 간다.〕

감미로운 아가씨 당신 작품을?

시인 그으럼.

감미로운 아가씨 내가 생각하기론, 로베르트, 당신은 박사님인 줄 알았는데.

시인 어째서? 네게 분명 말해줬을 텐데, 난 작가라고.

감미로운 아가씨 작가는 모두 다 박사님들이잖아요.

시인 아 아냐, 모두 다는 아니지. 예를 들면 나는 아니잖아. 하지만 지금 어떻게 그런 생각을 다 했어?

감미로운 아가씨 그렇잖아요, 당신이 말했기 때문에, 작품, 당신이 지금 연주를 치고* 있는 것은 당신 것이라고.

시인 그랬나… 혹시 이것은 내 작품이 아닐지도 몰라. 그런 거야 뭐 상관없지. 그렇잖아? 한마디로, 누가 만든 것이냐, 그런 것은 언제나 상관없지. 그저 아름답기만 하면 그만이지 — 그렇지?

감미로운 아가씨 물론이죠… 아름답기만 하면 되죠 뭐 — 그게 정말로 최고로 중요하죠! —

시인 알아? 내가 뭘 말하는 것인지.

감미로운 아가씨 그게 뭔데?

시인 그러니깐, 내가 방금 말한 건 말야.

---

* 감미로운 아가씨는 어느 정도 교양이 요구되는 정황을 표현할 때에 어법이 틀리는 경우가 종종 있음.

감미로운 아가씨   〔졸린 목소리로〕 으응 물론 그렇다니까.

시인   〔일어서서, 그녀에게 다가가 그녀의 머리를 쓰다듬으며〕 한마디 말도 이해하지 못하는군.

감미로운 아가씨   관둬, 난 그렇게 멍청하지 않아.

시인   물론 넌 그렇게 멍청하지. 하지만 바로 그렇기 때문에 내가 널 사랑하는 거야. 으휴, 이렇게 아름답다니깐, 여자들이 멍청하면 말이야. 내가 말한 건, 너와 같은 본성을.

감미로운 아가씨   관둬, 무슨 욕을 하려고 그래?

시인   천사, 귀여운 천사. 그치, 푹신한 페르시아 양탄자 위에 누워 있으니깐 좋지?

감미로운 아가씨   오 그래, 관둬, 피아노 치는 건 하지 않을 거야?

시인   아냐, 네 곁에 있는 게 훨씬 더 좋은걸. 〔그녀를 쓰다듬는다.〕

감미로운 아가씨   관둬, 차라리 불 좀 켜지 않을래요.

시인   아 아니… 이런 여명은 정말 기분 좋아. 우리는 오늘 태양의 햇살로 온종일 목욕했잖아. 이제야 우리는 소위 태양의 욕조에서 나와서 그리고 펄럭거리는… 여명을 목욕 가운처럼 펄럭펄럭 걸치고 — 〔큰 소리로 웃는다.〕 — 아 아니야 — 이런 것은 역시 다르게 표현해야만… 그렇게 생각하지 않아?

감미로운 아가씨   모르겠어.

시인   〔그녀에게서 살짝 떨어져 나오며〕 세상에, 이렇게 멍청하다니! 〔메모 수첩을 집어 들고 몇 마디 말을 적어

넣는다.〕

감미로운 아가씨 뭣 하고 있어 응? 〔그를 향해 고개를 돌리며〕 뭘 써놓
고 있는데 그래?

시인 〔낮은 목소리로〕 태양, 욕조, 여명, 가운… 좋았어…
〔메모 수첩을 집어넣는다. 큰 목소리로〕 아무것도 아니
야… 자 그럼 이젠, 내 보물, 뭔가를 좀 먹거나 마시
고 싶은 생각이 없어?

감미로운 아가씨 목은 정말로 하나도 마르지 않은데. 근데 배가 고파.

시인 흐음… 나한테는 차라리, 네가 목이 마르다면 더 좋
을 텐데. 말인즉슨 코냑은 집에 있지만, 식사는 내가
일단 가져와야 할 게 분명하니까.

감미로운 아가씨 그럼 뭐라도 가져오라고 할 수 없어?

시인 어려운 일인데, 하녀가 지금 더 이상 여기 없어서 —
참 기다려봐 — 이 몸이 직접 가설라므네… 좋아하는
것이 뭘까, 응?

감미로운 아가씨 하지만 그래 봤자 진짜로 아무 소용이 없을 건데 뭘,
난 어쨌든 집에 가야만 하니깐.

시인 베이비, 그건 말도 안 되고. 내가 뭔가 말해주겠어,
떠난다, 그럼 우린 같이 떠나는 거야, 어디로든 가서
저녁 식사를 한다, 이거야.

감미로운 아가씨 어머, 안 돼. 그럴 시간 없어. 그리고 그런다 해도 도
대체 어디로 간단 말이야? 누구라도 아는 사람이 우
릴 볼 수 있는데.

시인 아는 사람이 엄청나게 많은 모양이지?

감미로운 아가씨	누구든 한 사람이라도 보게 되면, 금방 난리가 날 거야.
시인	도대체 무슨 난리가 난다고 그래?
감미로운 아가씨	그렇잖아, 것도 몰라, 어머니가 무슨 소리라도 듣는 날이면…
시인	우린 정말 어딘가 그런 곳으로 갈 수 있잖아, 우리를 보는 사람이 아무도 없는, 개별적인 방들이 딸려 있는 레스토랑들도 있는데 뭘 그래.
감미로운 아가씨	〔노래하듯이〕 그으렇지요, 샹브르 세파레에서 만찬을 즐길 때면!
시인	너 벌써 샹브르 세파레를 한번 다 가보았구나!
감미로운 아가씨	진실을 말해줘야만 한다면 ─ 네.
시인	행복한 그 남잔 누구였을까?
감미로운 아가씨	어머머, 그건 아니야, 당신이 생각하는 것은 아니야… 난 내 여자 친구랑 그리고 그 친구 약혼자랑 같이 있었는데. 날 함께 데리고 가줬지 뭐.
시인	그으래. 내가 그 말을 결국 믿어줘야 옳을까?
감미로운 아가씨	누가 내 말을 믿어달라 그랬어!
시인	〔그녀에게 바짝 다가서서〕 네 얼굴이 지금 빨개졌잖아? 새빨개져서 아무것도 안 보이네! 네 얼굴이 어떻게 생겼는지도 더 이상 알아볼 수 없구나. 〔한 손으로 그녀의 뺨을 어루만지며〕 그래도 이렇게 해보면 너인지는 역시 알아보겠구나.
감미로운 아가씨	으휴, 정신 차려, 날 다른 여자하구 바꿔 생각하면

안 돼.

시인 참 진기한 일야. 난 더 이상 기억해낼 수 없어, 당신 얼굴이 어떻게 생겼더라.

감미로운 아가씨 나 참, 저엉말 고오맙네!

시인 〔진지한 목소리로〕 이봐, 이건 아예 섬뜩하기까지 하잖아, 난 네가 누구인지도 잘 떠올려볼 수 없으니. — 어떤 의미에서는 난 널 벌써 잊어버렸나 봐 — 네 목소리의 울림도 역시 더 이상 기억해낼 수 없을 것 같으니… 여기 넌 무엇일까 실제로? — 가깝고 동시에 아득하게 멀리서… 섬뜩해.

감미로운 아가씨 그만둬, 무슨 말을 떠드는 거야, 응 —?

시인 아무것도 아냐, 내 천사, 아무것도. 네 입술은 어디에 있나… 〔그녀에게 키스를 한다.〕

감미로운 아가씨 차라리 불을 켜지 않을래?

시인 아니… 〔그의 태도가 매우 상냥해진다.〕 말해봐, 날 사랑해.

감미로운 아가씨 매우… 오 아주 많이!

시인 벌써 누군가 딴 남자를 지금 나처럼 사랑해본 적 있어?

감미로운 아가씨 내가 벌써 다 말해줬잖아 — 없다고.

시인 그래도… 〔한숨을 쉰다.〕

감미로운 아가씨 그 남잔 내 약혼자였는데 뭘.

시인 그랬으면 좋겠어, 그 남잘 지금 생각하지 않았으면 좋겠어.

감미로운 아가씨 관둬… 뭘 하는 거야… 봐요…

시인 우린 이제 상상해볼 수 있어, 우린 지금 인도에 있는
어떤 성에 와 있는 거라고 말이야.

감미로운 아가씨 거긴 그렇게 악질로 생겨먹은 곳이 분명 아니겠죠,
지금 자기처럼 말이야.

시인 무슨 넋 빠진 소리야! 세상에 — 내 참, 네가 감(感)
이라도 잡을 수 있어, 네가 나에게 뭘 의미하는지…

감미로운 아가씨 뭘 알아야 하는데?

시인 날 제발 끊임없이 밀쳐내지는 마, 난 네게 진짜 아무
짓도 안 해 — 잠정적으로는.

감미로운 아가씨 자기, 코르셋이 날 아프게 해.

시인 〔무심한 목소리로〕 벗어버려.

감미로운 아가씨 알았어. 하지만 그렇다고 나쁜 짓 하면 안 돼.

시인 안 해.

감미로운 아가씨 〔몸을 일으켜 세우고 어둠 속에서 코르셋을 벗는다.〕

시인 〔그러는 동안에 안락의자에 앉는다.〕 그런데, 내 성이
무엇인지, 내 이름은 무엇인지, 그런 것은 아예 관심
이 없는 모양이야?

감미로운 아가씨 왜 그래, 이름이 어떻게 된다고 그래?

시인 난 내 이름은 말해주지 않겠어, 차라리 내가 나를 어
떻게 부르나 말해주지.

감미로운 아가씨 그런 것도 무슨 차이가 있나?

시인 들어봐, 난 나를 작가라고 부르지.

감미로운 아가씨 어머머, 당신은 진짜 이름은 숨기고 글을 썼어?

시인 　〔그녀에게 바짝 다가간다.〕

감미로운 아가씨 　어머나… 가!… 그만해.

시인 　이 무슨 향기가 이렇게 솟아오를까. 얼마나 달콤해.
　　　〔그녀의 젖가슴에 키스를 한다.〕

감미로운 아가씨 　당신 내 속옷을 다 찢어놓겠어.

시인 　치워… 치워… 이 모든 건 다 쓸데없는 것들이야.

감미로운 아가씨 　하지만 로베르트!

시인 　그래, 이제 우리의 인도의 성으로 들어오라.

감미로운 아가씨 　그전에 말 좀 해봐, 당신 날 정말 사랑해.

시인 　내 참, 내가 정말 흠모하고 있잖아. 〔그녀에게 뜨겁게
　　　키스한다.〕 난 널 정말 흠모해, 나의 보물, 나의 봄…
　　　나의…

감미로운 아가씨 　로베르트… 로베르트…

——————————————————————

시인 　천국의 열락이었어… 난 내 이름을…

감미로운 아가씨 　로베르트, 오오 내 로베르트!

시인 　난 나를 비이비츠라고 불러.

감미로운 아가씨 　왜 당신 스스로를 비이비츠라고 불러?

시인 　내 원래 이름은 비이비츠가 아냐 — 난 나를 그렇게
　　　부르는데… 그런데, 넌 이 이름을 혹시 못 들어봤어?

감미로운 아가씨 　아니.

시인 　넌 비이비츠란 이름을 모른다 그거야? 내 참 — 이런

세상에! 정말이야? 넌 그런 남자는 모른다, 그저 그
런 뜻으로 말한 것 아니야, 그렇지 않아?

감미로운 아가씨 참 별꼴이야, 난 그런 이름은 한 번도 들어보지 못했
어!

시인 극장에는 한 번도 가본 적이 없단 말이야?

감미로운 아가씨 오 무슨 말을 ── 난 바로 요 전날만 해도 어떤 남자
랑 ── 그러니깐, 내 여자 친구의 친척이 되는 아저
씨 그리고 그 여자 친구랑 같이 오페라에도 가봤어,
카발레리아 말이야.

시인 흐음, 그러니깐 부르크테아터는 문턱도 밟아보지 못
했다, 그런 말이군.

감미로운 아가씨 거긴 입장권을 선물 받아본 적이 없으니까.

시인 내가 다음번에 입장권 한 장 보내주지.

감미로운 아가씨 오호 야호! 하지만 잊어버리면 안 돼 응! 뭔가 재미
있는 걸로 보내줘.

시인 그래… 재미있는 거라… 뭔가 슬픈 것은 가볼 맘이
없다 그거지?

감미로운 아가씨 좋아서 가지는 않아.

시인 이 몸이 쓴 작품이라 해도 역시 마찬가지야?

감미로운 아가씨 관둬 ── 당신이 쓴 작품이라니, 피? 당신이 극장 작
품을 쓴단 말이야?

시인 괜찮겠어, 난 그냥 불을 켜고 싶은데. 난 아직까지 널
보지도 못했어, 네가 내 애인이 된 이후로 말이야. ──
천사여!〔그가 초에 불을 붙인다.〕

감미로운 아가씨 관둬, 난 부끄럽단 말이야, 정말. 적어도 담요라도 한 장 줘.

시인 좀 있다가! 〔그가 촛불을 손에 들고 그녀에게 다가와 한동안 그녀를 관찰한다.〕

감미로운 아가씨 〔손으로 얼굴을 가린다.〕 그만, 그만해, 로베르트!

시인 넌 아름다워, 넌 아름다움, 넌 혹시 자연 그 자체, 넌 성스러운 순진함.

감미로운 아가씨 앗 뜨거, 촛농이 떨어지잖아, 아이잉! 거봐, 뭘 조심할 줄 정말 몰라!

시인 〔초를 치워놓는다.〕 너는 내가 오랫동안 찾고 있던 바로 그런 것이야. 넌 나만을 사랑하니까, 넌 내가 쌀가게에서 쌀 배달을 해도 역시 날 좋아할 거야. 기분 좋은 일이지. 너에게 고백해줄 게 있어, 지금 이 순간까지만 해도 난 어느 정도 의심을 떨쳐버릴 수 없었어. 진심으로 말해봐, 내가 비이비츠인 줄은 꿈에도 몰랐어, 진짜로?

감미로운 아가씨 왜 그래, 나한테 뭘 원하는데 그래, 정말 하나도 모르겠네. 난 진짜 비이비츠란 남자에 대해선 하나도 모른다니깐.

시인 이 무슨 영광이람! 아 아냐, 잊어버려, 내가 말한 것, 네게 말해준 이름도 몽땅 잊어버리라고. 로베르트, 그게 나야, 그리고 너에게 난 이대로 남아 있겠어. 내가 농담 한번 해본 거야. 〔경쾌해진 목소리로〕 그래 난 작가가 아니다, 난 뭐 가게 종업원이고 그리고 저녁때면 싸구려 술집에서 뽕짝에 맞춰 피아노를 치지 뭐.

감미로운 아가씨 그래, 이젠 뭐가 뭔지 더 이상 알 수 없네… 그만해, 왜 사람을 뚫어지게 쳐다만 보는 거야. 응, 왜 그래, 응, 왜 그럴까 정말?

시인 이런 참 진기한 일이 — 이런 일은 내 생전에 아직 한 번도 없던 일인데, 내 보물, 내 눈에서 눈물이 나올 것 같아. 넌 내 맘을 깊숙이 사로잡았어. 우리 같이 지내보자, 응. 우린 정말 아주 사랑하게 될 거다.

감미로운 아가씨 자기, 그 말 정말이야, 싸구려 술집에서 그런다는 거?

시인 그래, 하지만 더 물어보지 마. 네가 날 사랑한다면 아무것도 물어보지 마. 그런데 몇 주 동안 네 몸을 아주 자유롭게 만들 수 있어?

감미로운 아가씨 무슨 말이야, 아주 자유롭게라니?

시인 그러니까, 집을 떠나서?

감미로운 아가씨 어머어머!! 어떻게 그럴 수가! 어머니가 뭐라 하실 지? 그게 아니어도 내가 없으면 집안 살림이 정말 엉망진창이 되는데.

시인 난 벌써 충분히 다 생각해놓았어. 너와 함께, 너와 단 둘이서, 그 어딘가 저 바깥의 고독 속에서, 숲 속에서, 자연 속에서 몇 주 동안 사는 거야. 자연… 자연 속에서… 그리고 난 다음, 어느 날 아듀 — 서로 갈라서서 가는 거야, 서로 어디로 가는지도 모른 채.

감미로운 아가씨 지금부터 벌써 아듀할 것을 다 말해! 난 말이야, 당신이 날 정말 좋아한다고 생각했었는데.

시인 바로 그렇기 때문에 — 〔그녀를 향해 몸을 숙이고 이마에 키스를 한다.〕 그대 감미로운 피조물이여!

감미로운 아가씨 관둬, 날 좀 꽉 안아줘, 난 너무너무 추워.

시인 시간이 다 됐어, 옷 입어야지. 기다려봐, 촛불을 몇 개 더 켜줄께.

감미로운 아가씨 〔몸을 일으킨다.〕 돌아보지 마.

시인 그래. 〔창가에 서서〕 그런데 말이야, 마이 베이비, 지금 행복해?

감미로운 아가씨 뭐가 알고 싶은데?

시인 그냥 일반적으로 네가 행복한 건지 어떤지?

감미로운 아가씨 형편은 뭐 앞으론 훨씬 좋아지겠지 뭘.

시인 넌 내 말을 오해했어. 네 집안 형편에 대해서는 벌써 충분히 내게 얘기해주었잖아. 나도 알아, 넌 공주님은 아니야. 내가 말한 건, 네가 이것저것 다 제쳐놓았는지, 네가 너 자신이 그냥 살아 있단 걸 느끼고 있는지, 그걸 물은 거야. 넌 너 자신이 살아 있다고 생각해?

감미로운 아가씨 관둬, 빗 갖고 있어?

시인 〔화장대로 가서 그녀에게 머리빗을 갖다주고는 감미로운 아가씨를 관찰한다.〕 빌어먹을, 이렇게도 매혹적으로 생겼으니 정말!

감미로운 아가씨 으응… 그만해!

시인 뭘, 아직 가지 마, 여기 있어줘, 내가 뭐라도 저녁 식사를 가져올게, 그리고…

감미로운 아가씨 하지만 이젠 정말 너무 늦었어.

시인 아직 9시도 안 되었잖아.

감미로운 아가씨 아잉, 좀 가만 놓아줘, 그러면 난 정말 어지럽단 말이야.

시인 우린 도대체 언제 다시 만나게 될까?

감미로운 아가씨 뭘, 날 언제 또 보고 싶어서 그래?

시인 내일.

감미로운 아가씨 내일이 도대체 무슨 요일이더라?

시인 토요일.

감미로운 아가씨 오, 그럼 난 안 돼, 내일은 내 꼬맹이 여동생과 함께 학생 상담을 가야 해.

시인 그럼 일요일… 흐음… 일요일… 일요일에… 이제 내가 뭘 너에게 설명해줄게 — 나는 비이비츠가 아냐, 하지만 비이비츠는 내 친구야. 내 그 친구를 한번 소개해줄게. 하지만 일요일엔 비이비츠의 작품이 공연되는 날이니까. 내가 너에게 입장권을 한 장 보내주고, 연극이 끝나고 나면 극장으로 데리러 갈게. 그럼 넌 내게 말해주는 거야, 그 연극이 맘에 들었는지를 말이야, 알았어?

감미로운 아가씨 어휴, 비이비츠 얘기를 또 시작했어 — 내가 정말 미친다니깐.

시인 그렇게만 해주면 나는 너를 완벽하게 알 것 같아, 네가 이 연극에서 뭘 느꼈는지를 말해주면 말이야.

감미로운 아가씨   자 그러면… 난 준비가 끝났어.

시인   자 가자, 내 보물덩어리! 〔두 사람은 자리를 떠난다.〕

여덟번째 대화

시인과 여배우

전원에 있는 어떤 여관의 방. 어느 봄날 저녁.
초원과 언덕이 펼쳐진 가운데 그 위에 달이 떠 있고 창
문은 열려 있다.
사방은 온통 고요하다.
시인과 여배우가 방 안에 들어온다. 그들이 방 안에 들
어설 때에 시인이 들고 있던 등불이 꺼진다.

시인 오우…

여배우 왜 그래?

시인 등불이. ― 하지만 우린 불이 필요 없으니까. 이것
봐, 아주 훤하잖아. 기막히게 멋있어!

여배우 〔갑자기 창가에 무릎을 꿇고 앉더니 두 손을 모아 깍지
를 낀다.〕

시인 뭣 하고 있어 응?

여배우 〔아무 말이 없다.〕

시인 〔그녀에게 다가간다.〕 지금 뭣 하는 거야, 응?

여배우 〔불쾌한 목소리로〕 보면 몰라, 기도하잖아? —

시인 하느님을 믿나 보지?

여배우 물론이지, 난 말이야, 완벽한 불량배가 못 되거든.

시인 아하 그렇군!

여배우 뭐 해, 내 옆으로 오지 않고, 무릎 꿇고 내 옆에 앉아. 한번쯤은 진짜로 기도를 해봐. 그런다고 네 체면이 깎이진 않으니깐.

시인 〔그녀 곁에 무릎을 꿇고 앉아 그녀를 얼싸안는다.〕

여배우 난봉꾼 같으니! — 〔일어서면서〕 그래 알기나 해, 내가 누구에게 기도했는지?

시인 하느님께, 내 추측으론.

여배우 〔크게 비웃는 목소리로〕 얼씨구! 차라리 내가 너한테 기도하겠다.

시인 그럼 어째서 저기 창밖을 내다봤던 거야?

여배우 쓸데없는 소리 그만해, 지가 날 여기까지 질질 끌어다 놓고서, 이 색마야!

시인 하지만 베이비, 이건 정말 네 생각이었잖아. 네가 시골로 가자고 했었잖아 — 그것도 바로 여기로.

여배우 그렇지, 내가 잘 생각하지 않았니?

시인 물론, 여긴 정말 황홀하니까. 곰곰 생각해보면, 빈에서 두 시간이나 떨어졌고 — 그리고 완전한 고독이. 그리고 이 근방은 정말 너무나!

여배우 너무나 뭘? 넌 정말 온갖 쓰레기들을 다 시로 쓰겠구나, 우연하게 너한테 재능이라도 있다면 말이야.

시인 넌 여기 벌써 한번 와봤지?

여배우 내가 이미 여기 와봤냐, 그거야? 하하! 난 여기에서 몇 년 동안 살았어!

시인 누구랑?

여배우 누구긴 누구야, 프리츠와 함께지.

시인 아 참, 그렇지!

여배우 그 남잔 내가 정말 흠모했었는데! ─

시인 그 이야긴 벌써 다 얘기해줬잖아.

여배우 그래 미안, 미안 ─ 난 다시 그냥 가버릴 수도 있어, 내가 널 따분하게 만든다면!

시인 네가 날 따분하게?… 넌 정말 조금도 감을 못 잡는구나, 네가 나한테 뭘 의미하는지… 너는 그 자체로 하나의 세계… 너는 성스러운 것, 너는 천재… 넌 말이야… 너는 근본적으로 성스러운 순진함이고… 그래, 너는… 하지만 넌 지금 프리츠에 대해서 말하면 안 돼.

여배우 이건 정말 착각이네! 그렇잖아! ─

시인 내 맘에 들어, 네가 그것을 통찰하고 있으니.

여배우 이리 와, 차라리 키스나 한번 해줘!

시인 〔그녀에게 키스를 한다.〕

여배우 자, 이제 우리는 잘 자라는 인사를 해야지, 그렇지! 잘 있어, 내 보물!

시인 아 아니, 지금 무슨 말을 하는 거야?

여배우 난 이제 누워서 자려고 그래!

시인 그래 — 벌써, 그래, 하지만 저녁 인사와 관련해서는 말이야… 난 도대체 어디서 자란 말이지?

여배우 분명 이 집에는 아직도 빈방이 많을 거야.

시인 다른 방들은 나한테 아무런 매력이 없어. 이젠 내가 그러니까 불을 켜려고 하는데, 괜찮겠지?

여배우 그래.

시인 〔침대 머리맡 탁자 위에 있는 등에 불을 붙인다.〕 무슨 방이 이다지도 아름다운가… 그리고 경건하도다, 여기 이 자리를 함께하는 사람들. 티끌 한 점 없는 성자와 성녀상이여… 가슴이 벅차오르도다, 이런 인간들 속에서 한동안 머무른다면… 분명 다른 세상. 우린 다른 사람들에 대해 근본적으로 아는 게 너무 보잘것없으니.

여배우 넋 빠진 소린 그만하고, 탁자에서 그 가방이나 이리 건네줘.

시인 여기, 내 유일한 여인이여!

여배우 〔작은 가방에서 액자에 들어 있는 앙증맞게 작은 그림 하나를 꺼내어, 침대맡 탁자 위에 세워놓는다.〕

시인 이건 또 뭐야?

여배우 성모 마리아.

시인 이걸 항상 갖고 다녀?

여배우 이게 정말 내 부적이야. 그래 이젠 가라고, 로베르트!

시인 하지만 무슨 농담을 그렇게? 내가 널 도와줘야 하지 않겠어?

여배우 아냐, 넌 이제 가는 게 좋아.

시인 그러면 언제 다시 올까?

여배우 10분 후.

시인 〔그녀에게 키스를 하며〕잘 있어!

여배우 어디 가려고 그래?

시인 난 그냥 창문 앞에서 왔다 갔다 거닐겠어. 난 그게 너무 좋아. 저녁때 바깥에서 이리저리 거닐면, 내 최고의 상념이 이렇게 밀려오거든. 더군다나 네 근처에 있다면야. 너를 향한 동경의 입김에 휩싸인 채… 너의 예술에 파묻혀 나부끼며.

여배우 넌 바보처럼 무슨 말을 쉬지 않고 그렇게 주절주절 …

시인 〔고통스러운 목소리로〕여자들도 없진 않지, 그렇게 말할 줄 아는… 시인처럼 말이야.

여배우 이젠 제발 그만해. 하지만 날 술집 여자 다루듯이 하지 마. ─

시인 〔퇴장한다.〕

여배우 〔옷을 벗기 시작한다. 시인이 나무 계단을 내려가는 소리가 들린다. 그리고 지금은 창문 아래에서 그의 발걸음 소리가 들린다. 그녀가 옷을 다 벗자마자 창가로 가서 아래를 내려다본다. 그가 거기 서 있다. 그녀는 아래를 향해 속삭이듯 부른다.〕올라와!

시인 〔재빨리 위로 올라와서 허겁지겁 그녀를 향해 달려간다. 그녀는 그동안에 침대에 누워 등불을 꺼놓았다. 그가 방문을 잠근다.〕

274

여배우 그래, 이제 넌 내 곁에 앉아서 나에게 무슨 얘기든 해봐.

시인 〔그녀를 향해 침대 위에 걸터앉는다.〕창문을 닫아야 하지 않을까? 춥지 않아?

여배우 오, 아니야!

시인 내가 무슨 얘기를 해줘야 하지?

여배우 그러니까, 넌 지금 이 순간 누구에게 부정한 짓을 하고 있지?

시인 난 아직까지도 정말 유감스럽지만 거리낄 사람이 없어.

여배우 그럼 위안이 되겠네, 나 역시 누군가를 배신했어.

시인 거야 뻔하지, 그럴 줄 알았어.

여배우 그게 무슨 말이야, 내가 누굴 배신했다고 그래?

시인 뭘 그래, 베이비, 그런 걸 내가 어떻게 알아, 감도 잡을 수 없지.

여배우 그래도, 맞춰봐.

시인 기다려봐… 자아 그러니깐, 너의 극장 감독.

여배우 에이, 이 인간아, 난 말이야, 별 볼 일 없는 합창단 여가수가 아니야.

시인 뭘 그래, 그냥 한번 생각해본 건데.

여배우 또 한 번 더 맞춰봐.

시인 그렇다면 넌 네 동료배우를 배신했겠지… 벤노 그 친구 —

여배우 우엑! 그 남잔 여자라면 정말 근처에도 안 가는데…

것도 몰랐어? 그 자식은 자기 집에 오는 우편배달부
와 관계를 갖고 있다고, 정말이야!

시인 어떻게 그럴 수가! ―

여배우 그렇지 뭐, 차라리 키스나 한번 해줘!

시인 〔그녀를 포옹한다.〕

여배우 아 아니 지금 무엇 하는 거야?

시인 날 제발 너무 괴롭히지 마, 응.

여배우 들어봐, 로베르트, 너에게 제안을 하나 할 테니까. 침
대로 들어와 내 옆에 누워봐.

시인 좋았어!

여배우 어서 빨리, 빨리!

시인 그래… 뭐가 내 뒤를 쫓아오기라도 한다면 난 이미
벌써… 그런데 이 소리가 들리지 않아…

여배우 무슨 소리?

시인 밖에서 귀뚜라미 우는 소리, 귀뚤귀뚤.

여배우 넌 정말 미쳤구나, 마이 베이비, 이곳엔 귀뚜라미가
없어.

시인 하지만 분명 네 귀에도 들리잖아 이 소리.

여배우 아무튼, 자 이리와, 드디어!

시인 자아 여기 왔어. 〔그녀를 향해 몸을 돌린다.〕

여배우 옳지 그래, 이제 얌전히 착하게 누워 있어야지… 푸
후후… 꼼지락거리지 말고.

시인 그래, 그런데 뭘 어쩌려고 그래?

여배우 넌 분명 나하고 관계를 갖고 싶어 안달이었지?

시인 그런 거야 네가 벌써 뻔히 알고 있을 텐데.

여배우 글쎄, 많은 사람들이 그걸 바란다는 것은 분명해…

시인 하지만 말이야, 지금 이 순간에는 내가 가장 좋은 찬스를 잡고 있다는 것도 의심할 여지가 없지.

여배우 그래, 이리 와, 내 귀뚜라미! 내가 지금부터는 널 귀뚜라미라고 불러줄게.

시인 좋지…

여배우 그런데, 내가 지금 누굴 배신하지?

시인 누구를?… 혹시 나를…

여배우 마이 베이비, 네 골머린 정말 병들었어, 만성에다가 중증이야.

시인 아니면 어떤 남자… 너 자신도 결코 본 적이 없는 남자… 네가 아직 모르는, 그런 남자를 — 그러니깐 너의 짝으로 정해진 남자이지만 네가 영원히 찾을 수 없는 남자를…

여배우 제발 그만 좀 해, 환상적으로 넋 빠진 소린 그만 좀 지껄여라.

시인 …이건 이상야릇하지 않은가… 역시 너도 — 그래, 정말 믿지 않을 수 없어. — 하지만 아니야, 네게서 최고의 것을 강탈하는 것이지, 네게서 그것을… 컴 come, 컴 — — 컴 —

— — — — — — — — — — — — — — — — — —

.

여배우 이게 정말 훨씬 맘에 들어, 말도 안 되는 허황된 작품을 연기하는 것보단… 넌 어떻게 생각해?

시인 글쎄, 내 생각으론, 네가 말이야, 정말 가끔씩은 정신을 제대로 차린 것을 연기해야만 한다면, 그게 역시 좋은 것이지.

여배우 이런, 이 건방진 개새끼, 넌 또다시 네 작품을 생각해서 하는 소리지?

시인 물론 그렇지!

여배우 〔진지한 목소리로〕 이건 말이야 진짜 탁월한 작품*이네!

시인 글쎄 그렇다니깐!

여배우 그래, 넌 말이다, 엄청난 천재다, 로베르트!

시인 이런 기회에 내게 말 좀 해줄 수 있어, 왜 그저께 약속을 취소했는지 난 모르겠어. 넌 정말 절대로 아무 문제가 없었잖아.

여배우 나 참, 난 너 때문에 화가 났었어.

시인 그래, 뭣 때문에? 내가 너한테 도대체 뭘 어떻게 했다고?

여배우 넌 시건방지게 굴었어.

시인 뭘 그래?

여배우 극장 사람들 모두 그렇게 생각해.

시인 그런가.

---

* 조물주의 피조물이란 의미에서 작품을 뜻하고 시인을 지칭함.

278

여배우 하지만 나는 그들에게 말해줬어. 그 남잔 정말 건방을 떨 자격이 있다고 말이야.

시인 그랬더니, 다른 사람들은 거기에 대해 뭐라고 대답했어.

여배우 사람들이 감히 내게 뭐라고 말대답을 할 엄두를 내겠어? 난 아무하고도 말을 안 하잖아.

시인 아 참 그렇지.

여배우 그 작자들은 날 독살시키지 못해 안달복달이야, 모두들. 하지만 그렇게는 안 될걸.

시인 이제 다른 사람들 생각은 그만둬. 우리가 여기에 있다는 걸 차라리 기뻐하라고, 그리고 네가 날 사랑한다는 말이나 해줘.

여배우 아니, 아직도 또 다른 증거를 더 요구하는 거야?

시인 그런 것은 도무지 증거가 될 수 없는 거야.

여배우 이건 정말 엄청나네! 뭘 더 원하는 거야 아직도?

시인 얼마나 많은 사람들에게 벌써 이런 식으로 증거를 대려고 그랬어… 모두를 전부 사랑했었나?

여배우 오 아니야. 내가 사랑했던 건 오직 한 사람.

시인 〔그녀를 포옹한다.〕 나의…

여배우 프리츠.

시인 내 이름은 로베르트야. 난 도대체 너한테 뭐야, 응, 지금 이 순간 네가 프리츠나 생각하고 있음 말이야.

여배우 너는 일종의 기분이지 뭐.

시인 좋구나, 그런 걸 다 알게 돼서.

여배우 아무튼 말 좀 해봐, 지금 자랑스럽지 않아?

시인 뭘, 무엇 때문에 내가 자랑스러워해야 하지?

여배우 내 생각으론, 넌 분명 그럴 만한 이유가 있는 것 같은데.

시인 아아 그것 때문에.

여배우 그렇지, 그것 때문에, 요 어수룩한 귀뚜라미! ― 아무튼 귀뚤귀뚤 우는 소린 어떻게 됐어? 아직도 귀뚤귀뚤 울어?

시인 끊임없이. 아니 이 소리가 안 들린단 말이야?

여배우 물론 듣고 있지. 하지만 이건 개구리 소리야, 마이 베이비.

시인 네가 뭘 착각했어, 개구린 개굴개굴이야.

여배우 물론 개굴개굴 개구리지.

시인 하지만 지금은 그런 소리가 아니야, 마이 베이비, 잘 들어봐, 귀뚤귀뚤 그러잖아.

여배우 넌 정말 못 고칠 고집불통이다. 내가 여태껏 만난 사람 중에서 최고다. 키스 한번 해줘, 내 개구리야!

시인 제발 부탁이야, 날 그렇게 부르지 마. 그런 말은 내 신경을 박박 긁는단 말이야.

여배우 뭘 그래, 그럼 널 어떻게 불러주면 마땅하겠어?

시인 나도 진짜 이름이 있어, 로베르트.

여배우 에이, 그건 너무 아둔해 보여.

시인 그래도 제발 부탁이야. 날 내 이름 그대로, 그렇게 불러줘.

여배우 그렇다면, 로베르트, 키스 한번 해줘… 에이! 〔그녀가 먼저 그에게 키스한다.〕이젠 만족했겠지, 개구리야? 호호호호.

시인 담배 하나 피워도, 괜찮겠지?

여배우 나한테도 하나 줘. 〔그가 침대 머리맡 탁자에서 담배통을 집어 들고 담배 두 개비를 꺼내어, 두 개를 동시에 불 붙여서 그중에 하나를 그녀에게 건네준다.〕

여배우 그건 그렇고, 넌 말이야, 어제 내 연기의 성과에 대해서는 아직 입도 뻥긋 안 했어.

시인 어떤 성과에 대해?

여배우 내 참.

시인 참 그렇지. 난 극장에 가지 않았어.

여배우 너 진짜, 농담 따먹기 하자고 그러는 거야.

시인 문전에도 안 갔지. 네가 그저께 약속을 취소하고 난 뒤, 어제 역시 아직도 힘이 완전하게 충만해 있지는 않을 것이라고 지레짐작했었지. 그래서 차라리 내가 포기해버렸어.

여배우 넌 정말 많은 걸 놓쳤구나.

시인 정말이야?

여배우 그럼, 센세이션을 불러일으켰지. 인간 종자들 얼굴이 창백해지더라고.

시인 네가 그걸 확실히 봤어?

여배우 벤노가 말해줬지. '베이비, 당신은 여신처럼 연기를 했어요.' 그러던데.

시인　으흠!… 그런데 넌 그저께만 해도 병이 나서 꼼짝 못했다, 그거지.

여배우　그럼 그랬지. 난 병도 났었지. 그런데 그 이유를 알기나 해? 네가 너무너무 보고 싶다 못해.

시인　조금 전엔 날 화나게 만들고 싶어 취소를 했다, 그렇게 말해놓고, 이제 와서는 뭐라.

여배우　하지만 너를 향한 나의 사랑에 대해 뭘 알고나 하는 말이야. 네 마음은 정말 모든 것을 줘도 냉담하잖아. 그래서 난 그날 밤 내내 열 속에 드러누워 있었어. 열이 40도나 됐다고!

시인　그저 기분만 갖고도 열이 제법 높았네.

여배우　그걸 어떻게 기분이라고 몰아붙이냐? 나는 너를 사랑하다 못해 병이 생겨 죽는 줄 알았어, 그런데 그걸 기분이라고 해, 응 —?!

시인　그러면 프리츠는…?

여배우　프리츠?… 노예선 죄수 같은 그런 새끼 이야긴 하지도 마! —

아홉번째 대화
여배우와 백작

여배우의 침실. 매우 풍요롭게 꾸며져 있다. 낮 12시, 블라인드가 아직도 쳐져 있고, 침대맡 탁자 위에는 촛불이 하나 켜져 있다. 여배우는 천장 덮개가 달린 호화스러운 침대에 아직도 누워 있다. 이불 위에는 수많은 신문들이 놓여 있다.

백작이 무대에 들어온다. 용기병대(龍騎兵隊) 대장 제복을 입고 있다. 그는 문가에 서서 머뭇거린다.

여배우 어머, 백작님께서.

백작 댁의 어머니께서 허락해줬습니다, 그렇지 않았으면 나는 들어오지도 ─

여배우 무슨 말씀을, 어서 들어오세요, 제발 가까이.

백작 안녕하세요. 파든pardon ─ 바깥 길거리에서 곧바로 들어오다 보니… 아직도 정말 아무것도 보이지 않아서. 그렇군… 여기 우리가 있군요. 네 ─ 〔침대가에

서서] — 안녕하셨습니까.

여배우 자리를 잡고 앉으세요, 백작니임.

백작 댁의 어머니께서 말해주기론, 아가씨께서 몸 컨디션이 썩 좋진 않다고… 희망컨대 진짜로 그런 건 아니겠지요.

여배우 진짜가 아니라니요! 저는 죽는 줄 알았어요!

백작 저런 하느님 맙소사, 어쩌다 그럴 수가?

여배우 어쨌든 매우 친절하시네요, 저를 찾아오시는 수고를 아끼지 않으시고.

백작 죽는 줄 알았다니! 그런데 어제저녁만 해도 당신은 여신처럼 연기까지 하였잖소.

여배우 그건 정말 커다란 승리였어요.

백작 엄청났죠!… 사람들도 모두 다 휩쓸려들어갔었죠. 내가 받은 감동에 대해서는 일언반구 말할 필요도 없고.

여배우 예쁜 꽃을 갖다 주셔서 고마워요.

백작 뭘 그까짓 걸 가지고, 아가씨.

여배우 〔눈짓으로 커다란 꽃바구니를 가리킨다. 창틀 위의 작은 탁자에 꽃바구니가 놓여 있다.〕저기 올려놓았어요.

백작 당신은 어제 꽃다발과 화환으로 온통 파묻혀버리더군요.

여배우 그 꽃들은 모두 아직도 극장 의상실에 있어요. 오로지 백작님의 꽃바구니만 집에까지 가져왔어요.

백작 〔그녀의 손등에 입을 맞춘다.〕호의를 베풀어줘서 감사합니다.

여배우 〔갑자기 그의 손을 붙잡고 입을 맞춘다.〕

백작 하 하지만 아가씨.

여배우 놀라지 마세요, 백작님, 그렇게까지 하실 필요는 전혀 없는데.

백작 당신은 진기한 존재입니다그려. 거의 불가사의하다고까지 말할 수 있겠어요. 〔대화가 한동안 끊어진다.〕

여배우 비르켄 양은 그저 손쉽게 떨어뜨릴 수 있었나 봐요.

백작 그렇죠, 귀여운 비르켄은 아무런 과제(課題)도 아니고, 게다가… 난 또 그 여자를 그저 표면적으로 알고 지내니까.

여배우 어머머!

백작 당신은 그걸 믿을 수 있겠죠. 하지만 당신이 지상 과제예요. 거기에 대해 난 언제나 동경심을 품고 있었습니다. 정말이지 엄청난 즐거움을 놓쳤다는 것을 알았어요, 비로소 말입니다. 그러니까 내가 어제 당신을… 아니, 당신이 그걸 연기하는 것을 처음으로 보고 말예요.

여배우 어쩜 그럴 수가?

백작 그렇죠. 그렇잖소, 아가씨, 극장 가는 일은 너무 힘이 들어요. 난 저녁 늦게 만찬을 즐기는 게 습관이 되다 보니… 그러니까 그 후에 극장에 들어가면, 최고의 장면은 벌써 다 지나가버렸어요. 내 말이 맞지 않아요?

여배우 그렇다면야 뭐, 지금부터라도 보다 일찍 식사를 하시면 되잖아요.

백작 맞아요. 나 역시도 그걸 생각해보았죠. 아니면 아예 먹지 않던가. 이젠 정말 진짜로 아무 즐거움이 없어요, 만찬 말예요.

여배우 백작님같이 힘이 펄펄하신 백발(白髮)께서 무슨 즐거움이 아직까지도 남아 있겠어요?

백작 그건 나 자신에게도 가끔씩 던지는 질문입니다! 하지만 난 백발노인까지는 아니고. 이건 분명 또 다른 이유가 있을 것입니다.

여배우 그렇다고 믿으세요?

백작 그렇죠. 루루란 친구의 말을 예로 들면, 나는 뭐 철학자라나 뭐라나. 그런데 말이오, 아가씨, 그가 말한 건 사실, 난 너무 골똘하게 생각한다, 그거요.

여배우 그렇죠… 생각한다, 그건 불행이죠.

백작 난 시간이 너무 많아서, 그래서 골똘하게 생각해요. 맞잖소, 아가씨, 알아욧, 내 생각으론 말이오, 날 빈으로 근무 발령만 내주면 상황이 좋아질 거요. 그러면 신경을 분산시킬 일도, 자극받을 일도 많을 것이고. 그렇다 해도 근본적으로는 저기 위쪽 전방과 아무런 차이도 정말 없겠지만 말이오.

여배우 저기 위쪽이 도대체 어딘가요?

백작 아, 저기, 저 아래쪽인데. 그렇잖소, 아가씨, 헝가리, 네스터Nester 지방. 그곳에서 난 대부분 점령군 부대에 있었어요.

여배우 그랬어요, 그곳 헝가리에서 백작님이 하셨던 일이 뭔데요?

백작 내 말했잖아, 아가씨, 근무(勤務).

여배우 그렇군요, 그런데 어째서 백작님은 그렇게 오랫동안 헝가리에 머물고 계세요?

백작 그렇게 되어버렸죠 뭐.

여배우 그럼 정말 미쳐버릴 것만 같겠네.

백작 왜 미쳐? 해야만 할 일은 거기가 진짜 더 많은데. 알아옷, 아가씨, 신병 교육, 신참 군마들을 길들이고… 그리고 난 후에도 그 지역은 사람들이 말하는 것처럼 그렇게 고약한 곳이 아니니까. 뭔가 정말 완전히 멋진 것이 밑바닥 깊숙한 곳에 ― 아니 그러니까 그렇게 석양이 정말, 유감스러운 일이오, 내가 화가가 아니란 것이, 난 말이오, 가끔씩 생각했는데, 내가 만일 화가라면, 난 그걸 그렸을 거요. 그림 한 장은 우리가 건져서 연대에 걸어놓았소, 스프라니라는 어떤 젊은 녀석이, 그놈은 그런 재주가 있어서. ― 한데 내가 지금 당신에게 그 무슨 싱거운 소리를 지껄이는지, 아가씨.

여배우 오, 무슨 말씀을, 저는 정말 엄청 재미있는데.

백작 알아옷, 아가씨, 당신과 함께라면 잡담을 나눌 수 있죠, 루루란 친구가 벌써 다 말해줬죠, 그래서 이건, 쉽게 찾지 못할 거라고.

여배우 내 참, 물론이지요, 헝가리에선.

백작 아냐, 빈에서도 똑같지 뭐! 인간들은 세상 어디를 가나 다 똑같으니깐. 그저 많이 북적거리는 곳에서는, 그저 좀더 밀쳐댈 뿐이고, 그게 모든 차이점이지, 별것 있나요. 말해봐요, 아가씨, 당신은 인간들을 진짜 좋아해요?

여배우 좋아하냐고요 —?? 난 증오해요! 한 놈도 눈에 띄지 않아요! 나 역시 그 누군가를 본 적도 없고. 난 언제나 혼자예요, 이 집에 발을 들여놓는 사람도 없어요.

백작 것 봐요, 그럴 것이라고 내 벌써 생각했어, 당신은 근본적으로 인간혐오증에 걸렸죠. 예술에서는 이런 일이 분명 자주 나타나니까. 사람이 이렇게 높은 영역에 있으면… 그렇죠 뭐, 당신이 잘 알겠죠. 당신은 적어도 왜 사는지 정도는 분명 잘 알겠지!

여배우 누가 그런 말을 합디까? 난 아무것도 모르겠어요, 내가 왜 사는지!

백작 무슨 그런 말씀을, 아가씨는 — 유우명하시고 — 가는 곳마다 환영받고 —

여배우 혹시 그걸 행복이라 생각해요?

백작 행복? 무슨 말씀을, 아가씨, 행복이란 없는 거죠. 도대체가 바로 그런 일에, 사람들이 가장 많이 떠들어대는 그런 일에, 행복이 없으니… 예를 들면 사랑이 그래요. 그것 역시 빌어먹을 짓이죠.

여배우 그건 백작님 말씀이 정말 옳아요.

백작 즐기고… 도취하고… 그러면 만사 오케이니, 뭐라고

따로 말할 필요도 없고… 그것이 뭔가 확실한 것이
죠. 이제 나는 즐기는… 좋지요, 알고 있기만 해도,
내가 즐긴단 것을. 그게 아니면 내가 도취해 있는 거
니까, 멋진 일이죠. 그것 역시 확실한 일이죠. 그러다
가 다 스쳐 지나가 없었던 일이, 그렇게 그냥 지나가
없었던 일이 되죠.

여배우 〔큰 목소리로〕 스쳐 지나가 없었던 일이라, 하!

백작 하지만 그렇게 하지 못하면, 이런 것은 뭐라 표현해
야 옳을까. 그렇지, 순간순간에 몸을 바치지 못한다
면, 바로 그 즉시에, 아냐 그러니까 먼 훗날 아니면
가까운 장래에 다시 생각해보면… 글쎄, 어쨌든 간에
모두 끝난 문제라 이거야. 훗날에는… 슬픈 일이고…
가까운 장래는 알 수 없으니… 한마디로 말하면…
그저 혼란에 빠져버리지 뭐. 내 말이 맞지?

여배우 〔눈을 크게 뜨고 고개를 끄덕이며〕 백작님은 정말로 그
뜻을 포착해내셨군요.

백작 알았어욧, 아가씨. 이렇다는 걸 한번 명백하게 깨달
은 사람에겐 말이야, 빈에 살건, 아니면 푸스타*에
살건, 아니면 슈타인암안거**에 살건, 그런 것은 아
무 문젯거리가 아니야. 알아욧, 예를 들면… 내 모자
를 어디에 벗어놓을까? 그래, 고마워요… 그런데 참

---

* Pußta: 헝가리 동부 초원 지대.
** Steinamanger: 헝가리 서부의 도시.

무엇에 대해서 우리가 이야기를 나누었더라?

여배우 슈타인암안거에 대해서.

백작 맞았어. 그러니까 내가 말한 것처럼, 그 차이라는 것이 크지 않다, 이거야. 내가 저녁때 카지노에 앉아 있거나 아니면 사교클럽에 앉아 있거나, 이 모든 것이 정말 다 똑같단 말이오.

여배우 그런데 그런 것이 사랑과는 어떤 관련이 있다고 그러세요?

백작 그런 것을 믿고 있음 말이야, 언제나 한 여자가 거기 있고, 그래서 한 남자를 좋아하게 된다 이거야.

여배우 예를 들면 그 아가씨, 비르켄 양처럼.

백작 내 정말, 왜 그러세요, 아가씨, 어째서 당신은 언제나 앳된 비르켄 이야기를 다시 꺼내는지 모르겠어.

여배우 걔는 백작님 진짜 애인이잖아요.

백작 도대체 누가 그런 말을 합니까?

여배우 모든 사람이 다 알고 있는데 뭘.

백작 오로지 나만 모르고 있네, 그것 참 이상한 일도 다 있군그래.

여배우 백작님은 그 여자애 때문에 정말로 결투까지 했잖아요!

백작 혹시 내가 그때 총에 맞아 죽었는데, 내가 죽었단 것도 눈치를 못 채고 있나.

여배우 내 참, 백작니임, 백작님은 명예를 지키시는 싸나이잖아요. 좀더 가까이 앉아요.

백작 어떻게 내 맘대로.

여배우 여기 이쪽으로. 〔그녀는 백작을 자기 쪽으로 끌어당겨
       앉히고 손으로 머리를 쓰다듬는다.〕 당신이 오늘 오리
       란 걸, 난 벌써 알고 있었는데 뭘!

백작 어떻게 그런 것을?

여배우 난 벌써 어제 극장에서부터 다 알고 있었어요.

백작 아니 무대 위에서 날 보았단 말이오?

여배우 내 참, 것도 몰라요! 당신은 눈치도 못 챘단 말예요,
       난 오로지 당신만을 위해 연기를 했는데도?

백작 도대체 어떻게 그렇게 할 수 있지?

여배우 당신이 첫번째 줄에 앉아 있는 걸 보는 순간, 난 정말
       날아갈 것만 같았어!

백작 날아가? 나 때문에? 난 꿈에도 몰랐어, 당신이 날 다
       알아보다니!

여배우 백작님은 고결한 신분으로 사람을 절망에 빠뜨렸다
       건져냈다 맘대로 하실 수 있잖아요.

백작 흠, 어험 그건 그렇지 아가씨…

여배우 "흠, 어험 그건 그렇지 아가씨잇"!… 그렇담 적어도
       그 군도라도 풀어놓으셔야죠!

백작 허락해준다면야. 〔군도를 풀어서 침대에 기대어 세워놓
      는다.〕

여배우 그럼 이제 키스 한번 해줘요, 드디어!

백작 〔그녀에게 키스를 하고, 그녀는 그를 놓아주지 않는다.〕

여배우 차라리 당신 얼굴은 아예 쳐다보지 않는 게 역시 좋아.

백작 분명 그렇게 하는 게 좋지, 음! ―

여배우 백작니임, 당신은 거드름쟁이야!

백작 내가 ― 어째서 그래?

여배우 당신 같은 지위에 오르게 되면, 행복할 것이라고 헛생각을 하는 사람들도 숱하게 많더라고요, 그렇잖아요!

백작 난 정말 행복한데 뭘 그래.

여배우 글쎄, 내 생각으론, 그런 것은 행복이 아냐. 뭘 그렇게 날 빤히 쳐다보죠? 내가 알기론, 당신은 나를 두려워하고 있어, 백작 니임!

백작 내 대답은 예스야, 아가씨, 당신은 나에게 하나의 난제(難題)야.

여배우 어머머, 그딴 개똥철학으로 날 어지럽히지 마시고… 자 나한테 와요. 그리고 이제 뭔가 부탁드릴 게 있어요… 당신이 원하는 건 이제 뭐든지 다 가질 수 있어. 당신은 너무너무 내 맘에 들어.

백작 그렇다면 허락을 좀 부탁할까 ― 〔그녀의 손에 키스를 한다〕 ― 내가 오늘 저녁에 다시 오는 걸 허락해주기를.

여배우 오늘 저녁에… 난 공연이 있어 정말.

백작 공연이 끝난 후.

여배우 뭔가 좀 다른 것을 부탁하지 않겠어요?

백작 여타의 모든 것들은 공연이 끝난 후에 부탁하겠어.

여배우 〔불쾌한 목소리로〕 그땐 사정사정해야 할 텐데그래,

요 불쌍한 거드름쟁이.

백작 그렇잖아요, 생각해봐요, 아니 생각해봐. 우린 정말 지금까지 이렇게 바른 태도로 서로 만나고 있으니깐… 저녁때 공연이 끝난 후에는 모든 것이 훨씬 더 아름다울 것 같아… 지금보다도 더 포근하고, 여기는… 난 언제나 그런 느낌이 들어서 말인데, 방문이 덜컥 열릴 것 같은 느낌이…

여배우 바깥에서는 열리지 않아요.

백작 보라고, 내 말은, 경거망동을 하다가 그런 것을 처음부터 아예 망쳐놓음 안 된다, 그거지, 통상적으로 매우 아름다울 수 있는 것을 망쳐놓는다, 이 말씀얏.

여배우 통상적으로!…

백작 새벽녘에, 내가 진실을 말해버린다면, 사랑이란 나에겐 정말 소름끼치는 일이 될 거야.

여배우 나 참 — 당신 머리는 돌아도 정말 한참 돌았어, 당신 같은 사람은 여태껏 처음이야!

백작 난 말이야, 갑순이 을순이를 말하는 게 아니… 결국에 가서는 일반적으로 아무 여자나 뭐 상관없겠지만 말얏. 그러나 당신 같은 여잔… 아냐, 당신은 날 멍청이라고 골백번 불러도 싸. 하지만 당신 같은 여잔… 아침 식사 전에 간단하게 하는 게 아니지. 그러니까 그렇… 알았… 그렇게 말이야…

여배우 맙소사, 당신은 정말 감미로워!

백작 내가 뭘 말하는지 똑똑히 눈치를 챘구먼, 그렇지. 난 그렇게 생각하고 있어 —

여배우 글쎄, 뭘 어떻게 생각하고 있는데?

백작 내 생각으론 말이야… 공연이 끝난 후 마차 안에서 널 기다리고 있다가, 그리고 우리 같이, 그래 어디로든 만찬을 가서 —

여배우 난 비르켄 같은 그런 아가씨가 아녜요.

백작 뭐 그런 것을 말한 게 아니야. 내 생각으론 그냥, 모든 일에 다 기분이 있다, 이거야. 난 언제나 만찬을 즐길 때 비로소 그 기분이 드니까. 이건 말이야, 그게 가장 멋진 것 아니겠어, 만찬을 마치고 집으로 함께 드라이브를 하고, 그런 후에…

여배우 그런 후에 뭘?

백작 그러니깐 그런 후… 일이 발전되는 것에 달려 있지 뭐.

여배우 그러지 말고 좀더 가까이 와. 좀더 가까이.

백작 〔침대 위에 앉으며〕 내가 벌써 말하려고 했었는데, 베개에서 뭔 향인지… 레제다* 향 — 맞지?

여배우 날씨가 너무너무 더워, 그렇지 않아?

백작 〔몸을 숙여서 그녀 머리칼에 키스를 한다.〕

여배우 어머, 백작님, 이건 정말 당신 프로그램과는 정반대네.

백작 누가 그런 것을 말했지? 난 아무 프로그램도 없어.

---

* Reseda: 물푸레나무과의 상록수.

여배우 〔그를 끌어당긴다.〕

백작 날씨가 정말 덥군.

여배우 그렇지요? 그리고 진짜 어두워. 저녁이라도 된 것처
럼… 〔그를 와락 끌어안는다.〕 저녁이에요… 밤이 됐
어요… 눈을 감아요, 당신 눈이 너무 부시면. 이리
와!… 여기로!…

백작 〔더 이상 저항하지 않는다.〕

———————————————————

여배우 자아 그럼, 이제 그 기분이 어떠니, 요 거드름쟁이
야?

백작 넌 귀여운 악마야.

여배우 무슨 표현을 그렇게 해?

백작 그렇잖아, 그러니깐 천사라 그거지.

여배우 그래, 당신도 연극배우가 되는 것이 좋았을 거야! 정
말! 당신은 여자를 알아! 그런데 내가 이제 무엇을
하려는지 알고 있어?

백작 글쎄?

여배우 내 말해주지, 난 이제 당신을 결코 만나지 않을 거야.

백작 왜 그런 말을?

여배우 안 돼, 정말 안 되겠어. 당신은 내게 너무너무 위험
해! 당신은 여자를 정말 미치게 만들어놓고. 그리고
이제 와서 갑자기 벌떡 일어서서 아무 일도 없었단 듯

이 딴청이나 부리고.

백작 하지만 말이야…

여배우 날 잊지 말아줘요, 백작니임. 난 조금 전까지도 당신 애인이었잖아요.

백작 난 결코 잊지 않아!

여배우 그러면 오늘 저녁 어때요?

백작 그게 무슨 말이지?

여배우 내 참 — 공연이 끝난 후 날 기다린다고 해놓고선?

백작 아 그렇지, 그래 좋지, 예를 들면 내일모레.

여배우 아니 뭐야, 내일모레라니? 아깐 분명 오늘이라 해놓고.

백작 그건 뭐 제대로 된 의미가 없어서.

여배우 어머머 요 백발 아저씨 좀 봐!

백작 넌 날 제대로 이해하지 못했어. 내가 말한 것은 더 많은 것을, 그러니까, 하 참, 뭐라고 표현해야 옳지, 영혼과 관련해서 보다 많은 것을 의미해야 한다, 이거야.

여배우 당신 영혼이 나와 무슨 상관인데?

백작 못 믿겠다는 거야, 그것 역시 거기에 포함되어 있어. 사람들은 그걸 따로따로 떼어놓을 수 있다고 생각하는데 말이야, 그건 잘못된 의견이야.

여배우 그딴 개똥철학으로 날 어지럽히지 마요. 내가 그딴 걸 알고 싶으면, 책을 읽으면 되지 뭐.

백작 책, 책에서는 결코 못 배우는 것인데도 그러네.

여배우 그건 정말 맞는 말이야! 그렇기 때문에 당신이 오늘

저녁 날 기다려줘야 하잖아. 영혼 때문에라도 우린
정말 하나가 되어야 하잖아, 이 불량배 아저씨야!

백작 그래, 그럼 허락해준다면, 내가 내 마차를 가지고…

여배우 아니, 여기 내 집에서 당신은 날 기다고 있어 —

백작 …공연이 끝난 후.

여배우 물론 그렇지. 〔백작은 군도를 허리에 찬다.〕

여배우 아니, 무엇 하는 거야 지금?

백작 내 생각으론, 갈 시간이 다 됐어. 예의범절을 갖춘 방
문치고는 난 정말 벌써 근본적으로 약간 오랫동안 머
물렀지.

여배우 내 참, 오늘 저녁엔 예의범절 갖춘 방문 같은 것은 필
요 없어.

백작 그렇게 될까?

여배우 그런 것은 내가 걱정할 문제야. 그래, 이제 키스 한번
더 해줘, 내 귀여운 철학자. 그래 그렇지, 요 색마야.
요요… 이쁜 베이비, 요 영혼장사꾼, 요 스컹크…
요… 〔그녀는 그에게 격렬한 키스를 몇 차례 퍼붓고 난
후에 자신의 몸에서 그를 힘차게 밀쳐내며〕 백작니임,
이렇게 방문해주셔서 저에겐 더 없는 영광입니다!

백작 그럼 안녕히 계십시오, 아가씨! 〔문가에서〕 잘 있어.

여배우 아듀, 슈타인암앙거 씨!

열번째 대화

백작과 창녀*

아침, 6시경.

누추한 방, 왼쪽 창문에는 누렇게 때가 오른 블라인드가 쳐져 있다. 연두색 커튼도 닫혀 있다. 서랍장이 하나 있다, 그 위엔 몇 개의 사진이 세워져 있고 그리고 첫눈에 몰취미하고 싸구려 티가 나는 부인 모자가 하나 놓여 있다. 거울 뒤에는 일본풍 문양이 그려져 있는 허름한 상자들이 쌓여 있다. 빨간색 보자기로 덮어놓은 식탁 위에는 석유램프가 타는 냄새를 풍기며 가물거린다, 램프에는 종이로 만든 노란색 갓이 씌워져 있다. 석유램프 옆에는 맥주 통이 하나 있다, 그 안에는 마시다 만 맥주가 남아 있고, 반쯤 비워진 잔이 하나 있다. 침대 옆 방바닥에는 여자 옷이 어지럽게 널려 있다, 재빨리 벗으면서

---

* 당대 빈 사회에서 성병은 매우 광범위하게 퍼져 있었고, 그 치료 방법도 극히 제한되어 있었다. 백작의 독백에서 이에 대한 두려움이 곳곳에 반영되어 있다.

팽개쳐놓은 것처럼 보인다. 침대에는 창녀가 누워 잠을
잔다. 평온하게 새근새근 숨을 쉰다. — 안락한 소파에는
옷을 완전히 입은 채 백작이 누워 있다. 황갈색 외투까지
입고 있고, 모자는 머리맡 방바닥에 굴러떨어져 있다.

백작 〔몸을 꿈틀거리다가 눈을 비비고, 재빨리 상체를 일으켜
잠시 앉아 있더니 주변을 둘러본다.〕 으잉, 내가 도대
체 어찌 된 거야… 아 그래… 내가 틀림없이 그 여자
랑 집에 갔어… 〔재빨리 일어서서 그녀의 침대를 바라
본다.〕 저기 누워 있네, 정말이네… 이런, 내 나이에
아직도 이런 일이 일어날 수 있다니. 그럴 생각은 없
었는데, 여럿이 날 여기까지 떠메고 올라왔나? 아
냐… 내 눈으로 보았어 — 내 발로 이 방에 들어
왔… 그렇지… 난 그때까지도 깨어 있었던가, 아니
면 바로 그때 내가 깨어났겠지… 그게 아니라면…
그게 아니면 혹시 무작정, 이 방에서 뭔가를 떠올렸
던 건 아닐까?… 이런 제기랄, 그럼 뭘 그게 어떻다
고… 어제 다 해봤던 일인데… 〔시계를 들여다보며〕
어이쿠! 어제, 아니 몇 시간 전이잖아 — 내 뭔가 틀
림없이 사달이 날 줄 알았어… 내 그런 느낌이 들었
지… 어제 술 마시기 시작할 때부터, 그런 느낌이,
그래서… 그래서 도대체 무슨 일이 벌어졌다고 그
래?… 그래 아무 일도… 아냐 무슨 일인가가…? 이
런 제기랄… 몇 년 전부터… 그러니깐 10년 전부터

나한테 이런 일이 일어나지는 않았었는데, 필름이 다 끊어지다니… 그래 뭐 따져볼 게 있어, 난 진짜 고주 망태였으니깐. 언제부터 끊어졌더라, 그거라도 알 수 있음 좋을 텐데… 그래 그것만은 아직도 아주 정확하게 기억하고 있지, 내가 사창가 카페에 들어갔었지, 루루란 친구와 함께 그리고… 아냐, 아니지… 그전에 자허 집에서 우리가 길을 떠나서… 그러고 난 후 길거리에서부터 벌써… 그래, 맞았어, 난 내 마차를 타고 갔지, 루루와 함께… 그런 걸 따져서 뭘 어쩌겠다고 머릴 쪼개고 있는 거야. 아무려면 어때, 상관없지. 무슨 일이 일어났는지는 보면 알게 될 텐데. 〔식탁 의자에서 일어선다. 석유램프가 흔들린다.〕 오우! 〔잠자고 있는 여자를 바라본다.〕 정말 세상 모르고 잠자네. 난 정말 아무것도 모르지만 — 그래도 침대 머리맡에 돈을 좀 놓아줘야겠지… 그리고 작별을… 〔그는 그녀의 앞에 서서, 한참 동안 그녀의 얼굴을 들여다본다.〕 무엇 하는 여자인지, 그것만 몰랐더라도! 〔그녀를 오랫동안 관찰한다.〕 내 여자를 많이 알지만 잠든 모습이 이토록 순결해 보이는 여자는 정말 없었어. 이런 제기랄… 그래, 루루란 친구가 들으면 내가 또 개똥철학을 한다고 편잔을 주겠지만, 이건 진실이야, 잠들어 있으면 여잔 역시 모두 똑같아 보인단 말씀이야. — 잠자는 것의 쌍둥이는, 그야 뭐 죽음이니까… 흐음, 그저 한번 알고 싶은데, 내가 정말… 아

냐, 옛날 그게 생각날 게 뻔한데, 무엇 하러 물어
봐… 아냐, 아니야, 혹시 정말 그랬다면 저 안락의자
위로 그냥 나가자빠질 거야… 그래, 아무 일도 없었
어… 정말 놀랄 일이야, 계집년들은 가끔 모두 비슷
하게 보인단 말씀이야… 뭐, 이제 가볼까. 〔그가 자
리를 막 떠나려고 하다가〕 참 그렇지. 〔그는 돈지갑을
집어 들고 지폐를 끄집어내려고 한다.〕

창녀 〔눈을 뜬다.〕 이게 뭐야… 이런 꼭두새벽에 도대체
누구야 —? 〔그를 알아보고 인사를 한다.〕 할로우, 까
꿍!

백작 굿 모닝. 잘 잤어?

창녀 〔기지개를 켠다.〕 아함, 이리 와서, 뽀뽀해줘야지잉.

백작 〔그녀를 향해 몸을 숙이다가, 뭔가를 의식하는 눈치이더
니 다시 몸을 일으킨다.〕 난 방금 떠나려던 참이었…

창녀 떠난다고?

백작 정말 가야 할 시간이 다 됐어.

창녀 그렇게 떠나버리겠다, 그거야 응?

백작 〔사뭇 당황한 목소리로〕 그렇잖아…

창녀 그럼 뭐, 잘 가, 요 다음번에 꼭 와야 돼.

백작 알았어, 잘 있으라고. 아니, 손도 안 내밀겠단 거야?
〔창녀, 이불에서 손을 빼내어 그에게 건넨다.〕

백작 〔손을 붙잡고 기계적으로 거기에 입을 맞추고, 자신의
그런 태도를 의식하고 웃음을 터뜨린다.〕 무슨 공주님
같구나. 게다가 말이야, 오로지 이것만을…

창녀 왜 그렇게 뚫어지게 날 쳐다봐?

백작 오로지 얼굴만을 보고 있으니까 말이야, 지금 네 얼
굴은… 잠에서 깨어날 땐 여자들은 정말 모두 순진무
구해 보인단 말이야… 이런 제기랄, 있을 수 있는 온
갖 착각이 다 드니깐 말이야, 그저 석유 그을음 냄새
만 나지 않았더라도…

창녀 그치 뭐, 램프 때문에 언제나 고생을 바가지로 해.

백작 넌 도대체 진짜 몇 살이나 됐어?

창녀 글쎄, 몇 살이나 됐을 것 같아요?

백작 스물네 살.

창녀 잘도 맞혔겠다.

백작 그보다 훨씬 많아?

창녀 좀 있음 스무 살이야.

백작 그럼 얼마나 오랫동안 벌써 여기에…

창녀 업소에 나온 지는 딱 1년 됐지 뭐!

백작 그럼 더 일찍 시작했겠군.

창녀 너무 늦는 것보다 '너무 일찍' 하는 게 낫잖아.

백작 〔침대 위에 앉는다.〕 말 좀 한번 해줄래, 넌 진짜로 행
복해?

창녀 뭐라고?

백작 그러니깐 내 말은, 잘 지내느냐 이거야?

창녀 호오, 난 맨날 잘 지낸다.

백작 그래… 그럼 말이야, 넌 뭔가 다른 게 될 수 있단 생
각은 여태껏 한 번도 안 해봤어?

창녀 내가 뭐가 되어야 하는데?

백작 그러니깐… 넌 말이야, 정말 진짜로 아름다운 아가씨 잖아. 넌 말이야 예를 들면 정말로 애인을 둘 수도 있 잖아.

창녀 혹시 당신 생각에, 내가 아무도 없는 것 같아?

백작 그래, 그렇지 뭐 — 내가 말한 건 말이야, 그런 남자, 그 남자, 널 받들어줄 남자, 그래서 네가 아무하고나 그럴 필요가 없는 남자 말이야.

창녀 난 아무하고나 그러진 않아. 다행이잖아, 난 그럴 필 요는 없어, 난 뭐 벌써 하나 골라놓았으니까.

백작 〔방 안을 여기저기 둘러본다.〕

창녀 〔이를 알아보고〕 다음 달 우린 시내로 이사 간다, 슈 피겔 거리로.

백작 우리라니? 그게 누군데?

창녀 뭘 몰라, 주인마님하고 다른 아가씨들 몇 명, 아직 여 기 살고 있거든.

백작 여기에 또 있어, 그런 여자들 —

창녀 여기 바로 옆방에… 소리 안 들려… 이건 밀리 소리 야, 역시 카페에 나랑 같이 있었던 여자야.

백작 코를 골잖아, 누군가가.

창녀 그게 밀리 소리라니깐, 걔는 지금부터 계속해서 온종 일 코를 골아, 저녁 정각 10시까지. 그 시간에 일어 나, 카페에 나가지.

백작 그건 정말 소름끼치는 삶이겠군그래.

창녀 말함 뭣 해. 여자들은 화풀이를 못 해서 환장하고 있단 말이야. 난 정각 12시 대낮부터 언제나 골목길에 나가 있어.

백작 정각 12시부터 골목길에서 도대체 뭘 하는데?

창녀 내가 할 일이 뭐 따로 있겠어, 응? 손님을 꾀어야지.

백작 아 그래… 물론 그렇지… 〔일어서서, 돈지갑을 꺼내어 침대맡 탁자에 지폐를 한 장 놓아준다.〕 아듀!

창녀 벌써 갈 거야… 잘 가… 곧 또 와. 〔옆으로 돌아눕는다.〕

백작 〔다시 걸음을 멈춘다.〕 애, 말 좀 해봐, 너한테는 모든 것이 어떻게 되든 상관없다 이거야 ─ 뭐야?

창녀 뭐가?

백작 내 말은, 너한테는 아무 재미가 더 이상 없느냐, 이거야.

창녀 〔하품을 하며〕 난 졸려.

백작 너한테는 모든 게 다 똑같냐, 젊은 남자든 아니면 늙은 것이든, 아니면 어떤 남자든 간에…

창녀 뭘 물어보는 건데 도대체가?

백작 …그러니깐 말이다 ─ 〔갑자기 무엇인가가 생각났다는 듯〕 ─ 이런 제기랄, 이제 알겠어, 네가 누구를 생각나게 하는지, 그건 말이야…

창녀 내가 누구와 비슷하게 생겼는데?

백작 믿을 수 없어, 믿을 수 없는 일야, 지금은, 제발 부탁이야 제발, 아무 말도 하지 마라, 적어도 1분 동안은… 〔그녀를 물끄러미 바라본다.〕 완전히 똑같은 얼굴이야, 완전히 똑같은 그 얼굴. 〔그가 갑자기 그녀의 눈에 키스를 한다.〕

창녀 그래서…

백작 이런 제기랄, 안타깝군, 너는… 다름이 아니라… 너는 네 행복을 잡을 수도 있었잖아!

창녀 당신은 어쩜 그렇게 프란츠와 똑같은 말을.

백작 프란츠가 누구야?

창녀 으응, 우리가 나가는 카페 종업원…

백작 어째서 내가 프란츠와 똑같은 말을 한다는 거냐?

창녀 그 남자 역시 맨날 말했어, 내가 행복을 잡을 수 있으니, 그러니까 자기와 결혼해달라고 했어.

백작 그럼 왜 결혼을 안 했어?

창녀 난 정말 고맙긴 해도… 난 결혼하고 싶지 않아, 안돼, 무슨 일이 있어도. 먼 훗날이라면 혹시 모를까.

백작 이 눈빛… 정말 이 눈빛은… 루루는 나보고 분명 멍청한 놈이라고 할 거야 ─ 하지만 난 네 눈에 다시 한번 키스하고 싶구나… 그래 응… 이젠 잘 있어, 이젠 난 간다.

창녀 잘 가…

백작 〔문가에 서서〕 얘… 그런데… 넌 전혀 놀랍지도 않냐…

창녀 뭐가 놀라워?

백작 내가 너한테 아무것도 바라지 않는 것이.

창녀 뭘 그래, 새벽녘엔 흥분되지 않는 남자들도 많은데.

백작 허어 그렇지… 〔혼잣말로〕 저 여자가 놀라길 바랐으
니, 내가 너무 멍청했지… 자 그럼 잘 있어… 〔문가
에 서서〕 정말 화가 나네. 그렇고 그렇게 생겨먹은 여
자들은 오로지 돈밖에 관심이 없단 걸 내가 너무 잘
알면서도… 내가 금방 뭐라고 했지 — '그렇고 그렇
게 생겨먹은'… 그래 잘된 일이지 뭐… 적어도 그런
것들은 다른 여자와 혼동될 염려가 없으니 차라리 기
뻐해야 될 일이야… 〔큰 목소리로〕 얘야 — 알았어,
내가 다음번에도 너를 꼭 찾아오마.

창녀 〔눈을 감은 채〕 좋지요.

백작 어느 시간에나 오면 항상 집에 있냐?

창녀 난 언제나 집에 있어. 그냥 레오카디아를 찾기만 하
면 돼.

백작 레오카디아… 좋았어 — 그럼 잘 있어. 〔문가에 서서
혼잣말로〕 내가 계속해서 술에서 깨어나지 않았단 것
이 분명해. 그래, 그게 정말 최선이었어… 난 그렇고
그런 남자이지만, 난 그녀의 눈에 키스하는 것 이외
엔 아무 짓도 안 했어, 그녀가 누군가의 모습을 떠올
리게 했기 때문이지 뭐… 〔그녀를 향해 몸을 돌리며〕
헤이, 레오카디아, 이런 식으로 그냥 너를 떠나는 남
자도 자주 있겠지, 응?

창녀 어떻게 떠난다고?

백작 나처럼 이렇게 말이야?

창녀 새벽녘에?

백작 아 아니… 누군가가 네 곁에 있다가 말이야 — 너한 테서 아무것도 원하지 않는 남자가 많이 있느냐, 이 거야?

창녀 아니, 이런 일은 나한테 한 번도 없던 일이야.

백작 그러면 말이야, 넌 뭐라고 생각하는 거야? 네가 내 맘에 들지 않는단 생각은 안 해?

창녀 어째서 내가 당신 맘에 들지 않는다고 생각해? 밤이 되어 내가 당신 맘에 들면 그만이지.

백작 넌 지금도 역시 내 맘에 들어.

창녀 하지만 밤이 되면 나는 당신 맘에 훨씬 더 들걸.

백작 왜 그렇다고 생각하는 거지?

창녀 내 참, 멍청이처럼 그딴 걸 다 물어봐?

백작 밤이 되면… 그래, 근데, 내가 말이야, 소파 위에 그 냥 그대로 쓰러졌었나?

창녀 물론이지… 나와 함께.

백작 너와 함께?

창녀 그렇죠, 그랬단 것도 깜깜 모른단 말이야?

백작 내가 그랬단 거지… 우리 두 사람이 같이… 그래 서…

창녀 하지만 당신은 곧바로 잠이 들었어.

백작 곧바로 내가 잠이… 그렇군… 그러니까 그렇게 되었 다 이거야!

창녀 그래, 까꿍. 당신은 정말 제대로 흠뻑 취했던 게 틀림없어, 아무것도 기억하지 못할 만큼.

백작 그래… — 그렇다면 분명… 뭐가 닮았다는 것도 별게 아니잖아… 잘 있어… 〔소리에 귀를 기울이며〕 이게 무슨 소리지!

창녀 하녀가 벌써 일어났나 봐. 그럼 나가는 길에 개한테도 뭘 좀 집어줘, 응. 집 대문도 열려 있으니까, 관리인 아저씨 깨우지 말구.

백작 알았어. 〔현관문 앞에서〕 그래… 난 그녀의 눈에 입만 맞추었으니까, 이건 정말 잘된 일이야. 제법 아슬아슬한 모험이었네… 처음엔 뭐가 어떻게 됐는지 몰랐었지. 〔하녀가 등장해서 현관문을 열어준다.〕 아 그래 — 자 여기 팁… 굿 나잇 —

하녀 굿 모닝.

창녀 아 그래 물론 그렇지… 굿, 굿 모닝… 굿 모닝.

돈돈, 내돈

1

꼭두새벽이었다. 잠결에 벨다인은 마누라 목소리를 들었다. 그녀는 외출할 준비를 마치고, 그의 침대 곁에 서서 말했다. "더 잘 거예요, 카알? 난 일 나가야만 하는데." 그녀는 집이 아닌 다른 곳에서 삯바느질을 하고 있었다. 벨다인은 이불을 턱 밑까지 바짝 끌어당겨 몸을 덮었다. 자신이 옷을 입은 그대로 침대 속에 몸을 던졌었다는 것이 어렴풋이 기억났기 때문이었다. "벌써 나가려고," 그가 대답했다. 그녀는 체념했다는 듯이 동정 어린 눈초리로 그를 바라보았다. "아들 녀석은 벌써 학교에 갔다고요… 그런데 당신은 지금 도대체 뭐 하자는 인생이에요?"

"오늘은 일거리가 없어. 잠 좀 자게 건들지 마."

그녀는 그 자리를 떠났다. 이런 일들은 모두 그녀에게 새삼스러운 것도 아니었다. 문 옆에서 그녀가 몸을 돌리며 말했다. "잊어먹지 마요, 오늘은 집세 내는 날예요. 돈은 액수를 딱 맞춰서 서랍 속에 넣어놓았으니까." 이렇게 말하고 그녀는 다시 남편을 쳐다보며 뭔가 다른 생각을 하는 눈치이더니, 빨래를 넣어두는 궤짝으로 가, 서랍을 열고 돈을 끄집어내고… "차라리 내 손으로 직접 내지요"라고 말했다.

"좋—지, 좋아, 직접 내시라고." 그는 소리를 내어 웃었다.

그녀는 못내 슬픈 눈빛으로 그를 흘끗 바라보고 그 자리를 떠났지만, 카알 벨다인은 계속 누워 있었다. 그는 집에 혼자 남아서 반쯤 잠이 깬 상태에서 눈을 뜨고 있었다. 방은 초라했지만 정갈하게 가꾸어져 있었다. 반들반들하게 닦인 유리 창문 두 쪽을 통해 아침 햇살이 반짝거리며 쏟아져 들어왔다. 봄날의 따사로운 햇빛이었다. 벽시계가 단조로운 소리를 내고 있었다. 똑 딱, 똑 딱…

갑자기 그가 침대에서 벌떡 일어나 그 자리에 우뚝 섰다. 연미복에 하얀 넥타이를 맨 차림이었다. 먼지투성이 구두, 구겨진 와이셔츠, 짧게 자른 머리칼은 헝클어지고, 눈자위는 충혈되어 있었다. 그는 서랍장 위에 걸린 장식 없이 소박한 벽 거울 쪽으로 걸어갔다. 그는 자신의 모습을 유심히 들여다보며 미소를 지었다. "밤새 안녕히 주무셨습니까, 벨다인 주인님." 그가 말했다. "밤새 안녕히 주무셨겠지요." 그는 춤추며 방 안을 빙 빙 돌아다니며 휘파람으로 노래를 부르기 시작했다. 그러고 난 후 그는 침대에 걸터앉아 양쪽 다리를 꼬고 곰곰이 생각해보았다… 조심조심 차근차근 기억을 더듬어내야만 했다. 이게 꿈이 아니란 것은 이제 의심할 여지가 없었다. 만일 꿈이었다면 어떻게 이런 옷차림으로 침대에 누워 있을 수 있단 말인가? 그러니까 이것은 꿈이 아닌 생시이고, 진짜로 있었던 일이다.

그는 다시금 자신이 그 음식점에 있는 것을 보았다. 그곳에서 모험이 시작되었던 것이다. 그는 누추한 옷을 걸친 사람들과 같은 식탁에 앉아 카드노름을 하고 있었다. 이런 일은 평소에도 자주 있었다. 그는 그을음을 뿜어내는 램프의 냄새를 다시 맡는 것만 같았다. 언제나 그 램프가 식탁 위에 놓여 있었던 것이다. 그리고 음식점 주인의 둥글넙적한 모습도 그의 눈앞에 다시 나타났다. 낯선 그 남자들이 음식점에 들어섰을 때 주인은 문가에 몸을 기대고 서 있었다. — 그러니까 바로 어제저녁, 이 사건이 일어났던 것이다!… 이런 일이 도대체 가능한 것일까?

— 그는 자신이 가진 돈을 몽땅 잃어버렸었다, 동전 한 닢 남지 않고, 깡그리! 그리고 낯선 그 남자들은 호기심을 갖고 카드노름을 흥겨운 듯 지켜보다가, 무엇이 마음에 들었던지 그에게 돈을 주고 노름을 계속할 수 있도록 해주었다. 드디어 — 그때부터 행운이 시작되었다, 불가사의한 행운이 그칠 줄 모르고 터지고 또 터졌었다.

…뻴다인은 침대 가장자리에서 몸을 일으켜 방 안을 왔다 갔다 하기 시작했다. 자신의 체험을 머릿속에서 다시 한 번 떠올려보는 동안, 그의 눈에는 광채가 번득거렸다… 그는 자기 자신이 낯선 두 남자들과 같이 웅성거리는 음식점을 떠나는 것을 보았다. 그는 거기에서 더 볼일이 없었다. 그가 돈을 몽땅 따버리자, 상대방이 신경질을 내며 자리에서 먼저 일어나버렸기 때문이다.

그리고 그는 이제 도시 외곽의 좁은 골목길에 서서, 낯선 두 남자를 자세히 훑어보게 되었다. 두 남자는 동화 속에나 나올 법한 마음씨 착한 정령(精靈)처럼 보였다!… 그는 두 남자에게 그들이 도와준 사람이 누구인지를 이야기하지 않을 수 없었다. 아아, 그들이 도와준 사람은! 불쌍한 페인트 칠장이에 불과했다. 그는 한때 화가가 되고자 했었지만, 그가 손을 대는 일은 하는 족족 실패로 끝났다… 다른 일들도 어쩜 그렇게 마찬가지였는지! 이제 그는 마누라와 아이 하나를 돌봐야만 했고 겨우겨우 연명하는 형편이었지만, 그래도 성실하게 세상을 살고 있었다. 그러나 어쩌다가 한 번씩 마치 몹쓸 운명처럼 그에게 닥치는 일이 있었다. 그런 날들이 오면 그는 노름에 손을 대고 몇 주 동안 술을 마셔대야 직성이 풀렸다, 원하든 원하지 않든 간에 그렇게 해야만 직성이 풀렸다! 그리고 노름을 했다 하면 언제나 불운의 연속이었다! 어제저녁에도 혹시나 했지만 역시 마찬가지였다!

그러나 이 낯선 분들은 누구이신지? 그는 단도직입적으로 물어봤다. 한 남자는 슈파운 백작이고, 또 다른 남자는 로이터 남작이라고 말해줬지만 별로 이상하게 생각되지 않았다. 귀족 출신의 젊은이들이란 것을 이미 첫눈에 알아보았기 때문이다.

…그리고 세 사람이 심야의 정적에 싸인 도시 외곽의 골목길을 걸어가는 동안에 벨다인의 운명은 결정되었다! ― 그의 곁을 걷고 있던 이 두 남자는 기상천외한 상상력을 가졌으며 호쾌하고 대담무쌍했다. 그렇지 않고서야 이렇게 진기한 계획을 어떻게 머릿속에 떠올려볼 수 있단 말인가? 그것도 아니라면 이 작자들이 자신을 상대로 못된 장난을 치려고 꿍꿍이 수작을 부렸던 말인지?

어제저녁에 있었던 기묘한 일들이 차례차례 그의 머릿속에서 영상처럼 스쳐 지나갔다. 그는 자신이 이발소 안에 있는 것을 다시 보았다. 그곳에서 엉클어진 머리와 수염을 정성들여 가다듬고 난 후, 공작의 드레스룸으로 가서 우아한 파티용 정장을 갖추었다. 지금 그가 몸에 걸친 옷은 바로 거기에서 골라 입은 것이었다. 그리고 그다음에 무엇을 했더라, — 그리고 그다음에 그는 자신이 부유한 상류층 신사들과 어울려 녹색 테이블에 앉아 있는 모습을 다시 보았다. 클럽의 카지노 홀은 크고 호화찬란했다. 수많은 거울들로 치장되어 어지럽게 번쩍거렸다. 그리고 그는 미리 짜맞추어놓은 대로 말수가 적은 미국인 행세를 했던 것도 기억해냈다. 그는 여행 중에 우연히 이곳까지 오게 되어, 알고 지내던 오랜 친구들을 찾아보려는 여행객이었다… 그런데 그 친구들을 도대체 어디에서 알게 된 것으로 해놓았더라?… 모스크바… 아니면 파리. 자신을 이곳까지 데려다 놓은 두 남자들도 카니발 축제를 맞이하여 자신들이 벌이고 있는 장난이 어떻게 끝나게 될지, 이런 것까지 모두 궁리해놓진 않았음이 분명했다… 그러나 너무나 또렷하게 벨다인은 모든 것을 다시 눈앞에 보고 있었고, 매끈매끈한 카드의 감촉마저 손에서 느껴지는 것만 같았다. 금화와 지폐가 눈앞에 무더기로 쌓여 있었다. 얼음 통에 들어 있는 샴페인이 옆에 있는 의자 위에 병째로 놓여 있었고, 그는 도취의 음료를 한 잔씩 한 잔씩 계속 털어넣었던 것도 기억해냈다. 그리고 게임 상대방의 얼굴과 거기에 나타난 독특한 표정들도 머릿속에 다시 생생하게 떠올랐다. 결코 멈출 줄 몰랐던 자신의 행운 앞에 그들은 처음에는 놀라워했지만, 이 놀라움도 그가 모든 판을 휩쓸어버리자 아예 경악으로 변해버렸다… 그리고 드디어 그가 자리에서 일어났다, 그의 눈은 빛을 발했지만, 자신의 엄청난 모험 앞에 스스로도 할 말을 잃고 뻣뻣하게 서 있었다. — 이제 그는 부자였다!

그리고 이제 공작은 카펫이 깔린 넓은 계단 아래로 그를 배웅해주었다. 그러나 단 한마디 말도 서로 나누지 않았다. 눈앞에 놓여 있는 길에는 인적이 없었다. 가로등불이 밝게 타올랐고, 상쾌하고 부드러운 바람이 밤을 가로질렀다. "자아, 안녕히 가시오… 벨다인 선생… 집으로 곧장 가세요…," 공작이 말했다. 그리고 벨다인은 길 위에 혼자 남았다 — 주머니 속에는 엄청난 재산이 들어 있었다. 그는 고개를 돌려보았다. 지체 높은 그 친구는 계단을 올라가 한 번도 뒤를 돌아보지 않은 채, 현관 안으로 막 사라졌다… 거리의 가로등에서 불꽃이 춤을 추었고, 벨다인은 비틀거리며 그 자리를 떠났다…

그리고 그 후에 계속되었던 어제저녁의 일을 곰곰이 떠올려보려는 순간, 생각이 거기에서 갑자기 꽉 막혀버렸다. 그가 어떻게 해서 집에 오게 되었는지, 거의 기억나지 않았다. 그렇지만 이 모든 것은 체험했던 일, 정말로 몸으로 겪었던 일이었고, 그러니까 그는 부자이고, 이 점에 대해서는 더 이상 의심할 여지가 없었다… 그는 방 안을 왔다 갔다 하며 혼잣말로 중얼거렸다.

"자 이제 무엇을 한담? — 어제저녁 일은 비밀로 해둬야겠지… 어제저녁은 새로운 삶의 시작에 불과하니까… 며칠 후 이 도시에서 아예 사라져버리면 어떨까. 맞았어, 난 이 도시를 떠나겠어… 마누라는 걱정할 필요 없지, 따로 편지를 써서 뒤따라올 곳을 알려주면 되니깐. 남쪽 어딘가로 — — 예를 들면 몬테카를로…* 어쨌든 내가 더 이상 페인트 칠장이 벨다인이 아닌 곳, 나를 아는 사람이 아무도 없는 곳으로!…" 그는 깊은 생각에 빠졌다.

"좋았어, 아주 맘에 들어…" 그는 연미복을 벗어서 어제저녁 자신의 우아한 인품을 꾸며주었던 장식품들과 함께 둘둘 말아 꾸러미를 만들었다. 그는 곧바로 작업복으로 갈아입고 거울 앞에 섰다. 그는

---

* Monte Carlo: 모나코 공화국의 도시, 관영 도박장이 유명함.

다시 소리를 내어 웃었다… "밤새 안녕히 주무셨지요, 벨다인 주인 어르신!" 그는 아예 환호성을 지르듯이 큰 소리로 외쳤다. 그는 창가로 다가가, 거리를 내다보았다. 햇볕이 따사로운 봄날! 그는 창문 두 쪽을 활짝 열어젖혔다. 쾌적한 아침 바람이 불어와, 그의 이마를 얼싸안았다. 그는 숨을 깊이 들이마시고, 세상을 정복했다는 듯이 의기양양한 눈빛으로 고개를 들었다… 건너편 집에서는 모든 것이 예전과 마찬가지였다. 몇몇 창문에는 아직도 커튼이 내려져 있었고, 다른 창문에는 부인네들이 아침 가운을 걸친 채 청소를 하고 먼지를 털다가, 이내 방 안 깊숙한 곳으로 사라져 보이지 않았다. 저 아래쪽에는 구두장이가 가게 문을 열고 망치질을 하고 있었고… 모두들 부지런히 일에 몰두하고 있었다.

카알 벨다인은 창가에서 물러나, 시가에 불을 붙여 물고, 침대에 벌렁 드러누웠다. 그는 부자이고 이제 행복했다. 이렇게 그는 아마 한 시간가량 쉬었던 것 같았다. ─ 그가 다시 깨어났을 때에 시가는 다 타서 방바닥에 떨어져 있었다. 머릿속이 흐리멍덩한 상태로 그는 몸을 일으켰다… 정말 중요한 것이 그의 머릿속에 떠올랐다. 돈 돈, 내 돈이 어디 있지? ─ 돈을 어떻게 해놓았었는데… 그런데 어떻게 해놓았더라? 아 맞았어, 물론 그랬었지… 정문을 나서서 비틀비틀 걸었지, 그리고 집으로 돈을 가져갈 순 없단 생각이 문득 들었지… 돈이 너무 많았으니까!… 그래 그 순간 재산을 숨겨둬야겠다는 엉뚱한 생각이…

어제저녁만 해도 이런 일은 아주 당연한 것처럼 여겨졌었다 ─ 어제저녁 바로 그 순간, 머리가 포도주로 빙글빙글 돌고 흥분에 들떠 있던 그 순간에는 ─ , 마누라, 이웃, 아니 모든 사람들로부터 그 돈을 완벽하게 숨겨둬야 한다고 확신했었다!… 한밤중 거리를 비틀비틀 걷고 있을 때에 이상스럽게도 불안한 생각 아니 죄의식에 가까운 느낌이 들었지만, 지금 이 순간에는 그가 체험한 모험보다도 오히려 그러한 느낌이 더 이상야릇하게 여겨졌다…

  …그건 그렇고 이제 무엇을 해야 할까? — 결국 마누라가 생각보다 빨리 그 돈을 찾아낼 수도 있고… 그렇게 되면… 돈을 궤짝에 처박아놓을 거고, 그럼 돈이 아예 썩어버릴 수도 있을 테니… 그렇다면 당장 일을 저질러야 해… 재산을 감춰놓았으니 — 그러니까 음 지금 해야 할 일은 그 어떤 것이 아니라, 그 돈을 다시 가져오는 거지 뭐. 아, 물론 지금 당장은 아니고… 밤이 되면 그때 비로소. 오늘 밤 그곳으로 가야만… 그곳으로… 그곳으로… 그는 이마를 움켜잡았다… 그런데 어디로 가야 하지?… 아, 그래… 클럽 건물에서 나와 길게 뻗은 그 길을 따라… 그러고 난 다음… 으 으음, 그다음엔 어디로… 그래, 왼쪽으로… 그러고 난 다음엔… 아니, 어디로 가야? 어느 방향으로 갔었더라?… 왼쪽으로… 왼쪽… 왼쪽… 벨다인은 그의 기억 속을 더듬어보았다. 그는 두 손으로 머리칼을 쥐어뜯다가 발로 방바닥을 동동 굴렀다. 그는 중얼거렸다… 어디로… 그가 외쳤다… 어디로? 그는 고개를 숙인 채 방 안을 왔다 갔다 하다가, 원을 그리기 시작했다. 그는 노래를 부르는 어조로 혼자서 중얼대기 시작했다. 어디로 가나… 어디로 가나… 어디로?

  이제 그는 열린 창가에 다시 섰다. 마차들이 짤랑짤랑 방울 소리를 내며 지나가고 있었다. 그는 창문을 다시 닫았다. — 짤랑짤랑 마차 소리. 이 소린 오늘 새벽에도 들었었다, 돈을 숨겨놓기 조금 전에… "그저, 그저 조용히 좀 해봐, 제발." 그가 혼자 말했다. "그러

니까… 마차들이 길에서 짤랑짤랑 소리를 냈어, 바로 그거야… 오
케이… 그리고 난 다음 난 왼쪽으로 갔어." 그는 창문의 십자 창살
에 이마를 기댄 채 꼼짝도 않고 서서 골똘히 생각했다. 길게 뻗은 어
두운 거리가 똑똑히 기억났다… 그다음에 사거리가 나왔고 ― 그곳
에서 왼쪽으로 계속 걸어갔고 ― 그리고 거기에서… 어디로?…

그는 꼼짝도 않고 몇 분 동안 그대로 서 있었다, 죽은 사람처럼 얼
굴이 창백해지더니 이마에 땀방울이 송골송골 맺혔다. 미칠 것만 같
았다! 그는 탁자 위의 모자를 집어 머리에 쓰고, 문을 박차고 나가,
계단을 내려서서, 앞으로, 앞으로, 걸어갔다 ― 그곳을 향하여!

2

길게 뻗은 거리가 화창한 아침 햇살 아래에 놓여 있었다. 그는 늘
어서 있는 집들을 따라 허겁지겁 계속 걸었다. 눈앞에 그 사거리가
나타났다, 드디어 ― 그리고 여기에서… 왼쪽으로 꺾어지자 훨씬 넓
고 화려한 거리가 다시 나타났다! 그는 이 거리를 물론 알고 있었다.
그러나 어제저녁에 정말 이곳에 왔었는지는 정작 기억나지 않았다.
물론 당연한 일이었다. 그 당시 이곳은 너무 어두웠기 때문에. 그는
이제 결정적으로 중요한 상황을 머릿속에 다시 떠올려보았다… 그
는 등을 구부렸다. 이것만큼은 지금도 확실했다… 그런데 언제 등
을 구부렸더라? 얼마나 오랫동안 걸었지? 몇 분 동안? 한 시간 동
안?… 잠깐, 잠깐만 조용히 좀 해, 그가 다시 혼잣말을 하며 걸음을
멈추었다. 그는 그 자리에 서서, 도시의 활기가 그의 주위를 감싸고

물결치듯 흘러가도록 내버려두었다… 여름옷을 차려입은 사람들이 산보를 하고 있었다. 젊은 사람들, 나이 든 사람들, 모두들 화창하게 밝은 새로운 오늘 하루를 즐거워했고, 그를 신경 쓰는 사람은 아무도 없었다… 그는 휘파람으로 무슨 노래라도 불러보고자 했다, 하지만 목이 잠겨 소리가 나오지 않았다.

"왜 이리 흥분하는 게야." — 그는 스스로에게 말을 걸었다…"넌 왼쪽으로 갔었어, — 제법 오랫동안 말이야… 그리고 나서 네가 등을 굽혔잖아. 그러니까 저 아래, 그 어딘가 저 아래쪽에 있는 게 틀림없어… 이건 벌써 제법 많은 것 아니야… 이만큼이라도 안다면… 어제 이 시간까지만 해도 넌 그저 불쌍한 놈팡이에 불과했잖아… 그런데… 왜 등을 굽혔을까… 뭔가를 파묻으려고… 그러니까 내가 이것을 파묻어놓았남… 오오… 난 뭔가 더 알고 있어… 쏴르르 쏴르르거리는 소리가 났었어, 나무들 사이로 바람이 불었던 거야… 그러니까 어떤 정원에다 파묻어놓은 거야… 아냐… 정원이 아니야… 그러다가 다시 퐁퐁 퐁퐁거리는 메아리 소리가 울렸거든… 아마 분수 소리… 맞아, 분수 소리, 그래서 쏴르르 쏴아 그랬던 거야… 그래, 그다음에 내가, 어디론가 아래로 내려갔기 때문에, 그래서 퐁퐁 펑펑 메아리가 울렸던 거야…"

그는 계속해서 똑같은 거리를 왔다 갔다 했고, 그러면서 혼잣말로 골백번은 중얼거렸다…"쏴르르 쏴르르… 퐁 퐁 펑 펑…" 잠시 후 그는 걸음을 멈췄다…"그래, 만일 이게 분수 소리라면… 그게 어디지… 어딜까? — 하지만 그게 아냐, 웃기고 있네, 이건 분수가 아니야… 분명 아니야! 그래 분수가 아닌 건 정말 다행이야, 그게 사실이라면 내가 무슨 재주로 그 분수를 찾아낼 수 있겠어, 휴 천만다

320

행이다…" 그는 큰 소리로 웃었다. ─ 그는 이빨이 덜덜 떨렸다, 당
장이라도 미칠 것만 같았다. 그래서 그는 다시 그 소리를 중얼거리
기 시작했다. "쏴르르 쏴르르 퐁 퐁 펑 펑…"

　그는 브랜디를 파는 목로주점 앞에 섰다… 그는 안으로 들어가 한
잔을 가득 따르게 했다… 창문을 통해 그는 길거리를 내다보았다.
사람들은 아무런 관심도 없다는 듯 즐거운 표정으로 지나쳐갔다…
그는 술을 마시고 또 마셨다… "이렇게 마시다 보면 기억이 분명 다
시 살아날 거야… 술이 거나하게 취하면 생각이 보다 초롱초롱해지
니깐… 분명히 다시… 어제저녁 어둠 속에서도 난 길을 찾아냈었
어… 고주망태가 되면 다시 보이기 시작할 거야… 지금부터 이 몸
께서 그 길을 찾아내고야 말겠어." 술집 밖으로 나갈 때 그는 조금
비틀거렸지만 마음만은 한결 가벼웠다… "자 이제 난 그때처럼 마냥
신바람이 나서 걷는 거야," 그가 중얼거렸다… "트라랄라, 트랄랄
라… 신나는군… 그런데 내가 왜 신바람을 내지?… 왜냐하면 그 기
억이 되돌아올 것 같은 느낌이 팍팍 들기 때문에… 왼쪽… 좋았어,
왼쪽! 자아 내가 지금 여기를… 걸어서… 어디론가, 쏴르르 쏴르르
퐁퐁거리는 곳으로… 그저 신바람을… 넌 분명 찾아내게 될 거다,
벨다인, 알았어!"

　걷고 있는 길이 끝나는 곳에 커다란 공원의 입구가 나타났다. 가
벼운 바람이 나뭇잎들을 훑으며 지나갔다…

　"들었지, 벨다인… 벌써 쏴르르, 쏴르르 소리가 들리잖아…" 그
는 비틀거리며 넓은 자갈길을 따라 앞으로 나갔다… 길 양편에 늘어
서 있는, 키 큰 나무들은 새로 돋아난 나뭇잎으로 장식되어 휘황찬
란한 빛을 발하고 있었다. 녹색 벤치 위에는 아이를 보는 하녀와 젊

은 엄마들이 앉아 있었고, 늙은 신사들과 학생들이 지나쳐 갔으며, 아이들은 굴렁쇠와 돌멩이를 가지고 놀았다. 벨다인은 샛길로 접어들었다. 곧 사방이 탁 트인 잔디밭이 나왔고, 그곳에는 태양이 이글거리고 있었다… 울타리가 없는 잔디밭에 땅거미가 내리면 아이들이 곧잘 나와 놀곤 했던 곳이었다. 그러나 지금 이 시간에는 그저 몇몇 청년들이 누워서 낮잠을 자고 있었다. 초원을 가로질러 벨다인은 비틀비틀 계속 걸었다. 작은 나뭇가지들 전체가 가볍게 흔들렸다. 아주 조용하게 나뭇잎들이 살랑거렸다… "살랑, 사알랑… 살랑, 사알랑," 벨다인도 같이 흥얼거리다가 따끈따끈한 잔디밭에 드러누웠다. 졸음이 가물가물 몰려와 깜박 잠이 들었지만 얼마 지나지 않아 그는 벌떡 일어나 앉아 멍한 눈으로 앞을 보았다… 머리가 한결 맑아졌고, 그는 새롭게 심사숙고하기 시작했다. "지금은 분명 정오가 지났을 거고, 그리고 어제만 해도 난 그저 불쌍한 룸펜이었지… 지금 이 상황에서 문제가 되는 건, 그러니까 그 모든 걸 기억해내기 위해서 당연히 문제가 되는 건, 그러니까, 내가 냉정하고 또 냉정해야 한다, 그거지. 무슨 헛소리야! 결국 내가 다 기억해낼 게 틀림없는데, 무슨 헛소릴… 지금은 너무나 더워… 한낮의 땡볕이 머리통에 내리쬐는데 제대로 생각이나 할 수 있겠어… 그러니 잠자코 좀 있으라고… 조금 서늘해질 때까지 기다리는 거야." 그는 자리에서 일어나 여유 있는 걸음걸이로 큰길을 따라 공원을 산보했다. 그러나 아무 곳이나 땅바닥에 무릎을 꿇고 손톱을 세워 모래 속을 마구잡이로 파헤쳐봐야만 한다는 생각이 그의 머리에서 떠나지 않았다. 부질없는 짓, 부질없는 짓, 그는 이빨을 부드득 갈다가 입술을 깨물었다. 몇 번인가 벤치에도 앉아보았지만 잠시 후에 곧바로 벌떡 일어났다.

소리를 지르고 싶었다. 누구랄 것도 없이 저주를 퍼붓지 않으면 미칠 것만 같았다.

그는 갑자기 튕겨나가듯이 그 자리를 떠났다 ― 나뭇잎들이 끊임없이 솨르르 솨르르 소리를 내는 이곳, 이 공원에서 나가고 싶었다. 그토록 오랫동안 그 안에서 뭘 하고 있었는지 자신도 이해할 수 없었다… 그는 좁은 이면 도로와 골목길을 헤매고 다녔다. 천천히 걷다가, 빨리 걷다가, 다시 천천히 걷기를 반복했다. 하지만 그는 여태껏 빵 한 조각도 먹지 않았단 사실을 기억하지 못했다… 도시의 절반을 그는 사방팔방으로 누비고 다녔고, 눈에는 어느덧 분노의 눈물이 맺혔다. 그리고 저녁이 되었다. 그는 길게 뻗은 그 길을 다시 찾았고, 어젯밤에 들렀던 브랜디 목로주점 앞에 서 있었다. 지칠 대로 지쳐 있었다. 다시 술집 안으로 들어가 작은 탁자에 앉아, 가장 독한 술을 한 잔 시켰다. 그의 앞에 술잔이 나왔다. 술잔을 집어 들어 입술에 대는 순간, 그는 갑자기 마실 수가 없었다. 눈물이 울컥 뺨 위로 흘러내렸기 때문이다. 그는 양손에 얼굴을 파묻고 흐느끼다가 결국 엉엉 소리를 내어 울었다. 가장 사랑하는 애인을 잃어버린 한 남자처럼! 사람들이 모두 고개를 돌려서 안됐다는 듯이 그를 쳐다보았다. 카운터를 보고 있던 아리따운 아가씨, 술집 안에서 기운을 차리기 위해 쉬고 있던 손님들, 아니면 새로운 도취를 찾고 있던 손님들, 모두 고개를 돌려 그를 보았다. 하지만 진지하게 나서서 염려해주는 사람은 아무도 없었다. 모두들 선량하게 보이는 이 남자가 마음껏 울도록 내버려두었다. 상당히 오랜 시간이 지난 후, 벨다인은 얼굴에서 눈물을 훔쳐내고 브랜디 술잔을 쭉 들이켰다… 새롭게 한 잔을 더 청해 마시고, 또 한 잔을 더 주문하고. 이런 식으로 그는 족히 한 시간은 마셨다. 거리에는 가로등불이 켜졌다. 어느새 밤이 찾아왔다. 따뜻한 보슬비가 실낱같이 내렸고, 짤랑짤랑 마차 소리가 점점 잦아들면서 사람들의 통행도 뜸해졌다.

벨다인은 밖으로 나왔다. 모자를 벗어 들고 보슬비를 머리에 맞았다. 저녁 공기가 그의 이마를 식혀주었다… 천천히 그는 걸었다… 이렇게 차분한 기분은 오늘 아침 이래 처음이었다… "자아 이제, 일에 착수하는 거야." 그는 스스로에게 말했다… "이제 넌 그것을 찾아내게 될 거다. 넌 잘할 수 있어." 그리고 그는 이를 수백 번 반복해서 말했다… "왼쪽으로 — 그러면 쏴르르 쏴르르 소리가 들리고, 메아리가 퐁 퐁 펑 펑…" 그는 머리를 흔들었다… "이게 전부가 아닌데… 이런 소리 하나만을 갖고 찾아내긴 너무 어려워." 그는 앞을 멍하니 내다보았다… 그리고 갑자기 희망의 빛이 그의 얼굴에 스쳐 지나갔다… "클럽 건물에서 출발하여 내가 그곳으로 갔었지… 그렇다면 잠시만 기다리자, 바로 어제저녁과 같은 시간에 똑같이 다시 해보는 거야. 그래, 맞았어, 바로 그렇게 해보면 틀림없지, 그럼 지금은 그저 차분하게… 차분히." 그는 다시 이리저리 산보를 했다. 짧은 파이프를 주머니에서 꺼내 담배를 채우고, 불을 붙여 물었다… 시간은 어차피 흐를 것이었다… 벨다인은 다시 도시를 사방팔방 누비고 다녔다. "잠깐 집에 들러봐야 하지 않을까… 에이, 그냥 놔두지 뭐… 흐음… 허지만 식사는… 그 신사들을 마주쳤었던 음식점에서? 아, 아니야, 나중에, 배가 고파지면…"

1분, 1분이 지났고…, 15분이 소리 없이 흘렀다… 끝도 없이 시간이 연장되었다. 벨다인은 가끔 벤치 위에 앉아 잠깐 쉬기도 했지만 곧바로 다시 일어났다. 자정이 올 기미는 조금도 보이지 않았다.

거리에는 사람이 없었다… 비가 전보다 더 심하게 내렸다… 갑자기 도시에 생기가 넘쳤다. 지나가는 마차의 숫자가 늘어났고 마주치는 보행자도 점점 늘어났다. 연극 공연이 끝난 것이었다. 그러니까 10시는 넘었고… 그때까지는 아직도 두 시간이 더 남아 있다는 말인데… 그럼 12시까지 무엇을 한담… 그의 발걸음이 길게 뻗은 그 거리로 다시 향하고 있는 것을 붙들어 매놓아야만 했다. 밥을 먹을까? 아냐, 목구멍에 밥이 안 넘어갈 거야. 하지만 술이라면! 그래… 이런 생각이 그를 다시 조금 진정시켜주었다. 그럼 다시 그 술집으로! 아, 아니야, 그 술집은 안 돼, 사람들이 날 알아볼 거야… 차라리 아무 음식점이나 들어가서 무엇이든 간단하게 때우는 거야. 그럼 술도 더 잘 들어갈 거고… 그럼 어디로 들어갈까… 여기가 좋겠군.

그는 어떤 작은 음식점 안으로 들어갔다. 먹을 것을 시키고 포도주를 곁들여 마셨다. 그는 가능한 한 천천히 먹었다. 그는 음식을 입에 넣고, 또다시 음식을 입에 넣을 때까지 한참 동안 기다리기를 반복하였다. 출입문 위쪽에 시계가 걸려 있었다… 시계는 분명 멈춰 있는… 아, 아니야, 시곗바늘의 움직임이 보이지 않았다. 그때 바깥의 시계탑에서 시간을 알렸다. 그는 하나씩 세어보았다… 아홉… 열… 열하나… 오오… 11시잖아! 하지만 저 시계는 이제 겨우 10시 45분을 넘겼어… 이런 망할 놈의 주인 자식! 물론 그렇겠지. 그렇게 해놓아야 손님들이 더 오래 퍼질러 앉아 더 많이 먹어치우겠지. 그는 신문을 달라고 해서 처음부터 끝까지 훑어가면서 읽었다. 눈에 불을 켜고, 자신이 읽고 있는 것에 온 신경을 집중시키려는 확고한 의지를 가지고 한 글자 한 글자를 뚫어지게 읽어보았다. 그러나…, 단 한마디도 이해하지 못했다… 그는 계산을 하고 자리에서 일어났다. 음식점 시계는 11시 15분을 가리키고 있었다 ─ 그러니까 지금 시간은 11시 반… 길거리는 황량하였고 쥐 죽은 듯이 조용하였다. 그는 천천히 클럽 하우스를 향해 움직였다…

눈앞에 ─ 바로 눈앞에 클럽 건물이 있었다. 현관문이 활짝 열려 있고, 창문마다 밝은 빛이 쏟아져 나왔다. 희미하게 깜박거리는 가로등 불빛, 그 거리의 한가운데에서 클럽 건물이 번쩍번쩍 빛나고 있었다… 건너편 길가에 서서 건물을 올려다보자, 그의 심장이 두근거렸다. 건물은 그의 눈에 무엇인가 엄청나게 커다란 것, 암석처럼 단단한 권력처럼 여겨졌다. 그가 건물을 뚫어지게 보고 있듯이 건물도 그를 응시하고 있었다… 찬란하게 빛을 발하는 창문들은 이글거리며 불타오르는 1백 개의 눈빛이 되었고, 그를 단숨에 삼켜버릴 듯 험상궂게 노려보는 것만 같았다. 그때 그 순간이 다시 기억 속에 들어왔다… 생애 최고의 위대했던 그 순간, 그가 판돈을 모두 따서 게임이 끝나고, 같은 테이블에 앉았던 상류층 신사들 모두와 어깨를 나란히 했던 그때… 그 순간이 바로 저기 저 위에 있지 않았었던가… 바로 저 창문 안에. 그래 좋다, 이제 떠나는 거야… 다시 한 번, 다시 한 번 떠나는 거야, 그 돈을 찾아 이 손에 꼭 움켜쥘 거야!

그는 신중하게 걸었다… 길모퉁이를 돌고… 길게, 길게 뻗은 이 거리를… 계속, 아직도 더 계속 가서… 왼쪽으로… 그는 아무것도 생각지 않으려고 애를 썼다… 이렇게… 좋아어. 바로 이곳이 틀림없어… 그러면 이제 다시 다른 거리가… 그렇지 잘했어… 바로 이곳이야… 여기서부터 계속 걸어갔었지… 그래 이렇게… 그리고 이제는… 맞아… 저쪽으로… 쏴르르 쏴르르거리는 것 같은데… 쏴르르 쏴아거려… 맞아 분명히… 아니 이게 뭐야… 아아, 강이잖아…

혹시 이곳에… 틀림없어… 아 아니야… 맞아! 그는 그 자리에 우뚝 섰다… 눈앞에 강물이 흐르고 있었다. 강변의 가로등 불빛에 반짝이는 강물은 이 도시의 한가운데를 가로질러 가벼운 거품을 일으키며 흘러가고 있었다. 그리고 강 건너편에는 집들이 일렬로 늘어서 있었다… 그리고 그 위에는 구름으로 뒤덮인 저녁 하늘이 보였고, 따뜻한 빗방울이 하염없이 떨어지고 있었다. 투 둑 투 둑 후드득 빗방울 소리가 졸린 듯 쏴르르거리는 강물 소리와 뒤섞여 기묘하게 어우러졌다. 그러니까 저기란 말인가, 앙?… 그는 강변을 따라 발걸음을 옮겼다. 왼쪽으로… 그리고 몸을 돌려… 오른쪽으로… 그는 커다란 돌사자 옆에서 걸음을 멈추었다. 교량의 끝에 서 있는 조각상이었다. 그는 다리 위로 올라섰다. 그 순간 육중한 마차 한 대가 다리 위를 지나갔다…

마차의 소음이 멀어져가자 사방에 정적이 다시 찾아왔다. 떨어지는 빗소리와 발밑에서 물결치며 흐르는 강물 소리뿐. 그는 다리 난간에 몸을 기대고 아래를 내려다보았다. 물결이 부들부들 떨며 갈팡질팡하는 것 같았다… "뭣 땜에 내가 여기까지 왔었지… 반드시 이곳에 오지 않으면 안 되었단 말인가? 이렇게 늦은 시간에?" 그는 다리 아래를 하염없이 내려다보았다… 현기증이 났다. 갑자기 끔찍한 생각이 떠올라, 그는 몸을 부르르 떨었다. "혹시… 내가 그걸 물속에 패대기를 쳤나? 엉? 잉 잉 잉 잉!" 그는 어린애처럼 구슬프게 소리를 내어 울기 시작했다. "물속에다 던져버렸어, 으앙, 아 앙… 난 술 취했던 거여, 엉, 엉, 엉엉… 술을 너무 처먹었어어엉 아앙. 왜 물속에 처박았을까? 이렇게 높은 데서! 도대체 뭐가 무서워서 돈을 숨기냐고? 마누라가 못 찾게? 내 자식이 못 찾게? 그것들이 내 돈을 훔쳐갈까 봐? 내가 정말 미쳤던 거야, 앙? 그 돈을 어떻게 했어, 정말 어떻게 했냐고. 술이 정신을 뒤죽박죽으로 만들었나봐. 그렇잖음 어떻게 그런 짓을… 저기 저 아래, 저기 저 속에, 돈 돈, 내 돈이 있어, 아앙! 물속으로 뛰어들어, 내 돈 찾아와, 앙, 벨다인, 넌 얼간이야, 넌 주정뱅이야, 넌 비열한 새끼야, 으 앙 앙!"

그는 다리 난간을 움켜잡고 몸부림을 치며 미친 듯이 소리를 질러댔다… "뭐 숨겨놓았다고! 그걸 숨겨놓아야 했다고… 저 강물에다 응?… 뭐, 뭔 소리야, 강물 밑바닥?… 아, 아니야! 돈을 처넣었을 리 없어! 아무리 멍청해도 그런 바보짓은 하지 않아!… 허지만 내 돈, 내 돈, 내 돈이 지금 어디 있지… 어디? 어디에? 어디에 있냐고, 앙?…"

빗줄기가 잦아들었다… 하늘에는 암청색 띠가 드리워졌고, 그 사이로 몇몇 별빛이 비쳤다. 한밤의 도시는 깊은 잠 속에 빠져 있었다. 단지 멀리 떨어진 곳에서 무슨 말인지 거의 알아들을 수 없는 사람 소리가 이따금 들렸다. 그러다가 집으로 돌아가는 술꾼들의 노랫소리가 들리더니 점점 멀어져갔고… 다시 모든 것이 고요해졌다. 그의 발밑에는 강물이 한결같은 소리를 내면서, 눈에 보이지 않는 산맥을 향해 흐르고 흘러, 그로부터 점점 더 멀어져가고만 있었고… 오랫동안, 아주 오랫동안 그는 난간에 몸을 기댄 채 서 있었다. 그의 눈에는 눈물이 말라붙었고, 어느 정도 안정을 되찾았다… 그리고 다시 삶의 호흡이… 다리 건너편 쪽에서 뭔가가 건너오고 있었다… 짐수레였다, 비루먹은 말이 끌고 있었다. 당장 눈에 띄는 건 한 대, 그다음엔 두 대, 아니 석 대가 동시에 오고 있었다. 농부들이 시골에서 올라와 시장으로 가고 있었다… 근처의 어떤 시계탑에서 종 치는 소리가 났다… 하나… 둘…, 그리고 깊고 큰 안식이… 벨다인은 다리를 떠났다. 강물 소리도 그의 등 뒤에서 차츰차츰 잦아들었다… 강물 소리를 전혀 들을 수 없게 되었을 때, 그는 왔던 길을 다시 되돌아갈까 망설였지만… 그는 머리를 세차게 흔들고 자신이 가던 길을 계속 갔다… 아무런 생각을 하지 않고, 앞으로, 앞으로 발걸음을 기계적으로 내디뎠다… 그는 고개를 숙여 발걸음 밑의 보도블록을 내려다보다가… 발걸음 수를 세기 시작했다… 숫자를 세고, 또 세어서 1백이 되고 — 3백이 되고 — 6백이 되자, 그는 발걸음 셈을 멈추었다. 그러자 그 생각이 다시 덮쳐와, 떨쳐낼 수 없었다… "이런 생각을 계속하면서도 살아갈 수 있는 것일까?" 그는 스스로에게 물었다. "그런데 내게 지금 도대체 뭔 일이 생긴 거야? 난 부자일까? 아님, 난 아직도 가난할까? 돈은 찾게 될까? 아니 기필코 찾아야 하지 않을까? 말함 뭐 해, 반드시 찾고 말 거다… 그 돈이 어디 있는지, 다시 알게 되는 때가 반드시 올 거야. 잠시 후에 침대에 누워 있다가… 아니면 내일… 며칠 후… 내가 다시 냉정을 되찾게 되면…"

이런 생각에 잠겨 그는 걸었다… 집이 있는 변두리를 향해 앞으로 나아갔다. 회색빛 아침이 동쪽에서 밝아왔다… 곧 새로운 날과 새로운 일을 위해 모든 사람이 다시 깨어나게 될 것이다. "그런데 나는?" 벨다인은 생각했다. "나 역시 또다시 일하러 나가야만 하나? — 백만장자인 이 몸께서?… 다시 사다리에 올라가, 페인트칠을 해야 하남?… 오늘 아침까지만 해도 이 세상이 모두 내 것이지 않았던가?…" 눈앞에 그가 살고 있는 집이 나타났다. 갑자기 자신의 집을 알아보았을 때 그는 소스라치게 놀랐다… 저 위쪽 그의 집 창문은 열려 있었고, 내려 쳐진 커튼만이 바람결에 흔들리고 있었다. — 벨다인은 잠시 동안 집 대문에 몸을 기댔다. 그런 후 그는 열쇠를 꺼내 현관문을 열었다. 집에 들어서고, 현관문이 다시 덜커덩 잠기는 소리가 나자, 그는 소름이 끼쳤다. 그의 등 뒤에 모든 희망, 모든 행운이 있었는데, 으음! 그는 계단을 느릿느릿 걸어올라가… 다시 예전의 고통 속으로 걸어 들어갔다.

3

그리고 몇 년의 세월이 흘렀다. 카알 벨다인은 여전히 천장과 벽에 페인트칠을 했고, 가끔 고주망태가 되도록 술을 마셨지만 노름만은 더 이상 하지 않았다. 그처럼 엄청난 부자가 보잘것없는 동전 몇 푼을 걸고 노름을 한다는 것은 말이 아니었다! 그렇지만 브랜디가 머리까지 차오르면 가끔 그 돈을 찾아낼 것 같은 생각이 순간적으로 들었으나 모든 것은 곧바로 다시 어둠 속에 묻혔다. 그리고 자신이 돈을 못 찾은 그 당시에도 지금 이 순간처럼 절망에 빠지지 않았다는 사실이 정말 놀랍기만 했다. 그리고 이렇게 고통스러운 날도 며칠만 참고 견디다 보면 한결 나아졌다. 처음에는 매일 저녁 그날 밤의 그 길을 걸었지만… 점점 더 차분해졌고, 그리고 이따금 이것은 정말 멋진 산보길이라는 생각마저 들었다. 그러나 가끔씩은 며칠 밤, 아니 밤낮의 구분 없이 며칠씩 거의 정신착란에 빠지는 것만 같았다. 그러면… 독한 술을 마셨다! 희망의 순간, 행운의 빛을 찾기 위하여.

그가 커다란 붓을 손에 들고 사다리 위에 올라서서 천장에 페인트

칠을 하고 있을라치면, 차라리 저 아래로 굴러떨어져 뒈져버렸음, 하고 마음속으로 바랐던 적이 한두 번이 아니었다. 인생이 정말 이런 것이라면! 집에 있는 마누라는 시름시름 앓아 바느질 품팔이도 신통치 않았고, 날마다 얼굴이 창백해지면서 몸이 여위어만 갔다. 아들 자식에게는 덕지덕지 기운 옷을 입혀야 했다. 그 녀석은 학교를 마치면 쏜살같이 달려와 배가 고프다고 항상 투정이었다. 그래도 초라한 방에서 변변치 못한 점심을 먹어야 했고, 벨다인도 딱 부러진 말 한마디 해주지 못했다.

음식점에서 어울리는 동료들은 모두 자신의 문제에만 골몰해 있었다. 저 바깥의 세상에는 행운과 호사스러운 일들이 널려 있었지만, 벨다인은 이를 보고도 못 본 척 지나쳐 가야만 했다 — 그토록 엄청난 부자인 자신이 정작 그래야만 하다니!… 그리고 모든 근심 걱정을 마음속에 꽁꽁 묶어두고 혼자 속으로 삭여내야만 했다. 만일 그가 이 세상에 대고 외친다면, "나는 부자야… 돈이 셀 수 없을 만큼 많은 부자라고, 그런데 말이야, 그 돈을 어디에 두었는지, 단지 그것을 모를 뿐이야!" — 사람들이 얼마나 깔깔대고 웃어댈까! 그저 웃고만 있을까? 아예 정신병원에 가두어놓겠지!

어느 날, 그는 신문에서 로이터 남작의 죽음을 알리는 부고를 읽었다. 이 소식은 그에게 일종의 위안이었다. 그랬다. 사람은 결국엔 죽고, 그러면 끝이 아니겠는가. 그는 이렇게 속 편한 해결책을 까맣게 잊고 있었다는 생각이 문득 들었다. 이제 그날 밤 그 사건을 아는 사람은 오로지 하나가 더 남았다. 슈파운 백작이었다. 벨다인은 이 남자를 증오했다. 한번은 엉뚱한 생각이 들어서 혼자서 깜짝 놀란 적도 있었다. 그러니까, 슈파운 백작이란 이 친구가 어느 날 갑자기

알거지가 되어 옛날을 기억해내고, 나를 찾아와 갖가지 말로 통사정을 하는 거야. 친애하는 벨다인, 내가 당신을 부자로 만들어주었잖소, 당신 재산을 제발 조금만 떼어주세요… 이러한 생각에서 그는 한동안 벗어나지 못했고, 슈파운 백작을 생각하면 이제 몸서리가 쳐졌다. 그랬다. 그 작자가 언젠가 한 번 그의 친구들과 웃고 떠들다가 이 사건을 엉겁결에 모두 털어놓는다면! 그럼 그놈들이 나에게 몰려올 거야 — 한 놈도 빠짐없이 — 그리고 신바람을 내며 조롱을 퍼붓겠지! 어이, 거기 칠장이 양반, 노랑이짓은 이제 그만두시지그래! 돈을 궤짝에 처박아두고 제 마누라와 새끼를 굶긴다면, 그게 어디 사람이야! 그러면 내가 무슨 말로 대꾸해줄 수 있을까? 난 돈을 궤짝에 처박아두지 않았어요, — 나는 그 돈이 있긴 하지만 — 어디 두었는지? 나도 정말 모른단 말이오. 누가 그런 헛소리를 믿어줄까! 그렇다면 어떻게 할까, 그는 곰곰이 생각해보았다. 가장 최선의 길은 그 백작을 찾아가서 자신의 실수를 다 말해주는 것이겠지!… 실수라고! 이건 실수 이상의 것이야! 어떤 한 인간이 여태껏 당한 불행 중에서도 가장 큰 불행.

그러나 이렇게 사는 세상이, 이렇게 보내는 세월이 자기 자신과 무슨 상관이 있단 말인가! 그는 사다리 위에 올라서서 페인트칠을 했다. 귀밑머리가 희끗희끗해지고 몸집도 불어 뚱뚱해졌다. 호흡 곤란으로 고통을 겪기 시작했고 기침도 쿨럭쿨럭 나왔다. 술꾼들은 제 나이보다 빨리 늙는 법.

아들이 열두 살이 되었을 때 그의 어미가 죽었다. 그녀는 그리 오랫동안 침대에 앓아눕지도 않았다. 곧 죽게 될 것이 틀림없게 되자, 그제야 비로소 병석에 누웠다. 마지막 며칠 동안 그녀는 온화하고 경건했다. 그녀는 침대맡에 앉아 있는 남편 손에 입을 맞추고, 아들 녀석의 머리를 쓰다듬어주곤 했다.

"여보, 카알," 그녀가 마지막 숨을 거두던 날, 남편의 이름을 불렀다… "아들 녀석은 부디 자기가 좋아하는 일을 하게 해줘요… 당신이나 저보단 복을 많이 받아야 하지 않겠어요…" 두 사람은 침대에 얼굴을 파묻고 소리 없이 눈물을 흘렸다. 어린 아들은 방바닥에 무릎을 꿇고 있었고 남편은 낡은 의자 위에 앉아 있었다. 의자에서 격렬하게 삐거덕거리는 소리가 간간이 들렸다.

그리고 저녁이 되었다. 6년 전 운명적인 그날 저녁처럼 그렇게 따뜻했고, 5월의 향기가 날리는 봄날 저녁이었다. 벨다인은 그 일을 생각했다… 자기 자신이 다시 그 다리 위에 서 있는 모습이 보였고, 강물이 솨르르 솨르르거리는 소리와 빗방울이 떨어지는 소리가 들렸다. 그는 이미 이틀 밤을 꼬박 새웠던 참이었다. 잠이 들었다… 그가 잠에서 깨어났을 땐 칠흑같이 어두웠다. 어린 아들이 겁에 질려 그를 조용히 흔들어 깨웠던 것이다. "무슨 일이니?" 벨다인이 물었다… 베갯머리 옆에서 숨소리가 들리지 않았다… "불을 좀 켜봐라," 그가 조심스러운 목소리로 말하며 자리에서 벌떡 일어나 마누라에게 허리를 굽혔다. 그가 큰 소리로 말했다. "여보… 여보, 여보… 여보… 내 말 들려?" 아들이 불을 들고 들어왔다. 아버지는 아들의 손에서 불을 받아 들고, 침대 머리를 비추어 보았다. 아마 1분가량 그는 하얀 베개 위에 놓여 있는 창백한 얼굴을 뚫어지게 바라보았다. 그의 등 뒤에서 아들이 울음을 터뜨렸다… 벨다인은 침대 탁자 위에 불을 세워두고, 아들에게 몸을 돌리며 조용히 말했다. "그래, 그렇구나, 프란츠, 눈물 흘릴 일이. 그래 어머니가 돌아가셨다."

4

어린 벨다인은 화가가 되고자 했고, 아버지는 이를 자랑스러워했다. 자기 자신이 못 이룬 것을 아들만큼은 성취할 수 있으리라 믿었기 때문이었다. 그러나 그 시작부터가 정말 형편이 없었다! 어린 아들의 예술가적 재능은 학교에서 쫓겨나는 일로부터 시작되었다. 그는 학교에서 쓸모없는 학생이었다. 수업 중에도 그림이나 그렸고, 학교에서 요구하는 일들은 거들떠보지 않았다. 그리고 집에 와서는! 가끔씩은 빈 종이 한 장을 앞에 놓고 자신의 재능을 연습하기도 했지만, 대부분은 창가에 서서 멍하니 허공을 바라보다가, 곧바로 마당으로 내려가서 고만고만한 아이들과 어울려 뛰어놀았다.

밤이 깊어서야 아버지는 집에 들어왔다. — 일이 끝나면 술집이고, 그 이후가 가정이었다. — 선술집에 갈 돈도 떨어지면 그는 어린 아들을 데리고 도시의 거리를 따라 산보를 했다. 거의 매일 똑같은 길을… 카지노 클럽 앞을 지나, 길게 뻗은 그 길을 따라가다가… 왼쪽… 왼쪽… 그리고 강으로 갔다. 강가에서 그는 생각했다. "내가 그 돈을 가졌더라면 아들 녀석은 무엇이라도 될 수 있을 텐데! 이 녀석은 자신의 존재를 두루 인정받을 때까지 고생이란 고생은 다 해야 하겠지… 조금 유명하게 될 때까진 굶기를 밥 먹듯이 할 거고." 두 사람은 강변을 따라 이리저리 거닐었다. 두 사람 모두 초라했다. 나이가 들어가는 아버지는 피곤에 찌들어 퉁퉁 부은 얼굴에 눈동자는 반쯤 풀려 있었고, 그의 곁을 걷고 있는 어린 아들의 눈엔 뭔가를 갈구하는 애절한 빛이 번뜩거렸다… 아버지는 아들의 눈에서 종종 이런 빛을 발견하자, 과거 한때 자신도 호화찬란한 삶을 원했고, 이 세상이 그의 눈앞에 활짝 열려 있어 멋지기만 했던 때가 있었음을 생각해냈다. 그리고 훗날 다시 또 한 번, 그가 부자가 되었었던 바로 그날 밤처럼, 정말로 다시 또 한 번 이 세상이 멋지게 활짝 열릴 것이라고 생각했다. 그러나 조용한 절망이 새삼스럽게 그를 사로잡았다… 도대체 이런 생각은 정말 멈출 줄을 모르는 것일까? 이런 생각을 하면서도 발길은 언제나 똑같은 길을 따라 똑같은 그 다리를 향하고 있었으니. 오오, 그런 생각에 사로잡혀 있으니 차라리 술에 취해버리는 것이 백 번 천 번 낫지!…

프란츠는 스케치를 하고 그림을 계속 그렸다. 대부분 인물화를 그렸는데, 무엇인가 고통스러운 표정이 그림에 숨겨져 있었다. 아버지는 그 그림에 재능이 담겨 있다고 생각하여 몇 번인가 그에게 말했다…"예술 아카데미에 가서 이것들을 한번 보여주면 어떨까? 널 입학시켜줄지도 모르잖니!…" 그러나 아들은 그럴 결심을 하지 못했다. 그림들은 이리저리 흩어져 결국 없어졌고, 몇 주 아니 몇 달 동안 그는 아무 일도, 전혀 아무 일도 하지 않았다… 그러다가 아버지의 일을 거들어주는 일이 점점 잦아지게 되었다. 그러나 그는 비참한 페인트칠에 한창 열중하다가도 진정한 창조적 영감이 깨어난다고 느끼면, 거친 붓, 페인트 통, 하루의 일당을 그 자리에 팽개치고 집으로 달려가, 방 안에 처박혀 스케치를 하거나 그림을 그렸다. 이런 식으로 그는 몇 시간 동안이고 앉아 있었다. 무엇인가 위대하고 기막히게 절묘한 것이 완성될 것만 같은 확신이 들었던 모양이지만, 다 완성시키고 나면 또다시 실패작이었다. 그는 그림 도구를 구석에 내던지고 놀고먹는 생활을 다시 시작했다. 자신이 가진 돈도 방탕한 친구들과 어울려 술로 탕진하거나 노름으로 날려버렸다.

　이런 식으로 몇 달이 가고 몇 년의 시간이 흘렀다. 벨다인 부자의 살림살이는 궁색하게 하루하루를 연명해가는 형편이었다. 프란츠가 스무 살이 되던 해의 어느 날, 그날도 역시 그는 이른 아침이 되어서 집에 돌아왔다. 햇살이 이미 방 안까지 들어와 있었다. 그런데 아버지는 침대에 누워 있지 않았다. 바닥에 누운 채 가쁜 숨을 몰아쉬었고 얼굴이 빨갛게 달아올라 있었다. 게다가 회색빛 머리칼이 뒤죽박죽 엉클어진 채 이마를 덮고 있었다. 프란츠는 오랫동안 그를 들여다보았다. 아버지는 심한 두통에 시달리고 있었다. 가진 돈을 술로 다 탕진해버린 아버지처럼 그 역시도 이리저리 쏘다니며 밤새워 술을 마셨고 노름으로 한 푼도 남기지 않고 다 잃어버린 판국이었다… 가벼운 전율이 젊은 아들의 몸을 휩쓸고 지나갔다. 아버지 앞에 놓여 있는 삶, 그것은 도대체 무엇이란 말인가! 얼마나 공허하고 비참한 것인가!

　잠시 후 그는 탁자를 창가로 옮겨놓고 한 장의 종이 위에 스케치를 시작했다… 처음에는 그림이 손에서 뜻대로 나오지 않았지만 시간이 흐르면서 훨씬 나아졌다. 그는 뭔가 제대로 된 그림이 틀림없이 나오리란 것을 느꼈다. 그는 점점 더 깊은 몽상 속에 빠져 그림을 계속 그렸다. 그가 신경 쓸 수 있는 일은 그것 이외에 아무것도 없었다. — 종이가 너무 작았다… 그는 이를 찢어버리고, 보다 큰 종이를 가져와 처음부터 다시 시작했다… 온갖 놀라움으로 가득 찬 환희가 그에게 밀려왔고… 작업은 손쉽게 진행되어 힘이 전혀 들지 않았다. 그리고 몇 시간이 흘러 늦은 오후가 됐고… 스케치가 완성되었다… 술집의 작은 탁자에 아버지를 중심으로 몇 명의 술꾼들과 노름꾼들이 빙 둘러앉아 있는 것이 전부인 그림이었다. 저속하기 짝이 없는 열광을 그들의 얼굴에서 훌륭하게 표현해내는 데에 성공한 것이다. 그는 이글거리는 눈으로 자신의 그림을 바라보았다. 자신이 원했던 그림들 중에서 적어도 한 작품이 완성되었다. 그가 몸을 돌리자, 아버지가 어느새 등 뒤에 서 있었다.

"좋은 아침이구나… 프란츠," 그가 흥얼거리듯 중얼거렸다.

"저녁 드실 시간이에요…" 프란츠가 대답했다.

"아아 — 벌써 저녁이야… 늘어지게 정말 잘 잤다." 그가 웃었다. "어제저녁은 재미가 좋았다… 정말 그랬어… 그런데 넌 또 뭔가를 그려놓았구나? 좀 보여주렴… 어디 보자…" 그는 스케치를 주의 깊게 들여다보았다… "그으래…" 그는 진지해졌다… 그의 마음속에서 아버지로서의 자부심이 뭉클 일어났다… "얘야, 이 그림 정말 훌륭하구나, 정말 마음에 든다… 이런 것을 다 그려내다니… 프란츠…" 그는 말을 잇지 못했다.

"무슨 뜻이죠, 아버지?"

"이런 것은 내가 여태껏 보지 못했다… 형편이 좋았던 시절에도 못 보았던 광경이야!"

그리고 아버지와 아들, 두 사람의 시선이 한동안 그 스케치 위에 머물렀다.

얼마 후 아버지는 그 그림을 탁자 위에서 들어 올려, 아들에게 건네주며 말했다. "얘야, 이 그림을 가지고 가봐라… 어쨌든, 예술 아카데미에 가지고 가보렴."

5

몇 년이 지난 후 젊은 벨다인의 작은 그림 한 장이 전시회에 걸렸다. 그의 독창적이고 탁월한 재능이 사람들 입에 오르내리기 시작한 것이다. 그러나 의아스럽게 생각되는 일이 있었다. 그는 노름꾼과 술꾼들을 제외하면 아무것도 그릴 수 없는 것처럼 보였기 때문이다. 이 테마는 마치 하나의 운명인 것 같았다. 그는 자신의 예술을 다른 테마에 적용시켜보려고 분명 노력했었지만 그 어느 것 하나도 제대로 이루지 못했다. 사랑의 형상, 축복의 형상을 순식간에 화폭에 담아내고자 이젤 앞에 앉아 있을라치면 이내 절망에 빠졌다… 그의 눈앞에서 천사의 얼굴 대신에 우스꽝스럽게 찌푸린 얼굴이 어른거리기 때문이었다. 이런 상황에 결국 순응하지 않을 수 없게 되자, 말로 다 할 수 없는 압박감이 그를 지배했다. "내가 광기에 사로잡혔나," 그는 스스로에게 자주 질문을 던졌다. "아니면 나 스스로가 그렇고 그런 악습에 빠져 있으니, 이런 일이 일어나는 걸까?…" 그는 스스로를 통제하고자, 술을 멀리하고 노름에서 손을 떼려고 노력해보았다. 그러나 불가능한 일이었다… 노름과 술로 손짓하는 친구들의 모임에서 물러나 며칠간 조용히 지내자마자, 그는 곧 삶의 의욕을 완전히 상실하고 온몸이 마비되는 것처럼 축 늘어져버렸다. 작품 창조에 관해서도 아무런 충동이 일지 않았다. 그는 다시 노름판으로, 술판으로 달려 나갔다… 그리고 난 후, 아버지가 방바닥에 누워 있는 것을 발견했었던 그날 아침처럼 날이 환하게 밝은 후에 집으로 돌아왔을 때 그는 다시 위대한 예술가가 되었고, 진정한 의욕과 진정한 역량을 느꼈다. 그는 술과 노름에 자신을 계속 내맡기지 않을 수 없었다.

그의 아버지는 늙고 병이 들었다. 그는 예전부터 살던 도시 변두리의 그 집에 계속 머물렀고, 아들은 같은 구역에서 방 하나를 세내어 나가 살았다. 5층에 있는 그 방은 작았지만 하늘이 가까워 빛이 잘 들었다. 어쩌다가 한 번씩 늙은 벨다인은 아들에게 놀러 오곤 했다. 계단을 올라오는 것만으로도 이미 지쳐버린 그는 창가 쪽에 말없이 앉아 있고, 프란츠는 그림을 그리거나 아니면 소파 위에 누워 담배를 피웠다. 두 사람이 나누는 대화는 보통 한탄조였다… 늙은 남자의 벌이는 시원치 않았고, 젊은 남자는 명성과 돈이 쌓여가는 속도가 생각보다 보잘것없었다…

몇 번인가 아버지가 말했다. "네가 그런 것밖에 그릴 수 없다니, 다 내 잘못이다. 내 피는 온통 중독되었어, 정말 중독되었어." 아들은 대꾸하지 않고 계속 그림을 그렸다.

늙은 벨다인이 몇 시간 동안 쭈그리고 앉아 있는 동안 방 안에는 적막감이 감돌았다. 그러자 자기 자신만큼이나 나이가 든, 오래된 그 생각이 마음속 깊은 곳으로부터 고통스럽게 밀려 나왔다. 그의 눈앞에 또 하나의 벨다인이 있었지만, 그에게도 역시 보다 나은 일은 주어져 있지 않았다… 바로 그 돈, 두 사람을 행복하게 만들 수도 있었던 그 돈, 그 돈이 어디에 있더라? 마치 꿈을 꾸고 있는 것처럼 그날 밤 일들이 그의 뇌리를 스쳐 지나갔다.

젊은 벨다인은 골똘하게 빠져 있던 생각에서 벗어나, 자신이 그리고 있는 그림에 대해 이야기했다… 지금 이 그림은… 소문이 좋지 못한 호텔의 도박꾼들에 관한 것으로… 도박 테이블 사이사이에 몇 명의 여자들이 손에 샴페인을 들고 서 있었다. 이 그림은 거의 완성되어 있었다. 또 다른 작은 그림은… 벽난로 앞에서… 한 쌍의 남녀가… 프랑스식 2인조 카드놀이를 하고 있었다. 카드 너머로 여자가 엷은 미소를 짓고 있었고… 또 다른 그림은 반쯤 완성되어 방구석에 세워져 있었다… 시대배경은 중세… 고용된 병사들이 모여 앉아 주사위 놀이를 하고 있고… 이 그림은 도무지 완성될 것 같지 않았다, 현대와는 너무나 거리가 멀었기 때문에… 그의 설명에 늙은이는 귀를 기울였고, 그사이에 저녁 어스름이 방 안에 기어들어왔다. 젊은 화가는 창가로 다가가, 창문을 활짝 열어 저녁 공기가 방 안에 밀려 들어 오도록 했다.

때는 여름날 저녁이었다. 후덥지근하고 비참했다. 길거리의 소음이 잦아들면서 위층까지 올라왔다. 이렇게 우둔한 삶은 아무런 변화 없이 계속 굴러갈 판이었다. 단조롭게 울리는 똑같은 소리가 그치지 않았다. 저 아래에서는 사람들이 쉬지 않고 일을 하는 소리가 둔중한 소음으로 변하여 위쪽으로 끊임없이 올라왔다… 마지막 태양빛도 지붕 테라스 위로 슬금슬금 기어올라와 서서히 빛을 발했고, 그림자도 점점 길어졌다. 조각구름이 하늘에 어수선하게 흩어져 있었고, 그 가운데에 하얀색 띠가 드러나 있었다… 오랫동안 저녁 어스름이 지속되었다. 늙은 벨다인도 하늘을 바라보았다. 자신의 황량한 날들 가운데에서 또 하루가 다시 기울고 있었다.

예전의 그 어느 때보다도 더욱 빈번하게 그는 그 생각을 하였다. 이젠 이 생각도 곧 끝나게 되려나? 그는 나이가 들어가는 수많은 징조를 몸에서 느끼고, 자신의 임종이 가까이 왔음을 이미 알고 있었다.

두 사람은 한참 동안 저녁 하늘을 내다보았고, 아버지가 먼저 침묵을 깨뜨렸다.

"넌 새로운 아이디어가 있니?"

"새로운 것이요?"

"그래, 위대한 그림을 위한 아이디어 말이다."

"어렴풋한 윤곽이라면 — 가지고 있죠."

"그래? 그럼 그게 도대체 뭐냐?"

"저는 그 클럽을 그려보고 싶어요."

"그 클럽이라니?"

"귀족들이 드나드는 클럽의 카지노 홀 말이에요."

늙은 벨다인이 갑자기 벌떡 일어섰다. "그걸 원하는 거냐?…"

"왜 그래요, 너무 어렵다고 생각하세요?…"

"오, 아니다! 하지만 인물들을 어디에서 구하겠다고?"

"그거야, 아주 간단하게 클럽에서 구하면 되죠 — "

"넌 그곳에 한 번도 가본 적이 없잖니?"

"오 아녜요, 벌써 두 번이나 가봤는걸요."

"그곳에?… 그 카지노 홀에?… 어떻게 그럴 수가?"

"어떤 회원 하나가 저를 안내해줬어요. 제 마지막 그림을 사주었던 바로 그 신사분이…"

"검은색 외짝 안경을 쓴 그 신사 말이냐?"

"맞아요… 얼마 전에 있었던 전시회에서 그분이 직접 제게로 와서 저의 재능에 관심을 보이더니… 그다음에 그분이 여기 이 방까지 올라와서 제 스케치를 들여다봤어요. 그 기회에 제가 부탁을 드렸지요, 그 클럽에 입장할 수 있도록 호의를 베풀어주십사 하고요. 저의 새로운 대작을 위해 이것저것을 좀 관찰할 수 있도록 해주십사 하고 부탁했던 거예요."

"— 그랬었구나… 그 남자가 어떻게 네게 관심을 다 갖게 되었을까?"

"아마 전시회에 걸린 제 그림을 보고 그랬겠죠…"

"그 남자 이름은 뭐지?"

"슈파운 백작 — "

벨다인은 깜짝 놀라 몸을 움찔하더니 다시 안락의자에 털썩 주저앉았다. 그사이에 완전한 밤이 되었기에 아들은 아버지의 얼굴에 나타난 움직임을 알아보지 못했다.

"슈 슈파운… 슈파운이라 했지…"

"그래요, 50에 가까운 신사분인데, 예술을 잘 이해하고 환상에 빠져 있지는 않았어요."

"환상이라… 물론 그렇겠지… 그 남자가 나에 대해서 물어보지 않더냐?…"

"아니, 아버지를 왜 물어봐요?" 아들은 미소를 지으며 말을 반복했다.

"그러니까, 네 가족에 대해서 묻지 않더냐?"

"그렇긴 했지만 그저 지나가는 말투였어요. 부모는 아직 살아 계신지, 집이 부자인지…"

"그래서 넌 뭐라고 대답해줬냐?"

"별것을 다 꼬치꼬치 캐물으시네! 저는 사실대로 다 말해줬죠, 뭐."

"그 사람 분명 깜짝 놀랐을 거다, 백작이란 그 남자."

"깜짝 놀라요? — 왜요?"

"그러니까 말이다. 이처럼 가난한 집 젊은이가 이렇게까지 성공을 거두었으니까 말이다."

"이렇게까지 성공했다고요! 아버진 정말 그렇게 생각하시나 보죠."

"그럼 그렇지 않냐! 사람들이 네 이름도 알고 있고, 화가 벨다인이라고 부르고 있잖니."

젊은이는 다시 미소를 지었다. 은밀한 고통이 그를 사로잡았다. 그는 이를 아버지의 허영심이라 여겼다… 그는 창가에서 물러나 대화를 돌연 끝내듯이 말했다. "이제 불을 켜야겠네요."

"벌써 그렇게 되었나? 넌 그냥 집에 있겠지?"

"오늘 저녁 누군가를 기다리고 있어요."

"누구를?"

"그러니까, 그 백작을 기다려요."

늙은 벨다인은 자리에서 벌떡 일어났다. "그 남자가 올 거냐? 슈파운 백작이?" 두려움에 사로잡힌 목소리였다.

"왜 그러세요, 아버지?"

"아, 아무것도 아니다… 하지만 난… 그런 신사분하고 전혀 어울릴 수 없으니… 아, 아니다, 그저 나는 그냥… 난 정말 기쁘다… 그런 신사는 네게 많은 도움이 될 거다. 잘 있어라, 프란츠."

"왜 그래요, 무슨 일이 있어요?" 그는 아버지를 이상하다는 듯이 응시했다. 그러나 그의 얼굴에는 촛불의 희미한 빛만이 어른어른 머물고 있었다.

"그래, 아무것도 아, 아니라니깐… 프란츠… 네가 되레 웃기는구나, 도대체 내가 뭐 어쨌다고 그렇게 쳐다보냐? 난 가겠다. 언제나 밤이 되면 그랬었잖니, 오늘처럼 이렇게 오래 머문 적이 언제 있었니? — 내 친구들이 술집에서 벌써 기다리고 있겠다! 분명히 너는 그러니까…"

"저는 그 백작과 함께 클럽에 갑니다." 그가 큰 소리로 웃으며 덧붙여 말했다. "거기에서 도박을 할 수 없다, 그것도 알고 보면 제가 가진 재산이에요, 돈을 잃을 일은 없을 테니까. 그러나 정말 흥분될 거예요, 아버지… 그것을 쳐다보기만 해도… 아버진 그런 곳에서 도박해보신 적이 한 번도 없겠죠?"

"어 없다, 단 한 번도…"

이제 두 사람은 창밖 어둠 속을, 아니 허공 속을 들여다보았다. 그러자 두 사람의 눈앞에 똑같은 영상이 나타났다. 환호성에 흔들거리는 호화찬란한 불빛들… 그 한가운데에 커다란 초록색 테이블이 있고, 카드를 펴 던지고, 그러면 재산이 이쪽저쪽으로 굴러다니고… 하나의 황홀경이 두 사람을 사로잡았다… 이를 회상하는 도박꾼들의 황홀경. 한밑천 단단히 잡아 벼락부자가 되기 위해서는 그저 우연에 내맡기는 기분이 필요하다, 그런 것을 생각할 줄 아는 인간들의 도취경이었다. 한줄기 바람이 방 안으로 들이닥쳐 촛불이 펄럭거렸다… 조금 전의 초록색 테이블이 갑자기 그 자리에서 밑으로 가라앉고 휘황찬란한 조명의 광채도 순식간에 꺼져버렸다…

늙은 남자가 모자를 집어 들고 걸음을 옮겼다. "잘 있어라, 내 아들," 그가 문을 나서기 전에 말했다. 그리고 가능한 한 빠른 걸음으로 계단을 내려갔다. 그는 가까스로 제 시간에 빠져나온 셈이었다. 그가 대문 밖으로 발을 내딛기가 무섭게 건너편에서 한 남자의 모습이 다가오고 있었다. 바로 그날 밤 이후로 한 번도 본 적이 없었지만 잊지 않고 있던 그 모습이었다. 눈을 크게 뜨고 벨다인은 걸음을 멈추었다… 그리고 그가 대문 안으로 들어서서, 첫번째 계단 몇 개를 올라가 집 안으로 사라지는 모습을 보았다 — 마치 그 옛날의 그가 클럽의 계단을 올라가 사라져버린 것처럼 집 안으로 들어선 것이다. 그러나 그때만 해도 자신은 엄청난 돈을 손에 들고 늦은 밤길 한가운데에 홀로 서 있지 않았던가. 벨다인은 대문으로부터 멀찌감치 떨어져 나와, 아들이 있는 창문을 올려다보며 기다렸다. 창문을 통해 마주 보이는 벽에 그림자가 나타나 움직였다… 아들과 슈파운 백작… 그는 소름이 끼쳤다… 왜 그러지? 어떤 생각이 문득 그의 뇌리를 스쳤다… 저 작자가 아들에게 불행을 가져다줄 거야! 그리고 그는 발걸음을 되돌려 저 위로 올라가서, 프란츠를 구해낼 생각을 했다… 그러나 복도에 켜진 환한 불빛이 제정신을 차리게 했다… 그는 그 자리에 멈춰 섰다…"바보 같으니," 그는 혼자 중얼거리며 약속 장소인 선술집 안으로 들어갔다.

6

이른 아침에 프란츠 벨다인은 집으로 돌아왔다. 그는 감동받은 정도가 아니라 아예 흥분의 도가니에 빠져 숨소리마저 거칠었다. 그는 자리에 붙어 앉아 몇 개의 스케치를 빠른 속도로 그려냈다. 그렇지만… 그 무엇인가가 그의 손길을 방해했다. "난 알아, 그게 뭔지 난 알고 있어," 그는 혼자 말했다. "내게 부족한 게 뭔지 난 알고 있어… 그래, 난 그 사람들 가운데에 끼어 앉아, 그들이 느낀 것을 같이 맛볼 수 있었어, 이건 정말 전혀 다른 거야! 이젠 제대로 된 그림이 나올 거야! 맞았어, 이제야말로, 드디어! — ”

　그리고 그는 계속 스케치를 했다. 한 시간이 지나자 그는 피곤해졌다. “조금만 쉬었다가,” 그가 생각했다⋯ “침대에 눕지는 말고⋯ 오로지 그것에 대해서만 명상해보자⋯” 그는 소파에 드러누웠다⋯ 그가 눈을 감자, 그 광경이 다시 눈앞에 떠올랐다. 위풍당당하게 단순미를 강조해놓은 카지노 홀이었다. 네 개의 커다란 거울이 황금빛 액자에 들어 있었고⋯ 독특하게 영상이 비치어서 한쪽 거울에서 다른쪽 거울로 반사되고 또 반사되었다. 금빛 콧수염을 기른 허우대가 큰 신사 하나가 문 옆에 서 있었는데, 치자나무꽃이 그의 단춧구멍에 꽂혀 있었다⋯ 도박에 관심이 없는 사람들은 무리를 지어 커다란 창문가에 서서 잡담을 하며 담배를 피웠다⋯ 그리고 테이블에 둘러앉은 도박꾼들⋯ 검은색 턱수염을 기른 그 신사. 아, 아니야, 그렇지 않아⋯ 그들의 얼굴이 제대로 떠오르지는 않아⋯ 그 무엇인가 그저 어슴푸레한 빛이 각자의 얼굴에서⋯ 각자의 얼굴에 도박의 열정이 말로 표현할 수 없는 표정으로 나타나 독특한 빛을 발했다. 거의 모든 사람들은 겉으로는 침착하게 보였지만, 이 분야에 정통한 예술가인 그로서는 그들의 마음속에 숨겨져 있는 것을 똑똑히 보았다⋯ 어떤 사람은 입가에, 또 다른 사람은 눈초리에, 또 다른 사람은 그 이마 위에 똑같은 광채가 번뜩이고 있음을 알아보았다.

　프란츠 벨다인은 눈을 감은 채 계속 누워 있었고, 이제 겉보기가 아닌 진실에 접근해 있음을 느꼈다. 쿵쾅거리며 뛰어오는 발걸음 소리에 그는 소스라치게 놀랐다. 누군가가 방 안에 들어서자, 그는 눈을 떴다. “누구죠?” 처음 보는 소년이었다. 벨다인은 재빨리 몸을 일으켰다.

그 소년은 모자를 손에 든 채 황급하게 말을 꺼냈다. "저, 저어… 벨다인 선생님, 아버님께서… 저는 집에서 오는 길인데… 아버님이 병이 났어요… 선생님께서 와주셨음 하는데요."

"병이 났다고? 무슨 병이?… 도대체 무슨 일이야?"

"어젯밤 아버님께서 집에 돌아오시더니…"

"그래, 그래서 무슨 일이?"

"소리를 고래고래 소릴 지르며 노랠 부르고요, 밤을 꼬박 새웠다는데요, 지금은 열에 들떠 침대에 누워 있어요…"

"열에 들떴어? 의사 선생님은 벌써 와 있겠지?"

"아뇨, 집에서는 선생님께 먼저 가보라고 해서…"

"그래, 어서 가자."

두 사람은 서둘러서 아래로 내려갔다. 계단 위에서 프란츠 벨다인이 말했다. "여기 바로 옆집에 의사 한 분이 살고 있어… 그분 모시고 와, 알았지?"

"예, 알았어요."

젊은 예술가는 아버지의 집을 향해 뛰었다. 그 집은 백 걸음도 채 떨어져 있지 않았다. 몇 분 후 그는 환자의 침대맡에 서 있었다. 옆집에 사는 여자 한 사람이 그사이에 침대를 지키고 있었다.

노인은 눈을 반쯤 감고 침대에 길게 드러누운 채 신음 소리를 내고 있었고, 얼굴은 극도로 빨개져 있었다… 그는 아들도 알아보지 못했다. 아들이 소리쳐 불렀다. "아버지, 아버지!" 옆집 아주머니, 마음씨 좋고 나이 든 그 부인이 젊은 남자를 위로해주려고 나섰다. "지금은 훨씬 안정되었어요." 그녀가 말했다. " — 예에, 그렇군요…,"

프란츠가 말했다. 두 사람은 한동안 그 자리에 서서 어찌할 줄을 모르고 노인을 지켜보았다. "저기 의사 선생님이 왔어요." 옆집 부인이 말했다.

"오오 드디어!" 프란츠가 큰 소리로 말하며 방 안으로 들어서는 의사를 향해 갔다. 젊은 의사였다. 그 자신도 가끔 조언을 구하곤 했던 바로 그 의사였다. "아니 무슨 일이 있어요?" 의사가 말했다. "내가 듣기론 선생님의 아버님께서."

"네 맞아요, 의사 선생님, 제 아버님이…," 그는 옆집 부인에게 몸을 돌렸다…"정말 고맙습니다. 혹시라도 훗날 이런 호의를 다시 베풀어주신다면 정말 고맙겠습니다!" — 그 부인은 자리를 떠났다.

의사가 침대로 다가가 늙은 벨다인을 진지하게 관찰했다. 불안에 사로잡힌 채 아들은 그 옆에서… 의사의 행동을 유심히 지켜보았다. 의사는 환자의 가슴에 귀를 대고 소리를 듣고, 맥박을 재고, 호흡수를 세었다. 몇 분 후 검진이 다 끝난 것처럼 보였다…

"위독한가요?" 아들이 물었다.

"아버님은 폐렴입니다."

"폐렴… 그런 거라면 분명 나을 수 있는 거죠…"

"물론, 나을 수 있죠. 하지만 저의 짐작으론… 아버님은 정신적 음료를 애호하신 것 같은데… 제 말이 맞죠?"

"말할 나위 없습니다만. 그런 것도 영향을 주나요?"

"유감스럽지만 그렇습니다, 벨다인 선생. 그렇다고 용기를 잃을 이유는 전혀 없고요. 이제부터는… 계속 지켜볼 수밖에…"

"그러니까 위독하군요." 프란츠가 속삭이듯 말했다.

의사는 그의 말에 대꾸를 하지 않고, 몇 가지 지시를 내리고 조언을 해주었다. 젊은 아들은 슬픈 마음으로 의사의 말에 신중하게 귀를 기울였다. 위로의 말과 함께 의사는 작별인사를 했고 프란츠는 환자 곁에 홀로 남겨졌다. 노인네가 조금 의식을 찾은 것처럼 보이는 순간도 있었다. 그러면 꿈을 꾸고 있는 양, 아들이 내민 손을 자기 손에 잡아 쥐곤 했다. "필요한 거 뭐 없어요?… 아버지… 필요한 거 뭐 없냐고요?" 노인네는 입술을 들썩거렸다… 아들은 허리를 굽혀 그 입에서 말을 읽어내려고 했다. 하지만 늙은 벨다인이 쉰 목소리로 분명히 들을 수 있게 내뱉은 딱 한마디 말은 "술!…"이었다. 그리고 그 말을 마치자마자 그는 기침을 해댔다. 고통스러운 기침이 오랫동안 연속되었다…

7

처음 하루이틀 동안은 그래도 괜찮은 편이었다. 그러나 사흘째 되는 저녁에는 기침은 잦아졌지만 두려움을 불러일으킬 정도로 신음 소리를 내며 얼굴 표정도 일그러졌다. 그와 동시에 환자는 잠결에 헛소리를 하다가 침대에서 뛰쳐나오려고 하였다. 이런 일은 한두 번이 아니었다. 아마 열 번 정도는 그랬을 것이다. 새벽녘이 되어서야 상태가 호전되었지만 그날도 온종일 상태가 나쁘긴 마찬가지였다. 닷새째 되는 날 저녁, 의사가 아들에게 말했다. "친애하는 벨다인 선생, 위독한 상태입니다. 이런 말을 드리는 것도 제 의무입니다만, 각오하고 계셔야 합니다." "— 각오하고…," 프란츠는 아주 당황하여 그의 말을 되풀이했다… "각오하고." — "좀 진정하세요, 선생님…

당신은 남자이지 않습니까." 이런 말을 남기고 의사는 자리를 떠났다… 젊은 벨다인은 그 자리에 우두커니 서서 환자를 응시했다… 몇 분이 흘렀다. 환자의 머리맡에서 불빛이 펄럭거렸다. 방 가운데의 탁자 위에서 기름 램프가 그을음을 뿜으며 타고 있었다.

프란츠는 마치 뭔가를 찾고 있는 사람처럼 방 안을 몇 차례 왔다 갔다 하다가, 침대 발치에 바짝 붙어 서서 난간 위에 두 팔을 받치고 몸을 기댔다. 그는 지칠 대로 지쳐 있었고 깜박 잠이 들 뻔하기도 하였다… 그러는 사이에 그의 팔에 힘이 빠져서 침대 버팀목에서 삐꺽거리는 소리가 요란하게 났다… 그는 깜짝 놀라 침대에서 떨어져 나왔다. 한참 동안 그는 복도를 거닐었다. 열린 창문으로 신선한 공기가 쏟아져 들어왔고, 둥근 보름달빛이 복도 타일 바닥 위에 쏟아져 빛나고 있었다. 무엇인가 기분을 어루만져주고 위안을 주는 것이 부드러운 하얀 광채 속에 있었다. 그 순간 젊은 아들에게 한 가지 착상이 떠올랐다. 환자가 있는 방 안에까지 이 달빛이 퍼지도록 만들자는 생각이었다. 그는 다시 방 안으로 들어가 내려진 커튼을 높이 걷어 올렸다… 달빛이 넘쳐 흐르듯이 방 안으로 차츰차츰 밀려 들어왔다. 창문턱을 뛰어넘고 방바닥을 건너서 침대 위에까지 밀려들자, 달빛이 하얀 침대 시트 위에서 반사되어 푸르스름한 빛을 내었다. 그 시트 위로 노인네의 바짝 여윈 얼굴이 불쑥 솟아올라 아주 창백하게 빛나고 있었다. ― 저렇게 창백하다니… 게다가 입술까지 새하얗고… 침대맡 상자 위, 비어 있는 의약품용 플라스크에 달빛이 어른거리며 빛나고 있었다… 젊은 벨다인은 창가에 서 있었다. 피곤하고 슬펐으며 기운도 없었다.

그리고 지금 바로 이 순간, 아버지가 병이 난 이후 처음으로 그는 병석에 누워 있는 환자에게서 눈을 돌렸다. 뭔가 다른 것을 생각하게 된 것이었다. — 다시 그 장면이 그의 눈앞에 나타났다. 자기 자신이 이젤 앞에 앉아서… 그림을 그리는 모습이 보였다. 그리고 그는 마음속에서 한 획 한 획 그림을 그려나갔다… 그리고 잠깐 동안 그는 주변의 일들을 모두 잊고 있었다… 갑자기 아버지의 목소리가 들렸다. 아버지가 깨어나다니! — 말을 했어! 이럴 수가? 다시 한 번 목소리가 들렸다. "프란츠! — 내 아들!" — "부르셨어요, 아버지? 아버지!" 그는 벌써 침대맡에 서서, 눈을 크게 뜨고 자신을 바라보고 있는 환자의 손을 붙잡았지만 아버지는 더 이상 말을 잇진 못했다. "뭐가 필요하세요, 아버지?"

늙은 벨다인은 머리를 약간 기울였다. "뭐라고요? 뭐라 말씀하셨어요?" 프란츠가 큰 소리로 물었다. 그는 침대에 걸터앉아 궁금한 눈빛으로 환자를 바라보았다. "기적이다, 내 아들아, 기적이 일어났어" — 그가 말했다.

"뭐라고요? 다시 몸이 좋아지셨다, 그거지요 — 다시 건강해지신 거죠, 네?"

"아, 아니야… 아니다 — 난 죽게 될 거다… 허지만… 으음… 내가 그저 말을 할 수만 있다면." 그리고 그는 눈을 감고 숨을 깊이 들이마셨다. 젖 먹던 힘을 다해 그는 꺼져가는 삶을 움켜잡으려는 것 같았다.

"내 아들… 이리 가까이… 내 입 가까이… 기적이… 20년 동안 잊고 있었는데 이 시간에 기억이 날 찾아왔어. 잘 들어라…"

"네, 듣고 있어요…"

"프란츠, 넌 부자다… 널 위한 재산이 땅속에 묻혀 있어."

안타까움과 놀라움이 뒤섞인 마음으로 그는 환자를 바라보았다…
이제는 의심할 여지가 없었다. 노인네가 열에 들떠 헛소리를 하고
있었다. 그러나 그는 아들의 얼굴에서 그런 표정을 읽어낸 듯, 다시
말했다. "난 진실을 말하고 있다… 보물이야… 그 다리 옆에… 사
자상(獅子像) 다리에… 내가 돈을 따서… 파묻어놓았어. 그 클럽에서
따서 숨겨놓았다."

"그 클럽에서요? 아버지가, 돈을?"

"그래, 슈파운 백작… 그 사람에게 직접 물어보렴… 그 사람이 네
게 말해줄게다. 그 남자가 어느 날 저녁 날 데리고 가서, 난 그렇게
많은 돈을 땄었는데… 그리고 내가 술을 마셨는데 — 너무 — 너무
나 많이 마셨어… 그리고 그 돈을 숨겼는데, 어디 숨겼는지 내가 그
만 잊어먹고 말았다… 이건 정말 고통이었… 그사이 내가 어떤 고
통을 겪었는지, 넌 알 거다. 평생 동안 내내… 그리고 지금 이제 —
이제야…"

그는 침대에서 일어나 앉았다. 그의 목소리에는 힘이 들어 있었고
아들의 손을 움켜잡고 있는 손에도 힘이 있었다. 아들은 숨을 죽이
고 귀를 기울였다.

"지금에서야 — 갑자기 — 내가 이렇게 누워 있는데 그 기억이 다
시 머릿속에 살아난 거야. 지난밤 내내! 바로 그 다리였어, 맞아!
바로 그 다리… 바로 그곳이었어, 난 그곳을 분명히 알고 있어! 다
리 아래… 돌 밑에… 망치 하나가 그 옆에 놓여 있었어… 난 바닥
을 들어내고… 그 돈을 파묻고 망치로 그 위를 두드려놓았어… 그
래서 촤르르촤르르 하다가, 펑 펑 소리가 다시 났던 거야."

"아버지! 그곳이 어디에요? 난 이해를 못하겠네요! 보물이라뇨…

다리 아래, 어디에?"

"사자상 다리… 다리 아래 이쪽 편 강변길이다. 강물에 바짝 붙어
있는 곳… 해마다 이맘때에 강물에서 신발 폭으로 재어 두 개 정도
떨어진 곳. 선착장으로 나가는 좁은 길이 시작되는 곳이야… 지금은
보도블록이 깔려 있을 거다. 그 당시에 공사가 막 시작되어 거의 끝
나가고 있었거든. 내가 망치로 보도블록을 깨 들어냈었어… 바로 거
기에 그 돈이 있다!"

"그렇지만!…"

"넌 믿지를 않는구나. 허지만 정말 그랬어…"

"사자상 다리 아래라고요?"

"보도블록이 깔린 길… 분명 거기 있어!… 난 아직도 그 돈이 눈
에 선하다. 보도블록 밑에 돈을 집어넣는 나의 모습도 아직 보인다.
그 돈을 그곳에서 꺼내 간 놈은 없었을 게다, 물론이지… 넌 그 돈
을 찾게 될 거다, 넌 부자야, 행복하게 살 거다."

"아버지!… 아직 꿈을 꾸고 계시나요."

"아니다! 난 꿈꾸고 있지 않아! 내가 잘 알고 있다."

"하지만 그래도, 그 길이 다리 아래로 나 있어도, 보통 길지 않은
데."

"오 아니야, 그렇게 길지 않다… 두번째 교각이 있는 곳, 그곳을
망치로 두드려봐라, 틀림없이 찾게 될 거다."

프란츠는 머리를 움켜잡았다. 그는 이야기 전체를 아직 제대로 이
해하지 못했다.

"내 아들아… 어서 빨리… 가봐라!"

"지금 말예요?"

"그래, 지금 당장, 아직도 밤이잖니. 내 작업복을 가지고 가… 그리고 망치는 저 바깥… 난로 옆에 있다… 맞아… 당장 가라… 난 그 돈이 보고 싶다… 보자기로 싸놓았다, 지폐와 금화. 가라… 가라니깐!"

아들이 일어섰다. 그러나 자신도 무엇을 하겠다는 것인지도 모른 채 그는 서둘러 방을 빠져나왔다. 현관 옷걸이에 걸린 아버지의 하얀색 작업복과 거기에 있는 망치를 집어서 외투 밑에 감추었다. 지금 이 순간 보물 이외에는 그 어떤 것도 생각나지 않았다… 죽어가는 아버지에도 더 이상 생각이 미치지 않았다… 그의 눈앞에서 돈이 춤을 추며 빙빙 돌고 있었다, 돈, 돈, 돈이 번쩍번쩍 빛을 뿜으며 춤추고 있었다! 그는 서둘러 길을 떠났다. ― 거리는 텅 비어 있었고 그는 길을 따라 뛰었다… 그러자 길게 뻗은 길이 나타났다, 이 길을 따라 늙은 벨다인이 수십 년 전에 도박으로 딴 돈을 가지고 갔을 것이었다… 얼마 지나지 않아 그 다리가 눈앞에 나타났다. 바로 그다음 날 아버지가 다시 와서 서 있었던 바로 그 다리. 아버지를 황홀하게 만들어줄 수도 있었던 전 재산이 바로 발밑에 있었는데도 절망과 비탄에 빠져 살았다니… 그는 두번째 교각 옆에 섰다… 그의 머리 위에 다리가 아치 모양으로 서 있었고 옆에는 강물이 쏴르르 소리를 내며 흘러가고 있었다. 달빛이 물결에 비쳐 같이 흘러가고 있었다.

프란츠 벨다인은 작업을 시작했다. 몇 분 후에 두 겹으로 된 보도 블록을 두들겨 뜯어냈다. 아무것도 없었다… 아무것도. 이때 머리 위쪽에서 마차 한 대가 다리 위를 굴러갔다… 귀를 먹먹하게 만드는… 둔중한 소리… 프란츠는 다시 일을 시작했다… 그리고 이곳에는… 그래… 무엇인가, 보자기 같은 것이 보였다… 그리고 이제…

아직도 돌이 하나 남았다… 쏴르르 쏴르르 하다가 다시 펑펑펑거리는 소리가 들렸다… 이것인가? 맞아, 이것이야! 다리 아래는 어두웠다. 프란츠는 거기에 놓여 있는 하얀 것을 두 손으로 붙잡아 끌어내었다. 보자기였다… 꽁꽁 묶여 있었다. 풀어보자… 그는 매듭을 풀어젖혔다… 금화… 지폐 다발… 그래! 바로 이거야! 그 보물이! 재산과 행복이! 프란츠는 모든 재물을 작업복 외투 밑에 꾸역꾸역 밀어넣었다… 손이 떨렸다… 도대체 이럴 수가? 그리고 그는 다리 아래를 빠져나왔다. 온정 어린 밤의 불빛이 그를 감싸주었다. 그는 그 자리에 무릎을 꿇고 눈물을 흘리고 싶은 충동에 사로잡혔다… 기쁨에 겨운 눈물… 행복에 겨운 눈물. 그는 뛰기 시작했다… 갑자기 그는 걸음을 멈추고… 주변을 둘러보았다. 근처에 누구라도 있지 않았을까? 그래 저기에…, 하지만 천진난만한 산보객들이 그저 몇 사람 있을 뿐… 그래도 늦은 한밤중에 빨리 걸으면, 의심받기 십상이지. 의심을 받는다고? 내가 부당한 짓이라도 했단 말이야? 하지만… 모든 경우를 대비해서… 그는 신중한 발걸음을 유지하며 계속 걸었다. 왼손은 여유 있게 호주머니에 찔러넣고, 오른손으로는 작업복 외투 밑의 재산을 감싸안았다.

끝없는 평화의 감정이 서서히 밀려들어왔다… 이제 모든 것이 잘되었다. 그리고 자신의 그림도 완성된 것이나 마찬가지였으니… 안식, 재산… 이 지상의 모든 희열! 그리고 늙은 그분, 죽을 것이 뻔한 그분은? — 젊은 벨다인은 빨리 걷기 시작했다… 다시 찾은 이 돈을 직접 보면 그 노인이 다시 건강하게 될 것인지, 그 누구도 모를 일이었다. 도대체 무엇이 그분을 병들게 만들었을까? 가난, 절망, 고통. 그러니까 그곳으로, 1초라도 빨리 그곳으로 가서, 그분에게 좋은 시절에 대한 확신과 행복을 안겨드려야 했다. 그가 작은 현관 방에 들어섰을 때에는 모든 것이 조용했다. 허겁지겁 서두를 일이 아니었다. 그는 작업복 외투를 벗어 예전의 그 장소에 다시 걸어놓았다. 돈이 든 주머니는 자신의 셔츠 밑에 밀어넣었다. 그런 후에 그는 방 안으로 들어갔다. "아버지," 그가 외쳤다, "제가 그걸 가져왔어요! 그걸 가져왔단 말예요!" 그리고 그는 허둥지둥 침대로 달려갔다. 환자는 의식을 잃고 숨을 헐떡이며 누워 있었다. 이마에는 식은땀이 맺혀 있었다. 분명 임종의 순간이 가까웠다.

"아버지!" 프란츠가 외쳤다… 아무 대답이 없었다!

프란츠는 노인을 깨워보려고 애를 썼지만 허사였다… 그는 아버지의 이름을 부르고 비명을 지르다가 아버지의 엉클어진 머리를 쥐어뜯었다. 그리고 그의 입에 숨을 불어넣었다… 그의 차디찬 손과 발을 자신의 따뜻한 손으로 문질러주었다… 한번은 그의 눈꺼풀이 열리려는 것처럼 보인다고 생각했지만, 그뿐, 아무 일도… 아무 일도 일어나지 않았다… 숨소리가 점차로 약해졌다… 아무런 움직임도 대답도 없이 시간이 흘렀다. 속수무책으로 프란츠는 그 자리에 앉아 있었다… "아버지!… 그 돈! 제가 그 돈을 가져왔단 말예요."

아침이 되자 의사가 왔다. 그는 거의 알아들을 수 없는 목소리로 인사를 건네더니 재빨리 침대로 다가갔다… 그는 맥박을 짚어보았다… "더 이상 느낄 수 없군요…," 그가 말했다.

"뭐 뭐라고요… 그러니까, 그렇게 되었단 말씀인지?"

"제발" — 의사가 속삭이듯 말하며 손가락을 입에 올려놓고 조용히 하라고 했다. 호흡을 관찰해보기 위해서였다. 그는 똑바로 서 있었다… 그런 후에 노인네의 가슴 쪽으로 몸을 숙여, 귀를 대고 소리를 들었다… 10초 후, 아니 20초 후에 그는 천천히 몸을 세우고 아들에게 오른손을 내밀었다. 아들은 침대 발치에 서서 겁에 질린 채 의사의 행동에 시선을 고정시키고 있었다. 의사는 아무 말이 없었다… "죽었나요?" 프란츠가 비명을 터뜨렸고… 의사가 내미는 손을 움켜잡았다.

"고통이 멈춘 거지요," 의사가 말했다. 흥분된 목소리였다. 프란츠는 의자에 털썩 주저앉았다. 그 순간 가슴에 품고 있던 금화들이 서로 부딪쳐 짤랑거렸고, 그 소리가 자신의 귀에도 들렸다. 그는 깜짝 놀라 몸을 움찔하며 한 손으로 돈을 붙잡았다. 그런 후에 그는 의사를 바라보았다. 그가 혹시 눈치를 챘을까… 아니었다! 의사는 창가로 걸어가서 거기에 서 있었다. 그는 창문을 열었다. "여긴 너무 후덥지근하군요." 그가 조용히 말했다. 아침 햇살이 이웃집 지붕 위에 머물고 있었다.

8

두 명의 남자가 어깨를 나란히 하고, 카지노 클럽의 계단을 올라가고 있었다… 슈파운 백작과 프란츠 벨다인이었다.

"당신 지금 정말 제정신이에요?" 백작이 물었다…

"왜 그렇게 이상한 말씀을 다?"

"당연하잖소! 한번 생각해봐요. 당신 아버지 무덤에 흙을 채우기도 전에 내게 달려와, 오늘 이곳으로 데려가달라 애원하니, 그게 말이나 됩니까. 호화찬란한 영광과 기쁨이 있는 이곳으로 데려가달라니, 내 참."

"저에게 이곳은 그런 장소가 아니에요! 이곳은 제게 연구하는 장
소이고… 그리고 바로 그런 그림도 지금 내 마음속에 있어요. 난 그
것을 그려내야만 해요. 당장 그려내지 않으면 안 되겠어요…"

"당신은 벌써 적지 않은 그림을 완성시켰잖소?"

"스케치라면… 그렇겠죠… 하지만 저에겐 뭔가가 아직 부족해
요… 그 무엇인가가."

대화를 나누는 사이에 두 사람은 현관 홀에 도착했고 곧바로 카지
노 홀 쪽으로 걸어갔다.

"그런데 당신에게 부족한 것이 뭐지요?"백작이 물었다.

"아마 웃어버리실걸요."

"이봐요, 예술가의 괴팍함을 두고 웃어본 적은 한 번도 없습니다."
두 사람은 카지노 홀의 문을 들어서서, 초록색 테이블 가까이에 바
짝 붙어 섰다. 그곳에는 이미 도박꾼들이 앉아 있었다.

"자아 그러니까, 백작님," 젊은 벨다인이 말을 이었다. 이렇게 말
을 하는 동안에도 그의 눈은 카드에서 떨어질 줄을 몰랐다. "제게 부
족한 것은 그 그림에 대한 열광이에요!"

"그래요?… 그것이 뭐가 그렇게 특별나다고? 당신도 그렇게 행복
한 시간을 언젠가는 한 번 찾게 되겠죠!"

"언제지요?"

"그건 나도 알 수 없소," 백작이 미소를 지으며 말했다.

"하지만 제가 알고 있어요." 예술가가 너무 격하게 말을 내뱉는 바
람에 백작이 어리둥절하여 그를 쳐다보았다.

"그렇다면?"백작이 말했다.

"제 스스로가, 정말이에요, 백작님, 제 스스로가 이걸 한 번 느껴 봐야만 하겠어요. 지금 이 사람들이 여기에서 느끼는 걸 말이에요."

"뭐라고?"

"제 말을 잘 들어보세요, 백작님! 안타까운 일이긴 해도 — 난 정말 알고 있어요, 내 예술 전체에는 뭔지 병적인 것이 들어 있어요… 당신도 알고 계시겠지만 — 난 실제로 특정한 것들밖에 그려낼 수 없어요, 그런데도 이것조차도 정말 제대로 되지 않아요."

"그래요, 그래," 백작이 말했다. "그건 약간 미친 짓이 분명합니다만."

"약간 미쳤다고요?" 벨다인이 힘을 주어 말했다. "그렇겠지요, 하지만 그것은 어디까지나 말에 불과하고 — 난 정 말 로 미 쳤 어 요," 그는 한마디씩 끊어서 말을 내뱉었다… "정 말 그 렇 게 미 쳐 버 렸 기 때문에, 이곳에서 도 박 을 하 겠 다는 것입니다…"

슈파운 백작은 그에게 시선을 고정시켰지만, 차분한 눈초리였다… "이곳에서라 했죠?"

"네에…"

"흐음!"

"저는 이 불꽃에서 그 섬광을 가져갈 수 있어야만 해요… 당신은 저를 이해해주시리라 믿어요. 이 섬광… 바로 이 섬광이 제게 필요한 거예요!…"

"이봐요, 당신의 아이디어는 실현시키기 어려운 일이오… 왜냐하면 당신의 아이디어는 그 자체만을 따져보면 정말로 미쳤다는 생각은 조금도 들지 않지요… 정말입니다… 게다가 거기에는 신중하게 숙고해볼 것도 숨겨져 있긴 하죠… 하지만 당신도 잘 알고 있겠지만 당신은 재능이 넘치는 예술가로 이곳에서 환영받고 있고, 사람들은 작품을 위해서 현장의 호흡과 삶을 찾아나선 예술가라고 당신을 여기고 있지 않소? 그것도 실제 상황과 똑같은 것 아니겠소…"

"뭐라고요? 백작님? 당신께서 말 한마디만 해주시면 되는 것 아닙니까? 저는 그저 ― 그저 하룻저녁만 손님 자격으로 이 테이블에 앉게 해달라고 부탁하는 것인데…"

"글쎄, 카지노 측에서 분명 내 말을 딱 잘라 거절하지는 못하겠지만… 아무리 그렇다 해도…"

"그럼, 무엇 때문에 아직도 망설이시는 거죠?" 이 말을 하는 동안에도 화가는 이글거리는 눈동자로 엄청난 액수의 돈이 이리저리 날아다니는 것을 보았다. 카드에 걸었던 판돈이었다.

"젊은 친구, 당신도 잘 알고 있겠지만, 이곳은 푼돈을 가지고 도박하는 곳이 아니에요…"

"오오, 백작님… 그런 것 때문에 부탁드리는 건 아닙니다."

"그것 때문이 아니라고? 믿지 못할 말이군."

"나는 아직도 그만큼 많은 돈을 가지고 있어요, 그때와 마찬가지로…," 그는 백작의 눈을 날카롭게 들여다보았다, "제 아버지가 이 테이블에서 땄었던 돈을 아직도 그대로 다 가지고 있어요." 백작은 잠깐 동안 할 말을 잃고 멍하니 서 있었다… 그가 한 걸음 뒤로 물러서더니 성급하고 낮은 목소리로 젊은 벨다인에게 물었다. "언제부터 당신은 알고 있었죠?"

"그가 죽기 몇 시간 전에!" ―"아 역시 그랬구나. 난 정말 엉뚱한 생각을 했어! 처음엔 그 돈을 도박으로 날렸거나, 흥청망청 탕진해버렸다고 생각했고… 그다음엔 궤짝 속에 넣고 열쇠를 채웠다! 구두쇠가 되어버렸다! 라고도 생각했었는데."

"아, 아니에요. 백작님… 그게 아니에요… 사실과 달라요… 훗날 거기에 대해 이야기해드릴게요… 하지만 제가 이 돈을 상속받았고, 지금 수중에 지니고 있다는 것, 이것만으로도 충분한 것 아닌가요." 백작은 더 이상 말을 하지 않고, 예술가를 데리고 도박 테이블 앞으로 나가서 말했다. "자아, 신사 여러분, 우리의 젊은 친구, 화가 벨다인 씨입니다. 모르시는 분은 없으시겠죠… 벨다인 씨가 여러분의 파티에 참석할 수 있는 영광을 한 번만 베풀어주십사 하고 부탁해왔습니다."

"좋습니다… 물론이지요, 오세요, 여기 이리로 와요…," 이런 소리들이 그를 맞이해주었다. 그리고 그는 자리에 앉았다. 이것은 꿈이 아니었다!

여기 이 자리, 이 초록색 테이블에 앉다니! 주체 못할 흥분이 그에게 밀려들었다… 그는 자신의 지폐를 꺼내어 앞에 내놓았다… 바로 눈앞에… 뭔가가 그의 앞으로 휙 날라왔다… 한 장의 카드였다. 그는 이를 집어 들려고 했다. "잠깐, 죄송합니다." 딜러가 말했다… "옆에 계신 분 것입니다."

아 그렇지, 물론 그렇지… 아직은 그의 차례가 아니었다… 옆 사람이 잃었다. 이는 벨다인에게 하나의 행운이었다. 적지 않은 금액을 당장 걸어보아도 되었다. 지금 이 순간이 돈을 딸 수 있는 확률이 가장 크기 때문이었다. 그렇다면야… 이제 그의 앞에 카드가 한 장 놓여 있었다.

그가 잃었다… 아아, 첫판부터! 그거야 곧 복구되겠지… 그는 다시 돈을 걸었다. 첫번째 판보다도 조금 더 많은 금액이었다. 벨다인의 카드가 다시 잃었다. 세번째 판… 다시 더 많은 금액… 그리고 또다시 잃었다.

같은 테이블의 도박꾼들이 놀란 눈빛으로 그를 바라보았다. 그가 이렇게 돈이 많은 사람인 줄은 몰랐기 때문이었다…

그 자신은 얼굴에 미소를 띠고 있었지만 눈빛만은 독특하게 굳어져 있었다… 슈파운 백작은 낮은 목소리로 그에게 말했다. "자아 이제 충분히 흥분을 맛보았으리라 생각되는데, 그만하면 어때요?"

그러나 젊은 남자는 꼼짝도 하지 않았다… 그는 도박을 계속했고, 연속해서 잃고 또 잃었다. 구경꾼이 몇 사람 테이블 주변으로 몰려들었다. 대담하기 짝이 없는 화가의 도박을 보고 모두들 놀라워했다. 곧 모든 사람들에게 사정이 명백하게 드러났다. 그는 엄청난 유산을 상속받았지만 그중에서 상당 부분을 벌써 날려버린 상태였다. 그때 슈파운 백작이 다시 나서서 말했다. "조금만 쉬었다가 다시 하지 않겠소?"

그러나 벨다인은 도박을 계속했다. 판을 거듭하여 잃고 또 잃었다. 사람들은 그를 불쌍하게 여기기 시작했고, 그의 광기 어린 도박에 고개를 절레절레 흔들었다. 그의 불운은 상상을 초월했다… 그저 잠깐 동안 사태가 전환되는 것처럼 보였지만, 역시 그뿐. 한번 발동이 걸린 불운은 곧바로 다시 시작되었다. 그러나 그는 여전히 미소를 지었고 막판에는 밝은 웃음을 터뜨리기까지 했다! 그리고 이제 그가 자리를 툴툴 털고 일어났다. 끝장이 난 것이었다. "안녕히 계세요, 신사 여러분," 그가 말했다. 사람들이 그에게 길을 비켜주었다. 그의 불행에 경의를 표해야만 한다는 듯이 사람들은 처신하였다. 그는 출구를 향해 걸었고… 사람들의 시선이 그의 뒷모습을 따랐다. 백작이 그의 뒤를 쫓아서 밖으로 나갔다. 벨다인은 계단을 서둘러 내려가 길을 따라가고 있었다. 길모퉁이에서 백작이 그를 따라잡을 수 있었다.

"벨다인… 벨다인!"

"아, 아 ─ 백작님!"

"그렇게 서둘러서 어디로 갑니까?"

"나도 몰라요…"

"제발 바보짓만은 하지 마요. 알아들었소! 바보짓은 절대 안 돼요. 이젠 더 이상 잃어버릴 것도 없는 거잖소."

"그렇지요, 전혀 없습니다!"

"어차피 도박으로 딴 돈이었잖소! 그렇잖아요, 일해서 번 돈이라면, 신물 나게 일해서 번 돈이었다면 또 모를까…"

젊은 벨다인은 대답을 하지 않고, 빠른 걸음으로 앞만을 보고 걸었다. 길게 뻗은 길을 따라서 계속 걸었다… 그 옛날 아버지가 걸었던 길이었다. 안간힘을 다해서 백작은 그를 겨우 따라잡아 나란히 걷게 되었다. 그가 말을 되풀이했다. "지금 도대체 어디로 뛰어갑니까? 자아, 제발, 나와 함께 갑시다… 가서 술이나 한잔합시다."

"정말 친절하시네요, 백작님. 하지만 저를 정 쫓아오고 싶으시다면… 나는 지금 아주 특별난 장소로 가지 않으면 안 됩니다. 그곳으로 가야만 합니다."

"어디인데요?"

"어디냐고요? 그곳으로 가는 거죠, 아버지가 바로 그날 밤, 돈을 파묻어놓았던 곳으로 갑니다."

"그러니까 정말 파묻어놓았었군!"

"그래요… 그런데 그 장소를 잊어버렸던 거죠."

"잊어버렸다니?"

"네에 — 잊어버렸어요. 아버진 20년 동안 그렇게 살았어요, 부자로 말예요, 단지 그 돈을 어디에 놓아두었는지, 그걸 모를 따름이었지, 그는 부자로 살았던 거예요. 기가 막히게 살았던 거죠, 그렇지 않나요? 그러다가 임종의 자리에서 그 장소가 갑자기 머릿속에 떠올랐어요."

"뭐라고, 그 무슨 동화 같은 이야기를?"

"아니에요, 실제로 있었던 이야기예요, 백작님! 그리고 그렇게 사는 인생이란! 영원한 고통… 부자인데도 굶주려야만 했으니… 그런데 나는! 갑자기 엄청난 재산이 내게 주어졌어요! 그 순간 난 모든 속박에서 벗어나 자유로운 사람이 되었어요…"

"나를 도대체 어디로 데려가는 거요?"

"그저 잠자코 따라만 오세요, 조금만 가면 됩니다!"

"그런데 지금 그곳에서 무엇을 찾겠다는 건지?"

"어떤 기분인가를 찾는 거죠."

한동안 두 사람은 아무 말없이 걸음만을 재촉하여 강변에 도달했다.

"저기 — 저 다리예요."

"그래서요?" 백작이 물었다.

"따라오기만 하세요!" 그리고 그는 길을 따라서 다리 아래로 내려갔다… 그는 그 교각 옆에 몸을 던지고, 땅바닥에 엎드린 채 큰 소리로 외쳤다. "여기에요! 바로 여기!"

"뭐라고? — "

"여기가 바로 그곳이에요… 여기에서 내가 그걸 파냈어요. 그리고… 여길 보세요… 정말로 보이지 않으세요?"

"글쎄, 무엇이 보인다는 것인지? 내 눈에 보이는 것은, 그저, 강물이 튀어 보도블록이 축축하게 젖어 있다, 그런 것밖에는."

"뭐라고요? 여길 들여다봐요!" 그러자 백작은 한쪽 무릎을 꿇어 땅에 대고 한 손으로는 보도블록 위를 짚었다.

"그런데, 도대체 뭘 보라고 하는 것인지?"

"바로 여기 돈이 다시 놓여 있잖아요?"

"뭐라고?"

"오오, 정말 엄청나네! 얼마나 엄청난 금액이 여기에!"

"아니 도대체 무슨 엉뚱한 생각을!"

"오오…," 그리고 그는 손톱을 세워 돌 사이에 있는 모래 속을 파헤치기 시작했다… "나는 정말 다시 부자가 됐어."

"벨다인! 미친 짓 그만해요!"

"아이고, 이 무슨 행운이 — 이 무슨 행운이 이렇게," 그리고 그는 모래와 작은 돌멩이들을 호주머니에 마구 쑤셔 넣었다.

"이런… 벨다인! 당신 제정신이 아니야! 제발 정신 차려요! 생각해봐요, 당신은 이 세상에서 해야 할 일이 아직 많이 남아 있잖소! 제발 정신을 차려봐요! 위대한 작품이 당신을 기다리고 있어요! 당신의 그림!" 그러나 화가는 그의 말에 귀를 기울이지 않았다. 그는 계속 모래를 파헤치며 돌멩이들을 호주머니 속에 꾸역꾸역 밀어 넣었다. 백작이 그의 어깨를 잡으며 외쳤다. "이제 됐어요, 충분해! 자아, 그만 갑시다! 갑시다, 가!" 벨다인은 천천히 몸을 일으켜 세웠다. "오오, 갑니다… 자아 되돌아가는 길을 안내해주시죠… 백작님!"

"어디로 갈 거요?"

"뭐, 클럽으로 되돌아갑니다! 난 이제 도박을 다시 할 수 있어요!"

상대방은 어리둥절하여 아무 말도 하지 못했다. 이런 일이 있을 수 있는 것일까! 돈을 몽땅 잃어서 미쳐버렸단 말인가? 두 사람은 다시 길 위로 올라와 다리 옆에 섰다. 백작은 젊은 예술가의 손을 잡으며 말했다. "진정해요." — "밤이 깊었어요… 집으로 돌아가야만 해요." 그러자 벨다인이 대꾸했다.

"그렇지만! — "

벨다인은 그가 잡고 있는 손을 홱 뿌리치더니, 갑자기 그 자리를 떠나 인적이 끊긴 골목길을 따라 달려갔다. 돌진하듯 빠른 속도였다. 백작은 큰 소리로 그를 부르며 뒤를 쫓았다. 몇 분 후 젊은이는 너무 멀어져서 뒤쫓아가는 사람이 더 이상 따라잡을 수 없을 정도가 되었다. 저 미친 친구는 도대체 어디로 달려가는 것일까? 결국 클럽으로 정말 가겠다는 것인지… 그리고 백작은 다시 발걸음을 재촉했다. "잠깐 저러다가 그만두겠지," 그의 뒤를 쫓아가면서 백작은 생각했다. "순간적인 흥분이라면 충분히 이해할 수 있어. 하지만 이 친구가 가겠다는 곳이 대체 어디야? 그런데 내가 이 친구를 다시 찾아낼 수 있을까? 혹시라도 이 친구가 자기 스스로를… 말도 안 돼!" 그는 걸음을 빨리하였다. 얼마 지나지 않아 그는 클럽이 있는 건물 근처에 도달했다. 그때 맞은편에서 그가 찾고 있던 남자가 가까이 다가왔다.

"정말 여기 있었군, 벨다인… 자, 이제?"

"오오, 백작님, 백작님!" 그의 목소리에는 울음이 섞여 있었다.

"도대체 왜 그래요? 당신은 다시 차분해졌지요. 맞죠?"

"오우, 백작님! 여길 보세요." 그리고 그는 호주머니에서 모래와 돌멩이들을 꺼내 길 위에 쏟아부었다.

"그래서요?" 백작이 흥분된 목소리로 말했다.

"이런 것도 눈에 보이지 않는단 말이오! 돌멩이… 모래잖아요!"

"그렇지… 이제 드디어 깨달았군! 그렇지! 난 정말 얼마나 기쁜지 모르겠네요! 난 정말 당신을 걱정했어!… 자아, 이제 정말 다시 좋아졌어."

"오우, 백작님!," 그리고 그는 다시 비탄에 빠졌다. " — 돈, 돈, 내 돈!"

"아 맙소사 — 물론, 고약하게 됐지 — 모두 잃어버렸으니깐!"

"잃어버렸다고요!"

"하지만 당신은 다른 걸 가졌잖소, 돈보다 나은 걸."

"내 돈!"

"제발 조용히 좀 해요." 사람들이 그들의 곁을 지나쳐서 밤거리를 걷다가, 뒤를 돌아보았다.

"난 돈을 파묻어놓았어! 파묻어놓았다고!"

"뭐라고? 도대체 그 무슨 엉뚱한 생각을 또?"

"파묻어놓았어! 숨겨놓았다고, 그런데 그곳이 어디인지를 모르니!"

"도박으로 날려버렸잖소! 벨다인… 제발 내 말 좀 들어요, 잃어버렸어요, 클럽에서!"

"오오 아니야, 오 아니야, 난 그렇게 많은 돈을, 그렇게 엄청난 돈을 땄어! 그리고 그 돈을 숨겨놓았는데, 어디에 숨겼는지를 전혀 모르겠으니. 오우 불쌍한 내 마누라! 내 새끼! 불쌍한 프란츠!" 백작은 전율을 일으키며 그 자리에 멈추어 섰다… 화가의 표정이 갑자기 이상야릇한 변화를 일으키더니 영락없이 늙은 벨다인이 되살아난 것처럼 보였다. 눈물이 말라붙은 퀭한 눈으로 그는 허공을 응시하며 낮은 목소리로 중얼거렸다. "내 아들, 불쌍한 내 아들!"

내가 만났던 한 중국인

나는 당시 육군 중위*였다.

중국에서 의화단 교도들의 폭동이 일어나자 황제 폐하께서는 엄중하고 무자비하게 처리하고 결코 관용을 베풀어서는 안 된다는 명령을 내렸다. 그러나 혼란은 진정될 기미를 보이지 않았다.

국수주의적인 운동, 아니 해방운동이라는 말을 하는 이들도 있었다. 하지만 우리가 이 자리에서 정치를 말하려는 것은 아니므로 그런 이야기는 이쯤 해두기로 하자.

도시와 도시, 마을과 마을 그리고 시골에 이르기까지 전국 방방곡곡에서 폭동이 일어났다. 이곳저곳에서 폭동이 진압되면서 수백, 수천 명의 사람들이 교수형에 처해지고, 즉결 재판으로 총살되었다.

그 당시 우리는 베이징으로부터 두 시간쯤 떨어진 작은 마을에 머물고 있었다. 이번에는 열일곱 명이 한꺼번에 사형선고를 받았

---

* 중국의 외세 배척운동이었던 의화단사건(1899년 11월~1901년 9월)을 진압하기 위해 구성되었던 연합군(독일, 오스트리아, 이탈리아, 영국, 프랑스, 러시아, 미국, 일본)에 소속된 오스트리아 군대의 중위이다.

다. 3주 전에는 서른 명에게 사형이 집행되었다. 사형선고를 받은 자들에게는 총살형이 집행되기 전까지 세 시간의 여유가 주어졌다. 그러나 그들은 모두 침착하였기에 나는 마음속으로 거의 매번 일종의 통계를 내보았다. 중국인의 심리학이 나의 관심을 끌었던 것이다.

어떤 사람은 눈물을 흘렸다. 그런 사람은 아주 드물었기 때문에 곧바로 내 눈에 띄었다. 세 사람은 매우 신중하고 진지한 태도로 이야기를 나누었고, 두 사람은 가족들을 만났고, 한 사람은 기도를 드리는 것처럼 보였으며, 또 다른 두 사람은 편지를 쓰고 있었다.

이런저런 사람을 다 합하면 열여섯 명이었다. 열일곱번째 남자는 무엇인가를 읽고 있었다. 처음 보았을 때, 나는 그가 읽고 있는 것이 기도서라고 생각했는데, 알고 보니 소설책이었다. 이를 처음 알았을 때 나는 아무 말도 하지 못했다. 그는 쉬지 않고 계속 소설을 읽다가 가끔씩 고개를 들어 주변을 흘깃 한 번 쳐다보고 다시 책에 고개를 처박았다. 이렇게 책 읽기를 거의 한 시간 동안이나 계속했다. 그동안에 나는 내 동료들 중 몇 사람과 어울려 이야기를 나누었다. 그들 앞에는 아직도 한 시간 반이라는 시간이 남아 있었다. 다른 사람들에게서는 불안이 점차 고조되고 있었다. 아니, 내 눈에는 적어도 그런 것처럼 보였다. 그러나 그 남자는 계속 소설을 읽었다. 결국에는 내가 그 남자에게 물었다. 그러기 전에 우선 어떤 다른 남자에게 먼저 말을 걸었다. 그래야만 내 질문이 그 사람에게 이상하게 여겨지지 않을 것 같았다. 그는 차분한 목소리로 자신이 읽고 있는 소설의 제목을 말해주었다. 나는 중국 말을 약간 이해할 줄 알았다. 그는 계속 책을 읽었고, 나는 왔다 갔다 했다. 그러는 사이사이에 다른 사람들의 편지를 접수하기도 했다. 자신의 가족들에게 쓴 편지였다. 그런 후에 나는 다시 그 남자에게 몸을 돌렸다. 나로서는 이해할 수 없는 일이었기 때문에 결국 다시 말을 걸고야 말았다.

"당신은 사형선고를 받았어. 모르고 있진 않겠지?"

내가 그에게 물었다. 그는 고개만 끄덕였다. 내 질문이 두렵지도 않은 모양이었다. 나는 계속 물었다. "당신은 한 시간 반만 지나면 동료들과 같이 총살되는 거야. 알고 있겠지?" 그가 대답했다. "우리는 분명 총살당하도록 되어 있습지요. 하지만 과연 그런 일이 정말로 일어나게 될지, 그런 것은 그 누구도 확신하지 못하는 법입니다."

그의 말투는 공손하기 짝이 없었다. 아주 차분한 대답이었다. 그가 말을 덧붙였다. "한 시간 후에 무슨 일이 일어나게 될지, 그런 것은 결코 완벽하게 확신하지 못합니다."

"그렇긴 하지." 내가 말했다. "하지만 개연성에 비추어보면 역시 너무나도 분명한 것이 있는 거야. 내가 생각하기로는 당신들을 석방시켜줄 가능성은 전혀 없어. 특사 같은 것도 기대할 수 없고." 그가 고개를 끄덕거렸다. 내가 던진 질문이 그를 조금 흔들리게 만들었다는 느낌을 지울 수 없었다. 나는 당황하지 않았다. 나는 그에게 조용히 책을 계속 읽으라고 손짓을 했고, 그는 다시 책을 읽었다. 나는 그에게서 떨어졌지만 이내 그에게로 다시 가지 않을 수 없었다. "그래, 당신이 읽고 있는 소설은 재미가 있긴 있소?" 내가 물었다. 그는 충분히 견딜 만하다는 표정을 지었다. "소설책 같은 것은 때려치우고 무엇이 되었든 차라리 다른 것을 읽는 것이 한결 낫지 않겠소?" 그는 약간은 의아스럽다는 듯이 나를 올려다보았다. 무슨 농담을 하고 있느냐는 눈빛이 역력하였다. 내가 그의 책 읽기를 이상하다고 생각하는 것도 일리가 없지 않다는 것을 그의 눈빛이 말해주고 있는 것 같았다. 그러나 자신은 지금 진기하기 짝이 없는 영혼의 상태에 몰입해 있다는 표정이었다. "뻔한 일이지만 당신은 결국 그 소설을 끝까지 읽지 못할 거야." "물론 그렇겠지요." 그가 말했다. "그러나 나에게는 한 시간 이상이나 되는 목숨이 아직 남아 있어요." 이 말을 듣고 나는 약간 흥분하여 말했다. "그런데도 그 귀중한 시간에 소설 나부랭이를 읽는 것보다 더 나은 일이 정말 없단 말이야?"

"소설을 읽으면 안 된다는 법이라도 있나요?" 그가 되물었다. "이런 일 외에는 지금 따로 할 일이 없습니다. 이렇게 많은 시간이 남아돌기는 난생처음이니까요." 나는 그를 더 이상 귀찮게 굴지 않고 조용히 놓아두기로 굳게 마음먹었다. 하지만 역시 그렇게 할 수 없었다. 나는 다시 그에게로 걸어갔다. "당신 직업은 무엇이오?" 내가 물었다. 그는 매우 공손하게 베이징에서 목공소를 운영했다고 하였다. 그에게는 부인이 있으며 아이가 둘이나 있지만, 지난 15개월 동안 한 번도 본 적이 없다고 했다. "아니, 가족들에게 편지 쓸 마음조차 없단 말이야?" 내가 흥분된 목소리로 물었다. "머지않아 저절로 알 때가 오겠지요." 그가 말을 덧붙였다. "가족들 입장에서 나는 이미 오래전에 죽은 사람일지도 모르는 일입니다." "친척들은 없나?" 내가 물었다. "뭐 그렇지요." 그는 시큰둥하게 대답했다. 나는 당황하여 몸을 돌렸고 그는 곧바로 책을 계속 읽었다. 나는 견딜 수가 없었다. 이런 인간을 총살해야만 하다니. 그것도 그가 이 소설을 끝까지 읽기도 전에 죽여 없애야만 하다니, 그것은 끔찍한 일이었다. 정말이다. 나는 정말로 그렇게 생각하였다. 열여섯 명의 운명이야 어찌 되든, 그런 것은 내가 알 바 아니었다. 그들의 운명이 내 마음을 아프게 했을까? 아니다, 아니 거의 관심이 없었다. 대부분의 다른 사람들은 편지 쓰는 것을 모두 마쳤고, 이제 마지막 채비를 하고 있었다. 몇몇 사람은 눈을 감은 채 바닥에 드러누워 있었지만, 대부분의 사람들은 그 자리에 쭈그리고 앉아 멍하니 앞만 내다보았다. 몇몇 사람의 눈에서는 죽음의 공포가 어른거리고 있는 것 같았다. 물론 내가 착각한 것일 수도 있다.

나는 날쌔게 말안장 위에 뛰어올랐다. 단 1초 전까지만 해도 내가 이런 행동을 하리라고 나 자신도 전혀 예상치 못하였다. 그리고 동료 한 사람에게 지휘권을 인계해주었다. 연대 사령부는 30분가량 떨어진 다른 마을에 있었다. 나는 그곳을 향해 말을 달렸다. 뙤약볕이 내리쬐는 뜨거운 여름날이었다. 나는 연대장께 보고드릴 것이 있다고 전갈을 올렸다. 연대장은 나에게 분명 호감을 갖고 있었다. 그가 나의 외가 쪽 먼 친척이라는 것도 잘 알고 있었다. 만일 그렇지 않았더라면 아마 이런 일을 감행하지 않았을 것이다. 직무 이외의 일에서 우리는 서로 말을 낮추어 친근감을 나타내기까지 하였다.

나는 그에게 내 소청을 말했다. 열일곱 명 중에서 어떤 한 사람에게 특사를 베풀어달라고 부탁했다. 그에게 내가 생각해놓은 이유들을 둘러댔지만, 이내 그런 것들이 이 자리에서는 아무런 의미가 없다는 것을 나 자신이 먼저 깨달았다. 그래서 나는 무의미한 말까지 몇 마디 덧붙였다. 나의 추측으로는 이 남자로부터 아직도 뭔가를 더 탐문해낼 수 있을 것 같다고 하면서, 이 사람의 죄를 명백하게 입증할 만한 단서도 없다고 덧붙여 말했다. 연대장은 고개를 설레설레 흔들기만 했다. 결국 나는 모든 이야기를 숨기지 않고 처음부터 끝까지 다 털어놓았다. 연대장은 큰 소리로 웃음을 터뜨렸다. "그 녀석이 네 마음을 꿰뚫어본 거야." 그가 말했다. "네, 영악스럽기 짝이

없는 놈들입니다. 정말입니다. 가장 멍청한 놈이라 해도 우리들에
비하면 언제나 훨씬 더 교활할 것입니다." 나는 격정적으로 대답했
다. 연대장은 좀더 신중해졌다. 그가 말했다. "황제 폐하께서 엄중
하게 명령을 내려놓으셨잖나, 관용을 베풀어서는 결코 안 된다고 말
이다." 사실이 그랬다. 그러나 나는 벌써 두 번의 사례가 있었다는
것을 연대장님께 상기시켜드렸다. 그것도 하찮은 이유로 특사를 베
풀었던 일이 있었다. 그리고 벌써 수백 명의 사람들이 처형을 당한
판국이니 한 사람쯤은 그다지 중요하지 않다고 설득했다. 연대장은
드디어 입을 열었다. "그래, 너를 위해서라면. 이번에는 내가 책임
을 지겠다." 그는 이를 서면으로 작성하여 나에게 주었다.

　나는 급히 말을 달려 헐레벌떡 되돌아왔다. 열두 명은 벌써 죽어
서 쓰러져 있었다. 그리고 이제 마지막 다섯 명의 차례였다. 관행대
로 총살과 총살 사이에는 10분간의 휴식이 있었던 것이다. 내가 보
았던 그 중국인은 쭈그리고 앉은 채 아직도 책을 읽고 있었다. 그는
마당 한가운데에 있었고, 그의 머리 위로 하늘이 드넓게 펼쳐져 있
었다. 그랬다. 멀리서도 그가 책에 무슨 말인가를 연필로 깨알같이
적고 있음을 알 수 있었다. 그는 나를 보지 못했다. 모든 것이 끝났
다고 생각하고 있음에 틀림없었다. 그는 5분 후면 죽게 될 것도 알
고 있음이 분명했다. 사방에 군인들이 빙 둘러서 있었다. 내가 말을
세웠을 때에, 그는 몸을 돌려 나를 바라보았다. 이번에는 약간의 호
기심을 가지고 나를 관찰하기까지 했다. 나는 내 동료를 가까이 불
러 세워, 내가 어떤 중국인 한 사람을 위해서 특별사면장을 가지고
왔다고만 알려주었다. 나는 공무와 관련지어서 그 이상 다른 말을
해서는 안 된다고 단단히 주의를 받았었다. 혹시라도 내가 또 한 사

람, 아니면 다른 여러 사람들을 더 구해낼 수 있었는지도 모른다. 그렇게 하려고만 했다면. 병사들이 앞으로 걸어 나왔다. 마지막으로 남은 다섯 사람을 총살하려는 순간이 다가왔다. 신호를 한 번 보내자 다섯 명의 중국인이 일제히 자리에서 일어섰다. 그들은 모두 침착했다. 단지 어떤 사람 하나가 귀청이 찢어지도록 날카로운 웃음을 터뜨리더니, 경악스러운 듯 주변을 두리번거리며 살펴보았을 따름이었다. 바보 같은 행동이었지만 나는 내가 보았던 그 중국인 앞으로 걸어 나가 그의 어깨 위에 손을 얹고 약간 잠긴 목소리로 말했다. "당신은 특사를 받았소." 그는 내 눈을 들여다보았다. 약간 의아스럽다는 눈빛이었지만, 얼굴에는 가벼운 미소가 비쳤다. 그는 조금 전까지 읽었던 책을 집어 들더니 기계적인 동작으로 폭이 넓은 하얀색 상의의 호주머니에 쑤셔 넣었다. 네 명의 다른 사람들은 눈이 휘둥그레졌다. 그들도 아마 특사를 기대했으리라. 내가 만났던 그 중국인은 나를 흘깃 쳐다보았다. "자아, 내가 뭐라고 했나요." 그가 말했다. "눈앞의 일도 결코 알 수 없는 법." 그는 남아 있는 네 사람에게 일일이 다가서서 악수를 나누었다. 그런 후에 그는 다시 내게로 몸을 돌렸다. "가도 됩니까?" 그가 물었다. 나는 그에게 '당신은 자유요'라는 말을 이미 해준 상황이었다. 그런데 내가 이런 말을 할 자격이 과연 있는 것일까? 그것에 비하면 그는 잊지 못할 중요한 말을 나에게 해주었다. 이제는 내가 이에 보답을 해야 했다. "당신은 자유요." 나는 약간 날카로운 어조로 말했고, 그는 고개를 끄덕였다. 그 사이에 나머지 네 사람은 벽을 등지고 기대어 섰고, 병사들은 조준을 마치고 나의 명령만을 기다리고 있었다. 나는 명령을 내리지 않을 수 없었다. 내가 만났던 그 중국인은 천천히 멀어지고 있었고, 나는 차라리 저 중국인의 뒤를 쫓아 그를 따라갈까 하는 생각까지 하였다. 나는 발포 명령을 늦추고 있었다. 내가 만났던 그 중국인이 건물 입구에서 사라지려는 순간 나는 비로소 명령을 내렸다. "발사!" 그는 몸을 약간 움찔하였을 뿐, 고개조차 돌리지 않았다.* 저 멀리에서 그가 막 정문을 통과하여 거리로 사라졌다. 이런 일을 직접 체험한 것은 그것이 마지막이었다. 이는 우연이 아니었다. 연대장이 나의 근무처를 바꾸어주었던 것이다. 이 밖에도 덧붙일 말이 있다면, 그 중국인이 나에게 이름 모를 경외감을 심어준 것은 아니라는 점이다. 나 역시도 그를 경탄의 눈으로만 바라보진 않았다. 내가 아는 것은 단지 하나였다.

모든 사람들, 내가 여태껏 이 세상에서 만났던 모든 사람들 중에서, 내가 만났던 그 중국인은 가장 낯설고도 낯선 사람이었다.

---

* 이 작품은 미완성 작품의 초안이다. 슈니츨러는 다가오는 자신의 죽음을 예감한 어느 날, 예전에 타자기로 쳐 놓았던 원고(1926년)에 두 문장을 손으로 직접 써서 추가해놓았다. 추가된 문장은 본문에 다른 서체로 표시해 놓았다.

보다 건강한 남·여 공동체를 위한
의학(醫學)·시학(詩學)·선학(禪學)

1900년 전후 유럽의 세기 전환기는 전 사회적으로 격변기였다. 산업혁명을 통해 신흥 부르주아 계층이 산업사회의 주역으로 속속 등장하면서 구시대는 붕괴의 위기를 맞았다. 구시대를 선도했던 주체들의 입지가 좁아지면서 시시각각 변화의 바람이 거세졌다. 전쟁은 언제라도 일어날 수 있었다.[1] 「구스틀 소위」(1900)에서 주인공의 실존은 "싸늘하게 식은 피[血]"(p.137)를 기다림에 있었다. 전쟁이 아니면 자신의 존재 가치를 입증할 수 있는 길은 없어 보였다. 이를 공공연한 자리에서 조롱한 한 사회주의자 의사(醫師)와의 논쟁은 피할 수 없었다. 결론은 결투였다. 전쟁을 기다리다 지친 구스틀 소위는 조급했다. "도대체 얼마나 더 질질 끌겠다는 거야?"(p.131). 작품의 첫머리 문장이다. 구스틀은 음악회장을 빠져나가는 길에 자기 차례를 기다리지 못하고 서두르다가 장교의 명예를 잃는 사건에 휘

---

[1] 세기 전환기의 빈 또는 유럽 문화에 대한 심층적인 증언은 슈테판 츠바이크의 『어제의 세계』(곽복록 옮김, 지식공작소, 2001)에서 다시 읽어볼 수 있다.

말려 자살을 결심하지만 그럴 필요가 없음을 알게 되자마자 결투에서 만나게 될 의사를 향해 적개심을 다시 불태웠다. "널 회를 떠버리겠어!"(p.181) 작품의 마지막 문장이다. 구스틀은 '남편이 있는 여자' 슈테피와 만나고 있다. 구스틀에게 에로스의 상대는 전쟁을 기다리는 지루함을 달래는 하나의 도피 수단이었거니와 자신의 불안한 사회적 위치가 현실이 될 경우를 대비한 하나의 생계수단이었다. 구스틀은 "슈테피가 전적으로 내게 매달려 살고 싶다고 하면 모자 만드는 일을 시키겠"다는 결심을 한다(p.171).「세 번의 경고」(1909)에서 한 젊은이는 '살생-조국의 멸망-죽음'을 경고하는 세 번의 목소리를 대담하게 무시하였다. 그 젊은이는 구스틀 소위의 또 다른 모습이었고 전쟁은 이제 피할 수 없는 것처럼 보였다. 그러나 경고의 목소리가 귀에 들리는 그 젊은이는 몇 년 전의 구스틀 소위가 아니었다. "어찌하여 저는 당신의 목소리가 들리는 천형(天刑)을 받았단 말입니까? 어차피 이리 될 거, 당신의 경고는 또 무슨 소용이 있었단 말입니까?"(p.18) 아르투어 슈니츨러(Arthur Schnitzler, 1862~1931)는 다가오는 전쟁을 오래전부터 예감하고 있었다. 오늘날 우리는 그의 문학을 통해서 무슨 목소리를 들을 수 있을까? 아니, 무슨 목소리를 자청해서 들어야 옳을까? 수많은 가능성들 가운데 하나를 이 자리에서 서술하려 한다.

슈니츨러는 당대의 주변세계로부터 찬사와 비난을 한몸에 받았다. 작가로서 명성과 부를 얻었지만 그 뒷전에서는 "외설문학"이란 꼬리표가 항상 그를 따라다녔다. 현재의 시각으로 보면, 슈니츨러 작품 속에 나타난 그 정도의 성적 묘사가 무슨 대수랴 싶다. 그러나 1900년을 전후로 빈 상류사회의 성 규범은 쉽게 상상이 되지 않는 수준이었다. 빈 상류사회의 교양있는 여성들 사이에서 '바지'라는 단어는 입에 올리는 것조차 금기시되어서 그냥 "거시기౿"라고 지칭되었거니와 아내가 남편에게 성관계를 요구하는 것은 "화냥년" 또는 "매춘부"의 언행이었기 때문에 '아이(특히 아들을)를 갖고 싶다'고 에둘러 말하든지 하였다. 슈니츨러 문학은 나치의 등장(1933)과 함께 미풍양속을 해친다는 이유로 출판과 공연이 금지되었다. 1960년대까지 어쩌다가 다락방에서 발견된 그의 작품들은 '아무도 몰래 나 혼자만 읽고 싶은 책—나 혼자만 알고 싶은 책—읽었다는 사실조차도 감추고 싶은 책'이었다. 슈니츨러는 한동안 '합스부르크 왕조의 낙조를 그린/에로스를 중심으로 찰나적인 남녀관계를 묘사한/빈 모더니즘을 대표하는/뛰어난 심리묘사로 프로이트로부터 극찬을 받은/내적 독백이라는 소설 기법을 최초로 사용한' 작가로 평가되었다. 그의 문학은 많건 적건 간에 과거형이었다. 그러나 1967년부터 2000년까지 약 33년간에 걸쳐서 방대한 분량의 슈니츨러 유고(遺稿)들이 순차적으로 발간되면서, "어제의 세계를 소재로 우리의 오늘과 내일을 이야기해놓은 작가"라는 관점에서 그의 문학이 다시 논의되기 시작하였다. 오늘날 독일어권의 어문교육에서 『꿈의 노벨레』「엘제 아씨」「구스틀 소위」는 하나의 필독서가 되었으며 「라이겐」은 각색 또는 번안되어 무대 및 영화예술로 되살아나고 있다.

    역자는 이 글에서 슈니츨러 유고의 생성과정을 요약·정리하면서 슈니츨러 문학 생산물의 자기 분석적인 특성(= 의학醫學)을 약술하고, 이를 넓은 의미의 선학(禪學)의 차원까지 확대시켜서 슈니츨러 시학(詩學)에서 바로 독자가 얼마나 귀중한 위치에 자리하고 있는 주체인지를 서술하고자 한다. 그러나 이 자리에서 논의되는 선학은 슈니츨러 문학의 한 특성을 보여주기 위한 하나의 수단일 뿐, 그 이상의 의미를 지니지는 않는다.

1. 시학과 의학의 만남

슈니츨러 문학 생산물의 가장 기초적인 자료는 일기이다. 그는 유년시절부터 자신의 내면에서 일어나고 있는 일들을 끊임없이 관찰하도록 강요당하는 병적인 강박 감정, 그의 말을 빌리면 "우울증적 성향"에 시달렸지만 이를 완전히 떨쳐버릴 수 없었다. 이러한 성향에 의해서 야기된 내면세계의 혼란을 조금이라도 완화시키기 위하여 그는 사실관계를 중심으로 자신의 내면세계에 관한 기록을 꾸준히 남겨놓을 필요성을 느꼈다. 그의 일기 기록은 1876년에(14세) 시작되어 1931년까지 55년 동안 계속되었다.[2] 슈니츨러는 일기를 단순히 보관해놓은 것만이 아니었다. 자신의 내면에서 무슨 문제가 있을 때마다 일기를 꺼내 이곳저곳을 들추어 보며 반복해서 읽으며 시간 경과에 따른 의식의 변화 및 그 차이점을 스스로 평가하였고 비록 추측에 불과할지라도 그 원인을 그때그때 일기에 남겨두었다. 그의 일기는 자신의 카사노바적이고 병적인 삶에 대한 관찰 기록이었고, 동시에 그 원인을 분석·진단하는 도구였다. 이러한 작업이 50여 년 동안 진행되는 과정에서 얻어진 다양한 '인식 또는 작품에 대한 구상'도 그 분량이 적지 않았다. 슈니츨러가 남겨놓은 유고(일기, 편지, 자서

---

2) 1876년부터 3년간 쓴 일기는 1879년에 아버지에게 압수되어 소실되었다.

전 및 여타 자기 분석적인 기록물)는 타자기 용지를 기준으로 약 4만여 장에 달하였다.[3] 그는 1931년을 기준으로 자신의 유고를 약 270여 개의 파일로 분류하고 그 가운데에서 자신의 사후에 출판을 원하는 것을 따로 선별하여 책의 표제까지 확정해두었다. 전후 독일 경제가 안정을 되찾자 미발표 작품까지 모두 수록된 슈니츨러 문학 전집이 1961~1962년에 독일 피셔Fischer 출판사에 의해 양장본으로 발간되었다. 그 이후로 『잠언과 관찰』(1967), 작품 노트 『초안과 폐기』(1977) 그리고 자서전 『빈의 유년 시절』(1981)이 순차적으로 출판되었다. 슈니츨러 일기는 오스트리아 학술원에 의해 1981년부터 간행되기 시작하여 2000년에 완간되었다. 『빈의 유년 시절』에는 작가의 출생 배경 및 성장 환경 그리고 의사 직업을 포기하고 작가의 길에 들어서게 될 때까지의 과정이 연대순으로 정리되어 있다.

슈니츨러는 의학박사 학위를 취득하던 해인 1885년 여름에 폐결핵에 걸렸다는 의심을 받았다. 당시의 유럽에서 가장 사망률이 높았던 질병이 폐결핵이었던 것을 감안하면, 이는 사형선고와 다름없었다. 이때를 전후하여 일련의 단편소설: 「이 무슨 멜로디인가」(1885), 「그는 할 일 없는 신을 기다린다」(1886), 「내 친구 Y」(1887), 「유산 상속권」(1887)이 차례로 완성되었다. 「그 무슨 멜로디인가」와 「유산 상속권」은 유고로 남긴 짧은 단편이었다. 그러나 슈니츨러는 유언을 통해 훗날 자신의 전집이 간행되면 이 두 작품을 포함시킬 것을 신신당부하였다. 작품의 내재적 가치보다도 자신의 "창작물에 관

---

3) 1938년, 오스트리아가 나치 독일에 합병되던 해에 슈니츨러 유고는 빈 주재 영국 대사관의 도움으로 영국 케임브리지로 옮겨졌다. 슈니츨러는 사후에 망명을 떠난 보기 드문 작가였다.

한 생리학(그리고 병리학!)"을 이해하는 데에 결정적인 작품이라는 것이 그 이유였다.

「이 무슨 멜로디인가」「그는 할 일 없는 신을 기다린다」「내 친구 Y」는 별개의 단편들이지만 이들을 하나의 작품처럼 연결해서 읽어보면 '한 소년-세계적인 음악가-뜨내기 시인-진정한 시인-의사'가 차례로 등장한다. 한 소년이 장난 삼아 종이에 음표를 그려 넣는다. 이를 우연히 발견한 음악가는 그 멜로디에 감탄하고 이를 발표하여 세계적인 명성을 얻지만 우연의 산물인 이 멜로디를 더 이상 변주해낼 수 없다. 절망에 빠진 음악가는 자살한다. 뜨내기 시인은 언어예술가이다. 그러나 "조각 글의 천재"일 뿐, 작품을 끝까지 써내려갈 능력도 열정도 없다. 진정한 시인은 모종의 시적 환상에 사로잡혔다. 그러나 이를 표현해낼 언어를 찾지 못하여 시적 환상 속의 주인공이 죽는 것을 지켜봐야 했다. 진정한 시인은 정신착란을 일으켜 자살한다. 「내 친구 Y」에서 화자로 등장한 '나'는 의사이고 Y는 진정한 시인이다. 의사는 진정한 시인의 자살을 지켜본다. 두 사람은 친구 사이이다. 그러나 의사의 직업윤리가 그러하듯이 친구에 대한 감정을 배제하고 "자신의 의견에 따라서" 진정한 시인의 죽음을 사실관계를 중심으로 일종의 사망 진단서를 작성한다. 음악의 멜로디를 지향하는 언어예술이 좌절된 곳에서 슈니츨러의 시학은 시작되고, 그 출발점은 의학임을 알 수 있다.

「내 친구 Y」와 같은 해에 완성된 「유산 상속권」의 주인공 에밀은 남편이 있는 한 여자와 오랫동안 에로스의 세계에 빠져서 헤어나지 못한다. 에로스는 자연사적 유산이기에 상속 포기의 대상이 아니다. 그러던 어느 날 그녀가 심장마비로 갑자기 죽는다. 에밀이 그녀에게 보낸 편지를 그녀의 남편이 읽는다. 에밀이 그녀에게 보낸 편지는 남편의 사회적 유산이다. 그녀의 남편은 에밀에게 결투를 신청하고 결투 끝에 에밀은 죽는다. 사회사적 유산인 시민사회의 규범과, 자연사적 유산인 에로스가 죽은 한 여성을 놓고 유산 상속권을 다툰다. 화해의 여지는 없다. 이를 해소하는 당대 시민사회의 불문율은 결투이다. 에밀(=에로스)은 시민사회의 규범 앞에서 죽음의 위기를 맞이하여 소리 없는 비명을 지른다. 에밀의 장례식에 에밀의 한 친구가 참석한다. 에밀의 친구는 소위(少尉)이고 그는 작가의 길에 들어선 슈니츨러의 또 다른 캐릭터이다. 에밀의 친구(=슈니츨러)는 「유산 상속권」의 후기를 작성하면서 에밀의 죽음을 평생 기억하겠다는 결심을 밝혀놓는다.

1889년 6월 2일 슈니츨러는 일기에 다음과 같이 적고 있다. "실무를 보지 않는 의사! — 그저 그런 업적을 거둔 시인! — 사랑 없이 연애에 빠진 젊은 남자!" 또 다른 자서전적 기록인 『잠언과 관찰』에서 슈니츨러는 자신의 예술세계를 구성하는 3대 좌표는 "자연 과학적 진실에 대한 심도 — 문학적 형상의 통일성 — 작가적 체험에 대한 연속성"이라고 밝혀놓았다. 고양된 의미에서 슈니츨러의 예술세계는 의학과 시학 그리고 자신의 체험에 대한 전체성 사이에서 일어나는 역동적인 '긴장의 장'이고 동시에 슈니츨러 문학 생산물의 본원적인 테마라 할 수 있다.

2. 슈니츨러 문학과 선학

세기 전환기 빈에서 중국 문화는 낯선 것이 아니었으나[4] 중국 불교문화에 대한 슈니츨러의 직접적인 언급은 찾아보기 어렵다. 유고로 남긴 미완성 단편소설 「내가 만났던 한 중국인」(1926)이 거의 유일한 것처럼 보인다. 그러나 여기에서 슈니츨러가 중국문화 또는 선불교와 직접 접촉했는가의 여부는 그다지 중요하지 않다. 설사 '선/禪/Zen'이라는 단어를 지금까지 단 한 번도 의식적으로 사용하지 않았던 사람도, 무의식적으로 또는 자동적으로, 이미 선의 상태에 있을 수 있기 때문이다. 예를 들면 『선학의 황금시대』의 저자인 우징슝(吳經熊)은 동양과 서양의 정신세계를 하나로 아우르며 기독교 교리의 깊은 뜻에서 선이 낯선 개념이 아님을 밝혀놓았다.[5] 우리는 선 또는 선불교가 객관적인 서술 또는 논리적인 입증을 통해서 전달될 수 있는 테마가 아니라는 것도 잘 알고 있다. 그러나 선이라는 용어가만일, 자신의 구체적인 삶의 현실과 관련하여 떨쳐버릴 수 없는 문

---

4) 예를 들면 노자의 『도덕경』은 이미 1788년에 라틴어로 번역되면서 유럽에 알려졌고 구스타프 말러는 1908년에 독일어로 번역된 이태백의 시에 기초하여 「대지의 노래 Das Lied von der Erde」를 작곡하였다.

5) 동서양의 관점에서 선을 아우르고 있는 저서들을 대표적으로 세 가지만 언급해둔다.
Wu, John C. H., *The Golden Age of Zen*, Taiwan: National War College, 1967; 吳經熊, 『선학(禪學)의 황금시대(黃金時代)』, 서돈각·이남영 공역, 삼일당, 1981. 인용 표기는 『선학의 황금시대』를 기준으로 하였음.
Fromm, Erich, D. T. Suzuki und Richard de Martino, *Zen-Buddhismus und Psychoanalyse*, Frankfurt a. M.: Suhrkamp, 1971.
김승혜 외 공저, 『불교와 그리스도교의 수행』, 바오로의 딸, 2005.

제의식(=화두)에 사로잡힌 상태 — 이를 해결하고자 평생에 걸쳐서 엄청난 노력을 기울이는 과정 및 그 방법(=용맹정진) — 용맹정진의 과정에서 파생되는 체험 전체(=선 체험) — 선 체험의 결과로 도달할 수 있는 '깨달음'(=견성) 또는 기독교의 '내심낙원'[6]을 지칭하는 것이라면, 슈니츨러가 한 사람의 개인으로서 모종의 깨달음에 도달하기까지의 과정은 선승(禪僧)의 그것과 비교될 만하고 자신의 깨달음을 문학작품을 통해서 독자에게 전달하는 시학적인 방법은 선사(禪師)의 그것에 견주어볼 수 있다. 슈니츨러는 말년에 이르러 자신의 죽음을 예감하고 「내가 만났던 한 중국인」에서 한 중국인을 피관찰자로 등장시켜서 자신의 내면세계를 또다시 풍자하고 있다. 관찰자는 중국의 '의화단사건'(1900년)을 진압하는 오스트리아 군대 소속의 한 중위(中尉)이다. 그는 "중국인의 심리학"(p.372)에 관심이 있었기에 사형집행을 눈앞에 둔 상태에서 소설을 읽고 있는 한 중국인을 관찰하다가 그를 살려내겠다는 충동에 사로잡혀 상부로부터 특사를 받아 그를 방면해준다. 그에게는 "이 세상에서 만났던 모든 사람들 중에서" 그가 "만났던 그 중국인은 가장 낯설고도 낯선 사람"(p.378)이었다. 그러나 중위와 그 중국인 사이에 형성된 모종의 심리적인 관계를 간파해낸 상위의 심급(=대령)에 따르면, 그 중국인은 중위의 '마음을 꿰뚫어보고'(p.375) 이를 역이용하고 있다는 확신을 갖고 있고 중위는 이를 인정함으로써 특사를 받아낸다.

"선은 자신의 존재를 있는 그대로 들여다봄"이라고 한다면, 그러한 슈니츨러의 안목은 의사 수업을 통하여 훈련된 것처럼 보인다.

---

6) 우징슝, 『내심낙원』, 김익진·이문호 옮김, 바오로의 딸, 2007.

의사가 환자를 대할 때에 자연과학적인 진실을 추구하는 관찰이 그 무엇보다도 우선되는 것처럼, 슈니츨러의 눈은 시민사회의 규범·허상·기만·미망 등의 피안에 가닿아 있다. 게다가 "선의 일차적인 목표가 정신적으로 병이 들거나 육체적으로 장애가 일어나는 것으로부터 우리를 지켜주는 것"이고 또한 슈니츨러의 문학도 자신의 병적인 삶과 내면세계의 우울증으로부터 탈출하는 과정에서 나온 생산물이라면, 선불교와 슈니츨러의 문학은 그 구체적인 목표를 공유한다. 슈니츨러의 문학은 자연사적이면서 동시에 사회사적 현상으로서의 인간과 그 가능성에 대한 수많은 사례의 연구이고 '보다 건강한 남·여(부부) 공동체의 가능성'에 대한 실험적인 탐색이라고 볼 수 있다. 이러한 관점에서 역자는 『꿈의 노벨레』(1925)와 「엘제 아씨」(1923) 그리고 제한된 의미에서 「라이겐」(1896/97)을 슈니츨러의 대표작으로 추천한다.

슈니츨러의 체험과 그 언어적 표현 사이의 관계는 선사들의 언어사용과 그 성격에 있어서 비교할 만하다. 다시 슈니츨러 초기 소설로 돌아가본다. 그의 문학전집 첫머리를 차지하는 단편소설 「이 무슨 멜로디인가」에서 그 멜로디는 '에로스와 죽음의 이중주'이다. 그러나 이 멜로디에서 떠오르는 "황금빛 환상"에 사로잡힌 "진정한 시인"(「내 친구 Y」)은 언어예술로 이를 표현하지 못하여 작중의 주인공을 죽게 만들었고 자신도 정신착란을 일으켜 자살한다. 슈니츨러 평생의 화두 '에로스와 죽음의 이중주'는 문자로는 묘사 불가능한 테마, 선불교에서 이야기되는 소위 불립문자(不立文字)의 테마이다. 언어 회의에 빠진 "진정한 시인"은 슈니츨러와 동시대의 작가 후고 폰 호프만스탈Hugo von Hoffmannstahl의 「첸도스 경의 편지」(1902)에서 다시 발견된다. 그러나 언어와의 결별을 선언한 첸도스에게 남은 것은 침묵이고, 침묵이 그에게 고통이라면, 첸도스의 언어 회의는 '문자에의 집착'에서 비롯된 것이다. 이러한 관점에서 슈니츨러의 언어 회의는 호프만스탈의 그것과는 구별된다. 언어 회의에 빠진 시인을 관찰하는 의사가 「내 친구 Y」의 실질적인 화자(話者)이기 때문이다. 의사의 입장에서 언어는 인간의 정신을 표출하는 하나의 수단일 뿐이다. 선불교의 불립문자 정신도 "선은 문자가 아니라 행동"(『선학의 황금시대』, pp.128~30)이라는 것을 거듭 일깨워준다. 심지어 묵언(默言)도 수행의 일종이다. 슈니츨러의 언어 회의는 언어 그 자체에서 비롯된 것이 아닌, 오히려 '언어의 그릇된 사용'에 있다. 만일 언어가 하나의 인간 현실과 조건 없이 맞교환된다면 우리는 '언어의 마술'에 빠질 위험이 있다. 르네 마그리트René Magritte의 유명한 그림 「이것은 파이프가 아니다」(1928/29)에서 슈니츨러가 생각했던 언어의 마술에 대한 경고를 다시 만날 수 있다. 슈니츨러의 언어 회의는 오히려 루트비히 비트겐슈타인Ludwig Wittgenstein의 유명한 명제를 떠올리게 만든다. "말로 표현할 수 없는 것에 대해서 침묵하지 않으면 안 된다"라는 비트겐슈타인의 명제는 하나의 윤리적인 요청이고 선불교의 불립문자의 정신이기 때문이다. 말로 표현할 수 없는 것에 대해서 침묵하지 않으면 "언어의 마술"에 걸릴 위험이 있다. 『꿈의 노벨레』의 주인공 프리돌린은 '실체 없는 말에 의해서 인간들이 얼마나 현혹되고 있는지'를 거듭 일깨우고 있다.

　선은, 비트겐슈타인의 지적과 같이, "생각하지 마라, 보아라! Don't think, Look!"(『선학의 황금시대』, p.38)를 근본적인 출발점으로 삼는다. 슈니츨러는 자신의 내면세계를 '있는 그대로 들여다봄(= 선)'을 통하여 인간에게 상속된 자연사적 힘과 사회사적 힘들이 서로 대립

하여 불구대천지 원수들처럼 결투를 벌이고 있다는 주관적인 확신에 도달하였다. 「엘제 아씨」와 「구스틀 소위」의 이야기 구조는 시학의 관점에서 보면 내적 독백이다. 그러나 의학·시학·선학의 통섭(通涉)이라는 입장에서 보면 하나의 "내적 대화"이다.

「엘제 아씨」의 경우, 열아홉 살 한 여성의 '의식(意識)의 내적 공간'에 자연사적 힘(에로스와 죽음)과 사회사적 힘(규범과 욕망)이 여과 없이 등장하여 엎치락덮치락 대결하고 동시에 이들을 표상하는 수많은 주변 인물들이 그녀의 의식 속을 무시로 들락거리며 일대 난투극이 벌어진다. 특히 여성은 생리·임신·출산의 주체이기 때문에 남성에 비해서 훨씬 더 자연에 구속되지만 그럼에도 불구하고 그들에게 부여된 사회규범은 남성의 그것에 비해 훨씬 더 완강하다. 「구스틀 소위」에서 스물네 살 남성 주인공의 '의식의 내적 공간'이 비교적 좁고 단순한 이유도 여기에 있다. 한 사회의 병리학적인 모순은 남성보다도 여성 특히 사회에 진출한 여성에게 더 치명적인 힘을 발휘할 수 있음을 오늘날의 통계도 입증해준다.[7] "파울, 넌 진짜 의사잖아. 살려줘!"(p.125)라는 엘제의 소리 없는 비명이 오늘날에도 예사롭게 들리지 않는 이유이다. 엘제의 자살 충동은 현재진행형이다. 엘제는 자신이 입 밖에 내놓는 말조차도 "지금 이 말을 하는 사

---

7) 우리 사회의 15~64세 "직업별·성별 자살자의 비중"에 대한 통계(2010. 09. 12. 연합뉴스)를 잠깐 보자. 2009년을 기준으로 통계 대상이 되었던 74,000여 명의 사망자 가운데에 남녀-자살자-비율은 전체적으로 15.1% 대 18.3%이어서 그 차이에 큰 의미가 없는 것처럼 보인다. 그러나 이를 다시 관리자/전문가/사무종사자/서비스업 종사자로 세분화해보면 10% 이상의 차이가 드러난다. 특히 사무직 종사자들의 경우 여성의 자살 비율이 남자의 두 배에 가깝다(33.3% 대 18.5%). 농어업 등과 같은 생산직에 종사하는 경우에 남녀의 자살 비율은 각각 10% 내외로 유의미한 차이가 없었다.

람이 정말 나일까?"(p.54) 또는 "이렇게 사람을 녹이는 목소리, 내 몸 어디에서 나오는 것일까?"(p.50)라며 의심한다. 과연 진아(眞我)는 어디에 있는 것일까? 엘제는 자신의 정체성 위기가 정점에 달할 때마다 '나는 지금 어디에 있는지'를 되묻지만 이는 동시에 독자에게 던지는 질문이 되어 되돌아온다. 인간의 정신병리학적인 조건에 대한 이러한 통찰은 선을 포함하는 대승불교의 전통에서 동정(同情) 또는 자비(慈悲)를 그 내용으로 한다(『선학의 황금시대』, p.22). 슈니츨러의 자서전 「빈의 유년 시절」에 따르면, 동정심의 대상이 되는 '너'는, 의식적이든 무의식적이든 아니면 자동적으로, "본원적인 의미에서의 나"를 지칭한다. 하나의 경험 명제이다. 「엘제 아씨」에서 엘제는 창문을 내다보며 '나'의 외로움과 두려움을 호소하는데(p.45), 그러한 느낌의 원인은 그녀에게 친구·애인·약혼자로 다가설 가능성이 열려 있는 상대('너')의 폐쇄성에 있다. 이와는 반대로 엘제가 아빠를 비롯한 주변세계의 인간에 대한 동정심을 포기하면 이는 곧 자기 자신에 대한 동정심(=자중자애自重自愛)의 포기로 이어지고 그녀는 '살아서 무덤에 갇힌 인간'(p.39)처럼 느껴진다. 그녀는 심장이 어서 멈추기를 바란다(p.106). '너의 외로움'은 동시에 '나의 폐쇄성'이고 그 역도 마찬가지이다. 그 연장선이 끝나는 지점에서 '너(나)'의 폐쇄성은 '나(너)'의 아픔(=연민)이 된다(p.74).

3. 모피코트를 걸친 선승

우리는 슈니츨러의 문학작품 속에서 모종의 '깨달음'에 도달한 것처럼 보이는 주인공을 만날 수 있다.[8] 슈니츨러가 작중의 인물들을 자기 분석 또는 진단의 수단으로 삼아서 자신의 내면세계에서 찾아낸 하나의 내심 낙원을 예시해놓은 것처럼 보인다. 특히 「엘제 아씨」의 마지막 장면에서는 모종의 '깨달음의 노래'가 주인공의 '의식의 내적 공간'에 가득하다. 슈니츨러 첫번째 단편 「이 무슨 멜로디인가」에 대한 하나의 답변이다. "도대체 이건 무슨 노래일까?"(p.127) 한 가지는 분명하다. 수면제를 먹은 엘제의 의식 세계가 언어의 마술에서 풀리면서 귀에 들리는 모종의 노래이다. 그러나 슈니츨러가 한때 깨달았다고 생각되는 내심 낙원이 지금 우리와 무슨 상관이 있을까? 슈니츨러의 시학을 선불교와 비교해볼 수 있는 보다 결정적인 이유는 슈니츨러 독서는 독자가 '자신의 내면세계를 들여다볼 수 있는 통로'가 될 수 있다는 점 그리고 슈니츨러도 이 점을 의식하고 '독자와 모종의 게임'[9]을 벌이고 있다는 점에 있다. 슈니츨러 연구에서 자주 인용되는 그의 드라마 「파라셀수스Paracelsus」(1898)[10]의 한 구절을 읽어본다.

---

8) 예를 들면 『죽어감』(1895), 『열린 곳으로 가는 길』(1908), 『엘제 아씨』(1923) 그리고 『꿈의 노벨레』(1925)의 마지막 장면들을 주목해볼 수 있다.

9) 본 번역서에서 사용된 게임game이란 단어는 독일어 '슈필Spiel'을 영어식으로 옮겨낸 것이다. 슈필의 의미는 영어의 '플레이play'에 가까운데, '게임하기·시합하기·연기하기·연주하기·틀어주기·속이기·놀려주기·까불기·연극·놀이·장난·유희' 등으로 다양하게 맥락에 따라 적용해볼 수 있으며 독자들의 해석 폭을 넓히기 위해 '게임'이라 번역해놓았다.

10) 파라셀수스(Paracelsus, 1491~1541)는 오스트리아 출신의 의학자이다. 그는 자신의 "경험과 실험 그리고 자연관찰"을 바탕으로 독자적인 의술을 주창하였다는 점에서 슈니츨러의 분신처럼 보인다.

오호라 게임이로다! 그게 아니면 도대체 뭐란 말인가?
우리가 이 세상에서 하는 일 중에 게임이 아닌 것이 없으니,
정녕 위대하고도 심원해 보이도다!
어떤 사람은 거친 용병부대와 힘 겨루기를 하고
또 다른 이들은 터무니없는 헛것들과 장난을 치고,
태양이나 하늘의 별들을 불러다가 놀아나는 작자도 있다지만 ―,
이 몸의 게임 상대는 인간의 영혼이로다.

찾아나서는 자,
오로지 그에게
하나의 의미가 발견될지니.

꿈과 깨어남 사이에 문턱이 없고
진실과 거짓이 한 얼굴에 있으니
마음 놓을 곳은 어디에도 없도다.
우리가 다른 사람에 대해 뭘 알랴, 한 치 자기 속도 못 들여다보는
주제에. 우리는 그저 게임을 계속할 뿐, 이렇다는 걸 안다 해도,
한갓 머릿짓에 불과할지니.

　슈니츨러가 독자와 벌이는 게임은 예를 들어 선사와 제자 사이의
선문답을 연상시킨다. "선은 가르치지 않고, 다만 가리킬 뿐이다.
선은 우리를 단순히 일깨우고 각성할 수 있게 한다"(『선학의 황금시
대』, p.39)라는 선문답의 대명제는 슈니츨러 시학에도 적용된다. 슈
니츨러가 "인간의 영혼"을 상대로 벌이는 게임의 궁극적인 목표는

독자의 내면에 "이미 존재하고 있으나 스스로도 의식하지 못하고 있는 깨달음"(『선학의 황금시대』, p.35)으로 독자를 유도하기 위한 것일 뿐, 모종의 깨달음은 "오로지 찾아나서는 자"에게만 주어진다. 그러나 만일 그 깨달음이 '언어로 완벽하게 설명될 수 있는 것이라면'[11] 이는 "단 하나의" 깨달음이고 동시에 "한갓 머릿짓에 불과"하다. 슈니츨러의 분신처럼 보이는 파라셀수스의 일갈(一喝)은 노자 『도덕경』 제1장을 다시 읽는 느낌이다.

「돈 돈, 내 돈」(1889)에 숨어 있는 모종의 깨달음에 대해서는 우리가 비교적 손쉽게 접근할 수 있는 것처럼 보인다. 주인공 벤다인은 페인트 칠장이다. 그는 우연한 사건을 통해 어느 날 저녁에 일확천금 벼락부자가 되었다. 모든 정황으로 미루어 부인할 수 없는 사실이다. 그럼에도 불구하고 그는 그다음 날 아침에 눈을 뜨자마자 과거의 가난한 모습으로 되돌아가서 페인트 칠장이의 생활과 가난에서 평생 못 벗어난다. 뿐인가. 그의 아들도 아버지와 같은 운명을 결국 대물림 받는 것처럼 보인다. 동화 속에서나 있을 법한 우연한 사건 그리고 기상천외한 이야기로 포장되었기에 '벨다인 가문의 불행한 이야기'라고 넘겨버리고 싶겠지만 — 그러나 우리는 이미 누구나 한번쯤은 과거 한때에 동화 속의 '공주님' 그리고 '왕자님'이지 않았던가, 그리고 그 연장선에서 지금쯤은 명품 귀족이고 억만장자가 되어 있음이 마땅하지 않을까? 그러나 현실은? — 거지 왕자이다! 아

---

11) 「엘제 아씨」에서 도르스데이는 '세상 만사를 경험으로 깨달은 자'이고, 그의 깨달음은 언어로 완전하게 표현될 수 있는 성격의 것이다. 이에 관련된 엘제의 말을 옮겨본다: "이 자식은 어디에서 이렇게 술술 말하는 걸 배웠을까? 마치 무슨 책을 읽어내는 것 같아"(p.64).

주 오래된 이야기이다. 에로스의 힘 그리고 죽음의 공포를 포함하여 우리의 의식에 잠재된 또는 주입된 사회적 욕망을 끊임없이 관찰하고 이를 나름대로 지배할 수 있는 '진정한 왕'의 자리는 없는 것일까? 슈니츨러 읽기는 그 대답을 연습할 수 있는 하나의 독서 현장(現場)이 될 수 있다.

선사와 제자 사이에 벌어지는 게임에서 "선사의 말과 몸짓이 자명종의 울림"(『선학의 황금시대』, p.39)과 같은 것이라면, 슈니츨러의 대표작으로 오래전에 소개된 「죽은 자는 말이 없다」(1897)는 표제 자체가 슈니츨러의 대표적인 화두라 할 수 있겠다. 해당 작품의 원제는 "죽은 자들은 말이 없다"이다. '죽은 자들은 원래 말을 못 한다. 당연지사입니다! ― 그런데 만일 살아 있는 자들마저 말이 없다면 ― 죽은 자들과 살아 있는 자들 사이에 도대체 무슨 차이가 있을까요!?' 슈니츨러 독자는 일종의 불립문자의 깨달음을 의식적이든 무의식적이든 간에 강요당하지만, 이 작품의 표제가 경고하고 있는 것처럼 "죽은 자들은 말이 없습니다!"[12] 자연의 섭리에 의한 죽음보

---

12) 「죽은 자는 말이 없다」에서 남편이 아닌 남자와 관계를 맺고 있던 여주인공 에마는 그 남자가 죽어서 말을 할 수 없게 되자 역설적으로 자신의 과거를 남편에게 고백할 필요성이 절실해진다. 당대의 사회 규범에 비추어보면 위험천만한 모험이다. 결혼(=남·여) 공동체가 해체되고 동시에 가정 공동체에 결손이 생길 수도 있다. 에마는 입을 다물 수도 있었다. 에마가 자신의 과거를 남편에게 고백하겠다는 결심을 내린 배경은 무엇일까? 그리고 그 고백의 성격은 무엇일까? 그리고 이에 대한 남편의 반응은 어떠했을까? 분노·발작·폭력·이혼? 이외에도 수많은 의문들이 꼬리에 꼬리를 물고 파생될 수 있다. 그리고 그 대답은 독자의 몫으로 오롯이 남겨져 있다. 독자는 자신의 과거와 체험을 불러들여서 에마의 내면세계를 재해석하고 이러한 물음에 스스로 답하지 않으면 안 되는 상황, 다시 말해서 자문자답을 통한 '자기 각성' 그리고 '자기 결단적 상황'에 빠진다.

다 먼저 들이닥치는 죽음이다. 슈니츨러의 시학은 '우리는 벌써 죽어 있는 것은 아닌지!?'를 집요할 정도로 되묻는다. 「라이겐」 제9막에 등장하는 백작은 "혹시 내가 그때 총에 맞아 죽었는데, 내가 죽었단 것도 눈치 못 채고 있나."(p.290)라는 말과 함께 자신의 책임의식을 어물어물 덮는다.

"죽은 자들은 말이 없습니다"라는 화두에 하나의 답변을 적극 모색하는 대표적인 작품은 『꿈의 노벨레』이다. 주인공 프리돌린은 에로스의 모험에서 그의 신분을 감춰주기 위해 스스로 사회적 죽음을 불사하는 한 여성을 만난다. 그는 그녀의 희생을 막지 못한 채 그 자리에서 쫓겨난다. 그의 사회적 신분은 훼손되지 않았다. 그러나 프리돌린은 그녀가 겪게 될 운명을 생각하면 자기 자신에 대한 "분노·절망·수치심"(p.98)[13]에 사로잡힌다. 그는 그 여자를 다시 찾아내지 못한다면 "산다는 것도 [……] 더 이상 가치가 없"(p.91)기 때문에 우발적인 범행을 당하여 "갈비뼈 사이에 칼침을 맞고"(p.98) 죽는 것이 차라리 낫다는 각오이다. 죽음을 불사하는 용맹정진의 정신이다. 『꿈의 노벨레』에서 부부로 등장하는 남·여 주인공들은 작품의 마지막에 이르러서 모종의 깨달음에 도달한다. 그러나 그들은 깨달음의 설교자가 아니라 안내자일 뿐, 깨달음의 주체는 어디까지나 독자이다. 프리돌린은 현실에서 '에로스의 모험'에 참여하고 알베르티네(아내)는 꿈속의 모험을 남편에게 고백함으로써 독자의 내면에 숨겨진 무의식 세계로 독자를 안내한다. 그리고 프리돌린이 자신의 사회적 신분을 지켜주고 목숨을 버린 것처럼 보이는 한 여인의 죽

---

13) 이 글에서의 인용 표기는 아르투어 슈니츨러의 『꿈의 노벨레』(문학과지성사, 1997)를 기준으로 하였다.

음을 추적·조사하는 과정에서, 독자는 독자 자신의 과거와 체험을 다시 불러와 프리돌린의 작업에 동참하도록 유도한다. 프리돌린은 에로스의 모험에서 돌아오는 길에 '모피 코트를 걸친 수도승'(p.97)으로 등장하였고 그 모습이 '모피 코트를 걸친 선승(禪僧)'처럼 보이는 이유는 여기에 있다. 『꿈의 노벨레』에서 주인공 프리돌린과 알베르티네의 모험이 각각 보여주듯이 '어떠한 꿈도 순전히 꿈으로만 그치'(p.163)지 않을 가능성이 있기 때문에 우리는 보다 건강한 남·여(부부) 공동체를 위하여 끊임없이 자신의 체험을 불러와 자신의 내면을 관찰해야 할 "윤리적 책임"이 있다. 슈니츨러에 의하면 한 인간이 행한 말과 행동에 대한 책임감은 죽음보다도 강한 힘을 지녔고, 이는 한 개별자의 인격을 구성하는 최후의 보루(堡壘)이다.[14]

슈니츨러 독서가 독자가 자신의 내면을 들여다보고 이를 통해서 모종의 결단과 그 실천적 가능성을 연습해볼 수 있는 현장이라면, "우리의 오늘과 내일"의 세대를 위하여 그 가치가 높이 평가될 수 있는 작품은 「엘제 아씨」이다. 이 작품에서 주인공 엘제가 가장 대화를 많이 나눈 상대는 도르스데이이다. 그들이 직접 대화를 나누게 된 배경과 그 내용을 요약해본다. 엘제의 아빠는 변호사로서 직무상 배임행위를 하였다. 그는 형사 소추를 당할 위기에 처했지만 배상금이 정해진 일시에 지정된 계좌에 입금되면 그 원인은 해소된다. 엘

---

14) 슈니츨러는 유고 「잠언과 관찰」에서 이를 다음과 같이 표현해놓았다: "책임감으로부터 도망치는 방법은 수없이 많겠지만 대충 정리해보면 다음 세 가지이다. 죽음으로 도피하기가 첫번째이고, 아프다는 핑계로 도망치는 것이 두번째이고, 이도 저도 아니면 그냥 멍청한 척해버리는 것이다. 마지막 방법은 언제라도 써먹을 수 있을뿐더러 위험하지도 않기 때문에 제법 똑똑하다고 하는 사람들도 자신은 아니라고 우기겠지만 부지불식간에 여기에서 멀리 벗어나 있지 않다"(「잠언과 관찰」, p.44).

제는 돈을 마련하기 위해 당대 신흥 부르주아 계층의 한 대표자, 예술품 상인 도르스데이와 협상을 한다. 그러나 엘제가 제시한 전통적인 사회의 인간 개념(즉, 친구·친척·명예·호의·슬픔·대화) 그리고 "다른 사람에 대한 보증"은 통용되지 않는다. 도르스데이는, 사람은 "자기 자신에 대해서도"(p.28) 보증을 서지 못한다는 입장이다. 엘제의 궁박한 상태는 그의 경험철학을 관철시킬 절호의 기회가 된다. 도르스데이는 자연과학적 결정론자["사내는 그저 사내이고"/ "당신은 분명 여자도 아니에요, 엘제, 당신이 이런 것을 눈치도 못 챈다면야" (p.61)]이고 동시에 시장결정론자["이 세상에 있는 모든 것은 각각 제값을 가지고 있고"(p.63)]이다. 그는 엘제에게 성(性)의 상품 특성 ["이를 팔았다 해서 더 가난해지는 것도 아"님(p.63)]을 설명해주고, 성은 사람에 따라서 금전 제공에 대한 보상이 된다는 입장에서["돈에 대한 보상을 받을 수 있는데도 자기 돈을 내던져버리는 자가 있다면, 그런 사람은 병신 중에 병신"(p.63)] 성(性)을 거래의 대상으로 하자는 제안을 한다.[15] 그러나 도르스데이가 "세상만사를 경험으로 깨달은"(p.63) 철학은 "인간의 자유의지에 대한 믿음"을 배제한 결과이다. 슈니츨러의 「잠언과 관찰」에 따르면, 우리가 "인간의 자유의지에 대한 믿음"을 버린다면 "이 세상은 슬픈 또는 우스꽝스러운 인형극장"으로 변할 것이고 그 누군가를 "사랑하거나 증오할 이유도 존경하거나 경멸할 까닭"도 없을뿐더러 우리는 "모든 윤리적 가치"를

---

15) 엘제가 나체로 거울 앞에서 서서 도르스데이의 눈에 비친 자신의 모습을 상상하는
   장면에서(참조 p.98) 역자는 르네 마그리트의 그림 하나를 머릿속에 떠올렸다. 마
   그리트가 그 그림에 「강간죄Le Viol」(1934)라는 제목을 붙인 것은 합당하다.

포기하고 하나의 "우연"[16] 또는 자연과학적인 "인과관계"만을 논의해야한다.

　이러한 관점에서 다시 한 번 『꿈의 노벨레』를 주목해보자. 주인공들은 의사 부부이다. 의사인 남자와 부유한 집안의 딸이 우연히 만났을까!? 사회적 조건에서 두 사람 관계는 동등하다. 하나의 필연 또는 사회적 연분(緣分)이다. 그러나 여기에 에로스가 개입되면 문제는 사뭇 달라진다. 그들의 사랑도 과연 하나의 필연이었을까? 『꿈의 노벨레』의 핵심 화두이다. 그들은 서로에 대해 처음 사랑을 느끼게 된 사건이 혹시 우연이 아닌지를 의심한다. 이러한 의심은 정당하다. 우연 또는 우연이 아님을 설명해줄 수 있는 하나의 인과율을 따라가다 보면 한 인간의 특성·개별성은 어느덧 소멸되기 때문이다. '얼굴 없는(가면)' 에로스의 모험은 여기서부터 시작된다. 그리고 모험이 모두 끝난 후에 두 사람은 상대방의 "현실에서의 모험" 그리고 "꿈속에서의 모험"(p.163)이 현실세계에서 언제라도 일어날 수 있는 사건임을 진심으로 받아들인다. 이는 서로를 고맙게 생각할 충분한 이유가 된다. 그들의 사랑은 우연의 산물이 아니라 한 개인의 결단에 의한 선택, 그리고 그 실천이기 때문이다. 이 언저리에서 두 사람의 만남은 하나의 천생연분이 된다.

---

16) 엘제는 자신의 운명을 '우연'에 맡기고 방치해버리고 싶은 충동에 종종 사로잡힌다. 예를 들면 커피가 늙은 신사에게 배달될는지, 아니면 젊은 부부에게 배달될지를 두고서 자신의 운명을 건 내기를 한다(p.59).

4. 게임 중에 게임은 사랑을 두고 벌이는 게임이더라!

「엘제 아씨」에서 열아홉 살 한 여성의 내면세계가 문제가 되었다면 이에 대한 하나의 메타 이야기는 「라이겐」이다. 「라이겐」은 1920년 12월 말에 베를린에서 전막이 최초로 무대에 올랐으나 막이 오르자마자 곧바로 찬반 논란에 휩싸였고 결국 1922년에 연극무대의 관련자들은 베를린의 법정에 서게 되었다. 당대 시민사회의 도덕 감정을 훼손하였다는 것이 그 이유였다. 슈니츨러는 이에 대한 실망감을 숨기지 않았다. 이것이 20여 년 만에 또 하나의 내적 독백 소설 「엘제 아씨」(1923)를 쓰게 된 계기이다. 엘제의 아빠는 도박과 증권투자에 심취한 사람이고 동시에 피후견인의 돈을 선량하게 관리할 의무를 지닌 변호사이지만 이를 착복하여 형사 소추의 대상이 되었다. 증권시장이 특정 주식의 미래 가치가 현재의 시점에 반영되는 현장이라면, 엘제의 아빠를 슈니츨러의 캐릭터라고도 볼 수 있을 것이다. 베를린 연극무대에 오른 「라이겐」의 몰이해는 동시에 「라이겐」의 미래였기 때문이다. 만일 「라이겐」이 훗날에도 재평가를 받지 못하고 하나의 "외설(猥褻)"로 남게 된다면, 슈니츨러(즉, 엘제 아빠)의 입장에서는 다음 세대(=피후견인)의 사회적 자산을 착복한 셈이 된다. 한 인간의 책임감을 자아의 출발점으로 강조해놓은 슈니츨러의 시학정신에 비추어보면 이는 형사 소추의 대상이다. 「라이겐」의 작가 슈니츨러는 '엘제 아빠'라는 캐릭터를 통해서 또 하나의 자기 풍자를 하였다. 이러한 관점에서 「엘제 아씨」는 '베를린-「라이겐」-법정사건'에 대한 일종의 답변서이다. 엘제의 항변을 들어보자: "당신네들이 날 이렇게 키우지 않았나요, 내 몸을 팔라고 말이야, 이렇게 팔든 저렇게 팔든 간에 팔아먹으라고 말이야. 연극무대에 대해서 당신들은 아무것도 알려고 하지 않았어요. 그러니까 당신들이 내게 조소를 보냈던 거지"(pp.79~80). "난 차라리 연극무대에 위에 섰어야 했어"(p.40)라는 엘제의 자의식을 주목해보면 당대 「라이겐」의 연극무대가 많건 적건 간에 엘제의 '의식의 내적 공간'으로 옮겨져 있다고 할 수 있다. 엘제가 창가에서 밖을 의식할 때에 엘제의 방은 「라이겐」의 무대 공간으로, 창밖은 그 관객석으로 전환된 것처럼 보인다. 그중에서 엘제가 유리 창문에 비친 자신의 나체와 창밖을 동시에 내다보면서 외치는 장면은 하나의 클라이맥스이다. 여기에 해당되는 텍스트 구절〔"오 아름답구나, 정말 아름다워〔……〕천한 계집 정도로 생각해야지"(pp.97~98)〕을 다시 읽어보면 「엘제 아씨」는 당대 「라이겐」 연극무대를 염두에 둔 하나의 관객 모독(冒瀆)이자 동시에 서사극의 효과를 지닌다. 「라이겐」은 연극 대본이지만 그 근본은 부제가 말해주듯이 "열 개의 대화"이기 때문에 독자의 내면에 상정된 무대공간에서 더 유의미한 성공이 기대된다.

위와 같은 관점에서 「라이겐」을 다시 읽어보자. 열 개의 막으로 구성된 「라이겐」에는 다섯 명의 남자와 다섯 명의 여자가 등장한다. 한 쌍의 남녀가 각각의 막에서 주인공들이다. 제1막의 주인공은 창녀와 군인이다. 군인은 처음 등장한 막에 이어진 막(제2막)에 재등장하여 새로운 이성 파트너(하녀)와 짝을 맺은 후에 퇴장하고 하녀는 이어진 막(제3막)에 재등장하여 또다시 새로운 이성 파트너(젊은 신사)와 관계를 맺고 퇴장한다. 이러한 남·여 관계의 고리는 '젊은 부인-남편-감미로운 아가씨-시인-여배우-백작'으로 이어지고 제10막에는 제1막에 등장했던 창녀가 재등장함으로써 등장인물 전체는 손에 손을 맞잡는다. 끝도 시작도 없는 "사랑의 윤무(輪舞)"이다. 「라이겐」은 한 사회에서 천태만상으로 결합되는 남·여 관계의 경우의 수 가운데에서 사회적으로 가장 결합 개연성이 높은 남녀 조합을 예시해주고 그 정점에는 한 사회에서 공인된 남·여 관계의 대푯값 부-부(제5막)가 있다. 제10막을 제외하면 각각의 막의 중간 이후에 성행위가 위치한다. 이것이 "사랑의 윤무"에서 본 게임이지만 이는 기호(---)로 암시될 뿐, 언표의 대상이 아니다. 「라이겐」의 근본 구조는 "열 개의 대화"이다. 한 쌍의 남·여는 상대방과의 성행위를 통해서 기대했던 성적인 또는(/그리고) 사회적인 욕망이 충족되는 정도에 따라서[17] 그들의 대화 내용 및 그 성격은 '성행위 이전과 그 이후'를 기준으로 변화한다. 「라이겐」 읽기의 일차적인 과제는 그 변화의 원인과 그 양상을 분석·진단하는 것이다.

「라이겐」의 실질적인 주인공들은 에로스와 사회규범이다. 이 두 가지 '얼굴 없는 힘'들이 하나의 실험적인 무대에 등장하여 서로 힘겨루기 게임을 한다. 작가로서 슈니츨러의 소명 가운데에 그 하나는 '결투의 공정한 심판관'이다.[18] 백작과 창녀(제10막) 사이에는 주신(酒神)이 개입하여 엉겁결에 게임이 주선되었을 뿐, 그들은 애당초 본 게임의 상대가 아니다. 백작(=사회규범)은 단지 본 게임의 가능성

---

17) 한 번의 성행위가 끝난 후에도 에로스에 대한 기대와 그 충족 사이에 간극이 다시 발생하거나 또는 너무 크면 이를 메우기 위해 제2차 성행위가 발생한다. 군인-하녀(제2막) 그리고 젊은 신사-젊은 부인(제4막)의 경우가 각각 여기에 해당된다.

18) 「결투의 심판관」(1927~1931)은 슈니츨러가 생애 마지막으로 완성해놓은 단편소설의 표제이다

만으로도 두려움(= 성병)에 떨고 창녀(= 에로스)는 백작이 지닌 사회적 규범은 안중에 없다.[19] 상대방의 실존을 인정하지 않는 본 게임은 불공정 행위이고 폭력(= 강간)이다. 따라서 본 게임은 성립되지 않는다. 그 밖의 나머지 게임의 경우에는 에로스와 사회규범은 그 힘에 있어서 많건 적건 간에 엎치락덮치락하기 때문에 본 게임이 성사된다. 「라이겐」의 실험무대에 오른 남·여의 사례는 단순한 게임(제1막: 창녀-군인)부터 시작하여 비교적 복잡한 게임으로 이어진다. 게임의 복잡성이 게임시간과 비례한다면 제4막과 제6막이 가장 길다. 「라이겐」의 막이 오르면 사회규범의 힘은 에로스의 그것보다 항상 우세하다. 그러나 막이 진행되면서 사회규범의 힘은 에로스의 그것에 비해서 상대적으로 점점 약해지고 결국 본 게임이 진행되는 동안에는 완전히 제압당하여 말도 못 꺼내다가("---") 성행위가 끝난 후에 다시 힘을 회복한다. 하지만 그 힘은 성행위 이전과는 또 다른 성격의 것이다. 각도를 조금 달리해서 이야기를 정리해보자. 사회규범과 에로스가 게임을 하는 과정에서 등장인물들이 사용하는 언어의 기표(記標)는 부지불식간에 기의(記意)에서 이탈하고, 그 간극이 한참 벌어져 있는 것 같다가도 어느 순간에 다시 좁혀져 있고 또다시 벌어지기를 반복한다. 열 개의 사례로 표준화된 남·여 사이의 대화에서 기표와 기의 사이의 간극, 시시각각으로 엎치락덮치락 변화되는 간극을 읽어내고 그 원인을 사례별로 진단해냄으로써 모종의 기호(記號)를 읽어내는 즐거움은 오롯이 독자 자신의 몫이다. 그뿐일까.

---

19) 백작과 창녀의 대화에서 창녀의 말투를 '반말조'로 번역해야만 한다면, 그 이유는 여기에 있다.

하나의 막에 등장한 인물이 그다음 막에서 또 다른 이성 파트너를 만나 또 다른 차원의 사회규범이 작동하면 앞선 막에서 보여주었던 '기표와 기의의 간극이 발생하는 원리'는 새로운 차원에서 전개되고 이를 서로 비교해서 읽다 보면 「라이겐」은 "슬픈 또는 우스꽝스러운 인형극장"이 되어 연민의 눈물과 웃음을 짓게 만든다.

「라이겐」 읽기를 출발점으로 삼아 「엘제 아씨」에 잠재된 수많은 의미 구조 가운데에서 그 하나를 서술해본다. 「라이겐」에 등장하는 각각 다섯 명의 남·여는 사실 열 개의 삼각관계의 주인공들이고, 그 연장선에서 「엘제 아씨」의 등장인물도 삼각관계를 형성한다. 남·여 관계의 대푯값 부–부의 예를 들어보자. 제4막에 처음 등장하는 젊은 부인은 젊은 신사와 관계를 맺고 그다음 막에서 남편과 짝을 짓는다. 젊은 신사는 에로스의 파트너이고 남편은 전통적인 사회규범에 따르는 안정적인 결혼생활의 파트너이다. 제4막과 제5막은 별도의 무대이다. 에로스와 당대 시민사회의 규범은 서로 격리 조치되면 불화를 일으키지 않는다.[20] 에로스와 당대 사회규범의 치명적인 불화 그리고 이에 따른 격리 조치는 엘제의 부담이다. 엘제가 "로마 대갈통"을 좋아한다는 것이 알려지는 순간에 시민사회의 규범을 표상하는 프레드와의 관계는 "끝장"(p.42)이다. 엘제는 사회에 진출할 나이가 되었다. 사회적 독립 기회가 없다시피 했던 당대 여성들에게 열린 미래는 오로지 결혼뿐이었다.[21] 엘제는 부유한 이모의 초청으로 상류

---

20) 「라이겐」의 젊은 신사와 남편은 각각 별개의 개별자처럼 보이지만 의학·시학·선학의 입장에서 보면 사실은 한 사람이다. "남편"은 한때에 "젊은 신사"였고 윤무의 방향을 반대로 돌려보면 "아내"는 얼마 전까지만 해도 "감미로운 아가씨"였음을 기억해야 한다.

사회에 데뷔할 기회를 얻었고, 거기에서 누군가의 눈에 띄어야 한다. 예를 들면 "그리스 황태자"(p.48)이지만 엘제는 그런 것은 동화 속의 환상일 뿐 자신의 실존과는 상관이 없다. 그녀는 자신이 만일 「라이겐」의 연극무대가 아니라 실제의 결혼생활에서 또 하나의 "젊은 부인"이 된다면 "남편 앞에만 서면 무서워서 소름이 끼"칠 것이란 간접 경험을 갖고 있다(p.39). "로마 대갈통"도 아니고 프레드도 아니라면 대안은 산부인과 의사인 사촌 파울이다. 그러나 파울이 먼저 자신을 선택하고 이를 밀어붙이지 않으면 이모의 반대를 물리칠 길은 없다. 게다가 파울은 부유한 가문의 시시와 에로스의 모험에 빠져 있다. 파울을 놓고 엘제와 시시는 삼각관계를 형성한다. 제1세트의 삼각관계 게임이다. 엘제는 제1세트 삼각관계 게임(=테니스)에서 물러나 제2세트의 삼각관계 게임에 등장한다. 엘제는 아빠의 배임행위를 원상회복시키기 위해 도르스데이에게 큰돈을 부탁한다. 도르스데이는 성(性)을 거래의 대상으로 삼자는 제안을 한다. 그러나 그의 제안의 수용 여부는 엘제에게 달려 있다. 제2세트의 삼각관계는 엘제를 놓고 파울과 도르스데이가 형성한다.

사랑을 두고 벌어지는 갖가지 양상의 게임들 가운데에서 가장 복잡한 게임은 아마도 삼각관계의 사랑 게임일 것이다. 하나의 삼각관계 게임도 감당하기 어려운 터에 「엘제 아씨」의 경우에는 두 개의 삼각관계 게임이 동시에 진행되기 때문에 복잡해 보인다. 정리해보자.

---

21) 당대 젊은 여성들이 사회에 진출할 수 있는 길은 보모, 하녀, 식당·상점 종업원, 방직공장 직원, 전화교환수 정도였고, 그 기회도 제한되었기 때문에 유흥주점, 나이트클럽, 매춘 종사자가 되는 게 쉬운 대안이었다. 당대 매춘은 신문이나 담배를 살 정도의 시간과 노력이면 쉽게 접할 수 있었다.

「엘제 아씨」의 게임 참가자들을 「라이겐」의 경우처럼 사회적으로 서로 어울리는 남·여 조합으로 배열해보면 '시시의 남편-시시-(파울-엘제)-도르스데이-비나버 부인'의 순서가 된다. '제1세트 게임'의 피도전자는 파울이고 '제2세트 게임'의 피도전자는 엘제이다. 그들에게는 선택권이 있다. 두 사람의 청춘 남·여가 손을 잡으면 두 세트의 삼각관계는 동시에 해소되고 밑줄을 그어놓은 원상이 회복된다. 전통적인 사회규범에 맞는 남녀의 조합이다. 엘제는 베르디의 오페라 「라 트라비아타」의 여주인공 '비올레타의 운명'[22] 앞에서 눈물을 흘리고(p.74) 자신의 운명을 개척해보려 하지만 '남자는 사냥꾼 여자는 사냥감'이라는 시민사회의 통념 앞에서 그녀는 파울을 향해 먼저 손을 내밀지 못한다. 이러한 관점에서 「엘제 아씨」는 엘제가 파울을 향해 부르는 사랑의 노래이다. 「라 트라비아타」에서 사랑의 주인공들은 에로스의 힘에서 서로 균형을 이루는 한 쌍의 청춘 남녀이고 이들의 비극적인 운명은 하나의 고전극이다. 하지만 산업혁명 이후에 형성된 금융 산업사회는 '그 사회를 대표하는 개별자의 가치판단과 그에 따른 말과 행동 여하에 따라서' 이러한 자연사적인 친화력을 와해시키는 힘으로 작용하고 동시에 '전통적인 시민사회의 규범'마저도 의문스러운 것으로 만든다.[23] 도르스데이는 뜻하지 않은 기

---

22) 베르디의 오페라 「라 트라비아타」에서 남자 주인공 알프레도가 파리 사교계의 고급 창녀 비올레타에게 구애를 하고 그들의 사랑은 결실을 맺지만 알프레도 아버지의 권유로 그녀는 알프레도를 떠나서 다시 사교계로 돌아간다. 비올레타가 자신을 배신했다고 믿은 알프레도는 비올레타를 찾아가 모욕을 준다. 훗날, 오해를 풀게 된 알프레도 그리고 그의 아버지까지 다시 나타나 비올레타에게 용서를 구하지만 그녀는 자신의 초상화를 주며 그의 사회적 신분과 어울리는 여자와 결혼하라는 유언을 남기며 숨을 거둔다.

회에 엘제 아빠의 존망(存亡)을 볼모로 잡고 엘제의 엄마를 매개(媒介)로 엘제의 손을 잡는다(p.65). 그의 자금력(＝사회적인 욕망)은 에로스의 힘에서 비대칭적인 남·여를 하나의 쌍으로 결합시키는 사회적 압력으로 작용한다. 압력의 단위는 굴덴이다. 그 수치는 제1차 3만, 제2차 5만으로 증가한다. 제2세트 게임에서 피도전자인 엘제의 선택권은 제한된다. 남아 있는 것은 제1세트 게임의 피도전자 파울의 선택권이다. 그러나 파울은 엘제 앞에 서면 '에로스의 미학'에 사로잡힐 뿐, 하나의 개별자적 실체가 확인되지 않는다.[24] 엘제는 포기하지 않고 마음속에서 손을 계속 내밀지만 파울은 그 손을 잡지 않는다. 엘제의 사랑 노래는 외로움·애원·호소·조롱·분노·복수·고소(告訴)·두려움·절망으로 그 내용이 변하지만 베로날을 마신 엘제의 의식이 소멸될 때까지 멈추지 않는다.

제1세트 삼각관계 게임을 상징하는 테니스 시합에서 파울이 시시에게 연거푸 세 번을 졌듯이 파울은 엘제의 소리 없는 사랑 노래를 듣지 못한다. 절망에 빠진 엘제는 '빈 상류사회의 변호사 집안의 딸,' "엘제 아씨"라는 호칭에 관념적으로 상정된 또는 주입된 모종의 가치와 자신의 실존을 회생 불능 상태로 분리시키겠다는 결단을 내리고 호텔 대중 앞에 나체로 선다. 이로써 엘제는 도르스데이가

---

23) 이와 관련된 텍스트 부분은 다음과 같다: "내가 빌로미처 무대감독과 결혼했더라면, 그것이 당신들에겐 정말 옳은 일인가요, 그 남자는 곧 50세가 되잖아요. 물론 그랬지요, 당신들은 날 붙들고 설득하지는 않았어요. 그때 아빠는 정말 괴로워하셨죠. 그러나 엄마는 그게 또 뭐였어요, 정말 명백하게 눈짓을 보내곤 했잖아요"(p.80).

24) 엘제와 파울의 대화(pp.48〜50)는 「라이겐」 제7막(감미로운 아가씨-시인)을 연상시킨다.

주장하는 '성(性)의 미학적인 가치'와 파울이 지녔던 '에로스의 미학'의 실체가 무엇인지를 의문스럽게 만든다. 엘제는 나체 스캔들을 일으킨 후에 베로날을 마신다. 파울은 의식을 잃은 것처럼 보이는 엘제의 손을 잡고 맥박을 짚어본다. 그리고 비로소 모종의 연민["불쌍한 아이"(p.124)]을 느낀다.

음독자살을 기도한 엘제의 의식세계가 소멸되면서 모종의 아름다운 노래가 울려 퍼진다. 절망에 빠진 한 여성의 음독자살과 그 죽음을 미화시켜놓았다고 생각하면 큰 착각이다!「엘제 아씨」의 마지막 장면은 연극무대의 커튼콜 장면을 다시 보는 느낌이다.「엘제 아씨」가「라이겐」연극무대의 베를린 법정 사건에 대한 하나의 답변서라면「엘제 아씨」로 번안(飜案)된 "사랑의 윤무"는 대성공을 거두고 막을 내린다. 엘제의 '의식의 내적 공간'에 설치된「라이겐」의 무대이다. 무대 속의 무대가 그 기능을 다하면 원래의 무대가 드러난다. 베를린 법정 사건에 대한 답변 무대의 주인공 엘제는 커튼콜을 받고 아빠(=「라이겐」의 작가 슈니츨러의 캐릭터)의 손을 잡고 무대 위로 다시 나와 관중의 환호성에 답한다. 엘제의 의식이 꿈속으로 사라지는 자리에서 독자는 문득 깨어나 자기 자신을 돌아보게 된다.「엘제 아씨」의 "아름다운 노래"의 주인공은「라이겐」읽기에 성공하신 독자님의 것일 수도 있지만「라이겐」이 아니더라도「엘제 아씨」에서 이미 모종의 깨달음에 도달하신 분의 것이고 "아름다운 노래"의 실체는 그 깨달음의 실천에 있다.

지금까지 역자는「엘제 아씨」의 생성과정에 주목하고 본 작품의 의미 구조를「라이겐」의 그것과 연결하여 서술하였다. 그러나 이는 어디까지나 한 사람의 슈니츨러 독자의 것이고 "한갓 머릿짓"에 지나지 않는다. 「엘제 아씨」의 핵심적인 의미 구조는 '이중의 삼각관계 사랑 게임'이어서 허구적으로 보이지만 사실은 우리 모두의 게임이다. "우리의 오늘과 내일의" 시대에 한 쌍의 청춘 남·여가 사랑 끝에 양가의 부모로부터 결혼 허락과 축복을 받고자 할 경우에 피할 수 없는 게임이다. 「라 트라비아타」의 비극적인 사랑이 끝난 자리에서 산업혁명 이후의 금융 산업시대에 전개된 '비고전적인' 사랑 게임이고, 그 주도자는 여성이라는 점에서 새로운 양상이다. 엘제는 절망의 주인공이지만 동시에 대자연의 섭리를 거스르는 사회적인 조건 아래에서 병든 남녀 관계를 종식시켜보려는 결단의 주체였다. 「엘제 아씨」를 읽는 독자는 과연 누구의 입장에서 이 글을 읽고 무엇을 생각했을까? 엘제? 그러나 우리는 허구적인 문학세계 속에서 한 사람의 엘제이기 이전에 '생리학상 결혼적령기'에[25] 있는 한 여성의 "친구·애인·약혼자·아빠·엄마·친오빠·사촌오빠·이모·이모부·삼촌·작은아버지·아빠의 친구"[26]이지 않을까. 우리가 보다 나은 남·여 공동체의 꿈을 포기할 수 없다면 하나의 '사회사적인 사랑'으로 맺어진 구체적인 인간관계들이 그 출발점이 되었을 때에 꿈은 비로소 하나의 현실이 되지 않을까. 엘제의 음독자살 기도사건에 우리에게도 모종의 책임은 없는 것일까? 「엘제 아씨」가 파울을 향한 '엘제의 사랑 노래'라고 한다면 「엘제 아씨」는 남성의 입장에서 결혼 상대로 생각하는 한 여성을 마치 자신의 사촌 여동생처럼 생각하고 사랑

---

25) 동물생리학의 관점에서 보면, 여성은 생리를 시작하면 해당 동물 사회에서 완성된 개체가 된다.

26) 위의 인간관계는 「엘제 아씨」에서 엘제를 중심으로 언급된 주변 인물 및 친인척 관계들만 표시해놓은 것이다.

함이 어떠냐는 하나의 윤리적인 요청이 되지 않을까? 역으로 또 하나의 파울 또는 프레드를 결혼 상대로 꿈꾸는 한 여성의 입장에서 과거의 엘제와 영원히 결별하겠다는 엘제의 결단은 무슨 의미일까? 엄마와 아빠의 입장에서 읽으면? 슈니츨러 시학(詩學)은 독자님이 현재 머물고 계신 그 자리에서 하나의 선학(禪學)으로 다가오고 그 출발점은 의학(醫學)이다.

5. 번역 및 편집 과정에 대한 후기

슈니츨러의 시학은 음악의 그것과 비교될 만한 연상 잠재력이 독자의 내면에 활성화되는 것을 일차 목표로 삼고 있다. 이를 암시하기 위하여 슈니츨러는「엘제 아씨」에 악보(樂譜)까지 실어놓았다. 우리 독자의 연상의 고리들이 원문 텍스트 독자의 그것과 마찬가지로 연결될 수 있도록 역자는 번역문에서도 원문 텍스트의 단어 특히 명사의 순서를 가능한 한 그대로 유지하였고, 독일어 원문의 길이와 우리말 번역문의 길이도 경우에 따라서는 단어의 숫자를 세어가며 맞추어놓고자 하였다. 원문 텍스트에 사용된 문장부호 및 활자체도 번역서에 그대로 살려놓는 것이 원칙이었다.

역자는 1980년대 중반에 약 4년 동안「엘제 아씨」를 집중적으로 읽을 기회가 있었다. 본서에 실린 슈니츨러 작품들은 1996년에 번역이 완료되어 대학의 세미나에서 부교재로 활용되었고, 그 밖에도 이런저런 사회적 사건(예를 들면 유명 연예인이나 공인들의 자살)이 있을 때마다 출판을 고려하여 반복해서 읽고 교정하였다.

「엘제 아씨」 그리고 「구스틀 소위」에서 독자는 1인칭 화자의 의식의 내적 공간에 머물기 때문에 독서 과정에서 1인칭 화자의 외적인 행동이 곧바로 재구성되지 못하는 경우가 드물지 않다. 역자는 이를 돕기 위해 드라마 대본의 지문(地文)처럼 주인공의 행동을 번역문에 기록해두었다. 독자의 독서 흥미가 반감되어 슈니츨러 읽기를 중도에 그만둘 것이 염려되었기 때문이다. 그러나 문학과지성사 편집부는 슈니츨러 독자에게 전폭적인 신뢰를 보내어 슈니츨러 읽기의 모든 권리를 독자에게 일임하자는 태도가 분명하였다. 역자는 문학과지성사 편집부의 의견에 동의하여 해당 지문을 모두 삭제하였다.[27]

*

이 책을 역자의 두 딸 진희와 주희에게 엄마와 아빠의 이름으로 선사한다. 주변의 많은 분들과 함께 부르는 "아름다운 노래"의 주인공이 되기를 소원한다. 본 번역과 역자 후기를 마지막 정리하는 과정에서 몸은 힘이 들었으나 정신은 맑고 마음은 행복하였다. 문학과지성사 편집부(책임편집: 김은주)에게 감사를 돌린다. 10여 년 전 대학의 세미나에서 슈니츨러 읽기를 함께했던 동료들을 기억한다. 그분들의 슈니츨러 독서 체험은 안녕하신지, 안부 인사를 드린다.

---

27) 삭제된 지문은 네이버 카페(http://cafe.naver.com/schnitzler)에 별도로 제공해놓을 예정이다.

작가 연보

1862년	오스트리아 빈에서 태어남. 아버지는 빈에서 자수성가한 의사로서 후두학(喉頭學)의 권위자.
1871년	빈 아카데미 김나지움 입학.
1876년	일기를 쓰기 시작함.
1879년	의과대학 입학. 지난 3년 동안 쓴 일기가 아버지에 의해 압수당하고 이때부터 일기를 철저하게 보관하기 시작함.
1882년	1년간 군의관 근무.
1885년	의과대학 졸업. 「이 무슨 멜로디인가Welch eine Melodie」(유고) 집필.
1886년	「그는 할 일 없는 신을 기다린다Er wartet auf den vazierenden Gott」 발표. 폐결핵이 의심되어 북부 이탈리아로 요양 여행을 떠남.
1887년	「내 친구 YMein Freund Y」「유산 상속권Erbschaft」(유고) 집필.
1888년	아버지의 조수로 종합병원에서 일함.
1889년	「돈 돈, 내 돈Reichtum」 집필. 「최면 및 암시를 통한 실성증(失聲症) 치료」라는 논문을 학술지에 기고.
1890년	후고 폰 호프만스탈H. v. Hofmannsthal, 베어-호프만Beer-Hofmann 등의 문인 및 비평가 헤르만 바아Hermann Bahr와 교류를 시작함.

1893년	아버지의 죽음 이후 일반의 개업.
1895년	희곡 「연애 장난Liebelei」으로 극작가로서 최초의 성공을 거둠. 소설 『죽어감Sterben』이 피셔Fischer 출판사에서 출간됨.
1897년	「죽은 자는 말이 없다Die Toten schweigen」 발표.
1899년	'바우어른펠트Bauernfeld' 문학상 수상.
1900년	희곡 『라이겐Reigen』 비매품으로 자비 출판. 「구스틀 소위 Leutnant Gustl」 발표.
1903년	올가 구스만Olga Gussmann과 결혼.
1904년	희곡 「외로운 길Der einsame Weg」 초연.
1908년	'그릴파르처Grillparzer' 문학상 수상. 장편소설 『열린 곳으로 가는 길Der Weg ins Freie』 출간.
1911년	희곡 「드넓은 세상Das weite Land」이 베를린, 뮌헨, 프라하, 라이프치히 등지에서 동시에 초연됨.
1912년	희곡 「베른하르디 교수Professor Bernhardi」 초연.
1915년	제1차 세계대전의 발발을 계기로 시대사를 증언하기 위해 자서전 『빈의 유년시절Jugend in Wien』을 5년여에 걸쳐서 집필.
1917년	「어둠에로의 도피Flucht ins Finsternis」 집필.
1918년	『카사노바의 귀향Casanovas Heimfahrt』 출간.

1920년	「라이겐」이 베를린에서 삭제 없이 공연되어 외설 시비에 휘말림.
1921년	올가 구스만과 이혼.
1922년	「라이겐」베를린 공연에 관여한 사람들이 재판에 회부되었으나 같은 해에 무죄 판결을 받음. 60회 생일을 맞이하여 프로이트S. Freud로부터 "심층 심리의 탐구자"라는 칭송을 받음
1923년	『엘제 아씨*Fräulein Else*』 집필.
1925년	『꿈의 노벨레*Traumnovelle*』 집필.
1926년	「내가 만났던 한 중국인Boxeraufstand」(유고) 집필. 소설 『회색빛 아침 속의 게임*Spiel im Morgengrauen*』 집필.
1928년	장편소설 『테레제*Therese*』 출간.
1931년	생애 마지막 문학작품 「결투의 심판관Der Sekundant」(유고) 집필. 10월 21일 빈에서 뇌출혈로 사망. 60여 편에 달하는 장·단편의 소설 그리고 30편이 넘는 희곡이 발표되었음. 이 밖에도 일기, 자서전 그리고 편지를 포함하여 약 4만여 장에 달하는 자기 기록·분석적인 글들을 유고로 남김.
1933년	나치의 등장과 함께 슈니츨러의 전 작품은 출판 및 공연이

금지됨.

1938년   오스트리아가 나치 독일에 병합되자 슈니츨러 유고는 영국 대사관의 도움으로 케임브리지로 옮겨졌고, 다시 미국을 거쳐서 제2차 세계대전 이후에 빈으로 돌아옴.

1950년대   슈니츨러가 당대의 명사(릴케, 프로이트)들과 나눈 편지들이 간헐적으로 발표됨.

1961~62년   독일 피셔 출판사에서 유고로 남긴 작품을 포함하여 슈니츨러 문학전집이 총 4권으로 간행됨.

1967년   유고 『잠언과 관찰*Aphorismen und Betrachtungen*』 출간.

1968년   유고 자서전 『빈의 유년 시절』 출간.

1977년   유고 『초안과 폐기*Entworfenes und Verworfenes*』 출간.

1977~79년   문고판 전집 발간. 총 15권.

1981~2000년   오스트리아 학술원에서 슈니츨러 일기를 원본 그대로 출간 완료. 총 10권.

2010년 현재   「꿈의 노벨레」「엘제 아씨」「구스틀 소위」는 독일어권의 어문교육에서도 중요한 텍스트로 각광을 받고 있음.

수록 작품 목록

「산」*

Aphorismen und Betrachtungen, Hrsg. v. Robert O. Weiss, Frankfurt a. M. : Fischer,
1967, p. 76.

「세 번의 경고Die dreifache Warnung」

Doktor Gräsler, Badearzt und andere Erzählungen, Das erzählerische Werk,
Bd. 3, Frankfurt a. M. : Fischer, 1978, pp. 152~58.

「엘제 아씨Fräulein Else」

Casanovas Heimfahrt und andere Erzählungen, Das erzählerische Werk, Bd. 5,
Frankfurt a. M. : Fischer, 1978, pp. 209~66.

「구스틀 소위Leutnant Gustl」

Leutnant Gustl und andere Erzählungen, Das erzählerische Werk, Bd. 2, Frankfurt a. M. :
Fischer, 1977, pp. 207~36.

「라이겐Reigen」

Reigen und andere Dramen. Das dramatische Werk, Bd. 2, Frankfurt a. M. : Fischer,
1978, pp. 69~132.

「돈 돈, 내 돈Reichtum」

Die Frau des Weisen und andere Erzählungen. Das erzählerische Werk, Bd. 1,
Frankfurt a. M. : Fischer, 1977, pp. 47~78.

「내가 만났던 한 중국인Boxeraufstand」

Traumnovelle und andere Erzählungen. Das erzählerische Werk, Bd. 6, Frankfurt a. M. :
Fischer, 1979, pp. 207~10.

---

* 제목은 옮긴이의 것임.